La esperada Lluvia

La esperada Lluvia

Myriam Imedio

Rocaeditorial

Novela ganadora del Sexto Premio Internacional de Narrativa
Marta de Mont Marçal 2019

© 2019, Myriam Imedio

Primera edición: septiembre de 2019

© de esta edición: 2019, Roca Editorial de Libros, S. L.
Av. Marquès de l'Argentera 17, pral.
08003 Barcelona
actualidad@rocaeditorial.com
www.rocalibros.com

Impreso por RODESA
Estella (Navarra)

ISBN: 978-84-17541-00-2
Depósito legal: B. 18196-2019
Código IBIC: FA

RE41002

A mis padres, gracias

PRÓLOGO

Bamiyán, Afganistán. Siglo VI d. C.

Xincheng se asomó a la cueva ubicada a la izquierda del acantilado de roca arenisca. El suelo estaba cubierto de nieve y un hilo de luz desaparecía entre las montañas. En la cueva reinaba la oscuridad y un silencio helador. Xincheng avanzó un par de metros cuando al fondo vio a un monje sentado en el suelo. Sabía que el religioso gozaba de poderes sobrenaturales, le habían contado que podía adivinar los pensamientos de aquel que estuviera cerca. Al recordarlo, sintió un nerviosismo que se apoderó de su estómago.

Observó que vestía una fina túnica color bermellón que dejaba ver los pies descalzos. Pintaba algo en una de las paredes.

—¿El frío te ha robado la voz? Espero que no, porque nos acompañará cinco meses más —afirmó, sin girarse, impertérrito ante las bajas temperaturas.

—Mis respetos —dijo ella, sorprendida, e hizo una leve inclinación. El monje sonrió—. Perdone mi demora, maestro, tendría que haber llegado hace semanas pero la ruta ha sido complicada y traicionera.

—Nadie dijo que la Ruta de la Seda fuera una travesía sencilla. Los caminos sencillos nunca conducen a cimas espectaculares.

Xincheng retrocedió y se asomó al acantilado. Decenas de templos, miles de cuevas, una cadena montañosa que parecía hablarle al viento y dos budas gigantes tallados sobre la piedra.

—Me emociona admirar tanta belleza.

—Salsal y Shahmama, budas únicos sobre la faz de la tierra.

Algún día serán destruidos. Pasa y cuéntame. ¿Por qué tu ropaje es de hombre? ¿Por qué ocultas tus pechos, tus manos y tus labios? ¿Acaso te avergüenza ser una mujer?

—No, maestro, pero ser un comerciante varón en busca de especias, seda y tesoros me ha ahorrado miradas y altercados. Quería que mi presencia fuera discreta. A veces, ser uno más en la ruta te salva de ser uno menos.

El monje, que permanecía sentado en el suelo, se giró con semblante orgulloso. Al ver su mirada, Xincheng se estremeció.

—Sabias palabras.

—¿Es usted ciego de nacimiento? —preguntó con curiosidad.

—Y moriré ciego, pero he visto más que el resto. No siempre ve mejor el que mantiene los ojos abiertos.

El monje se levantó y avanzó hasta situarse frente a ella. Se mantuvo unos segundos en silencio, como si la estuviera reconociendo o leyendo el pensamiento.

—Eres la primera —afirmó.

—Lo sé.

—¿Estás preparada?

—Sí.

—Cientos de viajeros hacen escala en esta región, pero tú eres la primera KIU que llega a Bamiyán. Eres la primera de veintiocho. Ellos y ellas seguirán tu trabajo. Mantendrán la llama de la eternidad viva hasta que el último KIU parta a Occidente con un mensaje. Has aparecido en mis sueños, Xincheng. Eres bella, fuerte e inteligente. Perteneces a la dinastía Tang, a un imperio próspero y grande, con un auge sobresaliente en el comercio y la economía. Hasta hoy has residido en el Palacio Imperial, ingresaste en el harén del Emperador en el tercer rango de concubinas, convirtiéndote en la predilecta. En la corte gozabas de privilegios y tu influencia era creciente. Podrías haber sido la emperatriz consorte, incluso reinante. ¿Estás preparada para abandonar tu vida?

—Sí, esa vida era el simulacro de mi verdadera existencia. No nací para ser emperatriz ni concubina.

—No. Naciste para brillar en una cueva oscura junto a un monje invidente. Para contemplar el pasado y el futuro, y escribir en esas páginas —señaló un libro con tapas de seda—

palabras sagradas que salvarán al mundo. Tienes unas cualidades innatas que aún desconoces. Te enseñaré a no tener hambre, a no sentir frío, a flotar en la calma de la meditación. Estaré aquí cuando el primer atisbo de miedo te haga sombra y cuando falte el aire en tus pulmones. Seré tu firme bastón hasta que finalices la misión que se te ha encomendado. Mi conocimiento, mi paz y yo, nos ponemos a tu servicio.

La joven asintió.

—Muéstrame qué guardas con tanto celo en el bolsillo derecho —añadió.

Xincheng introdujo la mano enguantada en el bolsillo y le mostró al invidente una flor de loto.

—Es la flor sagrada, maestro. Me ha acompañado durante el viaje. Ya sabe que es el símbolo del despertar y de la creación del Universo, y que puede durar cinco mil años sin agua. Es mi favorita.

El monje le hizo un gesto invitándola a avanzar hacia el interior de la cueva. Ambos caminaron hasta donde él había permanecido sentado las últimas horas.

—Esta —señaló una flor de loto pintada en blanco sobre la pared—, durará muchos años más. Y la verán florecer.

Antes de la tormenta

*E*stoy en una habitación grande y diáfana. No hay mobiliario. Las paredes son blancas, desnudas, sin cuadros ni adornos. Echo un vistazo pero tampoco veo puertas. No hay extintores ni salidas de emergencia. Me rodean personas que no conozco. No hablan entre ellos, quizá tampoco se conozcan. Parece que esperamos a alguien, pero pasan los minutos y en esta sala no se mueve ni el aire. Sigo de pie, clavada, impaciente. Oímos un ruido. Contemplamos atónitos como las cuatro paredes se mueven hacia nosotros lentamente. Miramos hacia arriba. El techo está bajando. Me pongo muy nerviosa. Algunos se dirigen hacia las paredes e intentan empujar con todas sus fuerzas. Estoy bloqueada. Cada vez queda menos espacio. Los diez o doce que estamos aquí nos agrupamos. Las paredes y el techo no frenan su movimiento. Me falta el aire. Nos arrodillamos. Empiezo a hiperventilar. Vamos a morir aplastados. Nadie nos ayuda. La gente grita. A mí no me sale la voz. Me tiembla el cuerpo, el miedo y la vida. Nos tumbamos como podemos. El techo está a medio metro de nosotros. Un anciano se arrastra hasta donde estoy yo. Me coge la mano. Me observa sin parpadear, puedo ver reflejada mi angustia en su mirada, y me susurra: «Solamente tú».

—Lluvia, ¡despierta!

Abro los ojos e inspiro una gran bocanada de aire, como si me acabaran de sacar del fondo del mar. Mi madre me toca la frente y el pelo.

—Estás empapada —dice.

—He tenido una pesadilla. ¿¡Se ha puesto de parto!?

Estoy obsesionada. Mi hermana está embarazada de su primer hijo. Aún le quedan dos días. Y es tan perfecta y obediente que parirá dentro de dos días, como le ha dicho su ginecólogo. Lo de defraudar lo lleva fatal.

—No, pero tienes que levantarte.

Enciendo la luz de la mesita.

—¡Mamá! ¡Son las seis y media! ¿Estás loca? Por Dios. —Vuelvo a echarme la sábana por encima y cierro los ojos—. Me he acostado a las tres de la madrugada haciendo un trabajo. Hasta las once no tengo que ir a la universidad.

Bostezo. Ella me destapa.

—Hoy no vas a ir a la universidad. Dúchate, vístete y ve a la cocina a desayunar. Tienes que ir a la casa de la playa.

La miro con un ojo, el otro lo tengo sobre la almohada. Me invade un sueño horrible. A lo mejor por eso la he entendido mal, porque sigo medio dormida. Esto parece una prolongación de mi pesadilla.

—¿Tengo que ir a la casa de la playa? —pregunto, desconcertada—. ¿A qué? Que vaya mi hermano.

—No, tienes que ir tú.

—¿Yo? ¿Cómo?

—En tu coche, hija, para eso te he comprado el mejor coche eléctrico del mercado y te he pagado el carné.

—Pero ¿qué te pasa? ¿Voy a conducir ciento veinte kilómetros yo sola? ¡Hace menos de dos semanas que me saqué el carné! ¿Qué quieres? ¡Que me mate!

Ahora sí que estoy totalmente despierta y enfadada. La contemplo, escéptica. Me han cambiado a mi madre. Cuando mis hermanos se sacaron el carné tuvieron que ir acompañados en el coche los dos primeros meses. Y conmigo estaba siguiendo el mismo *modus operandi*, hasta hoy.

—Me estás irritando mucho, Lluvia. ¡Levántate que se va a hacer tarde! —grita, nerviosa.

—¿Tarde para qué? Estás fatal, mamá. ¡Fatal!

Me levanto de una mala leche feroz. Por no oírla soy capaz de dar el dinero que no tengo. ¿Qué le pasa a esta mujer? Me ducho y me visto con la pregunta danzando en mi cabeza. Estamos todos un poco afectados y desorientados tras los últimos acontecimientos, pero a ella se le está yendo de las manos. Deberíamos llevarla a un psicólogo.

Aparezco en la cocina con semblante serio, encolerizada. La

vamos a tener, porque yo no sé contar hasta diez y ella parece una bomba andante con la cuenta atrás activada. Va de un lado a otro a la velocidad de la luz.

Me siento en una silla y le pego un sorbo al café.

—¿Me lo vas a explicar o qué?

Respira hondo. Se toca la cara. Relaja los brazos como si fuera un boxeador que va a salir al *ring*. Estoy alucinando.

—Bien —afirma, y coge una silla que coloca frente a la mía. Nuestras rodillas casi se tocan—. Escúchame con atención, Lluvia, porque no lo voy a volver a repetir.

Mi madre suspira y mira un segundo hacia arriba, hacia el techo de la cocina. Yo la imito.

—Vale —contesto con una expectación digna de ser grabada.

—Vas a ir a la casa de la playa. Tú sola en el coche. Hoy Lupe y Alejandro no trabajan. No hay nadie. Cuando entres, cierra con la clave y tu huella dactilar. Sube y ve a la biblioteca. Dirígete a las estanterías de la izquierda. Al tercer bloque. En el último estante verás que hay un libro de Oscar Wilde, una edición especial de tapa dura de *El retrato de Dorian Gray*. Coge la escalera porque obviamente no vas a llegar. Una vez lo tengas localizado, deslízalo hacia ti, como si lo fueras a sacar del estante. Llegará un punto en el que el libro se frenará y oirás un clic. Cuando eso ocurra, una de las estanterías se moverá hacia la derecha y detrás aparecerá una puerta de acero. Al lado hay un pequeño panel con números y distintas teclas. Marcarás una contraseña que te voy a dar. Después de introducirla presiona el botón verde. La puerta se abrirá. Entra. Cuando estés dentro, la habitación detectará tu presencia y la puerta se cerrará. No te preocupes. Verás una pared llena de cajas fuertes, similares a las taquillas que hay en los supermercados pero más grandes y acristaladas. Ve a la número dieciocho. Lluvia, la dieciocho. Coloca la palma de tu mano extendida sobre el cristal y se abrirá. Extrae lo que hay dentro. Es para ti.

Analizo a mi madre. Tengo las cejas levantadas. No puedo ni tragar saliva. Y de repente, no sé por qué, sonrío. Es una risa lenta, intermitente y discreta, que a los pocos segundos se convierte en una carcajada sonora. Me estoy partiendo de risa en la cocina a las siete y media de la mañana. Me ha dado un

15

ataque. De esos que te hacen saltar las lágrimas y te provocan dolor de barriga. Intento hablar pero no puedo. Cuando por fin me calmo, resoplo. Mi madre no ha movido ni un músculo de su rostro. Ahora soy yo la que toca su frente y su cabello. Quizá tiene fiebre y la pobre delira.

—Vale, coge el bolso que nos vamos al médico. Llamo a la doctora y le digo que nos haga un hueco, que vamos de urgencia. Está claro, la situación te ha superado y estás peor de lo que pensaba. No pasa nada, mamá, es normal. Si yo te entiendo.

Mi madre sigue sin abrir la boca. Me mira como si la enferma y gilipollas fuera yo. Se pone en pie y saca del bolsillo de sus vaqueros un papel. Lo deja en mi mano.

—No lo pierdas, ahí está escrita la contraseña. Y por supuesto, no le digas a nadie lo que te acabo de contar. ¿Lo recordarás todo? Cuando entres en casa, no podrás llamarme.

—Virgen Santa, lo dices en serio. Se te ha ido la cabeza, mamá.

Posa sus manos sobre mis hombros.

—No se me ha ido… nada. Levanta de la silla, Lluvia, ve a la playa y haz lo que te he ordenado.

¿Quién está más loco? ¿El loco o el que hace caso al loco? Llevo diez minutos conduciendo y eso significa que estoy peor que mi madre. Voy tan lenta que me van a pitar. Ni siquiera pongo la música porque no quiero distraerme. Tengo la concentración de un jugador de ajedrez y un nudo en el estómago, diría que me está entrando angustia. Si tengo un accidente y no muero, se lo echaré en cara cada día de su vida y de la mía. Debería llamar a alguien. A mi padre. Pero está en un viaje de negocios en China. ¿Qué hora será en China? No, enseguida descarto la idea. Lo voy a preocupar para nada y es tan protector que es capaz de coger un avión, y quizá yo no tenga un accidente pero mi madre me matará cuando se entere. Llamaré a mi hermana, es la mayor y es muy responsable. Pero está embarazadísima y a lo mejor le provoco un ataque de ansiedad y el parto. Tiraré por tierra su máxima de parir el día exacto que le ha dicho el ginecólogo. No me lo perdonaría jamás. Porque el niño no sería tauro como ella, sería géminis. Y no sé por qué pero eso para mi hermana es un drama. Además, las personas perfeccionistas son muy rencorosas. Bueno, llamaré a mi hermano. Es el mediano y el pasota de la familia, pero si le cuento lo que me ha dicho mamá imagino que actuará con madurez. No, «madurez» y «hermano» no pueden ir en la misma frase. Es duro pero es así. Seguro que está en la cama con su nueva novia. Nos explicó en una comida familiar que la chica es muy ardiente y adicta al sexo. Un espectáculo.

Pienso, pienso, pienso, y con la tontería apenas me quedan treinta kilómetros para llegar a mi destino. Aún no me he matado, pero me han pitado media docena de veces. Qué pesada e impaciente es la gente. Tengo taquicardia. ¿No veis que soy novata? ¡Un poco de solidaridad! Ojalá todos los que me habéis pitado tengáis un día de mierda.

El último tramo me resulta complicadísimo. Subo por un camino estrecho, de tierra. Sudo. Golpeo el volante. Me equivoco y doy marcha atrás. Grito: «¡Si llego entera, prometo que seré buena!».

Después de cinco minutos de fatiga estoy delante de la casa de la playa. Es una casa sin nombre. Solo la casa de la playa. Esta espectacular vivienda de tres plantas no necesita nombre propio. Con mirarla sobran las palabras. Saco el brazo por la ventana y apunto a la puerta con el mando. Ha sido el viaje más difícil de mi vida. En serio. Me río de los viajes en avión con turbulencias. Me crezco, claro, y pienso que si he superado esta travesía ya puedo con todo. Recuerdo a mi profesor diciéndome que con miedo es imposible conducir, que no conseguiría aprobar ni llevar un coche. Jódete, que lo he conseguido. Le molestó mucho que me sacara el carné a la primera. Me tenía cierta inquina porque soy contestona.

Una vez dentro del patio delantero, salgo del coche y beso el suelo. Literal. Y no me beso a mí misma porque no puedo. Escucho música celestial. El jardín luce precioso. Los distintos tonos de verde y el agua de la fuente me provocan una sonrisa. Alejandro y Lupe son un matrimonio encantador, los conozco desde que nací. Dejan la casa y el jardín de catálogo.

Entro en la vivienda, no sin antes mirar fijamente a una camarita. Es un sistema de seguridad 3WS que escanea la retina y reconoce el iris. Según mi padre es lo último, dice que a él

17

le podemos engañar pero que al escáner no le engaña ni Dios. La verdad es que lo hemos puesto a prueba y el aparato del demonio es infalible, funciona siempre, yo creo que tiene vida propia. El caso es que si el escáner no te da el visto bueno, tú no entras en casa. Si él dice que sí, porque te saluda de forma personalizada, puedes introducir la clave. Si no... puedes pasar un bonito día en el jardín, en el que hay seis cámaras de seguridad.

El robot de detrás de la pantalla me da permiso y puedo entrar sin altercados. Enseguida me envuelve el silencio con sabor a mar y el aroma de mi abuela. Es increíble la forma en que un aroma puede despertar los sentidos y los recuerdos dormidos. Subo al primer piso. Voy a comprobar lo trastornada que está mi madre. Mi visita a la casa de la playa va a ser fugaz. Lo bueno es que he adelgazado un kilo gracias a los nervios y he superado la fobia a conducir sola, la misma que me ha inculcado ella, mi querida madre. Para que luego digan que no soy una tía positiva.

Estoy en la entrada de la biblioteca. No hay estancia más bonita y acogedora. Mi hermano dice que es una horterada, que la biblioteca es una sala vetusta y antigua y que rompe la armonía de la casa. Qué sabrá él. Es mi lugar preferido. Igual soy una antigua. Los libros en papel me inspiran paz, me hacen ser consciente de mi respiración. Si hay libros hay vida y música, y esperanza de la que te hace sonreír. He pasado días enteros en esta habitación. El anterior dueño la decoró con un gusto exquisito, tanto que mis abuelos decidieron dejarla tal cual estaba cuando compraron la casa. Los techos altos permiten que tengamos estanterías infinitas. Las paredes están forradas de libros. Mis abuelos eran grandes lectores. Eran grandes.

Me dirijo a la izquierda, al tercer bloque, y desplazo hasta allí la escalera de cuatro metros. Nunca me han dado miedo las alturas. Me encuentro más cómoda en las nubes que en tierra firme. Subo, peldaño a peldaño, hasta los últimos estantes. Me siento absurda por obedecer mandatos surrealistas. Leo los lomos de los ejemplares mientras tarareo una canción inventada. En el fondo tengo alma de artista. Eureka. Está el de Oscar Wilde. Sin pensarlo, tiro de él. Y mi sorpresa aparece cuando no lo puedo sacar del todo y oigo un clic. Y acto seguido, otro sonido a mis espaldas. Se me ha parado el corazón. Lo juro. Me giro muy lentamente. Hay una estantería que se desliza y deja al descubierto una puerta de acero.

—Jo...der —digo, de forma pausada.

Se me han puesto los pelos de punta. No puedo cerrar la boca ni los ojos. Soy una estatua agarrada a una escalera. Ha quedado al descubierto la puerta y el panel con teclas del que me ha hablado mi madre hace unas horas.

—La Virgen Santa.

Sin dejar de mirar, bajo los peldaños de la escalera. Intento no matarme. Ahora sí que no quiero morir. Atravieso la biblioteca y me planto delante de la puerta de acero. Mide unos tres metros. Le doy golpecitos con los nudillos y la acaricio. Doy media vuelta y salgo de la biblioteca. Miro a derecha y a izquierda. No hay nadie. No sé, a lo mejor es una broma y mi familia tiene ganas de fiesta. Vuelvo y me sitúo frente al panel. Hay números, letras y símbolos que no he visto nunca. ¿Qué significarán? Saco el papel que me ha dado mi madre. Tiene doce dígitos escritos. Vuelvo a girar la cabeza, por si aparece alguien. Qué barbaridad. Como termine de marcar numeritos y se abra la puerta me voy a caer redonda al suelo. Sigo pensando que es algún tipo de juego organizado única y exclusivamente para mí. Aunque lo cierto es que alucino con esto de que haya una puerta secreta detrás de una de las librerías. ¿Mis hermanos lo sabrán?

Pulso el botón verde. Espero. No pasa nada. Espero. Y la puerta se abre. Me llevo la mano a la boca. Delante de mis narices aparece un escenario nuevo. Es una habitación de quince o veinte metros. Hay una luz de cortesía blanca. Sin llegar a entrar, observo que a la derecha están las taquillas o urnas de cristal. Una junto a otra. Cuento más de cincuenta. A la izquierda, veo dos puertas blancas, cerradas. En el centro, un sofá giratorio blanco, acolchado. No doy crédito, avanzo cuatro pasos y la puerta de acero empieza a cerrarse. Alucino como en mi vida he alucinado. En apenas unos segundos estoy dentro de una habitación que desconocía. ¡Una habitación oculta en mi propia casa! Me apresuro a sacar el móvil de mis pantalones; se lo tengo que contar a alguien. Genial, se ha apagado. Intento encenderlo. No funciona. Voy hacia la puerta. Ni un panel ni una tecla. Nada. Desde dentro no se puede

19

abrir. No tengo sensación de agobio porque el techo es alto pero me crea ansiedad saber que no puedo salir. Imagino que será una habitación ignífuga. La mente es muy peligrosa, va por libre, y esa libertad puede provocarme un ataque de pánico en cualquier momento. Mejor no pensar demasiado.

Abro una de las puertas. Es un aseo sencillo que dispone de lo básico. Abro la segunda puerta. Es una especie de despensa. Hay como treinta botellas de agua y comida no perecedera. Mi madre, que tal vez no esté tan ida, me ha indicado que coloque la mano sobre el cristal de la taquilla dieciocho. Es un cristal grueso y translúcido. No se ve qué hay dentro. Allá voy. La taquilla dieciocho o urna o caja de cristal misteriosa está en el centro del panel de taquillas. No siguen un orden correlativo, están ubicadas de forma aleatoria. Apoyo la palma de mi mano sobre ella. La superficie está helada. Cuando poso el último dedo se enciende una luz roja en el interior y se abre la puerta acristalada de unos cuarenta centímetros.

—Joder —afirmo en voz alta, y descubro que mi mente es incapaz de procesar otra palabra.

Me pongo de puntillas para asomarme. Hay un libro. Bueno, no es un libro. Son cientos de folios encuadernados. Mi madre me ha dejado muy claro que lo que había dentro era para mí. Lo cojo y lo sostengo entre mis manos.

La esperada Lluvia, reza el primer folio, a modo de título. Pongo el manuscrito de lado, veo el grosor, paso rápido las hojas con ayuda de mi dedo pulgar y miles de letras danzan frente a mis ojos.

—¿Tendré que leer todo esto? —pregunto a la nada.

1

*E*l día que nuestra madre murió, Victoria se acercó a mí y me susurró con su voz de niña inocente: «Papá sabe llorar». Me observó sorprendida por el descubrimiento, esperando una respuesta que no le di. Era muy pequeña. La abracé con fuerza y le estampé un beso en la frente. Un beso de madre, que es en lo que me convertí en ese instante.

Aquella mañana de junio, muchos años después del sepelio de mi madre, me desperté llorando y recordé la escena con mi hermana. Hay personas que no saben llorar, que esconden mares con nombre en su interior, son personas que se ahogan en su propia lluvia. Menos mal que mi padre descubrió qué se siente cuando una lágrima recorre la mejilla y se suicida al vacío, menos mal, porque si no me hubiera dado más pena de la que siempre me dio. Cerré la puerta de casa, anclada en el pasado, y respiré hondo sin saber que la vida estaba a punto de dejarme sin aliento.

—Lluvia —dijo una voz cantarina desde el piso de arriba.

—Señora Geraldine, llego tarde al trabajo. ¡Hoy no puedo pasear a Tango! —grité al techo.

—No, mujer, no es eso. Sube un minuto.

Puse los ojos en blanco y me dirigí a las escaleras. Me sentía el peor ser del planeta si ignoraba a una anciana que vivía sola con un basset de orejas kilométricas.

—¿Se encuentra bien?

Me miró fijamente. Sutil. Enigmática. Sus ojos azules vibraban cada vez que hacía una mueca.

—A ratos me encuentro bien, a ratos mal y otros ratos no me encuentro. La que parece que no está en su mejor momento eres tú. Qué mala cara, *mon amour.* ¿Has dormido poco?

—Pesadillas.

—Interesante. ¿Qué tipo de pesadillas?

—De las que no olvidas.

—Estás inquieta, Lluvia, lo noto.

—Qué va, estoy muy bien.

—Lluvia.

—Vale. Estoy harta y cansada.

—Lo transmites, sí. Tienes el aura de un color que no me gusta.

—¿También ve auras?

—Lo veo todo. ¿Sabes que de cría tenía sueños premonitorios?

—No me diga. ¿Y ya no los tiene?

—De vez en cuando, pero con los ojos abiertos.

Miré el reloj.

—Los jóvenes siempre andáis con prisa. Prisa por llegar, por conseguir, por volver —negó—. Ignoráis que la impaciencia mata a los genios. Las cosas llegan cuando tienen que llegar.

—Sí. Y yo tengo que irme. Después del trabajo me pasaré por la residencia pero esta noche cuando vuelva saco un rato a Tango.

Geraldine me ofreció una sonrisa que no entendí.

—Lluvia, ¿cuántos años tienes?

—Veinticinco. ¿Por?

—Una edad perfecta para que te cambie la vida. Ven aquí —dijo, y se lanzó a darme un abrazo que acompañó con unas palmaditas en la espalda.

—A mí ya me cambió la vida hace años y a una edad nada perfecta.

Suspiró.

—Vete. Y baja por las escaleras que el ascensor no funciona. *Après la pluie, le beau temps*. No lo olvides.

—*Oui*.

«Después de la tempestad viene la calma.» Es lo que murmuró en francés la señora Geraldine, porque la anciana menuda que vivía en el séptimo piso de mi edificio era francesa de nacimiento, valenciana de adopción y como ella decía: «Un alma libre, enamorada del viento». Geraldine jamás me había abrazado, y debo confesar que me gustó. Lo que sí hacía era dedicarme frases lapidarias y mantener conversaciones sin un sentido aparente que yo seguía por inercia. Formulaba preguntas que me dejaban noqueada, un juego que me atraía y me alejaba de ella. Era misteriosa, esquiva, reservada en sus gestos. Y aun así, me provocaba ternura y un respeto casi reverencial. Por el barrio se comentaba que la vejez le había robado la cordura.

Cuando dejé atrás la calle Gandía y la librería de música Amadeus, corrí por la calle Guillem de Castro como si me persiguiera la mismísima muerte. El último mes había llegado tarde a la oficina una media de tres veces por semana. Mi trabajo de nueve a tres me provocaba desdén. Y mi pasión, que me mantenía despierta por las noches, me quitaba el sueño. Las agujas del reloj jugaban en mi contra, pero mis vicisitudes con las horas poco le importaban a Sergio. Él solo quería vender, vender, vender. Y yo, huir. Sin más. Huir, sin equipaje.

Entré en el portal número dieciocho de la calle Colón. Miré a Luis de soslayo, se encontraba detrás del mostrador de la portería leyendo la prensa y lancé al aire un «Buenos días, llego tarde» que chocó con su sonrisa. Subí hasta el cuarto piso por las escaleras. En menos de un minuto abría la puerta de la oficina, observaba el despacho acristalado de mi jefe, me dirigía hacia mi escritorio y tiraba el bolso al suelo.

—Me muero, Andrea. —Exhalé, y apoyé la cabeza sobre la mesa—. Hoy es el día de mi despido. De la caída al vacío. Del *goodbye* para siempre. Adiós, mundo cruel.

—Qué poetisa, nena. Por la cuenta que le trae, no te despedirá. Por lo menos hoy. El dios supremo está de buen humor. Me ha dicho la de finanzas, en *petit comité*, que ayer a última hora cerraron una venta.

—¿De verdad? —grité, incorporándome—. ¿Una venta que inicié yo?

—Sí.

—¡No!

—Sí —arrastró la silla hacia atrás.

—¿Cuánto?

—Casi dos millones de euros.

—¡Soy una crack!

—Me cuesta reconocerlo, pero lo eres. Ojalá me cayeras mal, sería todo más fácil. En fin, imagino que cuando el ego del matarife aterrice en la oficina hablará contigo. Yo no te he dicho nada. Nada, eh.

—No, tranquila.

Andrea era excepcional, como compañera y como persona. Me llevaba quince años y fue la primera persona que me ayudó y me guiñó el ojo de forma entrañable. Solo confiaba en ella en aquel paraíso inmobiliario de serpientes perversas y manzanas dulces. Vender. El único objetivo era vender. Sergio me lo dejó claro en la entrevista de trabajo. Un mes de prueba. Si vendías, te quedabas. Si no, te ibas. Y yo no quería vender nada, pero tenía que quedarme: por el horario, por el dinero y por mi abuela. Una chica llamada Esther, que no volví a ver, impartió un cursillo de cuatro horas, entregó un guion que debíamos seguir al hablar con los clientes potenciales y repartió suerte. En un par de ocasiones repetí como un papagayo lo que rezaban los folios que subrayé de rosa fluorescente. No funcionó. Y tenía que quedarme. Así que empleé otra técnica que iba más con mi personalidad: involucrarme. Nunca estudié marketing, ni comercio, ni administración de empresas. Y sin embargo, en los tres años que llevaba en Wexler Luxury había aprendido una lección de vida fundamental: da igual lo que vendas, tienes que involucrarte en la historia del que está al otro lado, que sienta que te importan sus palabras. Debes hacerte cómplice de sus anhelos, hacer que olvide que intentas venderle algo, incluso que olvide que tiene que pagar. Crearle una necesidad sin que se dé cuenta y que te lo cuente todo.

—Toma. —Dejó unos folios sobre mi escritorio—. Tenemos nuevo destino.

—¿Dónde nos vamos?

—Leeds, norte de Inglaterra.

—Genial, frío y lluvia. ¿Tú también?

—Sí. Seguro que en tu listado están los ricos simpáticos.

Cogí las hojas y le eché un vistazo a los nombres y números de teléfono.

—Seguro que en mi listado están los ricos repelentes. ¿Qué hay en Leeds?

—Un río que se llama Aire, una universidad, un aeropuerto, un gran distrito financiero y espero que personas con ganas de comprar casas bonitas.

—Leeds, trátame bien —murmuré—. Dime un número, Andrea.

—Treinta y uno.

Me ajusté los auriculares y el micro. Conté hasta treinta y uno. Mi dedo se detuvo en un nombre, lo señalé con un asterisco. Marqué el 44113 seguido de siete números.

Un tono. Dos tonos. Tres tonos.

—Buenos días, ¿podría hablar con el señor Collingwood? —pregunté en inglés.

—Buenos días. Lo siento, el señor Collingwood no puede atenderla.

—Qué lástima. Me apetecía mucho charlar con él. No se preocupe, llamaré en otro momento.

—No, quizá no me he explicado bien. Quiero decir que el señor Collingwood no atiende llamadas. No va a hablar con usted.

—¿Por qué?

Pregunté desde lo más profundo de mi ser. Sabía que me iba a tocar el listado difícil y maldije la puntería de mi compañera y el número treinta y uno.

—¿Perdón? Es usted una descarada —esbozó, sorprendido—. Y ni siquiera sé con quién hablo.

—Soy Lluvia, descarada y agente comercial de Wexler Luxury. Le llamo desde Valencia, España. Ofertamos inmuebles de lujo en lugares privilegiados de la costa mediterránea. Disculpe, solo quería detallarle al señor Collingwood nuestra amplia cartera de propiedades. Explicarle que nuestros inmuebles no se encuentran en webs de Internet porque ofrecemos un servicio exclusivo. Es un cliente potencial y podría estar interesado. Como bien sabrá, es un momento excelente para invertir en mi país. ¿Con quién tengo el gusto de hablar?

25

—Sé dónde está Valencia. Y sé que es un momento óptimo para comprar. Habla con Pablo. ¿Ha dicho que se llama Lluvia? ¿Lluvia es un nombre?

—Claro que es un nombre —afirmé, indignada—. ¿Entonces me va a ser imposible hablar con el señor Collingwood?

—Totalmente. Le repito que el señor Collingwood no está interesado en su oferta. Ya dispone de una vivienda en la Costa del Sol.

—No sé. A lo mejor quiere adquirir otra propiedad. No sabrá si está interesado si omite mi llamada. Le iba a hablar de la Costa Blanca, no de la Costa del Sol.

—Gracias por llamar. Y por favor, borre el número de teléfono de su base de datos.

—Perfecto. Salude a su padre de mi parte.

Colgué cuando empezaba a hablar. Dejar a alguien con la palabra en la boca es de ser maleducado, pero es muy efectivo. En realidad, no es más que encender una mecha y esperar que explote la conversación o que se convierta en un silencio guardado bajo llave durante años.

Cariño, hay que ser maleducada e irreverente de vez en cuando y que el mundo arda en las palabras que no se atreve a decir.

—Nueve… ocho… siete…

—Algún día no te va a funcionar.

—Con él, sí —dije, asomándome a la mesa de Andrea—. Seis… cinco… cuatro. Es un inglés muy capullo que se llama Pablo. O puede que sea español, porque no es normal que un inglés se llame Pablo —dudé—. Pero me juego la mano derecha a que el rico es su padre. Vaya, segurísimo. Tres… dos… uno.

El teléfono sonó. Sonreí.

—Buenos días, le atiende Lluvia.

—¿Me ha colgado?

—¿Quién es usted?

—¡Pablo! ¡Acabamos de hablar! —afirmó, asombrado. Tuve que contenerme para no soltar una carcajada.

—Pensaba que nuestra conversación había finalizado.

—Eh… sí —titubeó—. ¿Cómo sabe que el señor Collingwood es mi padre?

—Intuición. Hablo con cientos de personas. He desarrollado mis instintos. Y deje de llamar señor Collingwood a su padre, por favor, suena ridículo. ¿Está interesado en nuestras propiedades o solo quería preguntarme eso?

—¿Siempre es usted tan borde?

—Señor Pablo, me ha calificado de «descarada» y de «borde» en menos de tres minutos. No sé usted lo ocupado que está, pero yo tengo que vender viviendas de lujo para pagarle la residencia a mi abuela.

—A mí, sus viviendas de lujo me dan igual. Hace dos años falleció mi madre y mi padre sufre agorafobia desde su muerte. No puede viajar ni salir de casa. Y no podría visitar la excelente propiedad que nos quiere vender.

Callé.

—Lo siento mucho. ¿Y qué doctor le dijo a su padre que tiene agorafobia? Porque se equivocó de todas, todas. ¿Quiere que le sea sincera? Lo que su padre tiene es una depresión profunda por perder al amor de su vida. No hace falta ser un genio para darse cuenta. Siente tanta tristeza que para él no tiene sentido traspasar los muros que ha creado a su alrededor porque el cielo se le cae encima. Le oprime y se asfixia. Pero no es agorafobia, es pena elevada a la máxima potencia. ¿Y sabe por qué lo sé? Porque a mi abuela le pasó lo mismo. Y no por un amor conyugal como el de su padre. Fue más cruel e inhumano. Perdió a dos hijas en menos de cinco años. ¿Agorafobia? Qué va. Vacío, a eso se le llama «pena» y «vacío».

Se hizo el silencio. Hay silencios que te hacen sentir solo e incomprendido, sin embargo, otros te arropan como una cerveza en la barra de un bar. Te guían, te acompañan y te entienden hasta que sale el sol. Y hay silencios y mentiras que cuentan verdades a medias y te acorralan entre las sábanas. Aquel mutismo que pareció durar minutos, me dijo que no me equivocaba. Que los lujos nunca son objetos ni propiedades; son miradas, caricias y sonrisas. Y cuando desaparecen, el silencio duele.

—Señorita Lluvia, la odio.

—Pues yo también le odio.

Colgamos. Nunca había odiado a alguien siendo tan respetuosa.

27

—¿Acabas de decir «le odio» a un posible cliente? —preguntó mi jefe, anonadado, a mis espaldas. Me giré y vi sus ojos abiertos enfocándome como los faros de un coche.

—Ha empezado él. Me ha llamado «borde» y «descarada» y…

—Y nada. Coge tu móvil de empresa y ve a mi despacho.

Mis compañeras me observaron expectantes. Busqué el maldito móvil en mi bolso. Cogí la botella de agua para pasar el trago y me dirigí a su oficina. Una estancia blanca sin gran ornamentación, pero con acceso directo a la inmensa terraza de la que gozaba el piso. Todos los despachos tenían una puerta con acceso a la terraza desde la que se divisaba el centro de Valencia y la imponente calle Colón.

—Enciende el móvil. Lo tienes apagado desde ayer —ordenó al sentarse. Le hice caso, tenía razón. Mi jefe cogió aire por la nariz y lo expulsó con virulencia por la boca—. Lluvia, puedo consentir que llegues diez minutos tarde y me cuentes las milongas que quieras. Puedo consentir que no sigas las pautas que te marqué desde el primer día, que el guion lo tengas de adorno y vayas por libre, pero lo que no puedo consentir es que le hables mal a un posible cliente. No… lo puedo… consentir —afirmó al son de tres movimientos de cabeza—. Somos una empresa seria, de nivel, de alto standing. ¡Con un prestigio internacional! ¿Qué imagen vamos a dar?

—Lo siento. No se repetirá. Pero ha empezado él, escucha la grabación si quieres. Vamos, Sergio, sabes cómo funciona esto. Gente encantadora, neutral o borde. Me ha tocado el capullo y me he excedido. Lo siento. Otro día me morderé la lengua.

—¿Morderte la lengua? Eres buena vendiendo, pero no sabes morderte la lengua. Otro numerito de este tipo y tomaré medidas drásticas y contundentes. Ya me entiendes —le entendí y me revolví en la silla—. El último mes has estado irascible y nerviosa, deberías tomarte unas vacaciones.

—¿Vacaciones? No, no. Cogeré vacaciones cuando me toquen. Estoy bien, genial, de verdad.

El teléfono emitió sonidos de WhatsApp y avisos de varias llamadas.

—Me dijeron los Rosenberg que te iban a llamar. Ayer a última hora de la tarde les vendimos la villa.

—¿Sí? ¡No sabes cuánto me alegro! Son un matrimonio entrañable. Me entendí con ellos desde el minuto uno y hemos mantenido el contacto hasta el final. Me alegro, porque la villa es preciosa y la han comprado a buen precio. Aunque intuyo que el precio no era un problema.

—¿Por qué lo haces? No es necesario que sigas hablando con ellos.

—No es necesario pero es productivo. Lo hago porque quiero y porque me dejan. Les doy confianza y, oye, es bonito que confíen en ti, ¿no crees? Además, si no hiciera el seguimiento muchas de las ventas se irían a la mierda. He visto cactus con más personalidad y actitud que la responsable de ventas —afirmé, a sabiendas de que era la sobrina de su mujer.

Sergio me miró como si quisiera atravesarme. Entrecruzó las manos sobre su barriga y se dejó caer en el respaldo del sillón giratorio.

—¿Qué te han escrito? —señaló con la mirada el móvil. Abrí el mensaje y leí.

—«Encantadora, Lluvia. Hemos comprado la villa. Gracias por tus recomendaciones. Sin ti no hubiera sido posible. Espero verte en la fiesta de bienvenida y conocerte. Llámame cuando puedas. Clarisse.»

Me levanté de la silla con el ego como segunda piel.

—Ves —le dije antes de salir—, no soy borde. Todo depende de a quién le preguntes.

—No apagues el móvil. Y llámala.

A las diez de la mañana había saltado de alegría, había odiado a un cliente y había recibido el rapapolvo de mi jefe. Eso es la vida: dar y recibir, querer, odiar y volver a empezar.

Cariño, cuando crezcas entenderás que estamos hechos de rutinas, de gestos repetidos hasta la saciedad y de impulsos e inercias. Muchas veces actuamos sin pensar y decimos las cosas sin sentirlas. Murmuramos te quieros que han caducado en la despensa. Pero la rutina acaba cantándonos las cuarenta porque, aunque no tenga mejores cartas, sabe jugar mejor. Y no creas que solo la rutina nos define. También las sorpresas que no marcamos en el calendario. Y el tiempo que invertimos en nosotros mismos y los minutos que le dedicamos a quien los vale. Y las palabras que gritamos

29

al viento, las que repetimos hasta que pierden su valor. De eso que presumimos y nos falta. Estamos hechos de idas y venidas y mudanzas, de trenes que jamás cogimos y de llamadas que contestamos sin pensar. Lo entenderás cuando crezcas.

2

¿Cuánto tiempo se tarda en olvidar una conversación? Es lo que me pregunté de camino a casa, tropezándome con el sermón que le había recitado al chico de Leeds. Tenía remordimiento de conciencia.

Abrí el portal y me acerqué al ascensor. Seguía sin funcionar. Gruñí. Subí los seis pisos andando, asfixiada.

—Hola.

—Hola y adiós. —Mi hermana se movía por el salón de un lado a otro. Metiendo trastos en su bolso—. He preparado macarrones y han sobrado. Para ti.

—Qué detalle. ¿Dónde vas?

Me tumbé en el sofá y la observé.

—A la biblioteca. Tengo que hacer un trabajo. ¿Puedes tender la lavadora?

—Victoria, no soy tu criada. Tiendes la lavadora y te vas a la biblioteca.

—¡Qué insoportable estás! No me da tiempo. La tenderé esta noche.

—Claro, o la semana que viene. A tu ritmo. ¿Cuándo vas a ir a ver a la yaya?

—Mierda, se me había olvidado. Iré mañana.

Me levanté y me encaré hacia ella.

—Eso lo llevas diciendo desde el martes. Vale que te olvides de tender una jodida lavadora o de fregar los platos, pero que te olvides de ir a ver a tu abuela, no tienes vergüenza.

—¡No me hagas sentir culpable, Lluvia! Te odio cuando te pones así.

—Perfecto, aprovecha, que hoy me odia todo el mundo.

—Iré mañana. Adiós. —Cogió las llaves—. ¡Ah! Había una carta para ti en el buzón. Un sobre muy bonito. Lo he dejado en tu habitación.

Cómo podía ser que fuéramos hermanas. Lo pensaba a diario. Tan distintas a la hora de ejecutar; sintiendo de forma tan diferente; opuestas en la manera de mirar y de leer entre líneas. Si me hubieran dicho que una de las dos era adoptada, no me hubiera sorprendido. Victoria era mi norte, pero me desarmaba como una tormenta inesperada, me estresaba hasta límites desconocidos. Su burbuja ideal, su responsabilidad ausente y su «todo cae del cielo», disparaban mis nervios hasta esas nubes en las que mi hermana vivía acomodada.

Me dirigí por el pasillo hacia mi habitación. La casa de mi abuela era una maravilla: techos altos, suelos de mosaico y rincones inspiradores. Ciento cincuenta metros de un gusto envidiable. Las paredes rezumaban nostalgia de tiempos mejores y voces del pasado. Sí, su casa tenía algo, cierto encanto, cierta energía cautivadora. La gente que venía lo sentía al entrar. Era especial, al igual que las personas que la habían habitado y habían dejado un poquito de ellas en cada recoveco.

Al llegar a mi habitación, me senté en la cama. Junto al almohadón reposaba el sobre. Lo cogí. Era un papel grueso y satinado, en color sepia. En el destinatario se leía mi nombre en una caligrafía antigua, perfecta y preciosa. Lluvia. En el reverso no encontré remitente, pero sí un lacre granate que miré y acaricié con los dedos. Nunca había recibido un sobre lacrado. Lo abrí con sumo cuidado y extraje una tarjeta con la misma caligrafía:

Querida Lluvia:

Con motivo de nuestro encuentro trimestral, le mandamos esta invitación para que se reúna con nosotros en la calle del Hospital, número 7, a las 21:00 horas del próximo lunes 6 de junio.
Será un placer volver a verla.

Reciba un cordial saludo,
La Asociación

Releí la tarjeta mil veces, miré el sobre otras tantas. Lo analicé con la lupa de coser. Lo puse al trasluz. Y finalmente, me tiré en la cama como un peso muerto, con la tarjeta pegada al pecho. ¿Qué encuentro? ¿Qué Asociación? ¿Volver a verme? ¿A mí? Me dormí.

Cuando desperté, seguía preguntándome lo mismo sin encontrar respuestas. Guardé el sobre en el último cajón de la mesita de noche, tendí la lavadora y comí macarrones a las seis de la tarde.

Si mi hermana era mi norte, mi abuela era mi brújula. Le dolían los años, la vida y el tiempo. Disfrazaba historias que yo desvestía para vestir de realidad. Y me miraba y gritaba en silencio sus palabras dormidas. Mi abuela era un rayo de luz que siempre sabía cuándo iba a llover porque podía oler la lluvia. Me pedía que sonriera pasara lo que pasara y que no llorara, que bailara. Aquella mujer fuerte y entera a pesar de los palos, me repetía con aires de tango sentido y bailado que en esta vida hay muchas vidas. Y hoy asiento, desde el estómago, con la cabeza y con el corazón.

Atravesé la verja y el cuidado jardín de la entrada a la residencia San Felipe Neri. No sé si era la mejor, pero era la que más me gustó del *tour* de centros geriátricos que hicimos mi hermana y yo tres años atrás. Salía llorando de todas con el firme propósito de que no llevaría a mi abuela a una residencia, que lo volvería a intentar con una cuidadora. Pero ella, testaruda e inflexible, se negaba. Quería ir a una residencia y quería irse ya. Se veía como una carga para dos jovencitas, y su carga era mi pesar y mi dolor. Porque ella nunca fue una carga, tenerla cerca era mi liberación.

Al final, me decidí por una residencia ubicada en la capital, en la avenida del Puerto. A diez minutos de casa en coche. El ambiente era agradable y las instalaciones, magníficas. No parecía una cárcel ni un hospital. Gimnasio, espacios al aire libre, salas de estar, biblioteca y un sinfín de servicios que intentaban disimular que aquel lugar era un centro geriátrico.

Victoria y yo entramos al despacho y el director de San Felipe Neri nos estrechó la mano. Era un hombre cuarentón, atractivo y engominado. Tomamos asiento frente a él.

—Me alegra que hayan decidido apostar por nuestra residencia.

—No nos hable de usted, por favor. Tengo veintidós años y ella aún es menor. —Miré a mi hermana—. Le voy a ser sincera, señor Marco, no me hace ninguna gracia ingresar a mi abuela en una residencia por muy bonita que sea. Me hace sentir culpable, incluso mala persona. Pero mi abuela es libre, razona a la perfección y es lo que quiere. Como le habrán comentado, somos sus nietas. Queremos que su habitación sea individual y exterior. ¿Hay algún problema?

—Ninguno. Así será. No debes preocuparte por nada. Sé que es lo que dicen en todos los centros, pero en este lo decimos de verdad. Hay asistencia permanente.

—Genial. Seré yo quien pague la cuantía mensual de dos mil euros. Si hay que efectuar pagos extras por cualquier servicio, no quiero que ella se entere. Me lo dirán a mí personalmente. Mi abuela ha pasado por un cáncer y una angina de pecho. Tiene reuma, artrosis y muchas teclas, pero de la cabeza está mejor que nosotros tres juntos. Mira este calendario. —Cogí un calendario piramidal que había sobre su mesa.

El director de la residencia asintió y me observó estupefacto.

—Voy a venir cada uno de los días que hay en este calendario. Es lo que más me gusta, que puedo venir cuando quiera —añadí—. Comprobaré cómo está mi abuela y cómo la tratan. ¿Ha visto usted en las noticias esos vídeos de cuidadores locos que agreden a los ancianos en residencias? ¿O esos donde se ve que los drogan con pastillas para que no den la tabarra?

—Los he visto. Son inhumanos y deplorables.

—Estoy de acuerdo, señor Marco. Por supuesto que aquí no harán semejantes barbaridades ni en sueños, porque ustedes son gente de bien y tratan con cariño y sensibilidad a los ancianos. Entiéndame —afirmé con dulzura—, esta que tengo al lado y mi abuela son mi vida, las únicas que pueden quitarme el sueño y sacar lo peor y lo mejor de mí. Seguro que mi abuela es muy feliz en su centro, pero si por algún casual veo que cambia de actitud, si percibo comportamientos extraños o malas prácticas... Les investigaré, les perseguiré y seguramente, les mataré.

Sonreí con la mirada vidriosa, a punto de llorar. Mi hermana puso los ojos en blanco y se tapó la cara de pura vergüenza. Y el bueno de Ismael Marco, contestó un: «No hará falta, te lo aseguro». Otro me hubiera tirado a patadas de allí, pero él supo ver mi desesperación, mi juventud truncada y mis miedos. Lo supo ver.

—Hola, Sara.

El mostrador en forma de L quedaba a la derecha de la entrada.

—Hola, bonita. Pensaba que hoy no vendrías.

—Necesito un abrazo. ¿Sabes por dónde anda mi octogenaria rebelde?

Sara sonrió.

—Antes la he visto en el jardín, leyendo.

—¿En cuál de los tres?

—En el de las palmeras. —La recepcionista se encogió de hombros.

No había quien sacara a mi abuela de ese jardín. Decía que le encantaban las palmeras y el limonero. El jardín era precioso, invitaba a relajarte y a esperar no sé muy bien el qué. Visitas o recuerdos. Era extenso, con mucha vegetación y siete mesas repartidas por el espacio con sillas y sillones de ratán.

Atravesé uno de los salones con televisión, giré por un pasillo a la derecha, me asomé a la biblioteca por si acaso la encontraba allí; otro de sus lugares favoritos. No estaba. Seguí recto, volví a girar y la vi a través de los grandes ventanales que mostraban el jardín.

No sé si lo creerás, cariño, pero cierro los ojos y veo la escena. Me veo observándola tras el ventanal. La veo sentada en uno de los sillones, rodeada de flores y plantas, atusándose el pelo, pasando las páginas de un libro, casi rubricando su punto final. La veo pintada de arrugas e injusticias. Ausente, serena, eterna.

Salí al jardín y sus ojos se abrieron como los de una niña pequeña ante un regalo.

—¡Corazón! No sabía que hoy también vendrías.

—Hola, yaya —dije, me senté sobre su regazo y la abracé.

—¿Qué te pasa? —preguntó, separando mi rostro de su hombro.

—Un día de mierda.

Me abrazó y me meció. Lloraba sin saber el motivo exacto. Y aunque las lágrimas corrían por mi cara, su abrazo era mi felicidad.

—No llores, tonta. Tú baila, que la vida puede ser muy corta o muy larga para pasarla llorando. Coge una silla y cuéntale a tu abuela qué ocurre.

—Qué guapa estás. —Me acerqué a por una silla y la puse junto a ella—. ¿Han venido las estudiantes?

—Sí, esta mañana, pero desde que le echaste la bronca a Clara, no se atreve a hacerme peinados originales.

—Yaya, ¡te tiñó el pelo de azul! Normal que le echara una gran bronca. Poco le dije.

—Se fue muy disgustada. Son estudiantes, hija, necesitan practicar. Estaba muy bien con el pelo azul. Tenía un aire a Lucía Bosé.

—Pues que practique con su abuela, no con la mía. Déjalo, cuando sacamos el tema del pelo me pongo nerviosa y ya bastante nerviosa estoy.

—¿Qué ha pasado?

—No lo sé. Primero, la señora Geraldine diciéndome cosas extrañas. Que tenía una edad perfecta para que me cambiara la vida y que ella de joven tenía sueños premonitorios. Luego, he llegado tarde al trabajo y he discutido con un cliente que me ha llamado borde y descarada. La culpa mía, por meterme en sus asuntos. Y Sergio me ha pillado y se ha enfadado, se ha puesto en plan superjefe. Que si somos una empresa seria, bla bla bla. Y que si se repite un numerito similar, tomará medidas. Mentira. Porque soy la que más vende. Yaya, ¿recuerdas a Clarisse?

—¿La señora que vivió en Australia, se fue a Londres y se casó con un empresario?

—Sí. Ha comprado la villa de la que te hablé, con vistas al mar, espectacular. Me ha invitado a la fiesta de inauguración. Estará llena de ricos como ellos. ¿Crees que pegaría allí?

—Corazón, las personas con carisma y carácter pegan en cualquier parte.

—Lo pensaré. Y después he llegado a casa y la he tenido con Victoria.

—Tu hermana me escribe, pero hace una semana que no viene. ¿Qué le pasa?

—Que es gilipollas. Eso le pasa. —Miré al infinito—. Vive en su mundo paralelo, feliz, sin preocupaciones, creyendo que va a ser la mejor periodista del país. Me gustaría entrar en su burbuja solo un rato para ver qué tal se está ahí dentro.

—Si lo cree, lo será. Déjala, es joven.

Arqueé las cejas y contemplé a mi abuela.

—¿Y yo no soy joven, yaya? También soy joven, sabes, y tengo responsabilidades y dolores de cabeza. Le pago la universidad privada, pago las facturas de casa, la comida y encima le tiendo las lavadoras. Joder, quiero ser tan feliz como ella. ¡Lo exijo!

Mi abuela dejó las gafas y el libro sobre la mesa que tenía a la izquierda. Me cogió las manos y me analizó con semblante serio.

—Escúchame. Tú no eres Victoria, tú eres Lluvia. Un torrente de emociones y un cúmulo de tormentas que te han calado los huesos porque no tenías paraguas. Te empeñas en ser la madre protectora de tu hermana, la nieta protectora de tu abuela, la amiga protectora. Quieres ser el paraguas de todo el que te rodea porque te nace serlo, porque has sufrido y no quieres que el resto sufra. Deja que se mojen y tú sécate al sol. No te angusties por los demás, Lluvia. El mundo va a seguir girando con o sin nosotras. Y no culpes a tu hermana de tu desidia, es injusto. ¿Cuándo has sido tú injusta? Deja que sea independiente. En septiembre no le pagues la universidad, que encuentre un trabajo y se busque la vida. Y por mí no padezcas que aquí estoy en la gloria.

—No hables de este sitio como si fuera un *resort*, me pone cardiaca. ¿Por qué no vuelves a casa?

—En casa no tenemos jardines con palmeras ni limoneros.

—Pero en casa estamos nosotras y están tus cosas.

—Cosas —repitió—. Vosotras tenéis que seguir vuestro

camino y yo el mío. Aun así estamos juntas, es lo importante. ¿Cuánto dinero nos queda?

—No te preocupes por el dinero. ¿Qué tal hoy tu corazón?

—Sigue latiendo. Pero la muerte no para, trabaja a jornada completa. En cualquier momento viene a por mí y me planta la alfombra roja. Por suerte, me encontrará bien peinada.

—No digas eso ni en broma. No me haces gracia.

—No era una broma. —Hizo una pausa—. Y ¿esos han sido tus dramas del día? Parece mentira viniendo de ti.

—Pequeños dramas cotidianos. Hoy no soy Lluvia —me hundí en la silla—, aunque he recibido un sobre que me lo ha recordado. Lo han dejado en el buzón sin sello ni remitente. Ponía mi nombre. Una asociación me invita a una reunión y dicen que será un placer volver a verme. Ni idea de qué puede ser.

A mi abuela le cambió el gesto.

—No vayas. Se habrán equivocado.

—¿Cómo van a equivocarse? Debo ser la única que se llama Lluvia en Valencia y lo han dejado en nuestro buzón. No. El sobre, la tarjeta… ¡El lacre! Yaya, en el lacre hay grabada una flor de loto. Alucina. Esta flor de loto. —Levanté el brazo hasta que mi muñeca quedó ante sus ojos—. Intrigante ¿no? Estoy flipando. ¿Por qué no quieres que vaya?

—Porque me da miedo. No sabes quién es. ¿Y si te hacen algo o te roban?

—Ya, pero me ha entrado curiosidad.

—No vayas.

—Vale, tranquila, no iré. Lo que voy a hacer es irme a casa. Tienes que cenar.

La ayudé a levantarse y le acerqué el andador donde tenía colgada una bolsa de tela. Metí su libro, las gafas, y la abracé.

—Eres mi as en la manga. No me faltes nunca —le susurré al oído.

Cuando me marchaba, me cogió del brazo.

—Lluvia, algún día vas a ser tan tan feliz, que llorarás al recordarme.

Me adivinaba al primer golpe de vista, cuando nos mirábamos y sobraban las palabras que ya nos habíamos dicho y las que sabíamos que nunca nos diríamos.

Ella siempre tuvo razón.

ϒ

Al llegar, subí andando hasta el último piso y toqué al timbre de la señora Geraldine. Le había prometido sacar de paseo a Tango. Nadie me abrió. Volví a tocar y esperé. Aplasté la oreja contra la puerta. Me pareció muy extraño. El ascensor no funcionaba y era imposible que ella sola hubiera bajado por las escaleras con el perro. Después de cinco minutos, desistí y me fui a casa. Mi hermana no había vuelto. Encendí las luces y me dirigí a mi cuarto. Abrí el último cajón de la mesita y saqué el sobre. Acaricié el lacre con la flor de loto grabada y leí la tarjeta. Le había hecho una promesa a mi abuela que aún no sabía si iba a cumplir. No sería mi primera promesa incumplida.

Su vida no había sido fácil, pero todo empeoró cuando falleció mi tía. Su salud física y mental se resintió hasta desvanecerse. No me extrañó, ni me extraña ahora. Perdió a dos hijas en menos de cinco años. ¿Qué cuerpo y qué cabeza son capaces de resistir ese dolor? Por aquel entonces, Victoria y yo vivíamos con ella. Al principio, pudimos sobrellevar la situación. Los ahorros de mi abuela me permitieron contratar a una cuidadora por las mañanas. Y por las tardes, cuando terminaba de estudiar, era yo la que me encargaba de ella, la que se metía en su cama y le acariciaba el pelo, la que la vestía y la obligaba a ducharse. Era duro verla llorar. Estaba perdida y absorta. Su mente se había ido a otra parte mientras yo me dedicaba a tirar de una cuerda para sacarla de un pozo cada vez más profundo. Y de nuevo el maldito cáncer reapareciendo sin ser llamado, y el viacrucis que conlleva. El dinero se acababa y mi paciencia también. Fueron años difíciles que me hicieron crecer a toda prisa y creer en lo imposible, porque de repente, un día se levantó de la cama, respiró, nos miró y le plantó cara a los recuerdos y a las noches. En aquel instante, le di las gracias de corazón a un Dios con el que siempre había estado enemistada.

Mi abuela decidió vender la casa de verano de Finestrat y un pequeño terreno que tenía en Benidorm. Aunque habíamos pasado momentos felices en Finestrat, no nos dio pena cerrar la puerta y echar a volar. No nos quedaba pena, solo nostalgia, muebles y fotografías que empaquetamos y trasladamos a Valencia. El mar se calmó y con el dinero que sacamos de la venta asumimos los gastos de la casa, la cuidadora y los imprevistos. Hasta que se le metió entre ceja y ceja que no quería cuidadoras. Su deseo era irse a vivir a una residencia. Me hizo prometerle que pagaría el centro geriátrico con el dinero que aún teníamos en el banco. Treinta mil euros. Nuestra fortuna. Treinta mil euros que, por supuesto, no iba a tocar. Si el dinero no se multiplicaba, debía buscar trabajo. Abandonar el sueño de ser diseñadora para pagarle la mejor residencia a mi abuela y, por fin, dormir tranquila.

La inmobiliaria Wexler Luxury fue una bendición del cielo.

3

Al despertar, estaba en mi estudio. Tumbada en el sofá cama. La casa era tan grande que había acondicionado una de las habitaciones como taller. Había pasado parte de la madrugada entre agujas, telas y bocetos. Dibujando futuras creaciones y terminando un sombrero espectacular.

Desayuné, cogí las llaves y todavía en pijama, subí a casa de la señora Geraldine. Llamé al timbre. Esperé. Golpeé la puerta con los nudillos. Empecé a inquietarme. Volví a llamar. No abrió. Presa del pánico bajé hasta el segundo piso, toqué al timbre de la puerta tres y aguardé unos segundos.

—¿Estás sola?

—Sí.

—¿Y por qué has abierto?

—Porque he visto por la mirilla que eras tú.

—¿Qué te he dicho mil veces? Que no abras la puerta si no está tu madre. Imagínate que alguien hubiera estado detrás de mí, qué sé yo, apuntándome con una pistola.

Olivia cruzó los brazos, frunció el entrecejo y ladeó ligeramente la cabeza hacia la derecha. Era su gesto.

—¿Qué te pasa?

—¿A mí? Nada. ¿Por qué llevas los labios pintados de rojo?

—He leído en una revista de mi madre que los labios rojos levantan el ánimo, que motivan y te ves guapísima. Proyectas esa imagen. En realidad, puede que el resto te vea más guapa, por eso tú te ves mejor. Entras en una espiral. Un bucle emocional. Otra forma de engañar al cerebro. Píntatelos —dijo, muy seria, asintiendo.

—Lo haré. Olivia, tenemos un problema.

—Los adultos cuando habláis de problemas lo hacéis en plural. ¿Os sentís mejor involucrando a un tercero? Yo no tenía problemas hasta hace un minuto. Estaba tranquila en el salón leyendo revistas, haciendo los deberes y mirando cuadros de Dalí en Internet.

—¿Cuadros de Dalí?

—Sí. Geraldine me estuvo contando historias sobre Dalí y Gala y me habló de su Teatro-Museo. Buscaba información —se encogió de hombros.

—De Geraldine quería hablarte. Ayer fui a su casa para recoger a Tango porque no va el ascensor. No me abrió. He vuelto esta mañana y tampoco me abre. A lo mejor le ha pasado algo. Sé que tu madre tiene llaves de su casa.

—¿A lo mejor le ha pasado algo quiere decir que a lo mejor se ha muerto?

—Sí.

—No quiero ver a una muerta, Lluvia, solo tengo once años.

Me recosté en el marco de la puerta. Miré sus ojos negros, expresivos, asustados ante la posibilidad de presenciar un cuerpo frío e inerte. La primera vez que vi a una persona muerta fue a los once años. Era mi madre.

—Oye —me incliné hacia ella—, no voy a dejar que veas ningún muerto. Me das las llaves y tú te quedas aquí. Vendré enseguida.

—No. Si tú vas, yo voy. Espera.

Dio media vuelta y entró en casa. Olivia pasaba mucho tiempo sola y era demasiado empática, se hubiera ido a la guerra conmigo únicamente para ver muertos y cogerme de la mano. Cuando apareció, no llevaba carmín en los labios. Parecía una niña casi normal. Subí las escaleras con ella siguiéndome unos peldaños por detrás cual perrito faldero.

—¿Cómo te va con tu novio? —disparó.

—Ya no es mi novio.

—¿Aún os estáis dando un tiempo?

—Sí.

—¿Y cuánto dura ese tiempo?

—A veces, toda la vida.

—No te enfades, Lluvia, pero me da que tu relación se ha acabado. Por cierto, ¿cómo sabes que una relación se ha acabado?

—Lo sabes porque uno u otro dice cosas sin sentido y sin sentirlas. Porque el invierno se alarga más de tres meses y «siempre» empieza a ser demasiado. Sobran horas y faltan abrazos. Por eso lo sabes, y por las últimas miradas.

—¿Qué pasa con las últimas miradas?

—Te voy a contar un secreto. Cuando has pasado por el trago de despedirte muchas veces, ocurre algo que nadie puede enseñarte. Aprendes que hay miradas que te cierran los ojos, que hacen ruido y que dicen adiós. Y sin más, sucede, te conviertes en una experta en últimas miradas. De las que no se olvidan. Miradas con eco, eternas las llamo yo.

—Bonito y horrible. Ay, Lluvia, quiero enamorarme como en los libros y en las películas. Es lo que más deseo en este mundo.

Afirmó con ganas, con fuerza, como si hubiera visto una estrella fugaz o estuviera a punto de tirar una moneda a una fuente. Me hizo gracia su pasión infantil. Pero acto seguido cambió de tema y su tono se desvaneció.

—Estoy… triste.

—¿Por qué?

—Ayer un niño en el colegio me gritó que no era española, que era inmigrante y negra. Me da un poco igual, pero me pone triste que lo utilice para insultarme.

Me detuve en las escaleras y la miré de la forma más sincera que pude.

—Olivia, a mí también me pone triste, pero racistas y analfabetos van a existir por los siglos de los siglos. Tendrás que convivir con ellos sin que te afecte. No eres inmigrante ni negra. Y si lo fueras, no pasaría nada. ¿Qué le contestaste?

—Lo que tú me dices, que soy una jodida diosa de ébano.

Olivia me hacía reír.

—Vaya educación de mierda os dan. Ni igualdad ni valores ni respeto. Eres una mulata bella, pequeña.

—Soy tu bombón de chocolate.

Le guiñé un ojo y seguimos el ascenso.

—¿Sabes qué?

43

—Has amanecido habladora.

—Sí. La hermana de mi amiga Vega se ha operado las tetas y ahora liga una barbaridad. Si no me crecen, me las opero.

—¿Y tú eres la superdotada?

—De la cabeza, pero de las tetas puede que no.

Llegamos al séptimo piso fatigadas y entre risas. Por un instante se nos había olvidado el porqué de la excursión. Pegué la oreja a la puerta y le pedí con un gesto la llave.

—Deberíamos llamar a la policía, Lluvia. Vivimos al lado de la Jefatura Superior y nosotras vamos a entrar en casa de una vecina porque sí. Esto es allanamiento de morada. A ti te meterán en la cárcel y a mí me ingresarán en un correccional de menores con adolescentes problemáticos. Diré que me obligaste.

—Calla —dije al introducir la llave—. Esto es deber de socorro. Es auxiliar a una vecina en peligro.

Olivia se colgó de mi camiseta del pijama y entramos. El pasillo estaba en penumbra. Anduvimos unos pasos y nos asomamos al salón, la primera habitación de la casa. Las ventanas lucían cerradas y las persianas entreabiertas. A primera vista, todo parecía tan recogido y ordenado como siempre.

—¡Señora Geraldine! —grité.

—¡Tango! —dijo Olivia.

Nos respondió el silencio.

—Ay, Lluvia, que está muerta —susurró.

—Quédate aquí.

La pequeña asintió. El dormitorio de Geraldine era la última estancia antes de girar el pasillo a la derecha. Había entrado un par de veces y la cantidad de detalles que decoraban la habitación me había dejado fascinada. Cuando me di la vuelta, Olivia había avanzado unos pasos y ocultaba su boca con las manos. Las gotas de sudor resbalaban por mi frente. Yo tampoco quería ver a una muerta. Golpeé la puerta con los nudillos, ni siquiera sé por qué. Segundos después, la abrí.

—¡No está!

Olivia se acercó corriendo. Nos extrañó más que no estuviera, de lo que nos habría sorprendido encontrar su cuerpo sin vida en la cama. Entramos en cada una de las habitaciones con el mismo temor. Y después de la expedición volvimos al punto de partida. Ella con los brazos cruzados, yo con los brazos en jarra.

—¿Cómo puede ser? Es imposible que se haya ido. ¿Cómo? ¿Y con quién?

—¿Y dónde? —añadió Olivia.

—¿Cuándo fue la última vez que la viste?

—El jueves por la tarde.

—¿Y qué hicisteis?

—Hicimos los deberes de lengua y de inglés. Aunque es muy raro hacer los deberes de inglés con ella. Me lía porque lo mezcla con el francés y el español y acaba inventando un idioma nuevo. Es divertido. Después me habló del Teatro–Museo Dalí en Figueres. Me contó que Dalí quería empezar la casa por el tejado porque así lo hacían los grandes arquitectos del Renacimiento. Lo primero que imaginaban era la cúpula. Me enseñó fotos en un libro. Me fui a cenar y no la he visto más. ¿Podemos irnos? Parecemos okupas.

—Espera, ¿no te dijo nada raro?

—Geraldine no para de decir cosas raras.

Me agaché y la agarré de los hombros.

—Haz memoria, Olivia. Ayer estaba extraña, más extraña que habitualmente. Me dio un abrazo.

—Guau. Un abrazo.

Me entraron ganas de estrangularla.

—A lo mejor vio que lo necesitabas o a lo mejor se estaba despidiendo y nos estamos dando cuenta ahora. De mí no se despidió —añadió con tonito lastimero.

—Vámonos. Le preguntaré a los vecinos o al portero de al lado.

La señora Geraldine no tenía familia, por lo menos que nosotras supiéramos. Era viuda y sin hijos. Años atrás había sido una extravagante y bella profesora de francés que sembraba suspiros por el vecindario. Pero cuando Victoria y yo nos trasladamos con mi abuela, Geraldine ya era una anciana que vivía con un perro en el último piso. Una anciana peculiar que había librado mil guerras pero que no había podido escapar de los achaques de la edad, entre ellos, andar con dificultad. Y de repente, se había evaporado.

45

—Espera, me dijo una frase que no entendí.

—Qué.

—Que en las últimas habitaciones siempre se esconden secretos.

Se me erizó el vello.

—Repítelo.

—Que en las últimas habitaciones siempre se esconden secretos. Antes de irme, Geraldine me dijo eso.

Cerré la puerta de nuevo, eché la llave y me dirigí a la última habitación. Olivia me seguía mientras me preguntaba que qué significaba. Se me había hecho un nudo en la garganta y otro en el estómago. Hay palabras que atan, de por vida. Abrí la habitación y encendí la luz. La última estancia después de girar el pasillo era amplia y parecía un museo. Decenas de cuadros decoraban las paredes, una mesa inmensa reinaba en el centro. Estaba llena de recortes, libros y revistas. Estanterías repletas de enciclopedias de antaño y novelas de todos los géneros. Y junto al ventanal, al lado del tocadiscos antiguo, reposaba un chéster marrón con cojines.

Entré sin saber muy bien qué hacer. Di un rodeo a la mesa. Eché un vistazo a lo que había encima. La frase me había eclipsado el pensamiento.

—Vale, Olivia, ¿entraste aquí el jueves?

—Sí. Hacemos aquí los deberes.

—¿Ves algo distinto?

Anduvo con lentitud, se situó frente a la mesa y giró sobre ella misma, concentrada. Se tomó su tiempo.

—Sí, pero no sé el qué. Bajo presión no puedo concentrarme.

—No fastidies, eres la persona con más memoria visual que conozco.

—No fastidio, Lluvia, me daré cuenta cuando esté pensando en otra cosa. Mi cabeza funciona así, como casi la de todo el mundo. Además, en este cuarto hay mil tonterías. Tanto trasto me despista.

Su cabeza no era como la de todo el mundo ni mucho menos.

Hubiera revuelto la habitación, desvalijado los cajones y abierto cada uno de los libros, pero no sabía qué buscaba. Quizás un secreto para mí o quizás absolutamente nada y todo formaba parte de una paranoia mental que acabaría con mi paciencia, aunque mi instinto me gritaba que dudara. Y era peor la duda que la verdad.

—Ven —dijo Olivia y salió del cuarto—, Geraldine guarda en su tocador una agenda pequeña. Apunta ahí las cosas importantes. No sé, las citas al médico y las visitas de Tango al veterinario.

Entró en la habitación de la anciana y se dirigió al espectacular tocador de dos metros de altura. Me fascinaba. Los espejos estaban biselados y se abrían en forma de tríptico. La habitación de Geraldine parecía sacada de una película de otra época, como ella.

—Es un tocador francés de 1890. Se lo regaló un señor parisino, un anticuario muy rico, a su abuela. Le tiene mucho cariño. Dice que es una joya.

—Debe costar una fortuna.

Olivia abrió el último cajón y cogió la agenda verde de piel.

—¿Qué hay en los otros dos cajones? —pregunté.

—Ni idea, están cerrados con llave y no sé dónde está. Nunca le he preguntado. Si quieres forzamos la cerradura.

Sonrió, maliciosa.

—Me preocupa que le haya pasado una desgracia.

—Y a mí —contestó y se tumbó en la cama—. Pero ¿sabes lo que realmente me preocupaba? Que Geraldine hubiera muerto sola en su casa. No se lo merece. Lo mejor que podía pasarnos era entrar y que no hubiera nadie ¿no? Piénsalo así. Si en unos días no tenemos noticias de ella, avisamos a la policía. Con un perro, problemas de salud y sin familia… no sé dónde habrá podido ir. Aquí no pone nada, Lluvia —afirmó—, que la semana que viene tiene oftalmólogo. Ah, pero ha arrancado la hoja del lunes.

No me dio tiempo a reaccionar cuando oímos golpes en la puerta. Mi corazón se aceleró. Olivia se incorporó en un santiamén.

—Shhh —le indiqué con el dedo índice—. No… te muevas.

Me descalcé. Anduve despacio por el pasillo. Los golpes y las maniobras de la persona que había al otro lado penetraban

47

a cada paso que daba. Con sutileza y precisión quirúrgica abrí la mirilla. Sentía que me faltaba la respiración y, al mismo tiempo, que mis inspiraciones podían oírse desde el primer piso. Me estaba dando un ataque de ansiedad. Con la misma lentitud volví a la habitación.

—Métete debajo de la cama.

Olivia negó. Me aproximé a su cara hasta que nuestro aliento se confundió.

—Hay dos tipos con la cara tapada forzando la puerta —murmuré—. Métete debajo de la cama y hazlo YA.

Sin réplica y con el rostro desencajado se arrodilló en el suelo. Sostenía tan fuerte la agenda que parecía que la iba a romper. La imité y me deslicé debajo de la cama. Abracé a Olivia, entre su espalda y mi pecho no sobraba ni un milímetro. Temblaba. Yo tenía la boca seca.

—No nos va a pasar nada.

Susurré en su oído sin saber qué iba a pasar en los próximos minutos. Si uno se adentra en la selva debe estar dispuesto a ser devorado, y nosotras, sin saberlo, habíamos tirado los dados que daban comienzo a la partida. Oímos cómo la puerta se abrió. Olivia quiso exhalar un grito que contuve con mi mano. Luego, el caos.

Pasaron cerca de cinco minutos en el salón. Nos llegaban ruidos, voces lejanas y risas. Pasos rápidos por el pasillo. Se dirigieron a la última habitación, donde invirtieron media hora. Conocían la casa. El tiempo se hizo eterno debajo de aquella cama grande y alta. El último destino fue el dormitorio de Geraldine. Sentimos que se acercaban y nuestros cuerpos, que para entonces eran una sola entidad, se tensaron. Puse mi mano en su frente y con el otro brazo la agarré fuerte. Pensé en mi madre y en mi tía, y después mi mente pasó a ser un torbellino de ideas y emociones.

—Ayer se fue la vieja.

Oímos cómo abrían los armarios y vaciaban el interior sobre la cama. Oímos cómo se movían por la habitación. Oímos nuestro corazón como si tuviéramos un megáfono pegado al pecho.

—¿Dónde estará? La cabrona se lo llevará a la tumba.

El otro no contestó.

Siguieron en silencio. Buscando. Abriendo cajones. Uno de ellos se aproximó a la mesita de noche. Llevaba zapatillas de deporte y un pantalón de chándal negro. Desmontó la lámpara y la tiró al suelo. La bombilla se deshizo en mil pedazos que llegaron hasta nosotras. Le dio la vuelta a la mesita de noche. La volvió a girar. Vació el cajón sobre el piso, se agachó y cogió algo del suelo. Llevaba unos guantes de látex.

—Mira a ver qué hay debajo de la cama. El puto lumbago va a acabar conmigo. Si vuelvo a doblar el lomo, tendrás que llevarme al hospital.

Olivia hizo un aspaviento que frené al instante. Cerré los ojos y apreté la mandíbula. Sentí miedo, del que paraliza, del que te rompe en dos el presente, las ilusiones y los planes.

El móvil de uno de ellos sonó.

—Sí. ¿Seguro? Hecho, jefe. Nos vamos —afirmó con tono pausado.

Seis palabras. Ni una más. Acto seguido salieron de la habitación y oímos un portazo. Alguien, al otro lado del teléfono, nos había salvado de un ataque en plena selva. Respiré como nunca había respirado. Me dolían los músculos. Me deslicé, salí de debajo de la cama y observé consternada los restos del naufragio.

—Olivia, cielo, sal —le ordené sin dejar de contemplar el desastre.

—No.

Bordeé la cama, retiré con el pie lo que había en el piso y me recosté en el suelo. Olivia seguía en posición fetal, con la agenda verde en la mano y sus ojazos negros llenos de lágrimas. No teníamos que haber estado allí. No era nuestro momento ni nuestro lugar, pero el destino quiso que viviéramos aquella escena y que lo hiciéramos juntas.

Cariño, el destino siempre tiene un plan, aunque parezca perverso y en un principio ni siquiera lo entendamos. No se puede huir del destino.

—Lo siento —dije y alargué mi brazo.

—No es tu culpa.

Cogió mi mano con ternura. Su gesto me hizo sentir horrible porque la vi vulnerable y demasiado inocente. Olivia no me tenía acostumbrada a verla como una niña.

49

—Se ha llevado su medalla de San Cristóbal, patrón de los viajeros.

—No te preocupes. Sal de ahí. Te prometo que no van a volver.

Hizo un movimiento y tiré de ella. Al ponerse en pie, la abracé tan fuerte que le dolió, pero no se quejó. Le limpié las lágrimas y la besé.

—Mira, han roto el tocador.

—Lo arreglará. Vámonos.

Al llegar al salón, echamos un vistazo, estaba todo revuelto, como mis pensamientos. Abrí la puerta de casa de Geraldine, saqué la cabeza, me asomé a las escaleras. No se oía ni un alma. Salimos, pegué un portazo y bajamos corriendo a mi casa. Cuando entré, me temblaron las piernas. Me apoyé en la pared y acabé sentada en el suelo. Olivia me estudiaba. Debía de estar muy consternada, porque ella siempre tenía algo que decir y sin embargo, un mutismo desolador se había convertido en su segundo traje. Se fue a la cocina y volvió con un vaso de agua.

Lo encajó en mis manos y se sentó a mi lado.

—¿Qué ha pasado?

—No lo sé —afirmé con la mirada clavada en el mosaico del suelo—, tengo que pensar. Cuando vuelva Geraldine se lo explicaremos.

—¿Y si no vuelve?

Su pregunta se me enquistó en el alma.

—Si no vuelve, no le explicaremos a nadie qué ha ocurrido. A nadie —recalqué—. Nosotras no hemos estado debajo de su cama, ¿de acuerdo? Lo que no se cuenta, nunca ha sucedido.

—La policía encontrará nuestras huellas.

—Somos sus vecinas. Subimos a diario. La última vez que estuviste en su casa fue el jueves por la tarde y yo el viernes por la mañana. Fin de la historia. Creo que Geraldine se ha ido porque tenía que irse, a lo mejor sabía que vendrían a hacerle una visita.

—Buscaban algo concreto.

—Sí.

Nos quedamos calladas. Seguía nerviosa y abrumada. No podía ordenar ni encajar el puzle que había en mi cabeza.

—No diré nada, te lo juro. ¿Qué significa que en las últimas habitaciones siempre se esconden secretos?

—Ojalá lo supiera —medité—. Mi tía me dijo esa frase, me besó y salió de casa. Días después la encontraron muerta.

Pasé el fin de semana danzando en una nebulosa, no me apetecía enfrentarme a la realidad. Ni siquiera visité a mi abuela. Me hubiera notado inquieta y extraña, y aún no podía ni quería dar explicaciones. La llamé y le dije que estaba enferma. En realidad lo estaba. Me dolía la incertidumbre y tenía el cuerpo contraído con miles de agujetas por culpa de la tensión que había padecido. No recordaba sentirme tan cansada en años.

Deambulé por la casa sin rumbo fijo. Pensé en teorías que sonaban ridículas. Me tumbé en la cama, vi la tele, me duché con agua fría. Y lo hice con una pregunta como telón de fondo: ¿Qué escondía Geraldine? Finalmente, caí rendida en el sofá cama rodeada de bocetos que tenían más vida que yo.

—Lluvia.

Abrí los ojos. Mi hermana estaba sentada junto a mí.

—Dime que ha sido un sueño.

—¿Qué?

—Nada —contesté, y hundí la cara en el cojín—. ¿Has ido a ver a la yaya?

—Sí, está perfecta. Me ha dicho que has recibido una invitación extraña y que no vayas, que le da miedo. Estaba preocupada. ¿De qué invitación habla?

—El sobre que dejaron en el buzón. Tranquila, no iré.

—Vale. ¿Qué te pasa? Has dormido mucho y aún no has comido.

—¿Qué hora es?

—Las ocho de la tarde de un domingo cualquiera. Y te han llamado al móvil del trabajo. ¡Mira! ¡Otra vez!

El teléfono sonó, lejano. Victoria salió del estudio. Los amantes de lo ajeno habían hecho que olvidara a los ricos que compran casas para ser más felices e incluso más ricos, pero el trabajo seguía ahí y yo también. Nadie había cambiado de lugar mi rutina o, por lo menos, eso creía.

51

—Toma. —Me lanzó el móvil—. Es un número de Marte.

No tenía grabado el número. No era un cliente potencial, a esos los tenía guardados en la agenda. Dudé. Era mi día de descanso. Pensé en mi abuela. Vendía casas para pagar la mía y la suya. No había días de descanso.

—Hola, soy Lluvia.

Contesté en inglés. Mi hermana sonrió. Tenía pensado quedarse a ver el espectáculo cuando le hice un gesto para que saliera y cerrara la puerta.

—Buenas noches, señorita Lluvia. —Una voz de hombre, grave y adulta, me respondió—. Soy el señor Collingwood. Perdone por las horas, la he llamado antes pero estaría ocupada.

«Collingwood, Collingwood», repetí mentalmente. Acto seguido me mordí el labio y me llevé la mano a la frente.

—No… no se preocupe —me atreví a decir—. ¿Cómo… cómo ha conseguido mi teléfono?

—Cuando hablaba con mi hijo no tartamudeaba, señorita Lluvia. Llamé a su trabajo, hablé con su jefe y me dio su teléfono.

—¡Oh, Dios mío! ¡Oh, Dios mío! —Di un respingo y me levanté del sofá—. Lo siento mucho, señor Collingwood, pero muchísimo, ni se imagina cuánto. Arggg, su hijo me puso de los nervios. Me llamó borde y descarada. Da igual, la culpa es mía. Lo siento. No tenía derecho, ni debía haber reaccionado así. Un momento, ¿escuchó nuestra conversación?

—Entretenidas y cortas. Sí, lo hice, las dos veces. Tiene usted la sutileza de un tanque soviético.

—Lo siento.

—Eso ya lo ha dicho, señorita Lluvia. ¿Qué es lo que siente? ¿Juzgar el dolor de un desconocido? ¿O poner en duda una enfermedad? Nadie había dudado de mis dolencias hasta que llegó usted e irrumpió desde el otro lado del teléfono. Ahora tengo a la familia revolucionada. Reconozco que su discurso fue magnífico: «El cielo le oprime y se asfixia. Pena y vacío» —recordó.

Mis mejillas enrojecieron.

—¿Puedo solventar mi error de alguna manera?

—Está empezando a hacerlo. Hable conmigo.

—Creía que no atendía llamadas y que no hablaba con nadie, señor Collingwood.

—Es cierto, pero su falta de comedimiento llamó mi atención. Tanto como el enfado posterior de mi hijo. Lo malhumoró en exceso, no suele ocurrir con frecuencia.

—Pues yo también me enfadé, se lo dice de mi parte. Y de paso le comenta que gracias a él, mi jefe me ha dado un ultimátum. Porque sigo teniendo jefe, ¿no?

—Imagino que sí. Un caballero agradable, su jefe.

—Sí. Todos son muy agradables cuando quieren vender.

—Excepto usted.

—No se confunda —afirmé—. Soy agradable, pero me rebelo cuando no lo son conmigo. No progreso adecuadamente en el arte del aparentar. Hasta el más aplicado tiene asignaturas pendientes.

—Goza usted de un carácter fuerte.

—Si no tuviera carácter estaría muerta.

—¿Por qué?

—Demasiado largo de contar.

—Soy un viudo triste y vacío. Le aseguro que tiempo es lo único que tengo.

Sonreí su ironía.

—Está bien, señor Collingwood, hagamos un trato. ¿Si yo le cuento mi historia, usted me cuenta la suya?

53

4

*F*altaban dos minutos para las nueve cuando crucé frente a la Iglesia de Santa Lucía. La noche había caído como un manto cálido, de forma lenta y regular. A los pocos metros, me paré en seco. Estudié el gran edificio de estilo barroco que había frente a mí. Abrí el sobre que llevaba en la mano y extraje la tarjeta.

> *Querida Lluvia:*
> *Con motivo de nuestro encuentro trimestral, le mandamos esta invitación para que se reúna con nosotros en la calle del Hospital, número 7, a las 21:00 horas del próximo lunes 6 de junio.*
> *Será un placer volver a verla.*
>
> > *Reciba un cordial saludo,*
> > *La Asociación*

No me había equivocado. Estaba en el lugar que me indicaba. Retrocedí unos pasos y analicé de nuevo el edificio. Colegio del Arte Mayor de la Seda, leí en la fachada. En la parte superior de la puerta de tres metros observé un capelo cardenalicio en relieve y, por encima, una inscripción: AÑO 1756. Aunque no había mucha luz, vi la imagen de un santo de piedra en altorrelieve, con ángeles sobrevolando su cabeza y un león a sus pies. Había atravesado cientos de veces la calle del Hospital y nunca me había fijado en los detalles de la fachada del edificio que tenía enfrente. Me abaniqué con el sobre. No sabía qué hacía allí: parada, absorta, confundida. Transeúntes con niños, parejas abrazadas y perros paseando, me dejaban atrás

54

mientras yo seguía anclada en la acera. Volví a levantar la vista. Cinco balcones se correspondían con el piso noble del edificio y tres grandes ventanales cerrados por rejas de hierro completaban la fachada. Ya me iba cuando vi una sombra varada en uno de los balcones. Impulsada por una fuerza invisible, avancé hacia la puerta y la golpeé. Uno de los dos portones se abrió apenas treinta centímetros, que me dejaron ver el rostro de un atractivo joven. Recordé a mi abuela, mi promesa incumplida, su miedo y el mío.

—Buenas noches —acerté a decir, y le enseñé la invitación como si fuera la contraseña secreta para entrar a otro mundo.

—Adelante.

Entré y él cerró. Anduve maravillada por lo que acababa de descubrir. Me encontraba en un amplio zaguán con una escalera a la izquierda y otra a la derecha. Dos quinqués reposaban en un mostrador, detrás de una gran arcada blanca. Sobre ella había un escudo. Miré hacia el techo. Numerosas vigas de madera lo atravesaban. Me di la vuelta. El chico alto, vestido con vaqueros y una camiseta de manga corta, me observaba.

—¿Dónde estoy?

—En el Colegio del Arte Mayor de la Seda.

—Hasta ahí llego. Lo he leído en la fachada.

—¿Eres de Valencia?

—Yo sí, y ¿tú?

—No, soy de Italia.

Me acerqué a la escalera que quedaba a mi derecha y miré de cerca el león tallado en madera, sujetaba entre sus garras un capelo cardenalicio. Se ubicaba en el comienzo de la barandilla y te invitaba a subir.

—Siendo de aquí deberías saber que este es uno de los edificios más destacados de la arquitectura valenciana. Llevan dos años rehabilitándolo y el próximo día dieciocho se reabrirá como museo. Eres una privilegiada, lo estás viendo antes que nadie.

Analicé sus grandes ojos verdes en la penumbra que nos acechaba. Inspiraba calma y, por un instante, abandoné la idea de que me iban a matar.

—Museo, ¿de qué?

—¿Museo de qué? Museo de la Seda. Estás en el barrio de Velluters, el antiguo barrio de los sederos, ¿de qué iba a ser el museo?

—¿Por qué hay tantos capelos cardenalicios?

—Por San Jerónimo, el patrón del gremio. En 1479 se aprobaron las primeras ordenanzas del gremio de los sederos, fue referente en todo el mundo. Casi cinco mil telares dieron trabajo a más de veinticinco mil personas. La industria de la seda. Hay que estudiar el pasado para interpretar el presente.

—¿Y qué estoy haciendo aquí?

—Ni idea. Sígueme.

Su respuesta parecía tan sincera como yo desconcertada. Se encaminó hacia la escalera del león y subió cerciorándose de que le seguía. Los escalones eran de madera y los azulejos estaban adornados con motivos florales y pájaros. El final de la escalera nos condujo a un vestíbulo. Oí voces.

—Estamos en la Sala de la Pometa —dijo—. Es por el suelo, el azulejo tiene dibujos de manzanas.

Él era guapo y tenía una sonrisa perfecta, pero a esas alturas nada me hacía gracia. Miré el suelo. A la izquierda, cuatro o cinco vitrinas estaban protegidas por una tela. A la derecha, había cajas apiladas y material de construcción.

—Vamos, están en la Sala de Juntas o Salón de la Fama, como quieras llamarlo.

No contesté.

El marco de la puerta que conducía al Salón de la Fama estaba decorado con una extravagante y gran pintura de leones. Sin mucha dilación, abrió la puerta.

—La última invitada —anunció.

Con el sobre en la mano y la expectación en la mirada, entré en el salón. Había ocho sillas en círculo. Cuatro hombres sentados, de distintas edades, vestían de forma totalmente diferente; traje de chaqueta, *sport*, vaqueros. Una mujer morena de mediana edad hojeaba un libro antiquísimo y una chica joven que parecía sacada de una ilustración angelical hablaba, de pie, con un anciano. Del cuello de este colgaban unas gafas. Los componentes del cuadro levantaron la vista y me observaron. Se hizo un silencio profundo y cortante. Al anciano se le cayó una hoja que llevaba en la mano y se puso las gafas con calma y escepticismo. No sé qué miraban con aquella atención desmedida: si mi corto vestido veraniego, mis brazos decorados con tatuajes o mi melena rubia recogida en una larga trenza.

—Buenas noches. He recibido esta invitación.

Levanté el sobre y lo agité sutilmente. Algunos asistentes murmuraron frases que no llegué a entender y el anciano, con paso lento pero decidido, se acercó y a un palmo de mi rostro me estudió como si fuera una especie en extinción.

—¿Quién es usted?

—Soy Lluvia.

De nuevo el silencio. El anciano estaba en *shock*.

—Lluvia —repitió.

—Sí. —Miré de reojo la estancia. El suelo de la sala estaba protegido por un plástico duro y transparente. Dejaba ver una preciosa composición de mujeres subidas en carros—. El viernes recibí esta invitación. La dejaron en mi buzón.

Saqué la tarjeta y se la mostré. El anciano la leyó con atención y la tocó cuidadosamente. Desvió la mirada hacia los invitados.

—Lo siento, Lluvia. Ha debido haber un error —aseguró.

—¿Un error? Lo dudo. Alguien vino a mi casa y dejó el sobre en mi buzón. Un sobre y una invitación que llevan mi nombre. Inquietante, si es un error.

—La entiendo, señorita Lluvia, y le ofrezco mis sinceras disculpas, pero nosotros no hemos enviado la invitación. Tendremos que estudiar el caso y comprobar qué ha sucedido.

—¿Quiénes son ustedes? Y ¿qué tipo de asociación es esta?

—Por favor, Luca —dijo el anciano, ignorándome. El italiano que me había ofrecido explicaciones y me había guiado hasta ese punto, se acercó—, acompaña a la señorita a la salida.

Cerraron la puerta y, tan aturdida como descolocada, me vi fuera de la sala. Luca puso su mano sobre mi hombro para invitarme a andar. Permanecí inmóvil con los brazos en jarra y la cabeza en ebullición. Atravesé el vestíbulo, bajé las escaleras hasta el primer descanso. Mi confusión se convirtió en rabia.

—No hay ningún error —afirmé.

Di media vuelta y subí corriendo los escalones.

—¡Lluvia!

Haciendo caso omiso a su grito y a mi nombre, rehíce el camino y abrí la puerta. No había nadie. Ni sillas ocupadas, ni hombres murmurando, ni mujeres concentradas, ni anciano negando la evidencia. La nada en un salón en penumbra. Anduve hasta el centro. Luca me estudiaba desde la puerta con las manos escondidas en los bolsillos de sus vaqueros desgastados.

—La hostia. ¿Qué son? ¿Fantasmas? ¡Estaban aquí!

—La Asociación. Vámonos.

—No, no nos vamos. Exijo una explicación. Una asociación ¿de qué? ¿Alcohólicos Anónimos? ¿Delincuentes? ¿Defensores de los gusanos de seda? Dios. —Me llevé la mano a la frente y suspiré.

Luca se acercó.

—Mira el suelo. Es de 1757 y lo forman 2177 azulejos. Estamos pisando la fama de la seda valenciana en el mundo, la representa una mujer. Y ahí —señaló las esquinas de la sala—, los continentes simbolizados por medio de una mujer sobre un carro. Como ves, cada animal tira de uno: África por leones, América por caimanes, Europa por caballos y Asia por elefantes.

—Una maravilla. No me has contestado.

—Es la estancia principal del Colegio, donde se reunían los máximos dirigentes de la institución. Es lo que puedo decirte. Y ahora, te lo ruego, bajemos.

Era demasiado guapo, listo y enigmático, como para llevarle la contraria por segunda vez. Descendimos en silencio, no sé si a los infiernos o a las dudas, o simplemente al punto de partida de un camino que llevaba mi nombre.

—La que te va a rogar soy yo. ¿Por qué he recibido esta carta? Y ¿por qué dicen que se han equivocado?

—No lo sé, de verdad.

El italiano miró a sus espaldas y luego fijó la vista en mis ojos y en mi cuello.

—¿Y qué sabes?

Dudó. Pensó. Volvió a dudar.

—Te espero mañana a las seis en el jardín de Monforte, paseo de las buganvillas. Es tranquilo y poco transitado —susurró—. No se lo digas a nadie o me meterás en un lío del que no podré salir.

—Gracias.

Le di un abrazo, un beso en la mejilla y me fui.

Al llegar a casa, aún estaba ruborizada por el encuentro fugaz y la despedida con Luca. Un desconocido me había encendido las ganas de repetir, de rememorar sensaciones olvidadas. Sus palabras se me antojaron peligrosas y los últimos acontecimientos confusos. La señora Geraldine era como una alarma que sonaba cada cinco minutos. El sentimiento de culpabilidad se cebaba conmigo por no haber llamado a la policía y denunciar lo que habíamos vivido debajo de su cama. Y además, temía que le hubiera sucedido una desgracia, que estuviera en peligro, y que yo me dedicara a mirar hacia otro lado con alevosía y premeditación. Lo que no se cuenta, no existe, pero ¿qué precio se paga por el silencio? Quería cerrar los ojos y desaparecer. En vez de eso, los abrí y vi un gran ramo de rosas rojas tumbado en la mesa del salón. En la tarjeta leí: «Perdóname. Te necesito». La necesidad se había colado de madrugada entre las sábanas de mi ex. Quería que le perdonara, sí, que perdonara su ignorancia, su atrevimiento equívoco al pensar que siempre estaríamos juntos, su falta de abrazos en la recta final. Él me enseñó a querer pero no a creer en el amor. Me enseñó que nada cae en saco roto. Lo que no sucede, tampoco. Y me enseñó que no me gustan las personas que no saben lo que tienen hasta que lo pierden. Ni las personas que esconden tan bien sus sentimientos que luego no los encuentran. Ni las que mandan flores en el tiempo de descuento cuando han tenido el partido entero para hacerlo. Tres años con él y no sabía que mis favoritas eran los tulipanes.

Aquella noche no pude dormir. La Asociación pululaba sobre mí como un enigma pendiente de resolución. Quiénes eran, por qué me habían tildado de error y cómo habían desaparecido en cuestión de segundos. Las preguntas me arrastraban de un lado al otro de la cama. El sobre me miraba desde la mesilla, sentía que la maldita carta latía como un ser vivo a punto de echar a correr, con ganas de engullirme como el mar hace con los barcos a la deriva.

Cuando me levanté, estuve a punto de llamar al trabajo y confesar que estaba enferma. Que me estaba muriendo sin más. Pero fui y engatusé a una decena de clientes exhibiendo

59

con entusiasmo una joya llamada Mediterráneo y los innumerables beneficios que ofrecía vivir cerca de él. Sergio me espiaba desde su despacho, salía, daba un paseo, se colocaba a mis espaldas como un centinela y escuchaba qué decía y cómo lo decía. Mientras, Andrea, no paraba de preguntarme:

—¿Seguro que estás bien? Te noto distinta.

—He dormido poco, solo eso. Y esta tarde tendría que ir a ver a mi abuela y no voy a poder. Siento que le estoy fallando si no voy.

—No seas tan exigente contigo misma, Lluvia, eres muy joven para castigarte.

—Ya —dije, y se me vidriaron los ojos.

Andrea me abrazó y recordé los abrazos de mi madre. Mi sensibilidad estaba alborotada, me sentía como un espejo roto que ofrece un reflejo en mil partes quebradas. Descubrí que no había llorado lo suficiente las muertes, las ausencias y las putadas del destino. Y una mañana cualquiera, sin previo aviso, se habían puesto en fila para pedirme explicaciones y hacer las paces.

—No será por tu ex, ¿no?

—No, aunque ayer me envió otro ramo de rosas. No sé qué pretende conseguir con tanta flor.

—Lo que pretenden todos, nena, recuperarte y enmendar los errores. Eras su zona de confort y se está dando cuenta. Los hombres son unos cobardes, quieren volar pero a la hora de la verdad les faltan alas.

—Y huevos.

—Sí, y huevos —sonrió—. Recoge y vete, anda, me encargo yo de lo que te quede. Y esta tarde haz lo que tengas que hacer. Tú primero, luego el resto.

«Yo primero, luego el resto», repetí al cambiarme, al peinarme, al coger el bolso y al mirar el ramo en el salón. Era fácil decirlo. Cuando puse mi mano en el pomo de la puerta, el timbre sonó.

—¡Qué guapa! ¿Dónde vas?

—Tengo una cita.

—¿Una cita de novios?

—No, una de cita de… trabajo.

—Ah —Olivia cruzó los brazos, frunció el entrecejo y ladeó la cabeza hacia la derecha—, pareces nerviosa.

—A lo mejor lo parece porque lo estoy.

—¿Por qué?

Puse los ojos en blanco.

—Olivia, ahora no tengo tiempo.

—Los adultos nunca tenéis tiempo —añadió de forma cansina—. Echo de menos a la señora Geraldine, era la única con tiempo en este edificio.

—Shhh, no pronuncies su nombre. —La agarré del brazo y la metí en casa.

—¡Qué ramo más bonito! ¿Es tuyo o de Victoria?

—Mío. Olivia, mírame. ¿Le has dicho a alguien lo que ocurrió el sábado? ¿A alguna amiga? ¿A tu madre?

—Me ofendes. Nosotras no estuvimos debajo de la cama. Lo que no se cuenta, nunca ha sucedido. Lo dijiste tú. ¿Has descubierto algo?

La naturalidad que le daba al tema me estremecía y me asustaba a partes iguales.

—Aún no, pero lo haré.

—¿No piensas llamar a la policía?

—Llamaré mañana. Les diré que no la hemos visto desde hace cuatro días y que no nos abre la puerta. Tengo que preparar bien las respuestas. Cuando entren en casa de Geraldine y vean el destrozo, empezarán las preguntas.

Olivia no se pronunció al respecto, se giró hacia el ramo y cogió la tarjeta. Era una niña hermosa y exquisita, tan racional como sensiblera. Cuando examinaba sus muecas, pensaba en un potrillo intentando andar al nacer. Una mezcla de coraje, instinto y emoción. Un explosivo a la vista de cualquiera. La veía como un mar en calma con ganas de revolución. A menudo, leía en sus ojos un: «Te voy a mecer, pero te puedo ahogar». Intuyo que, después de tantos años juntas, eso lo había aprendido de mí. Me gusta pensar que le he enseñado los secretos que esconden el mar y la lluvia. Pero al margen de mis enseñanzas, ella gozaba de lo más importante que puede residir en el interior de una persona, y eso no lo aprendió de nadie: ganas por descubrir, por caer, levantarse, llorar y sentir.

Cuando la observaba, veía un caballo ganador de sangre caliente y belleza exuberante que dominaba el trote y el galope. La elegancia de la pureza.

—Quiero que me necesiten.

Le quité la tarjeta y la devolví a su sitio.

—Yo te necesito, eres mi bombón de chocolate. —Saqué una rosa del ramo y se la di. Ella me ofreció una sonrisa compungida. Sé que no hablaba de amor. No del tipo de amor que desconocía—. ¿Tú no tendrías que estar en el colegio?

—Junio. Por las tardes ya no tengo colegio. Venía a ver qué hacías pero me voy a casa que estás ocupada.

La diosa de ébano se dirigió a la puerta con la rosa en la mano y el pesar en la mirada. Respiré hondo y apreté los dientes.

—Va, vente conmigo. A paso rápido y calladita.

—¿En serio?

5

«$\mathcal{A}$ las seis en el jardín de Monforte, paseo de las buganvillas», me había dicho Luca el día anterior. No sabía que existía un jardín de Monforte en el centro de Valencia, ni sabía quién era Monforte y, por supuesto, no sabía cómo eran las buganvillas.

Habían transcurrido unas horas desde mi visita al Museo de la Seda y desde el encuentro con un italiano al que no había visto jamás, pero me parecía que había pasado un siglo. Apenas había dormido y me encontraba cansada mentalmente. Tenía interrogantes que resolver. Debía ordenar el desorden que se había creado antes de formar parte de él. Evitar caer en una espiral de confusión adictiva y sin salida. Quería resetear mi vida. Volver cuatro días atrás. Que maldecir a los ricos, convencer a mi abuela y reñir a mi hermana fueran de nuevo mis principales preocupaciones. Pero mi rutina se había alterado. Alguien había apretado el gatillo de una pistola, la carrera había comenzado y todos los participantes sabían hacia dónde había que correr, menos yo.

Cariño, cuando no se saben las reglas del juego es difícil ganar, pero no imposible, por eso existen las trampas, los libros y la intuición.

El metro nos dejó en la parada de Facultades, salimos a la superficie, anduvimos unos metros y giramos a la izquierda por la plaza de la Legión Española. Vislumbramos unos altos muros que flanqueaban el perímetro del jardín y la exuberante vegetación. En una gran puerta de madera había clavado un cartel. Una flecha dibujada nos indicó que el acceso era por la calle de Monforte y seguimos caminando. Olivia no habló durante el trayecto, me seguía con la rosa en la mano, observando los edificios y el cielo. Me asustaba más cuando callaba que cuando preguntaba. Su mente era un lugar maravilloso para explorar si contabas con una buena dosis de calma, paciencia y mucho amor.

Un palacete rectangular de dos plantas con una gran terraza nos dio la bienvenida. Mi vista se dirigió a una especie de torreón octogonal que coronaba el edificio. Un operario pintaba uno de los grandes portones con pintura blanca.

—Perdone, señor, ¿entramos por aquí?

—No, joven. Se entrará a través del zaguán del palacete a partir de septiembre, como debe ser —el hombre se incorporó y se secó el sudor—, la puerta está ahí.

El trabajador señaló una entrada lateral abierta en la fachada principal del palacete.

—Gracias —contestó Olivia.

Nos adentramos por donde nos había dicho y cuando tuvimos una primera vista general del jardín solo pudimos conmovernos. La belleza, sin filtros ni adornos, era ese jardín en medio del caos y las prisas de una ciudad a contrarreloj.

—Qué alucine. ¡Y es gratis! ¿Podemos verlo, Lluvia?

No me pareció mala idea. Aún faltaban veinte minutos para una cita que no sabía definir pero que me apetecía tener.

Olivia echó a correr.

—¡Dos leones! —afirmó al dejar atrás la puerta trasera del edificio. Contemplé las estatuas y el jardín geométrico, trazado con escuadra y cartabón. Cortado al milímetro. Me recordó a un jardín francés, clásico y formal. Desprendía un romanticismo que en mi vida brillaba por su ausencia.

La seguí por un sendero escoltado por árboles. El silencio estaba igual de bien conservado que aquella naturaleza viva. A la derecha, descubrimos un pequeño jardín intimista cerrado por un muro de baja altura con esculturas de niños y fuentes. Dos estatuas hacían de anfitrionas a ese espacio frente a los grandes ventanales del palacio. No tenía ni idea, pero más tarde descubrí que una de ellas representaba al dios Baco-Dionisios, dios del vino. La otra estatua era el dios Mercurio-Hermes, en su mano derecha llevaba una bolsa representando que era la deidad del comercio y sobre su cabeza, un sombrero del que salían dos pequeñas alas para informar que era un mensajero de los dioses. Lo desconocía. En aquel momento ignoraba tantísimas cosas, y sin embargo me creía una joven tan lista.

—Mira, Lluvia —señaló un arco de medio punto adornado con dragones en la parte superior.

El arco y unas rejas hacían de puerta de acceso al jardín, que nada tenía de geométrico y sí de amplio bosque salvaje, con decenas de árboles enormes y mil tonalidades de verde que hacía del espacio una gran joya.

Me senté en uno de los dos bancos que había frente a la fuente, adornada con un niño cabalgando sobre un cisne. El lejano sonido de un par de tórtolas y el cercano y constante sonido del agua eran la banda sonora que nos acompañaba. Olivia se sentó a mi lado.

—¿Por qué hay tantas estatuas de niños?

—No lo sé.

—Últimamente no sabes nada, Lluvia.

—Ya.

Un caballero alto, de avanzada edad, pelo blanco y porte elegante tomó asiento frente a nosotras. Era la primera persona que nos cruzábamos desde que estábamos allí, hasta ese momento solo habíamos coincidido con la sombra del viento y una decena de gatos. Olivia se levantó y se aproximó a un árbol enorme.

—Árbol monumental —leyó en un cartel blanco—. Se llama ginkgo biloba, árbol de los cuarenta escudos y es originario de China.

El caballero sonrió al escucharla, sin levantar la vista del periódico que intentaba leer.

—¿Lo habrán traído desde China?

—Seguro.

—Tiene el tronco enorme.

Olivia lo abrazó posando la mejilla sobre la corteza. El señor dobló el periódico y la observó mientras yo analizaba la escena.

Concentrado, como si hubiera pensado la pregunta durante minutos, habló:

—¿Qué te dice?

—No me dice nada —contestó ella—. A lo mejor me está hablando en chino y por eso no lo entiendo.

Puse los ojos en blanco y el señor rio su ocurrencia.

—Lo más seguro es que esté disfrutando del abrazo. Prefiere hacerlo en silencio. Sobran las palabras cuando dos seres excepcionales se encuentran. Pero aguarda, que te hablará y te contará una historia.

Su voz era… especial. Una voz pausada que combinaba a la perfección con la calidez de aquel siete de junio. Olivia se despegó del ejemplar de ginkgo.

—¿Lo han traído de China? —le preguntó.

—De la mismísima China. Aunque aquí muchos no lo sepan, en China, el ginkgo es un árbol sagrado y un gran testigo del tiempo.

—¿Por qué?

—Porque puede vivir miles de años. Dicen que es el árbol más antiguo del mundo. Y yo me lo creo —le susurró de forma cómplice a la niña.

—¿Sabe usted por qué se llama el árbol de los cuarenta escudos?

—Ya está bien, Olivia, deja que el señor lea tranquilamente el periódico.

Cogí la rosa, me levanté del banco y me aproximé hasta ellos

—No te preocupes, no me molesta en absoluto. Tengo una nieta igual de curiosa. Sé por qué se llama así —se dirigió a Olivia—, porque es el precio que pagó un parisino a un horticultor inglés por la compra de cinco ginkgos al precio de cuarenta escudos cada uno. En otoño sus hojas parecen de oro y se le escucha suspirar.

—Vendremos a verlo. ¿Verdad, Lluvia?

—Verdad. —La cogí de la mano.

—Lluvia y Olivia —afirmó sin despegar sus ojos de nosotras, analizándonos como si estuviera memorizando nuestros rostros. Algo se estremeció en mi interior—. Dos nombres muy bellos. Ojalá coincidamos otro día.

—Sí, gracias por las explicaciones.

El caballero asintió. Tiré de Olivia y seguimos el sendero de hojas. Dejamos atrás un estanque con dos ejemplares de sauce llorón intentando acariciar el agua. Nos cruzamos con un chico que hacía fotos a los árboles con una cámara profesional. Dejamos a la derecha una placita con un olivo y a la izquierda una fuente con Neptuno, y llegamos por un camino de cipreses al paseo de las buganvillas. De lo más bonito que he visto y no esperaba ver. Un paseo cubierto de flores trepadoras en tonos morados y fucsias. Un túnel de fantasía y aislamiento. Si entrabas en el paseo, entrabas en una burbuja que rezumaba encanto. No me extrañó que lo llamaran el paseo de los enamorados y que decenas de parejas lo eligieran para inmortalizar su amor vestidos de novios. Allí, los minutos se paraban si te asomabas a su mirada, a la de la verdad.

Olivia estudió el techo de buganvillas.

—Guau. Qué pasada. Y no hay nadie, parece un jardín privado.

—Lo era. A lo mejor tiene memoria.

Nos sentamos en el tercero de cinco bancos. Los dos primeros estaban ocupados por gatos que dormían como si fuera la única ocupación importante y primordial de su existencia.

—Es un lugar bonito para tener una cita. Si la gente tuviera reuniones de trabajo en sitios así de peculiares, todo iría mejor.

—¿Qué es «todo»?

—La vida, Lluvia, la vida.

Me recosté en el banco. Los rayos de sol se filtraban entre las hojas y aterrizaban en nuestros rostros. La vida es, fue y será, aquel minuto de quietud suspendido en el tiempo, eterno como un último beso.

Cuando crezcas, entenderás que hay personas que te hacen volar sin moverte del sitio, que te hacen bailar sin música; personas que consiguen que nieve, a cualquier hora, de cualquier mes, y no sientes frío. Esas personas son magia. Cuando las encuentres, no las dejes marchar. Que formen parte de ti, cariño, que envuelvan tus días y tus noches, tus locuras y tus avatares. Las reconocerás porque tienen el encanto propio de los seres que se siguen sorprendiendo por todo. Las reconocerás porque son luz. Y Olivia era pura luz.

—Qué chico más guapo. —Me dio unos golpecitos en la pierna. Al fondo del camino lo vi y me entraron taquicardias.

—Luca. Es mi cita de trabajo.

—¿Ese pedazo de tío es tu cita de trabajo?

—Shhh, calladita. —Abrí los ojos y enarqué las cejas como si fuera a comérmela.

Cuando me giré, Luca había alcanzado nuestro banco. Me levanté y le di dos besos de forma torpe y fugaz. Él contempló a mi acompañante con cara de circunstancia.

—¿Quién es?

—Una larga historia.

—Hola, soy Olivia. —Le tendió la mano y él se la estrechó—. Un placer conocerte, Luca. A mí todos me llaman Livi, menos ella.

Me miró y me leyó la mente.

—Estaré en el banco de ahí al lado, calladita.

Cogió la rosa y se dirigió al banco, que no estaba a más de tres metros del nuestro.

—Qué graciosa.

—No sabes tú cuánto. Gracias por venir —dije al tomar asiento.

—De nada. No tenemos mucho tiempo.

Parecía preocupado y nervioso, más que yo. Aunque su nerviosismo y el mío eran por motivos distintos.

—Pregunta.

—¿Quiénes son? ¿A qué se dedican? ¿Por qué me han enviado una carta y luego dicen que ha sido un error? ¿Qué quieren de mí?

—No puedo responderte a todo, pero antes dime. ¿Serías capaz de disparar a alguien?

—Sí.

—Ni lo has pensado.

—Podría desarrollar la respuesta, pero me imagino que si tocan lo mío soy capaz de cualquier cosa.

—Es lo que quieren de ti. Rabia, carácter e inmediatez, que seas capaz. —Apoyó los brazos en sus piernas y su mentón en las manos—. No se han equivocado contigo. La Asociación es un organismo con cientos de años de historia. No encontrarás información sobre ellos en ninguna parte. Ni en libros ni en Internet. Si no estás dentro, la Asociación no existe. Se estructura por rangos como cualquier institución o empresa, pero no es una empresa. Tampoco es una secta, si es lo que imaginas. No sé muy bien qué es o qué son, sin embargo, tienen un esquema tan bien organizado que tu inesperada visita ha creado un cisma en el núcleo central de la Asociación.

—Para, para. ¿Mi inesperada visita? ¡Si dejaron una carta en mi buzón!

—Ellos no, pero conocían tu existencia. Las personas que viste en el museo saben quién eres, qué haces. Saben que tu ilusión es ser una gran diseñadora de tocados y bolsos, pero que trabajas vendiendo residencias de lujo. Saben que tienes una hermana y que tu abuela vive en un asilo no muy lejos de la playa.

Me quedé blanca. Me faltó la respiración y el aire, y un poco de vida de la que había inspirado antes.

—No te preocupes. Son muy concienzudos y exquisitos cuando se trata de investigar.

—Sí me preocupo. Me han investigado a mí, no a otra. ¿Por qué? ¡Soy una chica normal!

Dibujó una expresión que no entendí.

—Si fueras *normal* no nos hubiéramos conocido ayer y no estaríamos aquí hablando de la Asociación.

Me tapé la cara con las manos. No tardé en reaccionar.

—Has dicho que he creado un cisma en el núcleo central. ¿Cuántos son? Y ¿qué hacen? Las personas que vi ayer no tenían nada que ver. Distinta edad, distinto rango social.

—Qué hacen… —repitió—. Según ellos: buscar, impartir justicia, saldar cuentas pendientes y castigar a quien merece ser castigado.

—Venga ya, ¿qué son? ¿Robin Hood elevado a la máxima potencia?

—Sí, pero en una versión menos *light*. Robin Hood robaba a los ricos para dárselo a los pobres. Ellos lo hacen, pero no olvides que las personas con dinero, influencias y poder, son las que mueven el mundo y también mueven la Asociación.

—Pero ¿qué pinto yo con esos chalados?

—Ni idea.

—Vale —dije, y espiré como si fuera a inflar un globo—. ¿Por qué se reúnen, y dónde y cuándo?

—Reuniones formales cada tres meses, en distintos lugares. El penúltimo encuentro fue aquí, en el palacete del jardín de Monforte. No se reúnen los mismos. ¿Por qué? Porque funcionan por objetivos y por misiones. Sus funciones son diversas.

Me reí. Me entró una risa floja que no pude contener. Sus palabras sonaban a película de ciencia ficción. Si estaban organizando aquella pantomima para darme una lección, lo estaban consiguiendo. Mi risa no le hizo ninguna gracia.

—Tengo que irme.

—No, no, espera, por favor. Una cosa. Si cada uno tiene su función, ¿cuál es la tuya?

—Chico de los recados, anfitrión. Comparado con ellos, mi trabajo en la Asociación carece de importancia. Sé un cinco por ciento de lo que esconden y de lo que traman. O sea, nada.

—¿Y cómo un italiano acaba en España y en la Asociación?

—Lo primero, por estudios. Lo segundo, es una larga historia. Como la niña que nos mira desde el banco.

—¿Cuál es tu apellido?

—Marinelli. ¿Por?

—Me gustan los apellidos italianos.

Se levantó. Le imité. Olivia, que le decía tonterías a un gato, se incorporó y nos observó.

—Tú y yo no hemos hablado.

Metió la mano en el bolsillo de sus vaqueros, sacó un pequeño papel doblado y lo puso en la mía.

—Si te encuentras en apuros, acude a él. Formó parte de la Asociación durante años.

Cerré la mano tan fuerte que me clavé las uñas.

—Suerte.

Dio media vuelta y se fue. Vi cómo se despedía de Olivia.

—¡Luca! El lacre del sobre. ¿Qué significa?

—Deberías saberlo —gritó—. Llevas la flor de loto tatuada.

Desapareció por el camino de buganvillas.

La flor de loto fue el primer tatuaje que me hice al cumplir dieciocho años. No recuerdo que me doliera. Pasé semanas mirándolo, acariciando las líneas. El hecho de saber que era para siempre me hacía feliz, era lo que quería. Que durara para siempre, que nunca me abandonara.

Pasé un largo rato sentada. La paz y la quietud seguían ahí, pero ya no las veía, se habían difuminado en un galimatías imprevisto.

Me parecía irónico que una chica tan segura como yo estuviera dando los primeros pasos de baile con la confusión. Se había acercado hasta agarrarme de la cintura y me había invitado a una copa. Me dio la sensación de que me habían servido un vaso del que tenía que beber aunque no tuviera sed. Y beber sin sed puede llegar a ser un castigo, un acto tedioso.

Mi abuela proclamaba como un cántico de misa de doce que había que reírse de la confusión, carcajear en su cara, levantarte la falda y enseñarle el culo. Yo escuchaba sus reflexiones con un fervor casi religioso. «¿Estás confundida? ¿Tienes dudas? Buena señal. La excitación de sentir que puedes caer te hará reaccionar y sentirte viva», decía. La falta de orden y de claridad no es más que un síntoma de madurez, no de cobardía.

Aún tenía en la mano el papel que me había dado Luca. Lo abrí y leí: «Máximo Ferreyra». Junto al nombre había escrita una dirección del barrio de Cánovas. Lo guardé en el bolso y pensé que ya estaba en apuros.

Salimos del paseo de buganvillas por donde unos minutos antes lo había hecho el italiano, por un arco abierto en el lateral izquierdo. Bordeamos una fuente rodeada por una verja coronada por dos ninfas. Estábamos en otro jardín, frente a la parte posterior del palacete, de corte romántico, francés y geométrico. Bajamos los escalones. A cada uno de los lados de la pequeña escalinata se encontraban los dos leones que Olivia había visto al empezar el periplo por el jardín.

—Voy a hacer pis, Lluvia, espérame aquí.

—¿Sabes dónde está el aseo?

—Sí, ahí en la entrada. Lo he visto cuando hemos llegado. Toma la rosa y no te vayas.

—Tranquila. —Me senté en uno de los escalones—. No sería capaz de irme sin ti.

Contemplé distraída el patio semicircular en la parte trasera del palacete. Lo rodeaba una verja decorada con ocho bustos de filósofos y escritores. Cuando había buscado la dirección del jardín, había visto fotos de los dos leones de piedra blanca. El de la izquierda miraba hacia la derecha y el de la derecha hacia la izquierda. Me concentré en las pupilas de los felinos y en que tenían la zarpa sobre una bola.

—Representa la bola del mundo.

Dijo a mis espaldas. Me sobresalté. El caballero que nos había explicado la historia del ginkgo bajó los escalones, se colocó el periódico bajo el brazo y se situó frente a mí.

—Valentía, honor, fiereza... y poder. ¿Os ha gustado el paseo?

—Mucho. Es un jardín precioso.

—Así es. Estos leones —los señaló— tienen un largo recorrido. En un principio iban a ser los leones del Congreso. Pero una vez el arquitecto los colocó en la escalinata, descubrió que eran más pequeños de lo esperado. Las figuras de José Bellver, el escultor, quedaron totalmente descartadas y guardadas en uno de los almacenes del Congreso. Allí pasaron muchos años, en la sombra, hasta que en 1864 alguien le comentó por casualidad al senador Juan Bautista Romero la existencia de los felinos. El marqués de San Juan pensó que quedarían bien en su jardín y los compró. Y ahí los tienes, viendo pasar el tiempo durante más de un siglo.

—¿El marqués de San Juan? ¿Los jardines no son de Monforte?

Asintió con un gesto de sorpresa que me gustó.

—Escuchas con atención. Hay que saber escuchar. Juan Bautista Romero falleció en 1872, el jardín pasó a su esposa que a su vez lo dejó en herencia a Josefa Sancho Cortés, una de sus sobrinas. Esta se casó con Joaquín Monforte. De ahí el nombre. Pero lo que ves tiene un porqué y una historia, y por supuesto no es la de Monforte, sino la del marqués de San Juan.

—¿Cómo lo sabe?

—Porque soy muy viejo.

Sí, era mayor y cautivador. Conservaba una mirada atractiva y llena de pasado. Poseía una voz poderosa que embelesaba. Si hubiera sido uno de mis clientes, a los que únicamente conocía por teléfono, me hubiera enamorado.

—Muy interesante lo de los leones.

—Lo que no encaja en un lugar, encaja en otro. Cuestión de años descubrirlo.

—Seguro que mucha gente desconoce la anécdota.

Se puso unas gafas de sol negras.

—La gente lo desconoce todo. Pocos profundizan en lo que ven. Pasan de puntillas sin llegar al fondo y nunca sabrán que en el fondo está el principio.

Levantó el brazo, me dio las buenas tardes y desapareció. Al minuto, llegó Olivia. Llevaba algo envuelto en la falda, la llevaba tan subida que casi se le veían las bragas.

—¿Qué haces?

—Mira lo que he encontrado en el baño, Lluvia —anunció de forma dulce—. Un gatito recién nacido.

Llegué a casa con una duda que me latía fuerte en el pecho, con un dilema descomunal cargado a la espalda y con un gato grisáceo entre los brazos.

6

$\mathcal{N}$o paraba de maullar. Maullidos cortos y penetrantes que me despertaron. A ciegas y a tientas fui a la cocina y preparé un biberón de leche. Olivia me había obligado a comprar uno en el veterinario, por si acaso no sabía beber solo. Y no sabía, no, o no le apetecía. El animal quería calor humano y alimento. Lo cogí de la casita improvisada que le había preparado en el suelo de mi habitación y lo metí en la cama. En un santiamén se enganchó al biberón. Hipnótico, así fue el acto de darle el biberón a un gato que tendría dos o tres semanas. Hipnótico y reconfortante. Tenía un sueño de mil demonios, pero ahí, sentada en el colchón a las cinco de la madrugada, me pareció un regalo experimentar una escena tan primaria y pura. Me hizo pensar, ¿quería ser madre? Dos años atrás, cuando mi relación aún era una relación con proyectos y expectativas, Raúl me preguntó si en un futuro quería ser madre. No supe qué responderle. Titubeé un «imagino que sí» y él me miró sin mucho énfasis. No volvió a preguntármelo. Gracias a un gato rememoraba el momento.

Seguía sin saberlo, desconocía si estaba dispuesta a sufrir de por vida. Porque yo sería una de esas madres sufridoras que miran el reloj cada diez minutos y respiran tranquilas cuando oyen la puerta de casa. De las capaces de disparar, como le había confesado a Luca por la tarde. Una madre, madre, y eso implicaba padecer. Un padecimiento incontrolable que sale de las entrañas.

Observé cómo se acababa el biberón con el morro entreabierto. Sentí amor e imaginé que la parte bonita de la maternidad compensaba el sufrimiento. Entornó los ojos y me miró con devoción. Hacía tiempo que nadie me miraba con fervor dentro de una cama.

Dejé el biberón en la mesita de noche, apagué la luz y lo acurruqué entre mis brazos. Nos dormimos.

—Lluvia.

Levantó la persiana y, al momento, sentí el peso de mi hermana sobre mí.

—Qué.

—Son las ocho. ¿No vas a ir a trabajar?

—No. Llama a la oficina, por favor. Di que estoy mala —balbuceé hecha un ovillo—. Di que tengo gripe o migraña o lo que sea.

—Vale. Diré que tienes un cólico nefrítico, que te ha dado esta noche, que hemos ido a urgencias y que te han visto piedras. Lo dije en la universidad hace dos meses porque no me dio tiempo a entregar un trabajo y el profesor lo entendió a la perfección.

—Di lo que quieras, Victoria.

—Pero ¿estás bien?

—Solo tengo sueño. Mucho sueño.

—Vale —afirmó poco convencida—. Hoy no voy a la biblioteca, me quedo en casa estudiando que tengo exámenes. Si me necesitas, llámame. Me llevo al minino.

Con un ojo vi que lo cogía y le daba un beso.

—Llévate el biberón y prepáraselo.

Di media vuelta y me tapé con la sábana. Tres años, en tres años no había faltado ni un mísero día a la oficina. Ni uno. Fidelidad extrema a la venta de residencias de lujo. Y aquella mañana no pude levantarme. Sentía como si estuviera enterrada bajo kilos de cemento. Me pesaban los párpados, las piernas. Me faltaban fuerzas reales para salir de la cama, ducharme y correr a la oficina. La sensación era horrible, opresora, ajena. Para no sentirme culpable pensé que el mundo seguiría girando sin mi presencia durante unas horas. Por lo menos es lo que decía mi abuela. Que no éramos tan imprescindibles como pensábamos. Al final, las cosas salen, mejor o peor, aunque tú no estés. Nos hacen creer que somos indispensables para que nuestro ego se ponga de gala pero no es cierto. Nadie es tan necesario. Sí, el mundo sigue girando.

Amanecí a la una de la tarde, con lagunas mentales, como

si la noche anterior hubiera estado en una discoteca y de *after*. Quizá tanta información intentaba encontrar su sitio.

Mientras me servía un café doble oí a mi hermana hablar con el gato, le recitaba una lección sobre la empresa informativa y su relación con los sistemas políticos.

Con el café en una mano y un paquete de galletas en la otra, advertí que mi salón parecía un campo de batalla. Había apuntes y rotuladores en cada esquina. En el suelo, en el sofá, en la mesa. Prefería que mi hermana emigrara a la biblioteca y desarrollara allí el desorden heredado de mi padre.

—¿Cómo estás?

—Mejor.

—He llamado a tu trabajo. Me ha cogido el teléfono una tal Esperanza, le he comentado lo mal que lo hemos pasado esta madrugada en urgencias. Y me ha soltado un rollo que alucinas. Que su marido también tuvo piedras y que los cólicos son muy dolorosos. Que tomes dieta blanda y que no te dejes la medicación que te han mandado. Muy simpática Esperanza.

Le di un bocado a la galleta.

—Ahora me siento culpable por mentir.

—No te preocupes, es porque no estás acostumbrada. Un par de mentiras más y desaparece la sensación de culpabilidad. Cuestión de práctica. Que les den, gracias a ti ganan una pasta gansa.

Y gracias a ellos yo pagaba las facturas y un largo etcétera, pero ella era Alicia en el País de las Maravillas y obviaba esos pequeños detalles.

—Lluvia, mira —cogió el mando de la televisión y subió el volumen—, lo han puesto ya dos veces.

Observé extrañada la pantalla de plasma. Era mi barrio.

—Han atropellado a un chaval de veintiséis años aquí al lado, a dos calles. Dicen que el conductor iba como una flecha, saltándose los semáforos a lo loco. Y el tío cabrón se ha dado a la fuga. ¿Cómo se puede ser así?

La voz de Victoria se entremezclaba con la de la periodista que informaba desde el lugar de los hechos. A doscientos metros de mi casa.

—Flipa, una amiga de quinto de carrera está redactando la

noticia. Ves, por eso me gusta ser periodista, porque tengo información privilegiada. Me ha explicado que no han podido hacer nada, ha llegado muerto al hospital. Vaya drama cuando llamen a la familia y se lo comuniquen, porque el chico es italiano y estaba en Valencia estudiando. Luca Marinelli creo que me ha dicho.

Mi café se estrelló contra el suelo.

—No, no, no. —Me llevé las manos a la cabeza, luego a la boca. Retrocedí. Hice aspavientos. Di vueltas sobre mi propio eje en un trance imposible de abandonar—. No puede ser —afirmé en un balanceo que no podía frenar.

—¡Lluvia! —Victoria se levantó y me agarró de los hombros—. ¡Tranquila! Mírame —insistió.

—Ha sido mi culpa —murmuré.

—¿Tu culpa?

Me deshice de sus brazos y corrí por el pasillo hasta mi habitación. Dirigí la vista hacia todas partes sin encontrar lo que buscaba. Tiré una montaña de libros y de ropa al suelo. Vacié el bolso. Mi hermana me miraba desde el marco de la puerta. Me temblaban las manos y la muerte. Revolví mis enseres sobre el colchón.

—¡¿Dónde está el puto papel?! —grité en un llanto que lancé al cielo.

—Lluvia.

—¡Calla!

Me asomé al bolso vacío. Abrí una de las cremalleras. Ahí estaba. Respiré con alivio y rabia. Lo desdoblé por las líneas definidas. «Máximo Ferreyra.» El gran apuro había hecho acto de presencia. Me quité el pijama y me puse el primer vestido que encontré.

—¿Vas a explicarme qué pasa?

—No. —Me recogí el pelo en un moño, volví a meter mis pertenencias inútiles en el bolso. Seguía temblando.

Salí de la habitación con mi hermana detrás.

—Victoria —la enfoqué con una mirada que ella nunca había visto en mí—, no salgas de casa, cierra con llave y no abras a nadie. A nadie.

—Me estás asustando. ¿Qué pasa? —preguntó con un tono al que tampoco me tenía acostumbrada.

—A nadie, Victoria.

Le di un beso y salí corriendo. Bajé los escalones de dos en dos. La fuerza que me había faltado unas horas antes salía despedida por cada poro de mi piel. Adrenalina, de la mala. Me paré en el segundo piso. Llamé al timbre. Le di una patada a la puerta y maldije su ausencia. «Joder.»

Saqué el móvil. Un tono. Dos tonos. Tres tonos.

—¡Por fin! Yaya, ¿estás bien?

—Sí. Iba a comer.

—No salgas de la residencia y no recibas ninguna visita que no sea Victoria o yo. ¿De acuerdo?

Mi abuela calló. Percibí una respiración profunda.

—¿Qué ocurre, Lluvia?

—Esta tarde o mañana iré a verte.

—Ten cuidado.

Ella, mi estrella de Oriente, nunca me decía «ten cuidado». Me apoyé un instante en la pared del portal. Luca. Muerto. Miré al exterior a través de la puerta: los transeúntes, los coches, la rutina que había dejado abandonada. Lo que había fuera era una sombra en movimiento que me vigilaba, era un objetivo a corto plazo. Y no me gustaba ser el objetivo de nada ni de nadie.

Salí del portal, me puse las gafas de sol y eché a andar. Al girar la esquina, apenas a cincuenta metros, vi a Olivia. Sentí el alivio de encontrar algo perdido. Miraba hacia el suelo y caminaba ensimismada, con sus manos agarraba las asas de la mochila rosa que llevaba a la espalda. Los pantalones cortos dejaban ver que tenía las piernas delgadas y esbeltas como una bailarina.

—Menos mal que te he visto. —La cogí del brazo.

—¡Qué susto me has dado!

—Lo siento. ¿De dónde vienes?

—¿De dónde voy a venir? Del colegio. ¿Qué miras? —Inclinó la cabeza hacia la derecha—. ¿Y por qué no estás en el trabajo?

—No vas a ir a casa. No está tu madre, así que tú te vienes conmigo.

—¿Adónde? Y ¿por qué?

Dijo clavada en la acera, con una cara de rebelde e inconformista que odié con la fuerza de mil mares embravecidos. Espiré con fuerza.

—No me lo pongas difícil, Olivia. Te vienes conmigo porque las cosas se han complicado y porque no quiero que estés sola.

Tal como dije la frase, me sentí culpable. Me confesé culpable de haber puesto en peligro a una niña. Sin querer la había colocado en una diana y no iba a permitir que la atravesaran con un dardo, ni siquiera que la rozaran.

El pesar y la angustia de exponer a la gente que quiero en un escaparate improvisado, una horrible sensación que me ha acompañado siempre. A ti te pasará lo mismo, cariño, pero serás más lista que ella. Estoy convencida.

—Qué cosas se han complicado —preguntó, inmóvil.

Me quité las gafas y me agaché hasta que mis ojos enfocaron los suyos. Tenía los ojos hinchados, llenos de pena.

—Han atropellado al chico que conocimos ayer —le confesé en voz baja—. Ha fallecido hace un rato. Estoy triste y enfadada. Quiero saber por qué ha ocurrido. Ayer, Luca, me dio un papel con un nombre y una dirección por si algún día estaba en apuros. Voy a ir y tú no vas a separarte de mí.

—Vale. Vamos.

No lo dijo resignada. Fue un: si tenemos que ir a la batalla, vamos, sin perder el tiempo y la mala costumbre de llenarnos de fango hasta el cuello.

En la Gran Vía Fernando el Católico cogimos un taxi dirección a Cánovas del Castillo. El taxista no tenía ganas de hablar y lo agradecí. Seguía conmocionada, cómo no iba a sentirme así. Un chico había muerto, se había esfumado. Maldije la hora en la que me crucé con él. Hay personas que nos dan la vida y otras que nos la quitan. Yo se la quité.

Olivia miraba por la ventana. Su mochila rosa reposaba entre las dos, en el asiento trasero. El sol le cubría el rostro, sus pestañas eternas. Era perfecta por castigo.

—Si no sé de qué va esto, no voy a ayudarte ni voy a acompañarte más —afirmó sin cambiar el gesto, sin enfocarme—. Y si te sientes culpable será tu problema no el nuestro.

Antes de que pudiera contestar, el taxi paró en la calle Salamanca. Nos indicó que habíamos llegado y que la carrera eran ocho euros. Bajamos del coche y entramos en una panadería. La sinceridad le abría el apetito. Le compré un bocadillo y una botella de agua. Olivia tenía razón, no paraba de mirar a derecha y a izquierda, delante y atrás. Estaba paranoica.

—En breve vas a enterarte de qué va.

—¿Has ido a la policía? A explicar lo de Geraldine.

—No. Los últimos acontecimientos me han cambiado los planes.

—Llevamos cinco días sin noticias de ella y han desvalijado su casa, con nosotras dentro, debajo de una cama.

—Lo recuerdo perfectamente. No hace falta que me lo repitas.

Me mordí el labio y ella mordió el bocadillo y bebió un trago de agua, como si estuviéramos hablando del tiempo en un ascensor.

—Si tardas mucho en comunicarlo, sonará extraño ante la policía.

—Vale, Olivia, no me marees. Sé lo que tengo que hacer.

—Seguro.

Toqué al timbre. Al número siete. No había nombre ni apellidos. El edificio era antiguo y señorial, como la gran mayoría de la zona. No contestaron. Toqué de nuevo y respondió un caballero.

—¿Quién?

—Soy Lluvia. Busco a Máximo Ferreyra.

Abrieron sin respuestas y entramos con preguntas. Muchas. De nuevo en la boca del lobo, en la incertidumbre pintada de un verano que tenía que haber sido como todos y que fue como ninguno. Ahí estaba con Olivia, en un edificio ajeno y vetusto, para hablar con un hombre desconocido de una Asociación que había irrumpido en mi existencia haciendo ruido, de una manera estrepitosa e inesperada. La Asociación chirriaba en mis oídos, era un zumbido cansino que me estaba dejando sorda.

—Tú calladita —le dije.

Me regaló una caída de ojos conformista y una mueca irritante.

Oímos el sonido de unas llaves y apareció ante nuestra vista un hombre en silla de ruedas. Rondaría los setenta u ochenta años.

—Vaya, vaya, vaya.

Se acarició el bigote y se atusó la perilla. Me escaneó de pies a cabeza. Se detuvo en mis tatuajes y los observó con atención felina. Era intimidante.

—Cuanto más creces, más te pareces a ella.

—¿A quién?

—A tu tía.

Un escalofrío me recorrió el cuerpo y las entrañas.

—No solo has heredado su nombre, también su belleza —continuó—. No te pongas seria, estoy emocionado por volver a verte. Feliz como un niño el día de Reyes. Pasad, por favor, no os quedéis en la puerta.

Dio marcha atrás con la silla. Pasamos a una casa amplia con tarima de roble y un pasillo larguísimo a la izquierda. Nos indicó que entráramos a una habitación que quedaba a la derecha. El salón. Un sofá marrón de grandes dimensiones y los tres ventanales llamaron mi atención. Entraba una luz espectacular. No había mucho mobiliario, pero el que había era bonito.

—Y tú ¿quién eres?

—Olivia, soy su amiga. A veces me cuida cuando salgo del colegio. —Le dio otro mordisco al bocadillo. Así me gustaba, que actuara como una niña. Pidió permiso y se sentó en el sofá. Yo la imité.

Máximo se situó frente a nosotras. Una mesa de cristal con un jarrón a rebosar de flores silvestres nos separaba.

—Olivia, ahí al lado hay una habitación con juegos y un ordenador. ¿Te apete...

—No va a ir a ninguna parte —contesté antes de que terminara la pregunta.

Olivia, en silencio, no perdía detalle. Sé que estaba memorizando cada gesto del señor que nos hablaba, cada recoveco y adorno del salón. La conocía como si la hubiera parido. Es lo que me ha faltado en esta vida: parir a una diosa de ébano.

—Directa y cortante. Sin filtros, como ella.

—Deje de decir «como ella», me pone nerviosa.

—Has llegado nerviosa, querida. —Entrecruzó las manos—. No deberías estar aquí, pero lo estás. Y si estás aquí es por tu tía.

Su afirmación me dejó como un témpano de hielo.

—¿Por mi tía? No, qué va. Se equivoca. Estoy aquí porque ayer un chico me dijo que si tenía problemas acudiera a usted. Hace unas horas lo han atropellado, Luca Marinelli, y ha muerto. Demasiada casualidad para serlo. —Abrí el bolso y lancé el sobre en la mesa—. Estoy aquí porque el pasado viernes recibí esta invitación para acudir a una reunión. Un encuentro de una mierda de Asociación misteriosa que me está volviendo loca y a la que usted perteneció durante años. Estoy en apuros y necesito respuestas. ¿Qué pinta mi tía? Parece que la conoció muy bien por las veces que la nombra. Y ¿cuándo nos hemos visto usted y yo? Su cara no me suena y soy buena fisonomista.

Sonrió y enarcó las cejas. Así se ríe a carcajadas un hombre vivido de una joven inexperta: dibujando una sonrisa silenciosa llena de palabras.

—¿Te apetece un refresco o un zumo?

—No. Me apetece que me diga de qué va esto.

—Si estás a la defensiva te quemarás antes de tiempo, Lluvia. En este juego, la mecha rápida te puede estallar en la cara.

Impulsó con las manos las ruedas de su silla y se dirigió a un aparador que estaba detrás de la mesa del comedor. Abrió un cajón. Olivia aprovechó para mirarme con firmeza. Me llevé el dedo índice a la boca. Máximo volvió y dejó una foto sobre la mesa, junto a la invitación. Pasado y futuro, y yo pisando un presente confuso.

Cogí la foto en blanco y negro. Mi tía. Me invadió una ola de nostalgia que rompió en mis ojos. Salía bellísima, la melena ondulada y suelta le caía por encima del pecho. Llevaba un vestido de manga larga y escote en V. Un vestido ajustado con la parte de la falda llena de lunares. Su vista apuntaba ligeramente al cielo. A su lado, un hombre la observaba con admiración y deseo. No me extrañó. He recorrido mundo, me he perdido, he conocido a miles de personas, pero jamás nadie me ha deslumbrado como lo hacía mi tía Lluvia. Hay que andar muchos kilómetros, besar el infierno y rezar en el cielo, para encontrar a una mujer tan elegante y con tanto carisma como tenía ella.

—Tu tía pintó demasiado, sabía hacerlo bien. Manejaba los colores, las texturas y el tempo. Ya no las fabrican como ella. Nos conocimos en la Asociación. Ocupaba un lugar privilegiado cuando llegué. No te voy a mentir, fue una líder, de las que pasan a la historia por méritos propios.

Me quedé como un folio virgen esperando una historia. Con la fotografía en la mano y la expresión congelada. Mi cara era un poema sin rima.

—¿Mi tía? ¡Qué me está contando! —Me presioné los ojos con fuerza—. Aquí hay algún error, de los fatales, y nos estamos volviendo un poco locos. La de la foto es mi tía, pero —me revolví en el sofá—. A ver, lo que le quiero decir es que no sé qué es la Asociación ni qué hacen ni qué pretenden, pero ella no pertenecía a ninguna Asociación. Mi tía Lluvia era peluquera y viajaba con compañías de teatro. Se iba de gira con ellos. Se encargaba del vestuario y del estilismo.

El señor Máximo levantó la vista despacio y se aclaró la garganta.

—Nunca somos una sola cosa. Al margen del trabajo que tú crees que tenía, dirigía con muy buen tino el entramado de la Asociación. A tu tía no le temblaba el pulso al tomar decisiones por muy enrevesadas que fueran. La gran mayoría no está capacitada para llevar el mando cuando las consecuencias pueden ser nefastas. Pero ella era elegante, rotunda, resuelta. Pronto los altos cargos vislumbraron su potencial. Había que estar muy ciego para no ver que destacaba como un león entre cervatillos.

—¿Mi tía?

Me levanté del sofá, atónita. Di unas vueltas por el salón. Olivia seguía con el bocadillo en la mano. Su mirada me perseguía. Él no se giró. Hablaba con seguridad, no titubeaba, parecía que no estaba inventando el relato. Me asomé a una de las ventanas intentando pensar algo que le diera sentido a aquella escena desbordante.

—A ti te conocí en su entierro.

—Al entierro de mi tía fui fumada. El mismísimo Rey podría decirme que me conoció el día del funeral y yo no lo recordaría.

—Cada uno afronta la pérdida como puede o como le dejan. Siéntate.

Volví al sofá. Sin rechistar.

—¿Qué es la Asociación? Me han dicho que no encontraré información en ninguna parte. Y la persona que me lo dijo está muerta. Intuyo que el tema va en serio. ¿Así funcionan ustedes?

—Ellos. Yo estoy desactivado.

—¿Qué son? ¿Una secta? ¿Una sociedad secreta?

Negó.

—En la Asociación no hay rituales estrafalarios, pero sí una estructura piramidal muy definida. No conspiran para controlar el mundo, pero están a disposición de los que lo controlan. Son herméticos, discretos, nómadas y valoran la lealtad por encima de todo. Si hablas, te callan. Un amplio grupo de gente vinculado a secretos actuales y milenarios. Personas capaces de jugarse la vida por una buena causa, de infiltrarse por una misión, por hacer justicia. Donde no llegan las instituciones oficiales, llegan ellos. Es cierto, no hay escritos ni documentos. Nadie nombra la Asociación porque no existe. Cuando una sola persona incumple los códigos, se presupone traición a un organismo que lleva funcionando de una manera excepcional mucho tiempo. No hay cabida para el efecto dominó.

El señor Máximo Ferreyra lo narraba de forma pausada, con sosiego, como si hubiera ensayado la respuesta delante del espejo.

—Usted sabe que lo que me está contando suena jodidamente raro, ¿verdad?

—Sé que un noventa y nueve por ciento de la población no está preparada para saber más de la cuenta. Ignoran lo que hay ahí fuera. —Señaló uno de los ventanales—. Creen lo que dice la televisión, lo que ven en los telediarios y lo que proclaman cuatro cantamañanas que no tienen ni idea. No saben cómo se mueven los hilos ni qué hay detrás del escenario. Y hay un mundo complejo y arriesgado. Ni lo saben ni deben saberlo, ni quieren saberlo aunque digan lo contrario. Lo mejor es que sigan con sus hipotecas, sus miserias y sus alegrías. Lo que se desconoce suena raro, Lluvia. Deambular entre bambalinas levantando alfombras y abriendo cajas puede ser una condena, la peor.

—¿Cómo entras en la Asociación?

—Querida, en la Asociación no entras, te meten.

—¿Y cómo sales?

—Para salir del infierno hay que bailar con el demonio. Sales cuando ellos deciden. Después del baile. ¿Eres periodista?

—Soy agente inmobiliaria. ¿Cómo metieron a mi tía?

—Jamás hablamos de nuestros inicios en la Asociación ni de nuestra vida personal. No explicamos cómo ni por qué hemos llegado hasta ahí. Nos encargan trabajos o misiones u objetivos. Y es lo que hacemos, llevarlos a cabo. Se crean vínculos entre los miembros de la Asociación, pero no sobrepasan lo laboral. Casi nunca —afirmó con cierto retintín y me dedicó una mueca.

—¿Por qué me han enviado la invitación?

—Porque te necesitan.

—No. Acudí al lugar a la hora indicada y se quedaron perplejos al verme. Les desmonté la reunión. Un anciano me dijo que lo sentía y que había sido una equivocación. Al minuto habían desaparecido sin dejar rastro.

—Son expertos en el arte de la confusión y del escapismo. Tendrás que esperar.

—Esperar es una asignatura que nunca apruebo. Hábleme de mi tía, ¿qué hacía? ¿Cuántos años estuvo ahí metida?

—Tu tía te adoraba.

—Lo sé, pero no es lo que le he preguntado.

—Trabajó para la Asociación cerca de quince años. Primero, como observadora. Luego, como informadora. Más tarde se metió de lleno en el jaleo hasta convertirse en una líder con capacidad para llevar el entramado de un complejo sistema.

—¿Puede definir «jaleo»?

—Operaciones encubiertas, viajes, peligros. Su secretismo e inquietud me quitaban el sueño. Los últimos meses se mostró turbada y agitada. Le habían encomendado una misión muy importante. Llevaba casi un año investigando,

85

detrás de un joven austriaco llamado Leopold que quería apropiarse de lo que no le pertenecía. Leopold Brown. No creo que fuera su verdadero nombre. Lo siguió y lo espió durante meses hasta contabilizar las veces que parpadeaba, pero cometió un error garrafal.

Máximo sacó un purito fino y alargado de una pitillera plateada. Lo encendió con la memoria puesta en el humo de un cigarro de antaño.

—Nunca te enamores de un hombre que mata gente. Se lo dije a ella y te lo digo a ti. Son hombres que te complican y enredan la existencia.

—No se preocupe, soy más de enamorarme de imposibles y cobardes, y tampoco es que lo pongan muy sencillo. ¿Qué pasó?

—Lo que pasa cuando te sales del camino marcado. No mantuvo la mente fría, la razón le dejó el espacio al corazón. Los sentimientos y las emociones, debilidades. Incumplió las normas, una detrás de otra. Se enamoró de quien no debía y cuando no debía. Tiró por tierra la misión como una principiante sin recursos, como si fuera una adolescente caprichosa, haciendo oídos sordos a todos menos a ella —afirmó con rabia—. La maldita consejera a la que acudía. Tu tía le tenía una fe ciega que nunca llegué a entender. Lo que le decía era palabra sagrada. Señor, qué tonta fue.

—¿Qué consejera?

—Una mujer francesa, se llamaba Geraldine.

Olivia, que estaba bebiendo agua, la escupió como si le hubieran dado un golpe en la espalda. A mí me acababan de dar un golpe en la sien.

—Se me ha ido por otro lado. —Hizo un gesto para aclarar que podíamos seguir.

—¿Qué le dijo la consejera?

—No me explicó mucho. La incitó a que cogiera un avión y que buscara al tal Leopold, un criminal y ladrón experimentado. Cuando estás ante una encrucijada, te agarras a un clavo ardiendo, y el clavo le dio alas, pero voló hacia el lado equivocado. Tu tía vino a verme antes de irse a Afganistán.

—¿Afganistán? ¿Bromea? Pero ¿qué cojones hacía mi tía en Afganistán?

—Afganistán era el destino para finiquitar la misión y poner el punto final a un encargo que no debería haber existido. No tuve noticias hasta que a las dos semanas, la policía encontró su cuerpo sin vida en un piso del barrio de Malasaña, en Madrid. Recibí una llamada, un miembro de la Asociación me lo comunicó.

Tragué saliva. Para mi familia, la llamada de la policía fue el principio del fin. Nosotras conocíamos el fatídico resultado pero no la travesía.

—Cuatro viviendas salieron volando por un escape de gas —dije.

—Un escape de gas, sí.

Su recuerdo se perdió en el infinito. Apagó el puro y se acarició la perilla.

—Deberíais marcharos. Se hace tarde y estoy cansado.

—No, no, un momento, por favor. ¡Necesito saber más!

—Sabes más de lo que deberías y ella —apuntó a Olivia—, también.

—Acabo de descubrir que mi tía no era quien decía ser y ¡que formaba parte de un grupo de majaras que incluso matan gente! ¿Afganistán? No, no. No puede dejarme así.

Sentí que me quitaban los apuntes antes del examen, que la arena del reloj se acababa y que cientos de preguntas se iban a quedar sentadas en el banquillo.

—Ocultar información no es mentir. Tu tía era quien era y os protegió siempre. La Asociación no mata gente porque sí, Lluvia, actúa de manera drástica en contadas ocasiones, casos extremos y necesarios. La Asociación es precisa, justa, discreta. Salda cuentas, investiga hasta que no hay nada que investigar, persigue a traidores, a quien tiene que perseguir. Busca y encuentra. Recupera lo extraviado y devuelve lo perdido.

—¿Juegan a ser Dios?

Negó.

—La Asociación es Dios. Y le acabas rezando.

—¿También confiesan?

—Y te imponen penitencia. —Alargó el brazo, cogió la foto y la dejó sobre sus piernas—. Se terminaron las preguntas.

—Mire, si no quiere que le pregunte, lo entiendo. Pero dígame quién puede darme información sobre mi tía. Tendría algún confidente, a parte de la señora francesa que le asesoraba. Una persona de confianza.

Se creó un silencio que sonó a eternidad.

—Abel Magnusson —dijo al fin—. Era su mano derecha y su confesor. Aprendió grandes lecciones de ese desgraciado, era un hombre inteligente. Un cabrón con suerte y buenas cartas. Estuvo enamorado de ella desde que la conoció, no era ningún secreto. Él podría hablarte largo y tendido sobre tu tía, pero no sé dónde está. Vivo y esperando visita, seguro.

—Si tuviera que ir a buscarlo, ¿dónde iría?

—No iría. Puede que resida en Suecia, en Italia o en Francia. Danza como un titiritero. Cuando dejamos la Asociación no volvemos a mantener contacto, por lo menos contacto directo. Simulamos que nuestra colaboración ha sido un sueño, un paréntesis necesario para que otros puedan seguir con su rutina. Despertamos y continuamos sin dejar rastro.

El señor Máximo Ferreyra hizo un gesto que interpreté como un: levantaos e iros. Me puse de pie y cogí de la mano a Olivia. Recordar le había sentado fatal. Cuando me abrió la puerta estaba feliz por encontrarme, ahora parecía que le habían dado un golpe en el estómago y la bilis le estuviera ascendiendo hasta la boca.

—¿De qué conocía a Luca Marinelli?

—No lo conocía.

—Él me dio su nombre y su dirección.

Se encogió de hombros y abrió la puerta.

—Gracias por atenderme.

—Gracias por venir. Me ha gustado verte y escucharte. He vuelto a sentir la lluvia. Las piezas vuelven al tablero —afirmó. Y noté el regocijo en su rostro—. No te fíes de nadie.

—¿Ni siquiera de usted?

—Ni siquiera de lo que vean tus ojos.

Fue su última advertencia o recomendación lanzada a un aire estático. No fiarme de nadie. No era complicado en aquellas circunstancias inauditas pero sí muy desolador. Desconfiar te convierte en una ajena, en una maníaca, en un diluvio constante.

Olivia y yo entramos en el ascensor. Reflexionaba. Cuando Olivia se concentraba, desviaba la mirada a un punto fijo.

—Qué.

—Qué de qué.

—Qué piensas.

—No había ni una foto en la casa. Solo la que te ha enseñado y estaba en un cajón.

—Algunas personas no tienen fotos a la vista, así se ahorran dar muchas explicaciones.

No rebatió mi respuesta. Llegamos al patio. Un señor de mediana edad cargado con bolsas llenas de naranjas y verduras se cruzó con nosotras, nos saludó y entró en el ascensor.

Ya en la calle me puse las gafas de sol. Hice un barrido con la mirada y respiré hondo.

—Lluvia.

—Qué.

—Hay que encontrar a Geraldine.

7

*G*eraldine. Maldita anciana con más secretos que años. Y maldita mi tía y la forma en la que nos engañó y su afán por hacer lo que le venía en gana. Las mentiras cavaron su tumba, y su muerte casi cava la de mi abuela. ¿Una doble vida? Los que caminan muchos senderos pero solo se dejan ver en uno siempre me han parecido inteligentes porque hay que saber calibrar los pasos, tener una excelente memoria para mentir sin levantar sospecha. Y también me han parecido locos porque hay que estar muy loco para arriesgar tu porvenir a una carta, muy loco o muy seguro. Ella reunía cada uno de los ingredientes. Era una corriente impetuosa de aguas que sobreviene en tiempos de lluvias. Un torrente que llegaba cuando el resto se había ido. No sé cómo no pude sospechar ni una sola de sus maniobras. Cómo no advertí que no hacía lo que decía hacer. Me sentí estafada e indignada, mi tía nos había dibujado una farsa que habíamos creído a pies juntillas.

Peluquera y estilista. Cómo pudimos ser tan ilusas. Por qué llegamos a aceptar que salía de casa con facha de actriz de Hollywood para peinar a artistas de cuarta. La artista era ella. Y yo se lo decía. Cuando nos fuimos a casa de mi abuela y la observaba por el pasillo fumándose un cigarro, cuando me sonreía desde el sofá enganchada al teléfono o cuando se probaba vestidos que ella misma diseñaba. Se lo decía. Que valía mucho y que desperdiciaba su talento, alguno de tantos. Era cautivadora y especial. La imaginaba dirigiendo una compañía, como directora general de cualquier multinacional, como la directora de orquesta. Se lo repetía cuando conversábamos en el salón hasta que la madrugada nos devoraba y me abrazaba como ya nunca lo haría mi madre.

90

Ella me abrazaba a mí y yo me abracé a la idea de que las cosas son como son y no como las imaginas. Pero lo cierto es que ocultaba un territorio vallado e íntimo que nosotras, las mujeres que orbitábamos a su alrededor, jamás pisamos ni oteamos de lejos.

La historia que me había descrito Máximo Ferreyra a base de nimias pinceladas me tenía deslumbrada. Me enervó pensar que cuadraba más con mi tía lo hilarante y oculto de la Asociación que la vida de peluquera ambulante que mostraba tener. Y a pesar de que aquel ocho de junio la rabia se apoderó de mí y me sentí la chica más estafada del planeta, en el fondo me alegré por ella. Porque tal vez pasó parte de su vida donde debía estar, aunque nosotras no lo supiéramos y el desenlace fuera el adiós.

Su adiós y sus últimas palabras. Tenía dieciocho años cuando me dijo que se iba de viaje a Málaga a trabajar con una compañía de teatro. Vi cómo se preparó la maleta, se tomó un café y la acompañé hasta la puerta. Iba impecable, con unos taconazos que daba vértigo mirarlos. Le pregunté si quería que la llevara a la estación.

91

—No. Quédate con la abuela que hoy está baja de moral. Y tú no permitas que los bajones te duren más de diez minutos. Tienes una hermana pequeña, una abuela mayor y los ojos del color del valor, como yo —afirmó y me guiñó el ojo—, que no se te llenen de pena.

—Llama cuando llegues.

—Sí —me abrazó fuerte, me besó y lo dijo—: En las últimas habitaciones siempre se esconden secretos.

—¿Qué quieres decir?

—Que te quiero. Os llamaré.

Y se fue, con sus secretos debajo del brazo y su sonrisa en versión original. Y a mí me dejó la última habitación. Había desvalijado su habitación, que pasó a ser la mía, decenas de veces. No encontré nada significante que desentrañara la frase que me había dejado en herencia. Ahora la realidad se había enrevesado, no tenía que descifrar una frase sino un libro repleto de códigos que nunca mentó.

Sentía que la conversación con el señor Ferreyra había sido corta e inconclusa. Una especie de preludio, un tráiler que te deja con ganas de ver la película entera. Me había dejado demasiadas cuestiones en el tintero. No le pregunté por el tatuaje, la flor de loto que llevábamos las dos en el brazo. No le pregunté nada importante y me sentí vencida. Lo único que tenía claro es que tenía que volver a ver a Máximo.

De camino a casa, mi psicosis y la apabullante sensación de sentirme observada fueron en aumento. Llegué a pensar que debía sacarme una licencia de armas y comprar una pistola aunque ni siquiera supiera utilizarla. La idea de pensar en armas ponía de relieve la dimensión en la que estaba entrando.

—¿Adónde fuiste? ¿Te enviaron una invitación?

—Sí. Cerca de casa. Al Museo de la Seda en la calle Hospital, al lado de la biblioteca, lo van a inaugurar en breve. Había un grupo de personas en una sala. Ahí conocí a Luca y por mi maldita insistencia quedamos al día siguiente.

—¿Por qué no me lo contaste?

—¿Por qué tendría que contártelo?

—Porque somos amigas y pasamos mucho tiempo juntas.

—Las amigas no siempre se lo cuentan todo, Olivia.

Frenó en seco y me ofreció una mueca compungida y extrañada.

—Vaya mierda de amigas somos, ¿no? Me entero de lo que quieres y cuando quieres. Y encima escucho historias que no debería y me he metido debajo de una cama por ti, y que sepas que estaba muy asustada. Y han atropellado a un chico que conocimos ayer y era muy joven y…

Y de repente Olivia empezó a llorar.

—Shhh —murmuré, y la mecí entre mis brazos—. Qué te pasa.

—Que me han dado las notas —afirmó entre hipidos y lagrimones que brotaban sin respiro—. Y cuando he salido de clase veía cómo mis compañeros se las daban a su madre o a su padre o a quien sea, pero a mí nadie me espera ni el día de las notas.

Y siguió llorando con un énfasis infantil y comprensible, que hubiera desbordado a cualquiera con una pizca de empatía. Me dolió, muchísimo. Lloró sobre mi hombro, agarrada a mi vestido, con una fuerza imparable que me partió en mil pedazos de los que luego ya no se pueden encajar aunque te empeñes en pegarlos. Olivia se comportaba como una adulta la mayor parte del tiempo, pero solo era una niña que necesitaba el amor y la dedicación que debía recibir cualquier niño de su edad. Con su dolor estampado en mi piel, mis problemas me parecieron notas al margen y lo suyo, la historia principal.

—Llora, cielo.

Pasó minutos abrazada a mí en mitad de la calle. A veces, el tiempo se detiene pero no en el lugar adecuado. Cuando se calmó, le limpié las lágrimas.

—Tienes que intentar comprender algo, Olivia, algo que no es fácil de entender. En ocasiones, los padres no toman las mejores decisiones, pero si hacen lo que hacen es porque creen que están haciendo lo correcto por nosotras. Tu madre te adora, no lo dudes ni un instante. Ni uno. ¿Me oyes?

—Sí —contestó con los ojos llenos de tristeza.

—A ver, enséñame las notas.

Dejó la mochila en el suelo, la abrió y me tendió el sobre con el boletín de notas. 93

—¡Tres sobresalientes! Uno de ellos en Dibujo. ¿Y un suspenso? ¿Has suspendido Música?

—Odio tocar la flauta, Lluvia. En clase desconecto. ¿Imaginas una clase con treinta niños tocando la flauta? Es una tortura. A mí lo que me gusta es dibujar. Seré una gran arquitecta y mis edificios serán armónicos. Música de la buena.

—Lo serás. —Le di un beso en la frente—. Te felicito, eres una campeona.

Le devolví las notas. Vi un bonito rayo de felicidad en su gesto. Que se sientan orgullosos de nosotros, eso también es una victoria.

Seguimos caminando entre el gentío.

—¿Me perdonas? Por no ser una buena amiga.

—Sí. Las amigas se perdonan. Para de mirar. No nos siguen.

—Tengo la sensación de que nos vigilan. Me provoca inquietud.

—La historia de tu tía es muy interesante.

—Sigo sin creerlo.

—Era como la líder de un grupo de justicieros. Cuando Máximo hablaba, los visualizaba de un sitio a otro con misiones secretas. Como en una película de espías.

—Pero no estamos en una película. Esto es la realidad. Y la realidad es que mi tía está muerta y hay una anciana desaparecida y han atropellado a un chico que intentó ayudarme. Su historia será lo interesante que quieras pero la desconozco. Y la mía me está dando miedo.

—Yo no tengo miedo, Lluvia.

—¿No?

—No, porque estoy contigo y sabes esquivar balas.

—¿Sé esquivar balas?

—Escuché la frase en la tele y pensé en ti. Tú sabes esquivar balas.

Me hizo gracia.

—No sabía que tu tía y Geraldine tenían relación —continuó.

—Ni yo. Me ha sorprendido. Mi tía nunca me habló de Geraldine, ni viceversa. Ni un comentario. Jamás se nombraron en mi presencia ni me preguntaron la una por la otra. Eran expertas en el disimulo y el engaño. Las odio a las dos.

—¿Sabes quién no es experta en el disimulo? La señora Pilar. Se me está ocurriendo una idea genial.

Llegamos a casa agotadas. De camino, Olivia formuló cerca de cien preguntas de las que nacían otras más complejas. Era capaz de sembrar en mi cuerpo la vacilación con un puñado de palabras. Ella me hablaba de teorías surrealistas y de propuestas que sonaban tan absurdas como factibles. Yo le hablé del valor del silencio. No del silencio que te hace más valiente cuando todos se han ido o más cobarde cuando todos te miran. No del silencio que te desordena cuando llegas puntual al caos. No le expliqué los recovecos y laberintos emocionales que pueden esconderse detrás del disimulo y la omisión. Y tampoco le hablé del silencio que provoca frío en pleno mes de agosto o del que te asfixia y te secuestra en vida. Le hablé del sentimiento de respeto y fidelidad hacia uno mismo y hacia los demás. Tener principios para sentirse tranquila cuando llegara el final. Le describí la lealtad, en mayúsculas. A Olivia le enseñé mucho menos de lo que ella me enseñó a mí. Pero aquella tarde hicimos un pacto de lealtad que ni el mismísimo Dios pudo deshacer jamás de los jamases.

Al entrar al portal, sacó una libreta y un bolígrafo. Subimos por las escaleras al primer piso. La señora Pilar era una vecina de manual, una correveidile forjada a golpe de cotilleo. La típica que afirmaba no meterse en los asuntos privados de nadie pero escarbaba en la basura ajena hasta reciclar cada detalle.

—Empiezo yo pero a ver qué dices.

Olivia asintió, dejando ver que tenía la situación bajo control.

—Las dos chicas más guapas del edificio. Juventud divino tesoro —afirmó al vernos.

—Hola, señora Pilar. ¿Tiene un minuto? A ver si nos puede echar una mano con un trabajo que tiene que hacer la niña. Como están terminando las clases y ya les han dado las notas, ahora a los críos les mandan tareas para mantenerlos ocupados.

—Un minuto y dos. ¿Qué tengo que hacer?

—Darnos información. Tiene que escribir una redacción sobre los vecinos. Si son jóvenes o ancianos, si llevan muchos años viviendo en el edificio.

—Y la importancia que tiene el respeto cuando se vive en una comunidad —añadió Olivia—. ¿Quiénes son los más antiguos del edificio?

—Yo una de ellas. Cuando llegué a este barrio las fincas de enfrente ni existían, era todo campo. Y no os creáis que vivíamos peor, qué va. Había más comunicación y los lazos eran más estrechos antes que ahora. Qué tiempos. Aquí éramos una familia.

Olivia apuntaba en la libreta, no sé muy bien el qué.

—De entonces quedamos tu abuela y yo, aunque ella ahora esté en una residencia.

—Está en una residencia porque quiere.

—Ya, ya, si lo sé, Lluvia. Que tu abuela de la cabeza está muy bien.

—¿Y quién más?

—El señor Mariano de la puerta seis y la señora Geraldine del séptimo. Nosotros fuimos de los primeritos en llegar. Luego, a los años, compraron el piso aquellos señores que tenían una imprenta ahí en la calle Lepanto. Los que vivían en el quinto. También estuvieron como treinta años. Qué encantadores eran. Ahora en su casa vive el matrimonio joven con dos niños pequeños.

—¿Y el señor Mariano a qué se dedicaba? —preguntó Olivia.

—Tenía una relojería. Los relojes son su vida. Ponlo en la redacción, hija, que hoy en día hay muy poco relojero joven. Y pon también que le arreglaba a todo el vecindario los relojes, incluso los más antiguos. Y oye, muchas veces de balde, y eso que era el único que sabía arreglarlos. A ver hoy quién hace algo gratis por muy vecino que sea.

—Vale, lo pongo. ¿Y Geraldine?

—Uy, la señora Geraldine —contestó con retintín—. Tienes para tres redacciones, mira lo que te digo. Mucha señora Geraldine era ella hace años. Y con los humos subiditos llegó, porque sabía hablar idiomas. Oye, que no es malo, eh. Que en aquellos tiempos pocos hablaban tan bien como ella. Su mérito tiene. No digo que no. Pero claro, como venía de Francia, la mujer tenía otras costumbres. Pon que se adaptó en un periquete, pero que los vecinos la ayudamos mucho. Tu abuela también —afirmó, mirándome—. Que recuerdo yo que le enseñó a cocinar. Menudos destrozos de paella hacía la francesa. En el fondo me daba un poco de pena, era tan rara.

—¿Por qué era rara? —se interesó Olivia.

—A ver, rara tampoco. Un poquito especial. Que no quiero yo problemas con la señora Geraldine ahora, a la vejez, viruelas. Daba clases de francés en el colegio oficial y clases particulares. Pero sabéis qué —confesó en un susurro—. Por ahí se comentaba que era vidente. Sí, de las que adivinan el futuro mirando cartas y leyendo las manos.

La señora Pilar enarcó las cejas y dobló el morro. Así mostraba su sabiduría vecinal y el arte del chismorreo en todo su esplendor.

—Sí, sí. Os digo que era cierto lo que decían las malas lenguas. Que aunque la gente es muy mala, siempre llevan algo de razón. Por aquí desfilaron personalidades, pero de las importantes. De los de ordeno y mando. Ministros y cónsules. Y actrices y periodistas, pero plumillas reconocidos no os creáis. ¿Sabéis que me dijo el portero de al lado? Que una madrugada de invierno, vino un rey egipcio única y exclusivamente para hablar con ella. ¿Cómo os quedáis? Un poco loca siempre ha estado, no lo vamos a negar. Pero muy buena mujer, las cosas como son. Al Papa lo que es del Papa.

—Alucinada estoy —contestó Olivia, que apuntaba como si la vecina del primero estuviera dando una rueda de prensa.

—Hemos ido a su casa pero no nos abre. Hace días que no la vemos. ¿Sabe usted dónde puede estar?

—Ni idea, Lluvia. Yo no pregunto adónde va o adónde deja de ir, que no soy una cotilla. Aunque como ha llegado este calor sofocante así de repente, igual se ha ido de vacaciones a casa de su hermano.

—¿Su hermano? —preguntamos las dos a coro.

—Su hermano, sí.

—No sabía que la señora Geraldine tuviera familia.

—Ah, pues la tiene. Su hermano vivió aquí una temporada, hace un siglo no creáis. Vaya chico apuesto y guapetón, y qué bien vestido iba el *condenao*. De punta en blanco. Impoluto. Y oye, muy educado. Que si buenos días, buenas tardes, te ayudaba a subir las bolsas de la compra. Hablaba español de aquella manera, pero lo entendíamos la mar de bien.

—¿Y recuerda cómo se llamaba?

—No, hija, a mí los nombres de fuera es que no se me quedan. Espera, voy a preguntarle a mi marido, que ellos hablaban mucho cuando se encontraban y tomaban vinos y cosas de hombres.

La señora Pilar entró en casa y desapareció por el pasillo. Oíamos su voz en la lejanía, preguntándole a su marido, que debía ser un santo o haber hecho una promesa para aguantar veinticuatro horas al día a la vecina del primero.

—Pero ¿qué apuntas?

—Datos, Lluvia, datos.

—¿A ti te ha hablado de su familia?

—Nunca. Y la señora Geraldine tampoco tiene fotos en casa. Solo una de Tango. Sale guapísimo, con una pajarita.

—Calla.

Los pasos de Pilar nos encontraron tal y como nos habían dejado. Plantadas esperando viento fresco.

—Niñas, no era tan difícil. Otra cosa no, pero mi Antonio tiene una memoria que es mi envidia. Abel Magnusson. Así se llama o se llamaba, puede que falleciera el hombre y ni nos hemos enterado. Que es muy reservada la señora Geraldine.

Olivia se quedó petrificada, como un bloque de hielo en Siberia.

—¿Y esas caras de lechuga? Venga, parpadead —dio unas palmaditas—. Qué pasa, ¿que no se pronuncia así?

Me senté en la escalones.

—Me cago en mi puta estampa —susurré entre mis manos.

—¿Qué has dicho?

—Ha dicho que la realidad le espanta. Es que la ha dejado muy confundida, como no sabíamos que tenía familia —afirmó Olivia.

—No puede ser. —Me levanté—. Geraldine no se apellida Magnusson. Ni siquiera es un apellido francés, es sueco. He hablado con muchos suecos en el trabajo.

—Cuánto sabes, Lluvia. Pues te digo yo que sí eran hermanos. Ven. —Me agarró del brazo y me aproximó hacia ella—. Es que la madre de Geraldine era un poco putilla —murmuró en mi oreja—. A ella la tuvo fuera del matrimonio, con otro hombre, ya sabes. Me lo contó un día. Que yo no le pregunté, eh. Me lo contó porque quiso.

Suspiré.

—Gracias por la información, señora Pilar. Nos va a quedar una redacción preciosa.

Olivia asintió con la sonrisa más expresiva que tenía.

—Escuchad, si habláis con Geraldine, yo no os he contado ni mu de ella.

—Descuide. Somos unas tumbas.

Pilar cerró la puerta no sin antes recriminarnos que cuando se estropeara el ascensor podíamos llamar al servicio técnico, que siempre les tocaba a los mismos.

—Lo que faltaba.

—Abel Magnusson. Hermano de Geraldine. Sabía que la señora Pilar iba a cantar alguna canción. Pobrecita. Es un pajarillo en una jaula. Ven, vamos a mi casa —dijo con la libreta contra el pecho.

Subimos las escaleras hasta el segundo piso. Olivia sacó las llaves y abrió. Mi cabeza iba a mil. No quería saber más, de verdad. No quería.

—¡Mamá!

Nadie contestó. La soledad ocupaba el diáfano espacio del piso de la puerta tres. Olivia tiró la mochila al sofá.

—Espera —ordenó.

Carla tenía la casa decorada infinitamente mejor que la mía. Poseía un estilo minimalista ordenado y limpio. Una casa dulcificada. Los cuadros, el mobiliario, los libros… cada elemento ocupaba el lugar correcto. Menos ella, que brillaba por su ausencia. Había plantas grandes y preciosas. Cuando entraba en su piso, recordaba que en el mío faltaba el color verde. Quizá por eso se me olvidaba la esperanza en cualquier rincón oscuro.

—Toma —afirmó de vuelta al salón y dejó unas llaves sobre mi mano—. Lo he recordado al volver. Cuando lloro mi cerebro se oxigena, me descargo y al rato me vienen flashes, fotografías que van a destajo. Para que me entiendas, como cuando dicen que te estás muriendo y ves escenas de tu vida. Así pero menos gore. Sin morirme después.

—¿Qué has recordado?

—En la última habitación de Geraldine. Me preguntaste si veía algo extraño y te dije que sí pero no sabía el qué. Ahora lo sé. En la pared de la izquierda, donde está el *collage* extraño de cuadros de distintos tamaños. Había un cuadro que antes no estaba. Es una lámina vertical con un marco blanco y un ribete dorado.

—¿Y de qué es la lámina? ¿Qué aparece en ella?

—No sé, es un camino recto con decenas de saquitos alrededor. Y al final del camino se ve la luna llena.

—¿Un camino con saquitos?

—Sí, Lluvia. Hay sacos dibujados, como los de las patatas pero atados con cuerdas. Lo reconocerás.

—Vale. —Me guardé las llaves—. No abras a nadie. Y no

99

te vayas a ningún sitio sola. Si pasa cualquier cosa me llamas, aunque sea una tontería. ¿Prometido?

—Prometido.

Salí del salón y me dirigí hacia la puerta.

—¡Diosa de ébano! —grité antes de salir.

—Qué.

—Te quiero.

—Y yo.

Aquel edificio era el escenario de mi vida y me estaba convirtiendo en la protagonista de la función. Un laberinto de puertas con números que escondían palabras, confesiones y viajes a mundos paralelos que no estaban al alcance de todos los bolsillos. Ojalá las paredes pudieran hablar. Lo pensé cuando subía por las escaleras con las llaves de Geraldine en la mano. Quería que las paredes me hablaran del pasado para poder entender el presente, que me miraran a los ojos con calma plantándole cara a un tiempo acelerado. Sentía la presión de una cuenta atrás intangible y la fragilidad de cada momento que iba viviendo.

En mi casa había una tendencia a morir que me enseñó que la vida iba rápido. Se había activado un interruptor. La falsa estabilidad de la que gozaba se había difuminado dejando paso a un vaivén de factores externos que me estaba cambiando el ritmo.

Vivir sin perder el tiempo, cariño. Solo valorarás cada letra de esa afirmación cuando la muerte haga acto de presencia y el tiempo te muerda las horas.

Llegué al sexto. Me apoyé en la pared del rellano. Tal vez llevaba años acomodada y la vida me estaba dando un susto y el pasado me besaba en la boca. Aunque yo solo veía un presente lleno de tinta y borrones y miradas ajenas.

—¡Menos mal que has llegado!

Mi hermana se levantó del sofá como si le hubiera estallado un petardo y corrió a abrazarme.

—¿Adónde has ido?

—A hablar con una persona. ¿Qué ha pasado?

—Nada. Que te has marchado tan a lo loco y tan preocupada que me has dejado fatal. Y ha llamado un chico a la puerta pero no he abierto. Me has dicho que no abriera a nadie, ¿no?

Me puse nerviosa.

—¿Cómo era?

—Era guapo, con barba. No sé, de unos treinta años.

—¿Ha dicho algo?

—No, ha estado unos minutos en el rellano y se ha ido. Parecía normal.

—Victoria, vas a comprar un billete de AVE y te vas a ir mañana a Madrid. Vas a pasar un tiempo con papá. Unas semanas, quizá menos.

—¿Con papá? ¿Unas semanas? ¿Qué fumas?

Su tono fue irrisorio y lo acompañó con una expresión escéptica que me hizo mucha gracia aunque no me reí.

—Con papá, sí. Tenemos un padre, ¿sabes? Aunque no lo veas desde hace seis meses sigue ahí.

—¿Y tú? ¿Tú no lo ves desde hace un año y soy yo la que tiene que irse a Madrid? No, no, no, Lluvia. Estás muy, pero que muy mal de la cabeza si piensas que voy a irme con papá y con la inútil de su mujer.

—Vas a hacerte la maleta, vas a subirte al tren y mañana vas a irte a Madrid.

—Pero ¿por qué? ¡Que no! ¡Que no puedo! ¡Que tengo exámenes y una vida!

Victoria hacía aspavientos y daba vueltas por el salón. Actuaba como si la estuviera enviando al infierno de un soplido.

—Para. ¿Cuándo tienes el examen?

—Mañana a las once.

—Vas, haces el examen y a Madrid.

—¿Por qué? ¿Esto es porque se ha muerto el chico italiano? ¿Qué está pasando?

—Te vas porque lo digo yo. Y es mejor que no me hagas preguntas.

—No voy a irme de mi casa, Lluvia. Te pongas como te pongas. Además, tengo otro examen el viernes y tengo que hacer prácticas en el periódico.

—Me da igual el examen del viernes y me dan igual las prácticas en ese periodicucho que no te paga ni un duro. El examen lo harás en septiembre o cuando sea. Y a los del periódico les dices que papá ha sufrido un infarto y que se está muriendo. ¿No te gusta tanto mentir? Pues miente y hazlo bien.

Abrí la cartera, saqué la tarjeta de crédito y la dejé sobre la mesa junto a cincuenta euros.

—Compra el billete, ya. Y mañana en la estación le compras un regalo a Óscar.

—Claro y qué más quieres que haga, ¿te beso el culo?

—No te pases ni un pelo. Tengo que solucionar unos asuntos importantes. Cuando todo esté en orden, vuelves y sigues con tu fantástica vida de estudiante sin preocupaciones. Papá se alegrará mucho de verte y el enano también. Pasáis unos días juntos, así recuerda que tiene hermanas.

Negó y me miró con aversión.

—De verdad que te odio. Odio cuando te pones en plan madre y me organizas la existencia. Crees que tienes algún poder sobre mí y no. ¡Soy mayor de edad! ¡Decido lo que hago y lo que no! Si te has metido en un lío, y bien gordo por lo que veo, no es culpa mía.

La cogí del brazo y la senté en una silla.

—Escúchame bien. Si me pongo en plan madre es porque soy la única hermana y la única madre que vas a tener hasta el fin de los días, porque resulta que la nuestra murió cuando eras una niña. Si te parece un castigo divino y si tan mayor de edad eres, te buscas trabajo y te independizas. Pero mientras yo pague los gastos de esta casa y te pague la universidad, permíteme tener una pequeña licencia sobre tus actos. Ódiame hasta reventar si te apetece, pero te vas a ir a Madrid con una sonrisa y le dirás a papá que tenías ganas de estar con él. Fin de la historia.

El silencio cargado de reproches invadió el salón como una nube opaca que acababa de descargar lluvia, mucha lluvia. Ni siquiera el gato maullaba.

—Se lo voy a decir a la abuela.

—No te esfuerces. Se lo voy a decir yo. Me voy a la residencia.

Abrí una de las libretas que estaban desparramadas por la mesa y arranqué una hoja. Escribí un nombre.

—¿Lo lees bien?

—Abel Magnusson —leyó con desidia.

—Busca lo que puedas sobre él. Quiero saber si está vivo o muerto, qué hace, qué ha hecho y qué aire respira. No le pidas ayuda a nadie. Lo investigas tú, solita, eres muy buena haciendo de CSI. Y no me mires así, que esto sí te lo estoy pidiendo como un favor.

Ella mareó el papel entre sus dedos.

—¿Quién es?

—Amigo íntimo de la tía. Su confidente y su mano derecha. Por lo menos es lo que me han contado. Veremos si es verdad.

—¿De la tía? ¿Esto tiene que ver con la tía?

—Sí.

—¿Y el italiano que han atropellado esta mañana?

—Lo conocí hace unos días y quedé ayer con él.

—¿Para qué?

—No me hagas más preguntas. Te lo explicaré todo cuando pueda.

Volvió a coger el papel y miró el nombre.

—Lo voy a buscar, pero que sepas que te sigo odiando.

—Espero que se te pase pronto porque el odio se digiere fatal.

Lo iba a buscar. No por mí, sino porque adoraba los retos y formar parte de un juego llamado intriga. Le fascinaba descubrir lo que otros no podían destapar. Sí, Victoria era excelente desnudando personas y hechos. Encontraba un dato y lo diseccionaba hasta que no quedaban partes. Hacía las autopsias mejor que cualquier forense experimentado. Le encantaba indagar y meterse en pozos, aunque luego la tuviera que sacar yo tirando una cuerda o poniéndome de lodo hasta el cuello. Decía que iba a ser una periodista de renombre, de las que están en el punto de mira, de las que son el punto de apoyo de un gran medio de comunicación. Nunca lo dudé, pero nunca se lo dije. Tampoco necesitaba a nadie que le diera alas, volaba sola gracias a su bendita imaginación.

Estoy segura de que cuando salí de casa me maldijo a mí, a su infancia truncada y a la ausencia de padres. Que le dieran órdenes lo llevaba mal, que le marcaran el camino a seguir era una penitencia que le daba alergia. Mi hermana era el viento y la vela. Una marinera inexperta que me castigaba por tener más recuerdos que ella. Yo podía navegar por el pasado y naufragar en los brazos de mi madre y en su voz si me apetecía, pero ella no. Apenas la recordaba. Trazos difusos residían en su interior. Para Victoria, mi madre era una ilusión. A golpe de intentarlo y de preguntarme, había inventado momentos en los que se refugiaba. Sí, era injusto, pero estamos hechos de injusticias y de sucesos que nunca han ocurrido y de besos que no hemos dado. La vi sufrir tanto por la falta de recuerdos, que a la vida y a la muerte solo le pedí una cosa: llegar a vieja con historias y personas que recordar y que poder contar. Le rogué con las manos y mi voluntad que me atravesara un rayo si era necesario, pero que cuando llegara mi turno, me fuera con el alma a rebosar de recuerdos. Por lo menos, se ha respetado mi deseo hasta el final.

El último año de mi madre, cuando el cáncer se llevó su bonita imagen y sus ganas perennes, intentamos que Victoria no la viera así, el deterioro físico era demasiado brutal. Una escena poco recomendable para una niña de cinco años. Nunca nos lo perdonó. La habíamos privado de minutos con su madre, de los últimos instantes, los que se graban a fuego en algún lugar de las entrañas. No me lo perdonó ni a mí ni a mi abuela, ni siquiera a mi padre. Un hombre que nos quería a su manera, que no supo gestionar la situación ni sus sentimientos hacia dos niñas que necesitaban el cariño que habían perdido en un chasquido de dedos. Tampoco le culpo. Cada uno hace lo que puede, no siempre lo que debe. No le eché nada en cara mientras vivió. Mi hermana, sí, le recriminó con palabras lo que yo callé con distancia.

A los tres meses de la fatalidad, mi padre mantuvo una conversación con mi abuela. Lo sé porque escuché la conversación detrás de una puerta, sentada en el suelo, abrazando mis piernas. Le dijo que lo mejor es que viviéramos con ella, que sus viajes de trabajo le impedirían cuidar de nosotras, que no se sentía capaz. Se le encendieron las ganas de huir y de respirar un aire sin gritos, sin rabietas, sin risas y responsabilidades. No le culpo, no. Pero fue un cobarde de poca monta que al año ya se estaba montando a otra. Una tal Claudia, madrileña, diez años más joven que él. Una mujer que no tenía nada que ver con mi madre. Una interesada que vio en mi padre la debilidad de un hombre perdido. Claudia nos miraba de soslayo.

Nunca fue cercana. Siempre correcta detrás de una barrera que no atravesó. Interpretó a la perfección el papel de mujer de un hombre con dos hijas a las que apenas veía. Con los años mejoró su técnica de actriz entregada, de esposa perfecta y florero vistoso. Y le dio un hijo y a nosotras un hermano.

Aunque en muchas ocasiones le eché de menos, lo mejor que pudo hacer mi padre fue dejarnos con mi abuela y mi tía. Creo que no se lo agradecí lo suficiente.

$\mathcal{M}$e puse el cinturón y agarré el volante con las dos manos. El móvil no paraba de sonar. Andrea me había llamado y me había escrito durante la mañana. No le cogí el teléfono ni a ella ni a mi jefe. Bajé el parasol y examiné mi rostro. Me reconocía, era la misma pero menos favorecida y con dudas de más reflejándose en mis facciones. Y estaba blanca, por la falta de sol y por los sustos que me estaba brindando la semana.

A la vez que arranqué el coche, me rugieron las tripas. Eran las cinco de la tarde y aún no había desayunado. Mi café se había estrellado contra el suelo, junto a mi perplejidad. No había mucho tráfico, se notaba que la rutina le estaba dando paso al verano. Paré en un semáforo. Miré a derecha e izquierda. Levanté la vista hacia el retrovisor. Detrás de mi Toyota negro de segunda mano había un coche azul, de alquiler. Abrí la guantera y la revolví por si había algo de comer. Encontré papeles, un fular, una batería externa, pintalabios y una navaja. La cogí. No recordaba haberla dejado en el coche. Una navaja toledana con la hoja grabada con escudos y formas geométricas. El mango era de madera y tenía detalles en nácar. Me la había traído Andrea de Toledo, un fin de semana que había ido con su familia. También me trajo una caja de dulces típicos de la zona. Los dulces me los comí, pero la navaja no había salido de la guantera. Me alegraba saber que estaba ahí, por si me encontraba con una guerra digna de luchar.

El tío del coche de alquiler me pitó. El semáforo se había puesto en verde y yo seguía asomada sobre el asiento del copiloto. Le hice un gesto para que calmara sus prisas y aceleré. Odiaba conducir, lo he odiado siempre. Ponía al descubierto mis instintos más oscuros.

Pasé diez minutos buscando aparcamiento cerca de la residencia. A la tercera vuelta miré por el retrovisor. El coche azul me seguía. No estaba loca. En algún momento dejé de verlo, pero ese Fiat me estaba siguiendo. Aparqué en la calle paralela a San Felipe Neri. Cogí la navaja y la metí en el bolso. Me puse las gafas de sol y salí del coche. Hice una panorámica y descubrí que el Fiat azul había estacionado en segunda fila, a trescientos metros. El conductor hablaba por teléfono.

Atravesé el pequeño jardín de la residencia y abrí la puerta. Sara leía en el móvil. Esbozaba un gesto característico de alguien que empieza a estar enamorado.

—Te gusta.

—Mucho —afirmó.

—¿Has vuelto a quedar con él?

—Sí, pero no quiero hacerme ilusiones que luego sufro como una gilipollas. Mira qué pasó con el último. Qué cabrón, conmigo y con otra. ¡A la vez! ¿Cómo lo hacía?

—Con cuidado y mente fría.

—Qué miedo, Lluvia, la gente está loca. No te puedes fiar de nadie.

—Tú con pies de plomo. Pásalo bien y ya se irá viendo.

—Sí.

—Qué tranquilita estás hoy.

No había barullo ni familiares incordiando como acostumbraba a hacer yo. Tampoco se veían residentes.

—Por desgracia, no durará. Estás más delgada. ¿Qué haces?

—El estrés, el mejor adelgazante del mundo.

—Será para ti, a mí me da por comer.

Cogí un puñado de bombones que había en el mostrador.

—Mi comida. ¿Dónde está?

—Estaba en el patio de las palmeras, pero se ha ido hace un rato a la habitación. Me ha dicho que se encontraba cansada y fatigada por el calor.

Conversé un par de minutos con Sara y fui a buscar a mi abuela. Cuando se iba a la habitación era porque no estaba muy católica. No era el calor, eran los años. Recorrí un pasillo infinito que daba acceso a distintas estancias de la residencia. Subí por las escaleras hasta el primer piso. Se oían voces que salían de las habitaciones. Aquella residencia era más bonita

107

que muchos hoteles en los que he pernoctado. Un ambiente acogedor, luminosidad, espacios amplios, jarrones con flores frescas. Pero a mí esas características de catálogo y abanico de privilegios no me hacían olvidar que era una residencia de la tercera edad y que mi abuela estaba en la maldita residencia contra mi voluntad.

Me crucé con un chico joven.

—Hola.

—Hola —contesté.

Seguí andando. Llevaba un uniforme blanco. Me paré.

—¡Eh!

El chaval frenó y se giró.

—¿Tú quién eres?

—¿Yo? Carlos, soy auxiliar de geriatría.

—¿Trabajas aquí? No te conozco.

—Sí. Empecé hace diez días.

—Ah. Encantada.

—Igualmente —dijo.

Que me tomaran por loca no me preocupaba. Iba a descubrir quién era cada ser con el que me cruzaba. Lo había decidido *ipso facto*.

Continué recto y llegué a la habitación de mi abuela. Las puertas eran iguales pero con distinto número y con una historia diferente. La golpeé con los nudillos y acto seguido entré. Estaba tumbada, tapada con la sábana. Me dolía verla ahí y no en la habitación donde había dormido, llorado y soñado. Su habitación, la de casa, que seguía intacta por si volvía.

Me descalcé y me metí en la cama. La cogí de la mano. Ella sabía que estaba allí, que la había estudiado y que había interiorizado su imagen. Entrecruzó sus dedos con los míos, apretó con fuerza y abrió los ojos. Nos miramos. Tengo esa mirada, justo esa, grabada a fuego en mi memoria.

—Te dije que no fueras —susurró.

—¿Lo sabías? —pregunté, asombrada.

—Sabía que formaba parte de una Asociación.

—¿Quién era?

—Una desobediente como tú.

—¿Por qué no me lo contaste? Si no me hubieras mentido, te hubiera dolido menos.

—Me hubiera dolido igual, Lluvia. Murió. Era ella la que mentía, no yo. Yo rezaba, padecía, miraba el reloj y me sentaba cerca del teléfono por si llamaba. Es lo que hacen las madres cuando sus hijos salen de casa y desconocen si van a volver. Respiró profundo.

—Estaba metida en líos —dije—. Le mandaban encargos de distinto tipo. No sé, como si fuera una espía o similar. No viajó a Málaga con la compañía de teatro, se fue a Afganistán. ¡A Afganistán, yaya! A investigar a un tío que era un delincuente profesional. De vuelta se quedó en Madrid. —Hice una pausa—. He estado pensando. Resulta curioso y extraño que no hubiera nadie en el edificio cuando explotó. Solo ella en un edificio de cuatro pisos y ocho viviendas. Ni heridos ni más víctimas mortales. Yaya, no fue un accidente. Querían acabar con la tía. Quitarla del medio.

Dicen que las pupilas son las ventanas del alma. A mi abuela se le dilataron y se le llenaron de rabia y nostalgia. Vidrios. Soltó mi mano, se movió incómoda y se levantó de la cama. Se acercó a la ventana y descorrió la cortina. Me senté como un buda y la observé.

—¿Con quién has hablado?

—Con un señor que la conoció. Máximo Ferreyra. Si no me cuentas qué sabes, va a ser más difícil.

—Te dije que no fueras —recitó, de nuevo

—Bueno, ¡pero fui! Y ahora quiero saber por qué no volví a ver a mi tía y quiero saber qué quieren de mí. Ah, y ya que estamos, me encantaría saber por qué la tía y la colgada de Geraldine eran amigas. Y por qué el hermano de Geraldine, porque tiene un hermano, era la mano derecha de la tía.

Cogió la silla del tocador y la puso junto a la cama.

—No seas tan intensa y no actúes como si tuviera la culpa. Sé que estás confundida y enfadada. Yo también lo estuve durante mucho tiempo.

—¿Confundida y enfadada? No, qué va, yaya. ¡Estoy acojonada! Miro a mis espaldas veinte veces por minuto y ¡creo que me está siguiendo un coche! Es gente que está mal de la cabeza, ¿entiendes? ¡Matan personas! El hombre que he conocido dice que no, que solo en casos excepcionales y cuando es necesario, pero una mierda. ¡Matan personas de verdad!

—Shhh, no grites.

—No grito.

—No sé si matan gente o no matan ni el tiempo. No lo sé, Lluvia. Tu tía nunca hablaba del tema. Salía y entraba cuando quería y eligió el camino que quiso porque así lo decidió. ¿Crees que me pidió consentimiento para entrar en la Asociación? Era responsable de sus actos, independiente, una mujer hecha y derecha consciente de lo que hacía y de lo que se llevaba entre manos. No... sé... nada. Ni siquiera intuyo qué quieren de ti, de nosotras, después de tantos años —concluyó.

—¿Y no intentaste descubrir en qué estaba metida? ¿No la seguías? ¿No cotilleabas su habitación y los armarios? Joder, yaya, ¡las madres hacen eso! Es de primero de maternidad —negué—. No te creo.

—Eres libre. Tienes la libertad de creerme o de no hacerlo. Su pasaporte estaba lleno de cuños y sellos de otros países. Lo miraba si se le olvidaba en casa. Lo hojeaba y me persignaba. Claro que su destino no era Málaga, pero no sabía que había viajado a Afganistán ni que investigaba a un hombre. Me llamó un policía a las cuatro de la tarde de un diez de mayo y me comunicó que mi hija había fallecido a consecuencia de una explosión de gas en Madrid. No puedo hablarte de la Asociación ni de qué hacía tu tía cuando salía de casa porque no lo sé, Lluvia, ¡no lo sé!

Las dos estábamos tensas. Incómodas.

Hablar del pasado resulta desolador si sigue doliendo ahí, donde llueve, donde las heridas mal curadas siguen latiendo.

—¿Y Geraldine?

—Fue la culpable de que tu tía entrara en la Asociación de la que hablas. No pienses que me callaba y miraba hacia otra parte. Con tu tía era imposible por el hermetismo y compromiso que tenía con la Asociación. La castigaba con mi silencio de desaprobación, pero a Geraldine la amenacé. Le decía que si le pasaba algo a mi hija, habría consecuencias. Pero una cosa es lo que dices y otra lo que haces. Sentía, aquí —señaló su corazón—, que tarde o temprano sucedería. Corría riesgos y el que juega con fuego, se quema. Es ley de vida. Cuando murió tu tía, no tenía ganas de batallar ni de respirar. No le volví a hablar, por mí y por vosotras. Pregúntale a ella, te dará más respuestas que yo.

—Ojalá pudiera. Ha desaparecido. Se fue de casa hace unos días. ¿Sabes dónde vive su hermano?

—No.

—Aunque no me ayudes, ni puedo ni voy a obviar lo que sé. Y presiento que ellos o él o ella o quien sea que haya dejado la invitación en el buzón, no va a dejarme en paz. Agradecería colaboración porque estoy asustada y me está costando digerir la información.

—No sé dónde vive su hermano.

—¿Geraldine no se pronunció cuando murió la tía? Me extraña.

Mi abuela se dirigió al armario que quedaba a la derecha, detrás de la puerta de entrada.

—Cógela —señaló la maleta que estaba en el altillo.

Me subí en una silla. Agarré la maleta rígida y la dejé sobre la cama. Mi abuela se metió la mano en el sujetador y sacó un pañuelo de seda. Lo desdobló y apareció una llave que introdujo en el candado de la maleta. Descorrió la cremallera de un departamento interior, cogió una caja de latón del tamaño de medio folio y me la tendió.

Era una caja antigua de galletas en tonos mostaza. Galletas Birba. La tapa estaba decorada con una ilustración: un gran puente, edificios blancos y un río. «Camprodon», se leía en la parte inferior de la imagen. La abrí.

—Es lo que llevaba puesto cuando murió.

Observé los anillos de plata. Un reloj, dos pulseras y su collar. Me estaba asomando a la imagen de mi tía. Reconocí sus joyas, cada una de ellas. Cogí el collar. Lo llevaba puesto a menudo. Lucía en su cuello el día que se fue. Acaricié las letras. Era una cadena fina con su nombre. Con el mío. Lluvia.

—¿Por qué me lo enseñas?

—Lee la hoja.

Las joyas de mi tía, dentro de la caja, reposaban sobre un folio doblado. Dejé los anillos, las pulseras y el reloj sobre la cama.

Así que no temas, porque yo estoy contigo; no te angusties, porque yo soy tu Dios. Te fortaleceré y te ayudaré;

te sostendré con mi diestra victoriosa.

Isaías 41:10

Cuando cruces las aguas, yo estaré contigo; cuando cruces los
ríos, no te cubrirán sus aguas; cuando camines por el fuego,
no te quemarás ni te abrasarán las llamas.

Isaías 43:2

—Geraldine lo metió en el bolsillo de mi chaqueta en el
sepelio. Lo encontré semanas después. Son las palabras que
hemos intercambiado en siete años.

—¿Estás de coña?

—No.

—Geraldine no es católica.

—Pero yo sí. Isaías fue uno de los grandes profetas he-
breos. Isaías, Yahvéh significa salvación.

La observé, escéptica.

112 —Dile a tu Dios que no nos quiera tanto y que nos quiera
mejor, que ya se ha cebado demasiado con esta familia.

Mi abuela no contestó. Me recosté sobre el cabezal y miré
de nuevo el folio.

—¿Qué pretendía decirte Geraldine con estos versos?

—Tender puentes, imagino. Llévate la caja, sus joyas y el
folio. A ella le hubiera gustado que lo tuvieras tú. Eras su
ahijada.

—No, no puedo. Es tuyo, es de tu hija.

Se levantó. Abrió mi bolso, hizo hueco y la metió a presión. Seguro que vio la navaja toledana pero se abstuvo de
hacer algún comentario al respecto.

—Mi hija está en mi interior, no dentro de una caja.

La noté exhausta. Agotada emocional y físicamente.

—Me voy. Necesitas descansar. Siento haber hurgado en
la herida y en tus recuerdos. Mañana te veo. —Agarré su cara
con las manos y la besé en la frente. Como ella hacía cuando
nos llevaba al colegio.

Guardé la maleta en el altillo, me calcé y me abroché las
sandalias.

—Lluvia.

—Qué.

—He perdido a dos hijas a edades muy tempranas. Una por el cáncer, la otra por imprudente. A mí me queda un suspiro. No superaría que una de mis nietas se fuera antes que yo. Ten cuidado con lo que haces y con quién hablas de este tema.

Me acerqué. La miré con tristeza, con rabia, con el ímpetu irracional del que hace gala una joven que encuentra el valor en el miedo.

—A Victoria la he mandado a Madrid con mi padre. Confía en mí y escucha con atención. No nos vamos a ir de este mundo antes que tú. Por ti y por mi hermana soy capaz de hacer cualquier cosa, y el cuidado me la trae al pairo. —Apreté las mandíbulas—. Te irás antes que nosotras y no lo harás en este lugar. Tenlo claro.

La dejé sentada, pensando a saber qué. Que su nieta mayor desvariaba y actuaba con la misma insensatez y arte que su hija pequeña. Salí de la habitación con la certeza absoluta de que mi abuela sabía más de lo que contaba. Es probable que callara para protegerme, o simplemente guardó su voz en un cajón porque no podía hablar.

Antes de bajar, abrí la caja. Saqué el collar y me lo puse. Me acaricié el cuello. A saber a cuántos lugares habrían viajado ese collar y mi tía. A saber cuántas miradas se habrían clavado en ese nombre. A saber.

Cuando llegué a la planta baja, el ambiente se había animado. Un par de señoras hablaban con Sara. Y otro caballero esperaba su turno. Algunos ancianos que caminaban por el pasillo me saludaron y siguieron conversando entre ellos. Me acerqué al mostrador, cogí un post-it y un bolígrafo. «Que pase el médico a verla y le tome la tensión. Llámame luego, porfa. Lluvia». Me incliné sobre la mesa de la recepción, por el hueco que quedaba libre y pegué la nota en el ordenador. Le guiñé un ojo a Sara y salí de la residencia.

Cuando mi abuela ingresó en el geriátrico, ella ya trabajaba de recepcionista. Tenía treinta y dos años y un trato dulce y paciente con los ancianos y los familiares. El primer año iba a diario a ver a mi abuela, y entre Sara y yo se forjó una amistad bonita y sincera. No nos veíamos fuera de la residencia, no salíamos de fiesta ni íbamos de compras, pero existía una fuerte complicidad entre nosotras. Una relación que me sirvió para

113

que mi abuela estuviera más controlada que el resto. Hay trato de favor hasta en las residencias. Así se mueve el mundo cuando se mueve: por favores, amistades, contactos e intereses.

Tenía el coche aparcado a la derecha, pero giré a la izquierda y bordeé el edificio. Pensaba. Si mi tía había trabajado para un grupo hermético e importante y si había llevado a cabo misiones que implicaban un riesgo vital, debería haberse embolsado una ingente cantidad de dinero por cada trabajo. No era tonta, supuse que no se habría jugado la vida por amor al arte. Pero cuando murió, en su cuenta del banco había mil cien euros. ¿Dónde estaba el dinero que había ganado durante quince años en la Asociación? Tenía que preguntarle a mi abuela, o encontrar a Geraldine o a su hermano, o quizá debía volver a casa de Máximo. Con suerte, alguno me contestaría.

Al girar la esquina de la parte trasera de la residencia, vi que el coche de alquiler seguía en segunda fila. El conductor respondía a la descripción que me había dado mi hermana. De unos treinta, moreno, con barba y atlético. Era el chico que había estado en mi casa. Se apoyaba en la puerta del coche y fumaba un cigarro mientras miraba el móvil. Frené y busqué la navaja en el bolso. Levanté la vista y me encontré con la suya. Me observó desde lejos. Me quedé quieta, esperando su reacción. Y la encontré. Tiró el cigarro y entró en el coche. Me estaba malhumorando. Aceleré el paso. No quería que arrancara. Me había cansado del juego de seguir a la rubia sin que la rubia supiera quién le sigue. Al alcanzarlo, abrí la puerta trasera del coche. Entré y me senté. Pasé mi brazo izquierdo alrededor de su cuello y con el derecho sostuve la navaja, que coloqué en su costado.

—¿Estás loca? —exclamó con un acento extraño.

—Loquísima. Tan loca que como te muevas solo un poquito te la voy a clavar hasta el intestino —afirmé a dos centímetros de su oreja.

El chico no contestó ni se movió. No me temblaban las manos pero sudaba como si estuviera en una sauna con un abrigo.

—Tú y yo vamos a hablar unos minutos, capullo. Estoy sensible y alterada, ¿sabes? Y no me gusta absolutamente nada que me sigan, y me estás siguiendo. A ver cómo te lo explico, me estás poniendo nerviosa y cuando me pongo nerviosa no controlo bien mis actos. ¿Me entiendes?

Asintió y nos miramos a los ojos por el retrovisor. Era sugerente. Tenía un algo que solo tienen los hombres que llaman la atención en un primer golpe de vista.

—¿Qué quieres? ¿Por qué has ido a mi casa? ¿Y quién cojones te manda?

—Suéltame o no contesto.

—No, chaval. Contestas y me pienso si te suelto. Así que esmérate en ser sincero y convincente.

Tenía las manos sobre las rodillas. Y el móvil sonaba entre sus piernas. En el asiento.

—Estás peor de lo que imaginaba. No solo eres una borde descarada, también estás loca.

—No te repitas tanto. Eso ha quedado claro.

Estaba loca, sí, y desconcertada porque me hablaba como si me conociera.

—Soy Pablo.

—¿Qué Pablo?

—Pablo, el hijo del señor Collingwood.

No reaccioné durante unos segundos.

—¿Estás de broma? —pregunté mirando el retrovisor.

—No estoy de broma, no.

—¿El hijo del señor Collingwood? ¿Con el que hablo por teléfono? ¿Y tú qué haces aquí siguiéndome como si fueras del FBI? ¿Estás chalado?

—Me estás clavando un cuchillo y me estás asfixiando con el brazo. Tienes mucha fuerza para lo delgada que estás. ¿El chalado soy yo?

De nuevo nos dedicamos una mirada. No sé si de odio o desafiante. Retiré mi brazo de su cuello. Salí del coche. Di la vuelta por delante y me senté en el asiento del copiloto.

—¿Puedes explicarme qué haces aquí, siguiéndome?

—Explícame tú por qué hablas a diario con mi padre durante horas. Deben darte una comisión altísima por vender casas porque te lo tomas muy en serio.

—¿Cómo? Arggg. ¡Con lo encantador que es tu padre y lo gilipollas que eres tú! Me llamó él, listo. Pidió mi número de teléfono en el trabajo. Escuchó nuestra conversación. Tu padre

115

está roto, he cogido sus pedazos a miles de kilómetros y lo he reconstruido. Si en tu casa no sois lo suficientemente inteligentes como para daros cuenta de lo que le pasa, no lo pagues conmigo. Deberías darme las gracias.

Me dedicó un gesto de hastío.

—Todo lo que tienes de guapa lo tienes de insufrible. No me extraña que estés sola.

Lo miré de arriba abajo.

—Que te jodan. —Me bajé del coche—. Y que yo sepa, tú tampoco es que estés muy acompañado.

Cerré de un portazo que casi desmonta la puerta y eché a andar por la acera en busca de mi coche.

—¡Eh! ¡Espera!

Seguí andando.

—¡Para! Por favor.

Me paré.

—Pablo, de Leeds, estás en el momento equivocado con la persona equivocada. Coge tu coche de alquiler, ve al aeropuerto y vuelve a tu casa de rico. Y no te lo digo porque me caigas mal, que también, si no porque esta no es tu guerra ni tu historia.

Se lo dije tranquila, sincera, sin alterarme. Le dije la verdad, aunque intuí que él no estaba acostumbrado a escuchar verdades sin filtros.

—No voy a irme. Mi padre me ha pedido que venga a Valencia. Me ha dicho que necesitas ayuda. Que tienes problemas.

Di media vuelta y seguí andando.

—¿Y quién no los tiene?

9

«¿*Si* yo le cuento mi historia, usted me cuenta la suya?»
Nuestra primera conversación duró cerca de dos horas. Con-
versamos sin tapujos, desde la boca del estómago. Hablar con
desconocidos por teléfono era mi especialidad, pero con el señor Collingwood fue distinto. Había permanecido mucho
tiempo callado y en mí encontró un altavoz liberador. Algunos
sentimientos le pesaban demasiado y se vació. Vomitó lo que
le sobraba en su interior. Yo hice lo mismo. A lo mejor en otra
situación no lo hubiera hecho. No me gusta hablar de mis
emociones y miedos profundos ni con conocidos ni con desconocidos. No fui al psicólogo cuando murió mi madre ni cuando
murió mi tía. En otro momento me hubiera inventado cualquier relato que contentara al caballero que tenía al otro lado
del teléfono, pero aquella noche con el señor Collingwood fui
yo: sin disfraces, sin caretas, sin ganas de aparentar, sin formalidades, sin jefes que escuchan. Me dio confianza de la que
es difícil encontrar. Con él fui Lluvia y fue bonito.

Te parecerá de locos, pero nació una conexión extraña y
única entre nosotros. Cincuenta años de diferencia y al final,
descubrimos que teníamos los mismos temores y la misma
rabia, sin embargo, le habíamos puesto distinto nombre.

El señor Collingwood residía en una casa de tres pisos a las
afueras de Leeds. Cerca del parque de Roundhay, uno de los
más grandes de Europa, con lagos y jardines por los que paseaba antes de que falleciera su mujer. Poseía un ático de diseño
en el distrito financiero de Leeds, un piso en Londres, una casa
en París a orillas del Sena y un chalet en Málaga. Estaba jubilado pero había dedicado su vida a la banca y a los servicios fi-
nancieros, especializado en la gestión de activos y riqueza. No

sé muy bien qué hacía, pero había ganado mucho dinero. Muchísimo. Invertía y era socio de varias empresas de telecomunicaciones. El señor Collingwood se había casado dos veces. Con su primera mujer tuvo tres hijos: dos chicas y un chico. Cuando se esfumó el amor y quedó el cariño, se separaron. A los tres años, en un viaje de trabajo a París, conoció a Paula. Se enamoró, en mayúsculas y con exclamaciones. Es lo que me contó. Y por cómo lo rememoraba, le creí. Me confesó que era la primera vez que sentía qué era el amor. Dicen que no se puede describir el amor porque es un sentimiento grande y complejo, lleno de matices y quizás. Él lo hizo, y lo describió de una forma tan especial y bella que dudé de haber sentido algo así. Hablaba de ella como si fuera su punto angular, el pedestal de la estatua, el oasis en un desierto. La mentaba como si fuera un milagro el hecho de haber existido. Paula era una malagueña que trabajaba en París como recepcionista de un hotel. Se enamoraron.

No sabía cómo era el señor Collingwood físicamente, pero por teléfono era atento, amable, directo y dejaba entrever un don de gentes típico del que ha tenido como oficio tratar con personas y tener el objetivo de ganárselas. Me contó que al principio se veían todas las semanas. Él viajaba a París cuando el trabajo se lo permitía. Se amaban. Deseaban estar juntos. Se volvieron locos de pasión. Una segunda adolescencia. Una segunda oportunidad. Con el tiempo, ella dejó el hotel y se fue a vivir a Leeds. Al año nació Pablo. El pequeño de cuatro hermanos, el juguete de la familia y el consentido de papá. Le puso Pablo por Picasso. Viajaban a menudo a Málaga, sobre todo en Semana Santa y en verano.

Fueron felices, muy felices. Pablo creció y se convirtió en abogado. Trabajaba en DLA Piper, un despacho global con oficinas en más de treinta países en América, Asia Pacífico, Europa y Oriente Medio. Se había especializado en el sector de la energía.

Pero el mundo del señor Collingwood se derrumbó, como el de todos en algún momento, cuando a Paula le detectaron un tumor en la cabeza. Estuvo dos años enferma. El final de la historia es lo primero que había descubierto de esa familia. Lloré, cuando me contó su historia, lloré. Porque la quería a rabiar y se había ido para no volver. Conocía a la perfección a qué sabía el sentimiento que me narraba.

El señor Collingwood vivía enclaustrado en sus recuerdos, preso de sus emociones. Ya no quedaba con sus amigos en el Golf Resort de Harrogate para mejorar sus golpes. Ni paseaba ni iba al campo de fútbol de Elland Road. No viajaba, no respiraba más allá de la pena. Su vacío estaba lleno de una tortura rutinaria que pesaba.

Yo le conté mi historia, sí. Y me arrepentí de hacerlo, pero al día siguiente volvimos a hablar y a confesarnos como si estuviéramos en misa de doce. Sin penitencias ni perdones, dedicándonos una gran variedad de consejos y sugerencias. Puede que le inspirara cierta ternura. A pesar de mi genio y mis arranques de sinceridad, a él le inspiré delicadeza. Y cuanto más hablábamos, más nos entendíamos. Pocos días y muchas conversaciones bastaron para que naciera una bonita y atípica amistad entre dos personas que no se habían visto. No hay nada más íntimo que desnudarse con la ropa puesta. Nada. Y eso hicimos casi sin darnos cuenta. Desnudarnos.

Quizás echaba en falta una figura paterna. Necesitaba el abrigo y la protección que ofrecen un padre o un abuelo. Quizás encontré en la seguridad del señor Collingwood un remanso de paz, un paréntesis en el que entraba y me sentía cómoda y a salvo. Igual necesitaba a mi padre más de lo que pensaba, pero recuperar nuestra relación era como buscar un tesoro en el fondo del mar, y nosotros habíamos perdido el mapa y las ganas de bucear.

Cuando subí a mi coche estaba furiosa, agarré el volante y grité. Me comí un bombón de los que había cogido en la residencia. Bebí agua. Conté hasta diez. Acaricié el collar y arranqué. Apenas llevaba quinientos metros, vi por el retrovisor que Pablo no había entendido mi mensaje y seguía ahí.

Saqué el móvil, marqué un número y activé el manos libres.

—¡Lluvia! ¡Te he llamado tres veces!

—¿Para decirme que su hijo está aquí? Pero ¿en qué estaba

119

pensando? Joder, ¡usted es un hombre inteligente! ¿Cómo se le ha ocurrido semejante idea? ¿Me está castigando porque ahora su familia sabe que no tiene agorafobia?

Advertí una ligera y discreta risa.

—Respira y tranquilízate.

Inspiré todo el aire que había en el coche.

—Lluvia, estabas muy preocupada y dijiste que necesitabas ayuda.

—¡Pero no esa clase de ayuda! ¡No la ayuda de su hijo! No lo conozco y nos caemos mal. Me acaba de decir que soy insufrible.

—¿Mi hijo te ha dicho que eres insufrible?

—¡Sí! ¿No le parece tremendo? Por Dios, yo no soy insufrible, si acaso un poco intensa. Y también me ha llamado borde, otra vez. Lo ve, es imposible tratar con él. Sé que es su hijo y que lo ha mandado en un acto de buena fe, pero a mí me enerva y necesito paz para pensar. ¡Se me acumulan los pensamientos! Míralo.

Paré en un semáforo en rojo. Él estaba detrás de mi coche. Levantó el brazo y sonrió.

—Le he dicho que se vaya, por su bien, no quiero que recaiga sobre mi conciencia otro accidente. Mi conciencia está a reventar. Lo estoy haciendo fatal, señor Collingwod. Tendría que mentir o como poco callarme, pero no, me dedico a hablar y a decir la verdad. Le he contado cosas que no debería haberle contando a ningún ser humano. Y ahora su hijo está aquí, detrás de mí, siguiéndome con un maldito coche de alquiler.

Resoplé.

—No respiras. ¿De qué accidente hablas?

—Esta mañana han atropellado a un chico que me dio información de la Asociación. Ha fallecido. Esto va en serio. No es que su hijo me caiga mal, bien o regular. Es que no quiero que le pase una desgracia por mi culpa. ¿Entiende?

Se hizo un silencio elocuente.

—Entiendo. Lluvia, me has escuchado y me has hablado de una forma sincera. Me has abierto los ojos. Después de dos años, me levanto de la cama con un ápice de ilusión. Tú eres joven y no lo vas a comprender, pero tener ilusión en la recta final es sacarle ventaja a la muerte y la desidia. Me has motivado y tu historia me ha hecho valorar lo que aún me queda, lo que tengo. Ayer vinieron mis nietos a verme y salí al jardín a jugar con ellos. Había olvidado los pequeños detalles, sus risas, el amor que aún recibo. Siento si te molesta la presencia de mi hijo, pero no he encontrado una opción mejor y no voy a dejarte sola.

Me quedé pensando mientras atravesaba la Gran Vía Marqués del Turia, con el guiri detrás de mí. «No voy a dejarte sola.» Mi tía me lo repetía a menudo. Me abrazaba fuerte, me mecía en su regazo y pronunciaba las palabras que a mí me hacían sentir segura, en casa. «No voy a dejarte sola.» La soledad y las palabras, nunca puedes fiarte de ellas.

—Se lo agradezco, de corazón. Es halagador. Pero lo mejor es que se vaya, esta noche a ser posible. No quiero que le vean conmigo. Además, ¿su hijo no trabaja o qué?

—Trabaja mucho, es lo único que hace, pero ha cerrado una operación importante y le han premiado con unas breves vacaciones.

—Vaya, muy oportunas las vacaciones. Mejor mandarlo a Valencia y que no le incordie a usted ¿no?

—Qué incisiva.

—Pero es así.

—Sí, mis hijos están revolucionados, vienen a verme y me hacen infinidad de preguntas. Han llamado a dos médicos que me visitarán esta semana —afirmó con desgana—. No me viene mal que Pablo se haya ido, es muy protector y se pone pesadísimo. Con los mayores tengo suficiente. Y tú me preocupas, mejor si estás acompañada.

—Yo también me preocupo. Tengo que dejarle, estoy llegando a casa.

—Lluvia, es un chico excelente.

—Ya.

Si había cogido un avión para ir a controlar a una extraña, mal chico no tenía que ser. No lo ponía en duda. Pero era un problema añadido que no quería adoptar. Una complicación que no me pertenecía. Me desafiaba y me miraba como si supiera más de mi vida que yo misma. No quería un nuevo actor en escena. No quería a Pablo en mi camino.

121

Después del *shock* inicial, tampoco me extrañó que el señor Collingwood hubiera actuado así, de forma impulsiva y sin pedir permiso. Era de los que necesitaban tener la situación bajo control, preocupado en exceso, un valedor entregado a la causa. Solo había que oírlo hablar para darse cuenta de que era un padrazo y en definitiva, un buen hombre.

Aparqué, cogí mis bártulos y me dirigí al portal. Y ahí estaba él, en la puerta con una mochila a la espalda y las gafas de sol puestas.

—Eres infinito, chaval.

—¿No vas a pedirme perdón?

—Perdón ¿por qué?

—Por el numerito del coche.

—Tú has empezado el numerito del coche. No haberme seguido. Podrías haberte acercado y presentarte, pero si vas provocando luego no exijas el perdón.

Se quitó las gafas. Tenía los ojos color miel y las pestañas largas.

—Mi padre me ha dado algo para ti.

Busqué las llaves en el bolso y entramos al portal.

—Me lo das y te vas.

—¿Dónde quieres que me vaya?

—Estás de vacaciones y tienes una casa, familia y amigos en Málaga. ¡Ve a Málaga! Y si no te apetece ir, te vuelves a Leeds y hacemos como que esto no ha ocurrido. ¿Te parece? He hablado con tu padre. Os agradezco la parafernalia y la dedicación. Pero debes irte. Tengo cosas que hacer y es peligroso que estés aquí, conmigo, ahora.

—¿Peligroso? —dijo y abrió la puerta del ascensor.

—Sí, «peligroso», de «peligro».

Marqué el séptimo.

—Vives en el sexto.

—¡Sé que vivo en el sexto! Mira, voy a enseñarte por qué estar a mi lado es peligroso y luego te irás.

No contestó. Era observador y perspicaz. Manejaba los silencios y jugaba con las miradas. Vi cómo analizaba mis tatuajes. Nos contemplamos con descaro y sin abrir la boca. El viaje en ascensor fue tenso. Largo como un viaje en montaña rusa si tienes vértigo.

Salimos. Llamé al timbre de la señora Geraldine. ¿Y si había vuelto? Era lo mejor que podía pasarme, pero no pasó. Apoyé la oreja en la puerta. Ni un sonido. Agradecí ir acompañada, aunque fuera de él.

Introduje la llave en la cerradura.

—No... toques... nada. Es más, mete las manos en los bolsillos hasta que salgamos. ¿De acuerdo?

—De acuerdo —contestó, arqueando las cejas.

Abrí la puerta y la escena de debajo de la cama atravesó mi memoria como una ola arrasadora. La casa estaba igual que cuando salimos corriendo Olivia y yo, hecha un desastre. Daba pena ver su hogar así.

—*What the fuck*. Qué ha pasado.

—Habla bajito y no saques las manos de los bolsillos. Es el piso de mi vecina Geraldine. Dos tipos entraron a robar.

—¿Y tú cómo lo sabes?

—Porque estaba aquí cuando entraron. Ven.

Se quedó estupefacto. Intuí que su padre no le había contado algunas de mis peripecias y contratiempos. Seguí por el pasillo hacia la última habitación. Vi cómo Pablo, detrás de mí, echaba un ojo al cuarto de Geraldine. Yo no quise ni mirar. Me coloqué delante de la gran mesa de madera a rebosar de revistas y periódicos. Analicé la pared de la izquierda, donde Geraldine había creado un extravagante y llamativo *collage* de cuadros y láminas de distintos tamaños.

—¿No te agredieron?

—No me vieron.

—¿Y no has avisado a la policía?

—No, no voy a llamar a la policía. De momento. Lo destrozaron todo pero no se llevaron nada. Buscaban algo concreto que no encontraron —afirmé al mirar la gran composición, con una veintena de cuadros.

—¿Y tú qué buscas?

Rememoré la conversación que había tenido con Olivia.

—Saquitos. Un camino con sacos y la luna. Un cuadro.

Retrocedimos para ver el conjunto en perspectiva.

—Ahí.

Señaló un marco blanco con un ribete dorado, tal y como me había dicho Olivia. Me acerqué y lo descolgué. Era una

123

lámina enmarcada. Un camino recto e infinito con sacos en los laterales y en el horizonte. La luna blanca en la parte superior. Daba la impresión de profundidad.

Pablo se asomó a mirarlo. Seguía con las manos en los bolsillos.

—*El camino del enigma* —afirmó.

—Enigmático es.

—No, digo que el cuadro se llama *El camino del enigma*, es de Dalí.

—Joder. Me acabas de dejar alucinada. Qué listos sois lo que estudiáis en Oxford ¿no? —afirmé y él puso los ojos en blanco.

—¿Siempre eres tan graciosa e irónica?

—Solo cuando no soy borde e insufrible. ¿Sabes qué significa? —dije, apuntando al cuadro con el dedo.

—Según Dalí, los sacos contienen informaciones y representan el entendimiento. Se dirigen hacia el horizonte donde está la luna. Y el mismo camino de ida puede ser el de vuelta. Es surrealismo en esencia. Puede tener los significados que tú quieras.

Abracé el cuadro. Informaciones, un camino y la luna. La lámina representaba el entendimiento y yo era la viva imagen del desconcierto. Anduve unos pasos y me senté en el chéster.

—¿Y ahora qué? —lancé al aire.

—¿Qué se supone que tienes que hacer con el cuadro?

Pablo se sentó a mi lado. Le hubiera gritado, en medio del sosiego que nos rodeaba, que se levantara para que no hubiera ni un rastro de él en el piso, pero me callé.

—No lo sé. Mi vecina lo dejó para mí antes de irse. Desapareció hace unos días, antes de que entraran a robar. Y ahora no sé qué tengo que hacer con el maldito cuadro. Estoy cansada —murmuré, hundida.

La adrenalina que recorría mi cuerpo se había esfumado. No sabía para dónde tirar ni qué pensar. Estaba ubicada en el centro de un caos lleno de puertas y posibilidades.

Las dudas desgastan, cariño. Y así me sentía, desgastada.

—Seguro que tiene solución. —Hizo una pausa—. Mi padre está convencido de que eres especial. Me ha obligado a subirme a un avión de forma urgente porque tú tienes problemas que le has contado. Vas con una navaja en el bolso y has intentado asfixiarme. Estamos en una casa en la que han entrado a robar. No me apetecía venir ni conocerte ni echarte una mano porque tengo trabajo y eres una chica agotadora. He cedido y he cogido el avión porque mi padre ha puesto una insistencia que no veía desde que murió mi madre. Si no me cuentas qué ocurre, no podré ayudarte. Y me molesta haber venido para nada.

—Si te cuento qué ocurre estarás jodido —dije a media voz, con los codos apoyados en el cuadro y la mirada clavada en la suya.

—Ya estoy jodido. —Observó la habitación.

Negué.

—Coge un avión esta noche y vuelve a casa con tu padre. No te compliques la vida intentando solucionar la mía. No me conoces. No me debes ningún favor.

—Mi padre ha vuelto a sonreír.

—Hubiera sonreído tarde o temprano.

—Empieza por el principio porque voy a quedarme.

—Si te quedas será tu elección. Lo que ocurra a partir de hoy no será culpa mía.

Me tendió la mano y yo se la estreché.

125

10

Cuando te ofrecen ayuda en una situación límite, no puedes permitirte el lujo de ser desagradable, pero con él me salía de forma natural y espontánea. Era difícil controlarlo. Le conté lo que había ocurrido, lo que me estaba ocurriendo. Todo. Desde el principio más cercano. No formuló ni una pregunta. Escuchaba atento. No relaté los hechos con un énfasis especial, ni con una dosis de drama, ni con miedo aparente, aunque lo tenía. Le narré los acontecimientos en orden y desde una objetividad profunda. Mi historia no le importaba pero su padre sí, mucho, por eso estaba ahí, concentrado en mis palabras y asintiendo.

Es extraño, cariño. Si sufres un desamor puede que te alivie hablar de ello, que les cuentes a unos y a otros el sueño convertido en pesadilla, la frustración y la agonía amorosa que se padece cuando rompes o te rompen. O puede ocurrir lo contrario, no hablar del tema, sepultarlo y seguir. A mí me sucedía lo primero. Lo contaba y me sentía liberada. Sentía el alivio de no estar sola y a la vez la culpabilidad de empujar a un tercero a una ciénaga. Sí, compartir mi vacilación y desasosiego me consolaba. Fui una egoísta. Les metí de lleno en un terreno pantanoso. Me ocurrió con Olivia y con el señor Collingwood, y luego con Pablo. La sombra de Luca me perseguía, y cuando pensaba en él entraba en guerra contra el reloj. Su imagen y su voz me venían a la cabeza y mi respiración variaba, se entrecortaba, se aceleraba. Luca me dolía. Su atrevimiento y mi obstinación no hicieron buena pareja. Nos conocimos cuando no debíamos conocernos, y cuando eso sucede, las cosas se tuercen hacia al lado de lo que no tiene que ocurrir.

Mi abuela me dijo que no fuera. Ellos me hubieran encontrado igualmente y él hubiera seguido vivo. «Ten cuidado a quién le hablas del tema», me había avisado. Y ahí estaba yo, narrando de nuevo mi periplo. Nadie puede controlar el destino, va por libre. Igual que algunas decisiones que tomamos. A Pablo le mostré la caja de galletas Birba. Las joyas de mi tía. La hoja con los versículos de Isaías. Los leyó con atención sin valorarlos. Antes de bajar a mi casa me entregó un móvil, su padre se lo había dado para mí. Libre, de prepago, con un número inglés. Le dijo que lo utilizara para hablar con él y con cualquiera. Analicé el móvil, era sencillo, ningún último modelo. La Asociación conocía mis pasos, mi rutina, mis sueños, la residencia de mi abuela. Y como no, el señor Collingwood y yo intuimos que, aunque hablábamos con el móvil del trabajo, no se estaban privando de escuchar nuestras conversaciones. Quise pensar que no se estaban haciendo eco de las palabras que intercambiaba con el resto del mundo. Pero lo cierto es que me sentía observada y espiada. La sensación era claustrofóbica.

—Mi hermana no sabe prácticamente nada de esto. Así que tú calladito.

—Tranquila.

Al entrar en casa, vi a Victoria en el sofá rodeada de papeles, con el portátil sobre las rodillas, el móvil en la mano, una libreta a un lado y el gato al otro.

—¡Lluvia! Tengo que contarte novedades.

Se levantó y se acercó sin separar la vista de mi acompañante.

—Este es el chico que ha venido antes. Te he visto a través de la mirilla, te iba a abrir porque me has parecido muy guapo. Pero mi hermana me lo ha prohibido. Normas de la casa. ¿Quién es?

—Es Pablo —dije antes de que él se pronunciara—. El hijo de un cliente especial. Ha venido a visitar Valencia porque está de vacaciones, pero no lo sabía. Ha sido una sorpresa.

—Agradable sorpresa. Valencia es preciosa. ¿Hablas español?

—Sí, mi madre era española y veraneo en Málaga. Conozco España —afirmó.

127

—Qué gracioso, hablas español con un poco de acento andaluz.

—Vale, se acabaron las gracias. ¿Has sacado el billete y has hablado con papá?

Victoria se dirigió a la mesa, cogió un folio y mi tarjeta de crédito. Dio media vuelta y me la estampó en el pecho.

—Pesada. Ahí tienes el billete. Salgo mañana a las tres menos cuarto. Haré el examen y vendré a por la maleta. Y sí, claro que he llamado a papá. ¿Qué quieres? ¿Que me presente sin avisar?

—¿Qué te ha dicho?

—Al principio, se ha quedado callado. Luego, ha titubeado. Y finalmente, ha confesado que perfecto, que le hacía mucha ilusión verme. Mentira, se ha quedado a cuadros. Me imagino que esta noche tendrá bronca con la señora florero. Pero, oye, si a ti se te antoja que me vaya a Madrid, pues a Madrid. Si aquí la que manda eres tú. No te lo voy a perdonar, Lluvia.

Tal y como pronunció mi nombre, se acercó a mi cuello con cara de sorpresa y sostuvo el collar.

—¿Y esto?

—Me lo ha dado la yaya, lo tenía guardado. Era de la tía.

—Ves. A mí estos detalles me duelen. Todo para ti. Soy la última mierda de la familia. La excluida.

—Victoria, no seas dramas. Solo es un collar. Y resulta que lleva mi nombre, no el tuyo.

—¿Y qué? Era tan tía tuya como mía. ¿Y el cuadro?

Me acerqué a la mesa y dejé el cuadro a los pies del florero a rebosar de rosas rojas. Pablo parecía entretenido con la riña de manual que mantenía con mi hermana.

—Le ha tocado a la yaya en una rifa de la residencia. Dice que para nosotras, que en su habitación no pega.

—Qué bien. El collar bonito para Lluvia. El cuadro feo de la rifa para las dos. Así siempre —afirmó, dirigiéndose a Pablo—. Necesito un café. ¿Queréis?

Los dos asentimos. Pablo se quitó la mochila y tomó asiento.

—Tienes una casa muy bonita.

—Gracias.

—Os parecéis mucho —dijo.

—No nos parecemos en nada.

—Las dos sois descaradas.

—Un gen familiar. No se puede luchar contra la herencia genética. ¿Qué tienes que contarme, Victoria? —grité.

—Espera —contestó desde la cocina.

Apareció con una bandeja con la cafetera, tres tazas y una jarra con leche. Era mejor anfitriona que yo. La aparcó en la mesa. Se dirigió al sofá, cogió una libreta y el bolígrafo y se sentó junto a nosotros.

—He perdido dos horas de estudio por tu culpa —afirmó—. ¿Puedo hablar del encargo que me has hecho delante de este? —me preguntó, como si Pablo no estuviera ahí, escuchando.

—Sí.

—Muy bien. Abel Magnusson no existe. A ver, existir puede que exista, pero el temita es raro. Hubiera llamado a mi amigo policía, un tío con el que me lie, y hubiera sido más fácil, pero como no querías que se lo comentara a nadie he tirado por Internet. Cuando pongo su nombre aparece: «Error 404 – Not found». He probado de mil maneras. He mirado en censos, en catastros, bienes inmuebles… Solo con el apellido salían diez millones de resultados. Y he empezado a cotillear, a entrar y salir de páginas. No me preguntes cómo, porque no lo sé, pero he acabado en un PDF de la biblioteca de Cataluña que hablaba de fábricas de metalurgia y de una fábrica textil de hilaturas, abandonada durante años tras la crisis textil sufrida en Cataluña. Una fábrica ubicada en Besalú. Y alucina, he encontrado que un tal Magnusson trabajó de mecánico en la fábrica textil de Cal Coro, con Pere Teixidor, Martí Cortés, Joan Tubert. No sé, ponía unos cuantos nombres.

—Besalú.

Mi hermana pasó hojas de la libreta y leyó.

—Sí. Besalú. Ciudad medieval situada en el entorno natural de la comarca de la Garrotxa. A treinta kilómetros de Girona y a veinticuatro de Figueres.

Me miró.

—¿No te resulta extraño que alguien apellidado Magnusson trabajara de mecánico en una fábrica textil en los años cuarenta? He buscado la fábrica. Tampoco hay información de la antigua fábrica de Cal Coro. ¿Sabes por qué?

—Por qué.

—Porque la fábrica se abandonó y ya no existe. En 1999, el joyero Lluís Carreras compró y restauró el antiguo edificio de la fábrica. Es un amante de las miniaturas y empezó a coleccionarlas, con el tiempo y mucha pasión coleccionó más de dos mil piezas. Pensó en crear un museo para exhibirlas y es lo que hizo. Fundó Micromundi, el único museo de miniaturas y microminiaturas de España, con una de las colecciones más variadas de Europa. Me ha parecido curioso y me he metido en la página web.

Victoria se levantó y fue a por una hoja que reposaba en el sofá.

—¿Qué tiene que ver el museo de miniaturas con Magnusson?

—En un principio, nada —afirmó y se sentó—. Pero como estudio Periodismo y soy una cotilla y estaba cansada de no encontrar datos significativos, he entrado en la página. Leo textualmente. —Miró el folio.

«Los orígenes del Museo se encuentran en la vocación y la formación artística de joyero y coleccionista de su creador, Lluís Carreras. El gusto por el trabajo bien hecho, delicado y minucioso, y su interés desde muy joven por las piezas pequeñas le ha llevado a reunir una interesante colección de miniaturas y microminiaturas, más de 5.000 creaciones elaboradas por artistas rusos, mejicanos, chinos, franceses, italianos, belgas, ingleses, españoles...

A partir del 1999, la cantidad y la calidad de los fondos de su colección le llevaron a plantearse la necesidad de mostrarla al público de forma permanente. Desde entonces todos sus esfuerzos estuvieron dirigidos a proyectar el Museo. El lugar oportuno era Besalú, municipio que presenta una gran riqueza patrimonial, histórica y artística, y, a la vez, una excelente situación geográfica. El edificio apropiado para ubicar el Museo es la casa conocida como Cal Coro, situada en el lugar donde antiguamente estaba la abadía de Sant Pere. Este edificio presentaba las condiciones idóneas para albergar esta exposición, además de ser en sí mismo de gran interés arquitectónico por su estilo racionalista. Durante largo tiempo se realizaron en él labores de restauración, respetando su estilo original, y adecuándolo a unas condiciones expositivas y de conservación de las piezas apropiadas para una colección tan singular. Esta antigua fábrica textil se ha convertido en un espacio museístico de 400 metros que respeta todas las condiciones de seguridad y accesibilidad necesarias para su disfrute.»

Pablo y yo escuchábamos atentos. Era muy interesante la historia y la iniciativa del señor Carreras, pero no entendía adónde quería llegar mi hermana.

—Vale —dije—. Un tal Magnusson, que no sabemos si es nuestro Abel Magnusson, trabajaba de mecánico en la fábrica textil que muchos años después compró un señor para hacer un museo.

—Exacto —contestó—. ¿Qué edad se supone que tiene Abel Magnusson?

—Tendrá entre ochenta y noventa años —afirmé, pensando en la edad de Geraldine—, pero no lo sé seguro. ¿Por?

—Espera, que vas a flipar. He seguido cotilleando la página. La presentación del museo fue el diecisiete de agosto de 2007 y la inauguración, el veinticinco de agosto. Me he metido en el dosier de prensa. Es un PDF de cuarenta páginas con recortes de noticias impresas. Como es lógico, la prensa se hizo eco de la inauguración. Hay noticias de *El País*, *La Vanguardia*, del periódico *Avui*, del *Diari de Girona*... Y pone lo típico. Que la ubicación es la antigua fábrica textil de Cal Coro. Hay declaraciones del fundador, declaraciones del alcalde diciendo que, aunque es una iniciativa privada, tiene el apoyo del consistorio y que ayudará al turismo del municipio, etcétera. Hasta que he leído un recorte del veintiséis de agosto del periódico local *La Veu de la Garrotxa*, firmado por una periodista llamada Mónica Rius. En él decía que el acto de inauguración fue un éxito y que asistieron turistas, curiosos y vecinos, algunos ilustres como el escritor Enric Font y el artista Abel Magnusson. ¿Qué? ¿No alucinas?

—Alucino. El artista Abel Magnusson —repetí pensativa, escéptica, emocionada.

—Ha sido orgásmico ver su nombre en el recorte de periódico. Me ha resultado extraño que solo ella entre decenas de

131

noticias recogiera que asistieron al acto un escritor y un artista. El artista no existe. Por lo menos en Internet. Así que he buscado a Mónica Rius, que sí existe, tiene un perfil en LinkedIn. Ahora trabaja en la televisión de Girona. He llamado a la tele y he preguntado por ella.

—¿Y habéis hablado?

—No al momento, pero he dejado mi número de teléfono y al rato me ha llamado.

—¿Y qué le has dicho?

El recorrido de mi hermana me estaba poniendo cardiaca.

—No es lo que le he dicho yo, es lo que me ha dicho ella. Le he comentado que estaba haciendo un reportaje sobre artistas, me he inventado un rollo y que buscaba información de Abel Magnusson. Que había leído su artículo en *La Veu* sobre la inauguración de Micromundi. Se ha echado a reír. Fueron sus primeras prácticas de periodista en el verano de 2007, cuando ella tenía veinte años, la mandaron a cubrir el acto. Me ha dicho que no se acordaría si no fuera porque gracias a Abel Magnusson, el director del periódico le pegó la gran bronca. Me ha contado que preguntó entre los vecinos y que uno de ellos, que estaba borracho y le faltaba una primavera, señaló a dos caballeros que rondaban por allí. Le dijo que uno era escritor y que el otro era el artista Abel Magnusson que vivió durante un tiempo en Besalú. Y murmuró frases inconexas sobre él que no entendió. Mónica publicó los dos nombres sin contrastar la información. Regla número uno. Alguien llamó al director del periódico, se ve que bastante enfadado, diciendo que se borraran los nombres del artículo inmediatamente y a ella le cayó tal bronca que se fue llorando a casa. De la versión digital se eliminó, pero la edición en papel estaba en rotativas. No se pudo detener. Y apareció y yo lo he visto. Mónica lo intentó pero tampoco encontró información del artista.

—No dejar rastro —afirmé y pensé en Máximo Ferreyra.

—Siempre hay un rastro —reflexionó mi hermana—, solo hay que tirar del hilo, aunque sea fino y débil.

—¿Y si llamas al ayuntamiento? —dijo Pablo, que parecía un mero espectador sin voz ni voto.

—He llamado —contestó Victoria como si fuera lo más obvio del mundo—, pero era tarde y nadie me ha cogido el

132

teléfono. He llamado a Micromundi y he preguntado si conocían a un artista local que acudió a la inauguración. La chica me ha dicho que no sabe de quién hablo, que no ha oído ese nombre en la vida y que ella es del pueblo.

Mi hermana tomó aire y suspiró.

—Y eso es todo, amigos —afirmó a la vez que recogía sus bártulos—. Tu hombre estaba en Besalú, por lo menos en 2007. Ahora igual está muerto. Y no sé si será el mismo que trabajaba en la fábrica, pero si no es él, o guardan algún tipo de parentesco o es una casualidad brutal.

—No creo en las casualidades brutales.

—Yo tampoco, hermanita. ¿Tan importante es?

—Sí. Era la mano derecha de la tía y tiene información que nosotras no tenemos. Necesito encontrarlo. —Hice una pausa—. Gracias por las molestias y por buscarlo.

—De nada. Me voy a la habitación a estudiar porque en esta casa entre unas cosas y otras es imposible. Te sigo odiando —afirmó con un gesto de represalia—, no creas que porque te he hecho el favor y me has dado las gracias se me ha pasado. Lo de mandarme a Madrid no te lo perdono.

—No lo dudaba.

—Pablo —dijo antes de desaparecer por el pasillo—, un placer conocerte. Mi habitación es la segunda puerta a la derecha. Por si te apetece visitarme —afirmó, sonriendo.

Apoyé la cabeza sobre la mesa. Me iba a explotar. Ella no podía irse sin poner la guinda en el pastel. En realidad, Victoria siempre fue la guinda del pastel.

—Si entras a su habitación será lo último que hagas —murmuré.

Pablo se echó a reír.

—Sois...

—¿Únicas?

—Singulares —contestó él—. Tu hermana es buena investigando.

—Sí, le apasiona escudriñar y descubrir. Vocación de periodista. Si termina la carrera, y me encargaré de que lo haga, se la rifarán.

—Como el cuadro que han rifado en la residencia de tu abuela.

Sonreí.

—El cuadro.

Alargué el brazo y lo cogí. Observé *El camino del enigma*, la luna, los sacos atados con cuerdas.

—¿Cómo sabías que era de Dalí?

—A mi madre le gustaba muchísimo. ¿Tú sabes algo de Dalí?

—Sí. Que miraba a Gala como nadie me ha mirado a mí. Eso sé. —Hice una pausa—. Lo que no sé es qué mensaje quiere transmitirme Geraldine con el cuadro, si es que quiere transmitirme un mensaje, porque con lo chalada que está.

—¿Qué piensas de lo que ha dicho tu hermana sobre Abel Magnusson?

—¿Qué piensas tú?

Mareó la cucharilla en la taza de café.

—Que es el mismo y que sigue vivo.

—¿Tú crees?

—¿Qué vas a hacer?

Qué iba a hacer. No tenía muchas opciones. Quedarme sentada a esperar o echar a andar. Quieta en mi salón mirando un cuadro no iba a encontrar a nadie. No me iban a caer las respuestas del cielo que tanto observaba. Ansiaba descubrir quién era mi tía y por qué un diez de mayo terminaron con ella. La rabia no me permitía estar quieta.

—Mañana llamaré al trabajo, le diré a Sergio que tenía razón, que necesito unos días de vacaciones. Le encanta que le den la razón porque le hace sentir poderoso, aunque sea un poder falso y efímero. No pondrá inconveniente. Haré la maleta, cogeré el coche y me iré a Besalú. Si ahí se pierde la pista de Abel Magnusson, por ahí empezaré a buscar. Y lo haré sola. ¿Lo has entendido?

Me clavó la mirada. Una mirada incisiva que se mordía la lengua.

—Entendido. ¿Puedo hacerte una pregunta?

—Si no es muy complicada, sí.

—Si fueras yo, en esta situación, ¿te irías?

—Corriendo.

—Mientes.

—No miento. Simplemente no quieres creerme.

Pablo se levantó. Cogió la mochila que había dejado en el suelo y se la colgó a la espalda.

—¿Dónde vas?

—A buscar un hotel —afirmó con un gesto que me desarmó.

—No seas ridículo. ¿Piensas que voy a dejar que el hijo del señor Collingwood se quede en un hotel? Duerme esta noche en mi estudio. El sofá cama es cómodo. Y tenemos dos baños. Puedes irte mañana.

—Aunque seas amable conmigo, mi padre no te va a comprar la casa que le quieres vender por dos millones de euros.

—A tu padre ya le he dicho que eres gilipollas y que me enervas. La batalla de la casa la tengo perdida, aunque es increíble.

Esbozó una sonrisa.

—Ahora subo, voy al coche a por mi maleta. Gracias por la hospitalidad.

—De nada.

Me quedé en el salón. Ofuscada por el cuadro y por el descubrimiento que había hecho mi hermana. Y aturdida, porque mi ofrecimiento no sé si fue hospitalidad o ganas de que alguien me mirara como Dalí miraba a Gala.

135

11

*D*espués de dejarme envolver por un silencio que sonó a gloria, advertí que necesitaba descansar. Dejar la mente en blanco, vaciarme de recelos y pegarme una ducha. Hacía años que no vivía una jornada tan intensa y confusa.

Para celebrar que me había saltado el protocolo, que había mentido y no había ido a trabajar, iba a quedarme en la cama, no salir de ella, fundirme hasta que fuéramos una y olvidar el mundo exterior. Sin embargo, la muerte de Luca le había dado la vuelta a mi día convirtiéndolo en una gincana improvisada, en un laberinto de acertijos y en un juego de adivinanzas. Y a mí me gustaba jugar, pero no a las adivinanzas.

La muerte lo cambia todo, cariño. Es un punto clave que transforma la historia de los que la contemplan. Mirar a la muerte no es mirar un ataúd ni ver unas cenizas mezclándose con el viento. Mirar a la muerte es ver la vida desde otra perspectiva. Al principio, quizá desde un prisma oscuro y de aflicción. Luego, ojalá, desde la claridad. La muerte cambia el guion en un parpadeo sorpresivo. Sí. Los sentimientos, las prisas, el desorden. Convierte y reconvierte la forma de hacer, de abrazar, de escuchar, de leer entre líneas. Le otorga significado a la palabra brevedad. Somos efímeros y la muerte lo sabe. Que no se te olvide.

Me dirigí a mi habitación con el cuadro de Geraldine bajo el brazo. Pasé frente a la puerta de mi hermana, hablaba por el móvil con una amiga sobre el examen. Aunque ella dramatizara y dijera cientos de veces que me odiaba, no me sentía culpable por organizarle la existencia. Ella era mi responsabilidad, una extensión de mi cuerpo, una herencia en vida. Así lo entendía cuando era joven, cuando todo me importaba más que ahora. El paso del tiempo me confirmó que daba igual si ella tenía diez, veinte o cincuenta años. Victoria siempre sería mi hermana y debía protegerla. Es lo que hacen las hermanas, discutir y protegerse.

Me tumbé en la cama, de espaldas, con el cuadro sobre el pecho. Acaricié el contrachapado de la parte trasera, tamborileé los dedos sobre él, toqué las pequeñas pestañas metálicas que lo sujetaban: tres a cada lado, dos en la parte superior e inferior. Oí un clic en mi interior, un fogonazo, un chasquido de dedos activando información dormida. Recordé un reportaje que vi sobre una exposición de cuadros del Museo Thyssen de Madrid. Lo comenté con Geraldine porque ella también lo había visto y nos pareció interesante. Explicaban que los cuadros esconden secretos, que algunos no los podemos descubrir cuando nos ponemos frente a ellos, sino que debemos ir a su parte trasera para sorprendernos. Comentaban que esconden curiosidades si estudiamos su cara B. Que si damos la vuelta a lo visible, podríamos encontrar exposiciones en las que han estado, quiénes han sido sus propietarios, incluso referencias de los artistas. En definitiva, hablaban de asomarse a lo que nunca vemos.

De un salto me incorporé y me puse de rodillas sobre el colchón. Las pestañitas estaban durísimas, casi me dejo las yemas de los dedos. Las levanté rápidamente, una a una. Cuando las diez pestañas negras estuvieron levantadas, le di la vuelta al cuadro y lo zarandeé.

Cayó en la cama el contrachapado, la lámina de Dalí, el cristal. Y un folio color crudo doblado por la mitad, voló hasta el suelo. Lo miré perpleja y el corazón me dio un vuelco. Estiré el brazo, cogí el folio y leí:

«La verdad suena en Mónaco».

Releí la frase como si estuviera en un trance. No me sonaba familiar. Mónaco. Nunca había estado en Mónaco. No sabía si mi tía había ido a Mónaco. No sabía qué había sucedido en Mónaco. Me enfurecí y arrugué el papel entre mis manos.

—Maldita hija de... y ¿ahora qué? —grité al techo.

Había pasado de la euforia al desconcierto en un santiamén. Extendí de nuevo la hoja y observé las letras. Corrí hacia al salón, descalza. Abrí el bolso, saqué la caja de galletas, volví a mi cuarto. Cogí la hoja con los versículos de Isaías y la puse al lado de la frase que había encontrado en el cuadro. No era la misma letra. Ni siquiera se parecían un poquito. No la había escrito ella. *No solo las últimas habitaciones esconden secretos, cariño, también los cuadros.*

El timbre sonó. Me sobresalté. El sonido me despojó de la excitación del momento. Guardé la caja en el armario. Cubrí con la sábana las distintas partes del cuadro. Y cerré la puerta de mi cuarto.

Corrí por el pasillo y me asomé a la mirilla.

—¡¿Está bien Olivia?!

Carla me miró, extrañada.

—Sí, está en casa viendo la tele. ¿Qué te pasa?

Negué. Ella levantó la vista y estudió la mesa del salón.

—¿Lo habéis dejado?

—Le dejé yo. Hace semanas. Lo sabrías si vinieras o si quedáramos o si me llamaras como antes, cuando éramos amigas. Te quiero mucho, pero estoy enfadada y decepcionada. Tu hija sabe más de mí que tú.

Puso cara de frustrada y de vencida. Descifraba sus gestos a la perfección porque conocía a Carla desde hacía muchos años y habíamos sido muy amigas, cómplices de las que se observan y se adivinan.

—Lo siento. Pero con este trabajo…

—No quiero que lo sientas. Quiero que vuelvas a ser tú. No sé a qué se debe tu inesperada visita pero ya que estás aquí me gustaría decirte algo de Olivia.

—¿De Olivia?

—Sí, de tu hija. Me la he encontrado cuando volvía del colegio y se ha puesto a llorar de forma desconsolada.

—¿Mi hija llorando? —preguntó de una manera que me descolocó.

—¡Sí! Tu hija llora, aunque no sea delante de ti, porque es tan buena e inteligente que se lo calla para no disgustarte. Es un ser humano ¿sabes? ¡Y llora y tiene sentimientos! Ha llorado sobre mi hombro, abrazada a mí en mitad de la calle porque hoy le han dado las notas y ha visto cómo los niños se las entregaban a sus padres y no había nadie esperándola ni el maldito día de las notas. Olivia te necesita. ¿No lo entiendes? Necesita estar contigo, pasar tiempo a tu lado. Cuando crezca y vuele, porque volará pronto, te arrepentirás y la que llorará serás tú.

Carla suspiró y me dedicó una mirada de odio e impotencia. Sabía que decía la verdad. Y la verdad molesta.

—Eres única haciéndome sentir culpable.

—No me jodas, pareces mi hermana. No os hago sentir culpables, os pongo la realidad delante de los ojos. La misma que conocéis pero que os duele oír en voz alta.

—¿Y qué quieres que haga? Estoy hasta aquí —señaló su cuello—, tengo que pagar el piso, las facturas, el colegio de la niña, ropa, comida. Y tengo que hacerlo sin ayuda. ¿Crees que es fácil criar a una hija sola?

—Claro que no es fácil. ¿Crees que el resto no tenemos problemas y dramas? Si te contara los míos, alucinarías.

—Yo soluciono los míos como puedo —afirmó con soberbia.

—¿Siendo escort de lujo? —murmuré—. ¿En serio? ¿No encontraste otra manera que no fuera acompañar a hombres y acostarte con ellos por dinero? ¿En serio?

—No me acuesto con ellos. Los acompaño a reuniones, cenas y eventos.

—¡Me da igual que no te acuestes con ellos! —grité en un susurro—. Eres joven, guapa, inteligente. ¿Una chica de compañía? ¿Es lo que quieres ser?

—No, pero este último año he ganado más dinero que en toda mi vida. Y tengo que mirar por mi hija, por su futuro.

Nos quedamos en silencio. A ella se le vidriaron los ojos. Le hubiera gritado que mirara por su presente que es lo único que tenemos. Pero la entendía. La entendía de igual modo que me dolía ver cómo se estaba perdiendo la infancia de su hija y cómo un mundo de lujo y purpurina la estaba alejando de la realidad. Tenía treinta años. Solo treinta.

—¿Qué le has dicho? Cuando se ha puesto a llorar.

—Que a veces los padres no toman las mejores decisiones, pero que si hacen lo que hacen es porque creen que están haciendo lo correcto por sus hijos. Le he dicho que la

139

adoras, que no lo dude ni un instante, que es lo más importante para ti. Y ella ha asentido.

—Gracias.

Tendría que haberle dado un abrazo. Pensé hacerlo, pero fui cruel y no se lo di. Yo no era nadie para castigar a una madre que hacía de madre tan bien como sabía y como podía. Quería demasiado a Olivia, la había visto crecer y confiar en mí hasta ser camaradas. La quería tanto que castigué a su madre con mi resentimiento.

—Venía a pedirte un favor, pero se lo pediré a Geraldine.

—Geraldine no te va a hacer ningún favor. Se ha ido de viaje.

—¿Geraldine de viaje?

—Sí.

Carla respiró con fuerza, se llevó la mano a la cabeza y se recostó sobre la pared frente al ascensor.

—Mañana tengo que irme a Palma de Mallorca a un congreso, por trabajo. Son cuatro días. Volveré el domingo. No tengo con quien dejarla, Lluvia. No quiero que se quede con una desconocida cuatro días.

—Yo tampoco, te lo aseguro. Pero no puedo hacerte el favor. Mañana me voy a Girona, tengo que ver casas para un par de clientes. Te diría que se quedara con mi hermana, pero se va a Madrid con mi padre.

—¿Y no te la puedes llevar? Por favor.

Los ojos se me abrieron de par en par.

—Por supuesto que no me la puedo llevar. No me voy de vacaciones, voy a trabajar.

—Pero no vas con tu jefe.

—No.

—Por eso, que nadie te controla y Olivia no te va a molestar. Tú haces tus cosas y si tienes reuniones la dejas en el hotel. Ella se entretiene con cualquier tontería. Te pago su alojamiento y te doy dinero para la comida.

—No es por el dinero, Carla. Es que no puede venir conmigo y punto.

—Genial. Muchas gracias, Lluvia —afirmó tan malhumorada como desesperada. Se dirigió hacia las escaleras y bajó los escalones con una inquina que casi los rompe.

—Eh —la llamé. Levantó la vista desde el descansillo—. Ha sacado un sobresaliente en Dibujo, dile que será una gran arquitecta. Le gustará escucharlo.

Me miró y desapareció escaleras abajo.

Carla era de Madrid, una niña ejemplar con un currículum impecable. Había empezado la carrera de Filología Hispánica y todo seguía el rumbo establecido hasta que, con dieciocho años, conoció a un guineano que le cambió los planes, le robó el sentido y la dejó embarazada. Tenía claro que no quería abortar, no dudó, deseaba tener la criatura. Sus padres la habían educado en un ambiente católico, colegios religiosos, rezos y rosarios. Cuando a los cuatro meses de embarazo su padre se enteró, enloqueció. Cuando dijo que estaba embarazada de un negro que conocía de un mes, a su padre le dio un amago de infarto. Carla me había contado que su padre era un hombre estricto, sin corazón, parco en sus gestos. Maltrataba psicológicamente a su madre, una mujer supeditada a un carácter rudo e inmoral. Carla nunca se llevó bien con él. No la apoyó. En lugar de comportarse como un padre y un futuro abuelo, le regaló una cuenta atrás. Se quedaría en casa hasta que tuviera a la niña. Luego, se iría. La convivencia durante los meses de embarazo fue dura. No cruzaban palabra. Al mes de nacer Olivia, las echó de casa.

Olivia significa «la que trae la paz», pero Olivia desató la guerra a nivel familiar y sentimental. Carla me contó que su madre perdió diez kilos, que no dormía, que no paraba de llorar. A escondidas, su hermano mayor le daba dinero para pagar un pequeño piso de alquiler. De forma secreta la visitaban. Su madre vivía instalada en el miedo. Si el hombre de la caverna se enteraba de que veía a su hija, era capaz de cualquier cosa. Su agresividad iba en aumento. Y veía el embarazo de Carla como una deshonra, un castigo a la familia. Una vergüenza cara a la galería. Imperdonable.

El guineano, Amadou, volvió a Guinea antes de que naciera Olivia. Le dijo que tenía que trabajar pero que se encargaría de la niña, de hecho le dio su apellido. Pero solo fue una bonita mentira. Conoció a Olivia cuando tenía tres meses. Volvió cuando cumplió su primer año. Durante once años, la había visto una docena de veces. La llamaba ocasionalmente y cuando venía le traía regalos, se la llevaba a comer y le daba un

141

sobre con mil o dos mil euros. Olivia nunca había viajado a
Guinea ni conocía a su familia paterna. Carla dudaba de que
esta supiera de la existencia de la pequeña. Una extraña relación filiopaternal que se convirtió en la rutina habitual. Cuando Amadou veía a la niña, le explicaba que trabajaba y viajaba
por todo el mundo, de ahí que apenas pudieran estar juntos.
Olivia hablaba de su padre como si fuera Willy Fog. En realidad, trabajaba en una empresa de transporte marítimo dedicada a la distribución de gasoil en barcos, plataformas petrolífe-
ras e industrias de alto consumo, en el puerto de Malabo.

Carla quería salir de Madrid con su niña y encontró refu-
gio y trabajo de recepcionista en una empresa de cosmética en
Valencia. Aunque a menudo la castigaba proclamando verdades que le dolían, Carla era una valiente y una luchadora incansable y la admiraba por ello. Su hermano, el padrino de
Olivia, residía en Gijón porque se había casado con una astu-
riana, pero las visitaba y se desvivía por ellas. Sin embargo, a
su madre hacía dos años que no la veía. «A ver cuando se muere mi padre», me confesaba al hablar de su pasado y su presente. Lo decía con un deseo que rozaba el estupor.

No recuerdo qué pensé el primer día que las vi en el edificio. Yo tenía dieciséis años y demasiadas preocupaciones. Carla, veintiuno y un bebé en los brazos, un bombón con los ojos
grandes que no paraba de reír. No sé qué pensé, pero supe que
esa preciosa chica y yo no seríamos solo vecinas, sino que estaríamos unidas para siempre.

Iba a entrar en casa cuando la puerta del ascensor se abrió y
apareció Pablo arrastrando su maleta.

—¿Salías a buscarme?

—Sí, no tengo otra cosa que hacer. Pasa, te enseñaré el estudio. Está la habitación de mi abuela pero no dejo que nadie
duerma ahí. Manías.

Me siguió por el pasillo. Mi estudio quedaba frente a la
habitación de Victoria.

—Vaya —dijo, y se quedó plantado en el centro de la estancia.

El estudio era amplio, con un gran ventanal. Una mesa de

142

casi tres metros ocupaba una pared. Sobre ella tenía una decena de cabezas blancas de maniquís para tocados y un par de bustos al lado. En la pared había construido un organizador con materiales: tijeras, hilos, piedras. Por el suelo había cajas con telas y complementos. Cada una llevaba su correspondiente etiqueta. En la parte opuesta, frente a la mesa, había un pupitre donde diseñaba con una lámpara de pie y una pequeña luz que enfocaba directamente el bloc de dibujo. El estudio era mi guarida. Entre esas cuatro paredes desconectaba y me sentía en paz con el mundo y conmigo misma. Era el único lugar donde era consciente de mi respiración. El único lugar donde el tiempo no existía.

—¿Los haces tú? —señaló los tocados.

—Sí. Vender casas es mi trabajo y diseñar, mi pasión.

—Son muy bonitos —afirmó sin separar la vista de ellos—. ¿Has estudiado Diseño?

—Estudié la carrera de Turismo. Se me dan bien los idiomas, eran tres años y tenía salida profesional. Jamás he trabajado de ello. Hice las prácticas obligatorias en una agencia de viajes. Las cosas se complicaron y tuve que buscar un trabajo bien remunerado. Y lo encontré. No trabajo por las tardes. Así que hice un grado medio en Diseño de Sombrerería y cursos de tocados. Victoria diseñó una modesta tienda *online* donde me hacen pedidos. Y comercios del centro me dejan tenerlos en sus estanterías a cambio de llevarse una comisión. Me gustaría dedicarme al diseño de complementos a nivel profesional, algún día.

—Tus tocados son muy profesionales. Me gusta este.

Me sorprendió que se mostrara interesado en el tema de los tocados.

—Es un tocado con base de sinamay en beige y redecilla negra. De los últimos que he diseñado. Ya lo tengo vendido. Es un estilo clásico y elegante, el típico tocado que nunca pasa de moda. Aunque ahora se llevan las coronas de flores, que tienen un aire bohemio y romántico, y tocados más modernos, con líneas minimalistas e irregulares.

—Ah.

Di media vuelta y abrí un pequeño armario que había en la esquina de la habitación. Saqué un par de toallas, una almohada y sábanas limpias. Las dejé sobre el sofá cama.

143

—Se acabó la *master class*. El sofá es cómodo. Puedes utilizar el baño que hay en la puerta de al lado. Es el de mi hermana, espero que lo tenga presentable. Cena lo que te apetezca. La nevera está llena, como si estuvieras en tu casa. Yo necesito dormir. Cualquier cosa, le preguntas a mi hermana, hasta las doce estará despierta. Después se dormirá, nunca estudia por la noche. Cualquier cosa menos entrar en su habitación a ligar con ella.

—Tu hermana es muy joven para mí.

—Pero a Victoria le gustan mayores.

—¿Y a ti?

—A mí me gustan sinceros. Hasta mañana —le dije.

—Buenas noches.

A mí me gustaban los que no abandonaban la batalla al primer disparo, los capaces de ser capaz. Me gustaban los chicos que te cogían de los hombros, te miraban a los ojos y decían: «Esto también pasará». Me gustaban los que me valoraban, los que me trataban como una prioridad, los amantes de verdad. Pero a mis veinticinco años no había encontrado hombres así, ni siquiera mi primer novio, que me enseñó mucho sobre sexo pero poco sobre el amor.

Ya en mi habitación, después de pegarme una ducha que eternicé lo que pude, coloqué la lámina en el marco, puse el contrachapado sobre el cristal y guardé el cuadro en el armario. No tenía el cuerpo para pensar en hombres. No tenía el cuerpo para pensar. Leí de nuevo la frase con desgana, tenía las fuerzas bajo mínimos. Mónaco. Relacionaba Mónaco con el lujo, el mar y el casino.

Observé en el suelo, junto a mis sandalias, la bolsa que me había dado Luca. Debía estrenar el regalo del señor Collingwood antes de dormirme.

—¿Lluvia?

—Sí, soy yo. Le llamo desde el móvil que ha decidido comprarme.

—Me quedo más tranquilo si hablamos por esta línea.

—No es una idea descabellada. Igual me han pinchado los teléfonos y han escuchado mis conversaciones. Puede que hayan entrado en mi casa y hayan puesto cámaras. Puede que me estén viendo ahora tumbada en la cama hablando por el móvil.

Después de lo que he visto y escuchado hoy, no me cabe la menor duda —suspiré—. Me siento culpable por la muerte de una persona. Esta sensación es martirizante. Angustiosa. La tengo pegada a la piel y me sigue allá donde voy.

—No te sientas culpable, Lluvia. Estaba escrito que sucediera de esa manera. Durante mucho tiempo me sentí responsable de la muerte de mi mujer. Pensaba que no la había llevado a suficientes médicos, que no había hecho todo lo que estaba en mi mano para salvarla. Era desesperante. Con el tiempo descubrí que de una forma u otra hubiera ocurrido. Sin buscar culpables. Lluvia, el joven ha fallecido porque un coche le ha atropellado. No puedes hacer nada.

Me mordí el pulgar y cerré los ojos. La voz del señor Collingwood me relajaba. Me calmaba. Era como un confesor, pero no me redimía de la culpabilidad que me atravesaba de arriba abajo.

—Puedo averiguar quién lo ha hecho y por qué. A lo mejor las respuestas me liberan. —Hice una pausa—. Por cierto, su hijo se ha quedado en mi casa.

145

—Lo sé. Me ha llamado.

—Pasará aquí la noche. Mañana se irá. Y yo también. Voy a viajar a Besalú. Está en Girona. Cerca de la frontera con Francia. Victoria ha descubierto que Magnusson estuvo allí hace años. Tengo que localizar a Geraldine o a su hermano como sea. El tema se ha convertido en una necesidad.

—¿Qué pretendes? ¿Ir sola?

—No es que lo pretenda, es que debo y tengo que ir sola. Si pasa otra desgracia prefiero que me pase a mí y no a un tercero. Como le digo, la culpabilidad es una sensación que no tolero.

—¿Recuerdas qué te dije sobre la soledad en nuestra primera conversación?

—Que la soledad es una mala compañera si no te tiende la mano.

—Exacto. Busca un buen compañero o una buena compañera de viaje, que te sostenga si te caes.

—Si me caigo, me levantaré. No tienen que sostenerme.

—Lluvia, nadie es tan autosuficiente como piensa. Déjate ayudar.

—¿Recuerdas qué le contesté cuando me preguntó que por qué le había contado mi historia?

—Lo recuerdo —afirmó—. Me dijiste que me habías contado tu historia porque yo te había contado la mía y porque querías confiar en alguien desesperadamente.

—Confío en usted, en sus consejos y en sus palabras. Me cuesta abrirme y mostrar mis cicatrices, pero con usted estoy practicando puenting sentimental. Confíe en mí. Estaré bien —murmuré sin llegar a creérmelo—. Mañana seguiremos hablando, señor Collingwood. Estoy agotada.

Bostecé y me acurruqué en la cama. Me dormí.

Confiaba en él sin recelos ni temores. No nos habíamos mirado a los ojos, no habíamos compartido mesa y mantel ni reuniones ni apretones de manos. Pero confiaba en él. En nuestro caso, la sinceridad fue un lazo que nos unió sin cuerdas, un lazo fuerte, irrompible. Nos habíamos destapado sin querer. Habíamos enseñado de una forma tan inesperada lo que había detrás del telón, que parecía que teníamos un acuerdo tácito. Confidentes. Nos habíamos convertido en compañeros de viaje. El señor Collingwood me triplicaba la edad y me gustaba que fuera así. Albergaba otra visión de la vida, de los sueños, de la paz y la guerra. Mi referente improvisado de Leeds, me enseñaba y me daba lecciones desde otro prisma. Uno que yo desconocía. Fue la primera y la última vez que confié en alguien a ciegas. Algunas cosas solo pasan una vez en la vida, y no hablo de trenes, amores u oportunidades, hablo de sensaciones.

Aquella noche tuve una pesadilla. Estaba en una habitación grande y diáfana. No había mobiliario. Las paredes eran blancas, desnudas, sin cuadros ni adornos. Eché un vistazo pero no vi ninguna puerta. Ni extintores ni salidas de emergencia. Me rodeaban personas que no conocía. No hablaban entre ellos. Parecía que estuviéramos esperando a alguien. Pasaban los minutos y yo seguía de pie, impaciente. Oíamos un ruido. Contemplábamos atónitos cómo las cuatro paredes se movían hacia nosotros. Mirábamos hacia arriba. El techo bajaba. Me ponía nerviosa. Las personas se dirigían hacia las paredes e intentaban empujarlas con fuerza. Yo estaba bloqueada. Cada vez quedaba menos espacio. Estábamos más cerca los unos de los otros. Las paredes y el techo no frenaban su movimiento. Me faltaba el aire. La gente gritaba. A mí no me salía la voz. Me temblaba el cuerpo. Nos tumbábamos porque el espacio no nos permitía estar de rodillas. Íbamos a morir. En el sueño, veía cómo un anciano se arrastraba hasta donde estaba yo. Me cogía de la mano. Me observaba fijamente y me susurraba: «Solamente tú».

Me desperté sobresaltada, con el ritmo cardiaco acelerado y la boca seca. Me incorporé y busqué la botella de agua. Estaba vacía. En mitad de la penumbra y el silencio, anduve por el pasillo. Conmocionada y desorientada.

Cuando entré en la cocina, hice un aspaviento, retrocedí unos pasos y me llevé la mano al estómago.

—¡Joder! —susurré en un grito—. ¡Qué susto me has dado!

Pablo estaba sentado en una silla frente a la mesa. Vestía una camiseta ancha de tirantes que dejaba al descubierto sus brazos musculados. Tenía sobre sus piernas al gato. Bebía un vaso de zumo. La jeringuilla estaba llena de leche. Cuando se me pasó el susto inicial, advertí que iba con un culote negro y un top que me quedaba por debajo del pecho. Sentí un pudor molesto que no pude disimular. Una vergüenza tonta que él percibió.

—Tiene hambre —afirmó, mirando al gato.

—¿Qué hora es? —pregunté aún con los ojos medio cerrados. Abrí la nevera y saqué una jarra de limonada.

—Las tres.

—Las tres —repetí—. ¿No puedes dormir? ¿Es por la cama?

—No, la cama no es el problema. Me cuesta conciliar el sueño. No es porque esté en tu casa, en la mía también me cuesta.

Observó cómo llenaba el vaso de limonada.

—¿Por qué sonríes?

—Qué borde eres —dijo—. Sonrío porque hay que tener muchos huevos para subirse a un coche y apuntar a un desconocido con un cuchillo.

Di un trago largo y dejé el vaso en la mesa.

—No hay que tener huevos, hay que tener miedo. El miedo te hace actuar de una forma irracional. ¿Fumas? Te he visto fumando fuera del coche.

—Cuando estoy nervioso.

—Tú fumas cuando te pueden los nervios y yo me meto en coches de desconocidos. Cada uno hace lo que puede.

Esbozó una mueca.

—¿Por qué llevas tantos tatuajes?

—Porque quiero y porque puedo. Hablan de mí. ¿Tú llevas?

Bajo su atenta mirada, cogí del armario una botella de agua que apoyé sobre mi cadera.

—No.

—¿Los grandes abogados no podéis llevar tatuajes?

—No soy un gran abogado, soy un abogado normal.

—Tu padre no dice lo mismo.

—Los padres exageran.

—Algunos. Solo algunos padres exageran. El mío ni me nombra. —Me encogí de hombros y él dejó de mirarme durante un instante, como si mi comentario le hubiera incomodado o dolido o impresionado.

—He hablado con mi padre —continuó—. Está preocupado.

—Lo sé. Es culpa mía. No debería haberle contado mi vida. Pero lo hice y se me fue de las manos. La falta de costumbre. Le he metido en un lío y él te ha metido a ti en otro. En fin —dije e hice una pausa—, lo solucionaré.

—¿Tienes soluciones para todo?

—Cuando no tengo sueño, sí. Buenas noches. Intenta dormir.

Salí de la cocina. Sonrojada por la poca ropa que llevaba, impactada porque no esperaba encontrarlo allí sentado, mostrándome su lado más humano junto a mi gato. Sonreí de camino a la habitación. A lo mejor no era tan gilipollas como pensé desde el primer minuto que hablé con él por teléfono. Pero aun así, no lo quería descubrir porque simplemente no lo quería cerca.

12

«*T*e lo dije.» Es lo que pronunció mi jefe cuando le llamé para comunicarle que necesitaba vacaciones. Le di la razón y asentí, tumbada en la cama, su perorata tediosa. Le di la razón entre bostezos cuando me dijo que lo sabía, que me notaba bajo mínimos aunque siguiera a pleno rendimiento. Que el estrés era malísimo y que provocaba el noventa por ciento de las enfermedades. Y me aclaró, con ese aire subido que tenía Sergio, que nuestro trabajo era más complejo de lo que parecía, que no todos podían seguir el ritmo y la presión, y que yo era muy buena. Que era normal que después de tres años hubiera tenido una recaída y necesitara días de desconexión. Sí, quería desconectar, pero no del trabajo sino del mundo en general. Por último, me preguntó que cómo estaba de las piedras en el riñón. Me quedé en blanco y pensé en lo mentirosa que era mi hermana. A pesar de todo, lo noté de buen humor y lo agradecí. Sergio se mostraba crecido yególatra como siempre, pero hablaba rápido, con ritmo. Hablaba así, excitado, cuando las ventas iban bien. De lo contrario, lo hacía de una forma lenta y cansina que me estresaba hasta niveles inexplicables.

Cuando le colgué, resoplé, y llamé a Andrea. Estaba en el trabajo engatusando a sus clientes y a los míos. Se mostró preocupada por mí, era su *modus operandi* cuando me veía mal. Y estaba enfadada porque no le había contestado a las llamadas y a los mensajes. Era madre y a mí me trataba como su hija en el trabajo. Insistió en venir a verme y cuidarme. Le sabía mal que estuviera enferma y sola. Como pude, le quité la idea. Le dije que la llamaría a diario y que le contestaría a los mensajes para que no enloqueciera. Se conformó, pero no descarté la

149

idea de que se presentara en mi casa y no encontrara a nadie. Me confirmó que el día anterior habían apalabrado un ático impresionante, frente al mar, de un millón y medio de euros, y que varios de mis clientes parecían interesados en los inmuebles. Me sentí culpable por no ir a la oficina, por decir que estaba enferma, por mentirle a Andrea, a la que siempre le decía la verdad. Pero en ocasiones, las circunstancias te obligan a hacer cosas que no entran en los planes iniciales.

Cuando le colgué, hice la tercera llamada.

—Yaya, soy yo.

—Hola, corazón. ¿Desde dónde me llamas?

—Es un número nuevo. No lo grabes con mi nombre. Te llamaré desde este móvil, es más seguro que mi línea. ¿Te he despertado?

—Llevo despierta desde ayer, desde que te fuiste. ¿Le dijiste a Sara que viniera el médico? Me visitó por la tarde. Antes de cenar.

—Sí. Te noté cansada.

—Recordar nos sienta mal. El billete sale caro si el viaje es al pasado —afirmó.

—Te llamo porque salgo de viaje, en el presente, hoy. Y no sé si me va a salir caro, pero debo hacerlo.

Mi abuela enmudeció.

—Yaya, ¿estás ahí?

—Estoy aquí. ¿Dónde vas?

—En un rato saldré para Girona. Victoria se ha ido a la universidad. A las tres cogerá un AVE a Madrid. Si no la localizas, llama a casa de mi padre que estará con él. No quiero que recibas visitas ni que salgas de la residencia tú sola.

—¿Por qué vas a Girona? —preguntó como si no hubiera escuchado el resto.

—Porque las dudas me están reconcomiendo por dentro. Porque esa gente me está empezando a tocar los cojones y quiero saber. Yaya, me han seguido. Conocen mi vida. No sé por qué soy el objetivo de una panda de tarados. A la tía le gustaría mucho lo del rollo espía, pero a mí no me hace ni puñetera gracia. Miro cada rincón de casa, compruebo dentro de los jarrones, observo el techo. Tengo la sensación de que me estudian y analizan y ¡no aguanto más!

Suspiré.

—No quiero que vayas. Pero no va a servir de nada que yo te diga blanco o negro. Elegirás el color que quieras, es a lo que te has acostumbrado.

—¿Sabes lo que pasa, yaya? Que no estoy acostumbrada a las mentiras y creo que tú y la tía me habéis mentido hasta la saciedad. Estos son los restos del naufragio que han llegado a la orilla y en la orilla me han encontrado a mí.

—Tú aún no sabes bien qué es un naufragio, corazón.

—Oh, claro que lo sé. No eres la única que ha perdido —afirmé con rabia.

—Eres una inconsciente. No es lo mismo perder a una madre que a una hija, lo entenderás cuando tengas hijos. No quiero discutir contigo, Lluvia. Vas a ir igualmente. Solo te digo que tengas cuidado. —Hizo una pausa eterna—. Me vais a quitar la vida. ¿Cuánto tiempo estarás fuera?

—Unos días. No quiero estar lejos de vosotras mucho tiempo y tengo que atender la tienda de tocados. Debo hacer envíos y terminar unos encargos. Cuanto antes vuelva, mejor. ¿Has estado en Girona alguna vez?

—No.

—¿Y la tía o mi madre?

—No lo sé.

—Ayer me diste una caja de galletas, antigua y de latón. Caja de galletas Birba de Camprodon. Resulta que Camprodon está en Girona. A cincuenta kilómetros de mi destino. ¿Quién te dio la caja o dónde la compraste?

—No lo recuerdo, Lluvia —contestó de inmediato—. La caja lleva en un cajón muchísimos años. No sé de dónde salió. Y no me hables con tono acusador. Cuando te expresas de forma impertinente no te reconozco.

—Yo tampoco me reconozco —dije, y pensé en cómo había apuntado con una navaja a un desconocido a plena luz.

—Que la tormenta no te cambie.

—Las tormentas te cambian, yaya, para bien o para mal, te cambian. «Y una vez que la tormenta termine, no recordarás cómo lo lograste, cómo sobreviviste. Ni siquiera estarás seguro si la tormenta ha terminado realmente. Pero una cosa sí es segura. Cuando salgas de esa tormenta, no serás la misma

151

persona que entró en ella. De eso se trata esta tormenta.» ¿No te gusta tanto Murakami? Ahí tienes una verdad sobre las tormentas. Te llamaré cuando llegue —le avisé.

Desconozco por qué estábamos enfadadas. Ella hermética y yo punzante. Mi brújula no me indicaba el camino, me lo ponía difícil, me ocultaba información. Odiaba que nos comportáramos así, distantes, engullendo palabras que debíamos gritar. Se nos había atragantado una realidad que ella siempre intuyó y que yo nunca esperé.

Había estado en Girona cuando era una niña de cinco o seis años. Lo recordaba perfectamente. Mi madre dejó a Victoria con mi padre. Nosotras cogimos el coche y ella condujo durante horas. Había olvidado ese viaje hasta que hizo diana en mi memoria y la atravesó como una bala. Cerraba los ojos para rememorar aquella travesía improvisada. Sé que mi madre y yo hicimos noche en Roses, a una hora de Besalú, en un hotel ubicado frente a un camping. Y al día siguiente fuimos a algún lugar que no conseguía recordar. Lo único que sé es que volvimos a Valencia con mi tía. Las tres en el coche. Por mucho que lo intentaba no me llegaban más imágenes. Era pequeña. Y era imposible que mi abuela desconociera o hubiera olvidado nuestro viaje. Imposible.

Observé mis piernas desnudas sobre la cama. Tenía que ponerme en marcha. Me cambié e hice la maleta antes de salir a desayunar. En mi casa no se oía ni una mosca. Ni siquiera el maullido del gato. Guardé el folio con los versículos de Isaías, la invitación de la Asociación y la hoja que había encontrado dentro del cuadro. Lo metí todo en la caja de galletas y le hice un par de fotos a la lámina de Dalí.

Salí al pasillo y abrí la habitación de mi hermana. Tenía la maleta preparada. Anduve y me asomé a la cocina. Un desayuno digno de un monarca reposaba en la mesa junto a la cafetera y una jarra con zumo. Me quedé asombrada.

—¿Has preparado tú el desayuno? —le pregunté a Pablo, que estaba sentado en el sofá del salón mirando su *tablet*. Levantó la vista y me analizó.

—Buenos días. Sí. Me he despertado temprano.

—¿No conseguiste dormir?

—Poco ¿y tú?

—Poco y he tenido una pesadilla.

Nuestra conversación era de besugos. Me costaba agradecer sus atenciones. No sé si por vergüenza o por seguir aparentando la imagen de chica dura y firme en sus pensamientos. Tan pronto como terminé la frase, llamaron a la puerta. Era Olivia con una maleta de Disney y un sobre en la mano.

—¿Qué haces tú aquí?

—Me voy de viaje contigo como premio a mis buenas notas.

—No, no, no —me asomé a las escaleras, no había nadie—. ¿Dónde está tu madre?

—Mi madre se ha ido a trabajar a Palma de Mallorca —explicó y me dio el sobre. Lo abrí, indignada y enfadada. Había doscientos euros, una autorización firmada y documentación de la niña.

—Te juro que la voy a matar. Te lo juro.

Olivia se encogió de hombros.

—Estáis en un capítulo complicado de vuestra amistad. 153

—Sí —dije, contemplando su atuendo de viajera.

—¿Puedo pasar o me vas a dejar aquí fuera?

Le invité a entrar mientras en silencio maldije a Carla y su atrevimiento y su falta de responsabilidad. Olivia se paró con su maleta en el centro del salón. Miró a Pablo deslumbrada y confundida. Se hubiera puesto roja si hubiera podido.

—Él es Pablo, el hijo de un cliente importante.

—Hola —se sentó a su lado—, yo soy Olivia pero todos me llama Livi, menos Lluvia. Ella me llama Olivia. ¿Sois amigos?

—Sí —afirmó él.

—No —contesté yo.

Olivia contempló a Pablo.

—La última vez que Lluvia me presentó a un chico, murió atropellado al día siguiente.

—¡Olivia!

—¿Qué? Debe saberlo. Ahora mismo eres un peligro andante. Y no lo niegues, es una verdad pragmática.

Me llevé las manos a la cara. Pablo, lejos de asustarse, rio.

—¿De dónde has salido tú, Livi?

—Del segundo piso, puerta tres. Mi madre es amiga de Lluvia y yo también, muy amiga —afirmó, orgullosa—. ¿Dónde vamos? —me preguntó—. Mi madre me ha explicado que tienes un viaje de trabajo y que tengo que comportarme y hacer lo que tú me digas. No me lo he creído, lo del viaje de trabajo. Tú nunca sales de viaje de trabajo, haces las gestiones desde la oficina o desde casa. ¿Dónde vamos? ¿Tiene que ver con nuestro... tema?

Pablo la escuchaba atento. A mí no me llamaba la atención su forma de expresarse. Sí la firmeza que evidenciaba.

—¿Qué has descubierto? —continuó.

—Dónde estuvo Abel Magnusson hace años.

—Un momento —dijo Pablo—, ¿la niña sabe la historia?

Espiré con fuerza y me senté en una silla.

—Ella estaba conmigo cuando entraron a robar a casa de Geraldine y cuando quedé con Luca. Y cuando hablé con Máximo Ferreyra. No me mires así, Pablo.

—No te miro de ninguna manera.

—A ver —me dirigí a Olivia—, ayer fui a casa de Geraldine. A por el cuadro que me describiste.

—¿Y lo encontraste?

—Sí. Es un cuadro de Dalí, se llama *El camino del enigma*. Se supone que los sacos contienen informaciones. Me lo traje a casa y por la noche lo estuve escudriñando. Lo saqué del marco y entre la lámina y el contrachapado había un folio con un mensaje: «La verdad suena en Mónaco». ¿Os dice algo?

Los dos enmudecieron. Pensaron para acabar negando.

—Lo imaginaba. A mí tampoco. Escuchadme, voy a bajar a casa de la señora Pilar a dejarle el gato. Le diré que tengo que salir por trabajo. Le encantará cuidarlo porque adora a los animales. Mientras, tú, te vas a la cocina y desayunas.

—Ya he desayunado —dijo Olivia.

—Pues desayunas otra vez. En cuanto suba, me tomo un café y nos vamos. Nosotras de viaje y tú a tu casa o donde te apetezca.

—¿Estás loca? No os vais a ir las dos solas a la aventura. Me voy con vosotras.

—Olvídalo —cogí el gato, su cama y la jeringuilla—. Tú no vienes y punto.

Me escrutó con una mezcla de impotencia y arrogancia. Sí, pensaba que era insufrible.

La señora Pilar se deshizo al ver al gato y lo acunó entre sus brazos. Se llevó la alegría de la semana cuando le dije que lo cuidara en mi ausencia.

Hice una parada en el segundo piso y toqué al timbre de Carla. Era cierto que ya se había ido a Palma de Mallorca. Cómo podía haberme dejado a la niña sin mi consentimiento. Me enfadé y le di una patada a la puerta. No quería cargar con Olivia, con mi pequeña. Su madre y yo éramos igual de irresponsables.

Cuando entré, Pablo y Olivia estaban en la cocina, intercambiando confidencias y sonrisas. Cogí una galleta y me serví un café. Miré el reloj que colgaba de la pared. Eran las nueve y media de la mañana.

—Olivia, termina de desayunar y ve al baño. Nos vamos en cinco minutos.

—Pablo debería venir con nosotras —murmuró.

—Ni siquiera tú deberías venir, pero no te puedo dejar aquí. —Bebí un largo sorbo de café y proseguí—: Pablo, se lo he dicho a tu padre y te lo digo a ti, gracias por desplazarte hasta Valencia en tus vacaciones, pero esta historia no te incumbe. Llamaré a tu padre para que no se preocupe. Vuelve a casa.

Antes de que él pudiera contestar, salí de la cocina. No sé por qué me faltó el aire y el corazón se me aceleró de una forma distinta a cuando estaba debajo de la cama de Geraldine o cuando me enteré de la muerte de Luca. El corazón me latía. Me encerré en mi habitación. Estaba impaciente y angustiada. Terminé de hacer el equipaje y me dirigí al salón con la maleta. Pablo estaba allí, solo, con semblante serio.

—Te estás equivocando —dijo.

—Es mi especialidad. No hago otra cosa que equivocarme.

Olivia salió del baño y cogió la maleta. Cerré la puerta del estudio, hice una última comprobación y salimos al rellano. Al entrar en el ascensor parecía que nos íbamos a un velatorio, con los rostros compungidos y un silencio incómodo y sepulcral. Y cómo no, la culpable era yo.

Una vez en la calle, nos despedimos.

155

—¿Vas a Málaga?

—No. Vuelvo a Leeds. A lo mejor en el aeropuerto me cambian el billete y si no, compraré otro.

—Vale. Que tengas buen viaje.

Me acerqué y le di dos besos que me cerraron los ojos. Se me tensó el cuerpo. Olivia hizo lo mismo y, además, le dijo que había sido un placer conocerle y que le había caído muy bien y que volviera a Valencia.

—Si me necesitáis, llamadme —afirmó.

Asentí. Él se dirigió a la derecha y nosotras a la izquierda, hacia mi coche. Olivia me lanzaba miradas. Yo seguía recto sin prestarle atención. El señor Collingwood me había dicho que la soledad era una mala compañera si no te tendía la mano, que buscara una buena compañera de viaje que me sostuviera si me caía. Ahí al lado la tenía. Había aparecido sin buscarla. Y estaba cabreada porque no había abierto la boca durante el camino.

Metí nuestro equipaje en el maletero y subimos al coche.

—El cinturón —le dije, y apoyé la cabeza sobre el volante.

—No entiendo por qué te pones así. Eres tú la que le ha dicho que se fuera.

—Así, cómo.

—Así, triste. Me gusta para ti. Es muy simpático. Incluso me gusta para mí porque es guapo y educado y está fuerte, pero nos llevamos muchos años.

Me incorporé y arranqué. Me dirigí por la Gran Vía Fernando el Católico dirección Cánovas del Castillo. No había demasiado tráfico.

—Deja de mirar por el retrovisor, Lluvia. No nos sigue.

—Lo sé. —Contesté y me sentí ridícula—. Oye, me dijiste que estabas buscando información sobre Dalí y que Geraldine te habló de él y de Gala y del museo que hay en Figueres. ¿Qué te contó exactamente?

—Me contó que Dalí quería empezar la casa por el tejado porque así lo hacían los grandes arquitectos del Renacimiento. Lo primero que imaginaban era la cúpula.

—¿Y ya?

—Te acabas de saltar un semáforo en rojo. No quiero morir.

—Lo siento.

—No sé. Me dijo que Dalí era un genio extravagante y que se inspiraba y creaba en su casa de Portlligat porque le gustaba la paz que sentía allí y porque necesitaba ver a los marineros y el color de los olivos. ¿Sabes qué decía Dalí de las moscas de Portlligat?

—No.

—Que eran bellísimas y que se paseaban por los olivos como si fueran vestidas de Balenciaga. Qué loco.

Olivia rio a carcajadas. Su risa era contagiosa. Cuando la oía, desconectaba de la realidad.

—Pero ¿tú sabes quién es Balenciaga?

—Sí. Un diseñador de moda, de alta costura.

Sonreí.

—¿No te enseñó ni te nombró *El camino del enigma*? El cuadro de los saquitos.

—Mmm, no. Pero me enseñó fotos del museo. La fachada es granate y está decorada con panes. Y hay huevos gigantes en la parte de arriba del edificio. Huevos más grandes que nosotras, Lluvia. ¡Ah! Y me enseñó la foto de un Cadillac que está en el patio central y lo llaman *Taxi lluvioso*. Fue un regalo de Dalí a Gala y decía que solo habían hecho seis ejemplares. Se creó para la «Exposición Internacional del Surrealismo» en la galería Beaux-Arts de París, en enero de 1938 —explicó del tirón, como si se lo hubiera estudiado antes de salir de casa.

—Muy bien.

Después de dar cinco vueltas, estacioné en segunda fila y me quité el cinturón. Olivia observó extrañada a través de la ventana.

—¿Qué hacemos aquí? Otra vez.

—Tengo que hablar con Máximo Ferreyra. Mi tía está muerta pero su historia no. —Salí del coche—. Te cierro con llave. Si viene la policía, me llamas, pero no te muevas del asiento. No tardaré.

Olivia asintió, conformista. No estaba de humor y lo sabía. Rehíce mis pasos y llegué al portal del edificio que me había descubierto la cara B de una película llena de sombras e intrigas. Un largometraje que llevaba mi nombre.

157

Llamé al número siete y me contestó una señora.

—Soy Lluvia, ¿puede abrir? Por favor.

Me abrió sin rechistar. Subí en el ascensor, pensando en Pablo. Me faltó el aire.

Ahora comprendo que también me faltó valentía para hacer frente a unos sentimientos nuevos y encontrados que ni siquiera entendía.

Al salir, una señora de mediana edad, bajita, con el pelo rojo, corto y pintada en exceso me esperaba en la puerta.

—Buenos días, ¿en qué puedo ayudarte?

—Buenos días. Me gustaría hablar con Máximo Ferreyra. Estuve aquí ayer, pero se me olvidó comentarle un asunto y no tengo su número.

—Qué mala suerte. Se han ido a primera hora de la mañana.

—¿Cómo?

—Llegaron el lunes, tenían la casa alquilada para toda la semana. Ayer por la noche me llamó su... acompañante. Creo que eran pareja —susurró—, pero bueno, que a mí ni me va ni me viene. Me pagaron por adelantado y ni me han pedido el dinero. La persona que me llamó me dijo que si podía venir hoy para darme las llaves y comprobar que el piso estaba en perfectas condiciones. Lo han dejado impoluto. Con inquilinos así da gusto, me pagan más y se quedan menos.

Ella seguía hablando. Mi cabeza se había parado en que Máximo Ferreyra había alquilado el piso una semana y lo había abandonado después de recibir mi visita. Se me removió la vida por dentro.

—Qué hijo de puta —murmuré.

—¿Perdona?

—¿Alquila el piso por semanas?

—Y por días, pero prefiero que estén una semana, si no esto es un cachondeo. Tengo cinco pisos en alquiler y ando atareada. Me has pillado aquí de casualidad, me voy corriendo a otro apartamento, que tienen una fuga de agua y tengo que llamar al seguro.

—¿El hombre que le alquiló el piso iba en una silla de ruedas?

—Sí —contestó, desconcertada—. Iba en silla de ruedas

y era muy agradable. Esta mañana me ha dicho que les había surgido un imprevisto y que tenían que irse antes de lo esperado.

—¿No le ha dejado ningún mensaje para mí? ¿No le ha dicho que quizá vendría una chica que se llama Lluvia?

La señora de pelo rojo me observó.

—No.

—Mire, tenía que hablar con él de un tema importante por eso le estoy haciendo tantas preguntas. Esperaba encontrarle aquí. O que al menos hubiera dejado un mensaje para mí. ¿Podría pasar al salón? Por favor.

Hizo una mueca que me invitó a pasar. Contemplé de nuevo la tarima de roble y el largo pasillo a la izquierda. Entré a la habitación que quedaba a la derecha. Miré el sofá marrón de grandes dimensiones donde nos habíamos sentado Olivia y yo. El jarrón a rebosar de flores silvestres seguía en la mesa de cristal. Me quedé en el centro de la estancia, quieta, nerviosa, pensando. Reviviendo nuestra conversación. Y de repente, no sé cómo ni por qué, me dirigí al aparador y abrí el cajón. Ahí estaba. Cogí la foto en blanco y negro de mi tía con el caballero que la observaba con admiración y deseo. Analicé su melena, su vestido, sus ojos. Le di la vuelta. Había dos líneas escritas. Escritas para mí. Me llevé la mano a la boca. Metí la foto en el bolso y salí.

—Gracias —dije sin mirar a la señora.

—¿Has encontrado lo que buscabas, Lluvia?

Me giré. Su tono había cambiado. La analicé de arriba abajo.

—Sí.

Ella sonrió y cerró la puerta. Me entró miedo. Bajé las escaleras al galope. Descender sin mirar atrás. Corrí calle abajo. Abrí el coche como pude. Me senté, cogí el volante con fuerza y clavé la vista en él. Hiperventilaba.

—Tranquila —Olivia me agarró el hombro. No podía separar la vista del volante. No podía bajar el ritmo de mi respiración—. Tranquila —repitió.

Apoyé la espalda en el asiento y dejé caer los brazos como si fueran un peso muerto. Me concentré en mi respiración. Olivia encajó una botella de agua en mi mano.

—¿Qué ha pasado?

—No estaba. Es un piso de alquiler. Lo había alquilado esta semana y se ha ido hoy a primera hora —contesté con los ojos cerrados.

—¿Cómo puede ser? ¿Cómo sabía que ibas a ir a verle justo esta semana? Si no hubieran atropellado a Luca, no hubieras venido. ¿No?

—No, pero no es lo único que sabía.

Bebí agua, abrí el bolso y saqué la foto.

—La ha dejado en el cajón. Lee.

—«No te arriesgues a querer saberlo todo. Nadie es quien parece ser. Buen viaje. Max.»

Escuchar el mensaje me descompuso.

—¿Buen viaje? ¿Sabe que nos vamos de viaje?

—Nadie es quien parece ser —repetí en un susurro—. A lo mejor no se llama Máximo Ferreyra e inventó la historia que nos contó.

—Lo sabremos si encontramos a Geraldine o a Abel Magnusson.

—Vamos a buscarlos.

160

13

Llevábamos media hora de viaje cuando Olivia se acomodó en el asiento y en cuestión de segundos se durmió. Su capacidad para dormirse en cualquier parte y situación era asombrosa. Aunque dormía, no soltaba el mapa que le había dado antes de caer rendida y vencida al traqueteo del coche. «¿No vamos a Mónaco?», me había preguntado entre bostezos. No íbamos a Mónaco, no. Volvíamos al pasado hermético de mi familia, a desenterrar la verdad y a sus silencios estudiados.

Conducía de forma mecánica, mirando las señales y las salidas, pero sin estar cien por cien concentrada en la carretera. Tenía más de quinientos kilómetros por delante. Debía dejar atrás Castellón, Tarragona, Barcelona y Girona para llegar a Roses, un municipio de la comarca del Alto Ampurdán; situada en la costa norte del golfo de Roses, al sur del cabo de Creus y al este de mi desconcierto. Había estado allí, en la playa de Roses, bajo el cielo oscuro con mi madre mirando las estrellas, buscando el cinturón de Orión. Dormí allí cuando era una niña feliz y despierta con un futuro prometedor. Lo recordaba. Pero no sabía por qué. Por qué había estado en ese puerto veinte años atrás con mi madre para recoger a mi tía. Mi interior gritaba un desierto entero, lagunas de arena. Sin embargo, al acelerar y meter una marcha sentía que estaba al borde de un precipicio.

Ellas nunca se llevaron bien. Se querían pero no se entendían. A veces, el amor no es suficiente pero basta para crear lazos irrompibles y salir corriendo al recibir una llamada alarmante. Veían la vida desde perspectivas distintas. Chocaban si se encontraban de frente, ninguna se desviaba, ni siquiera cuando percibían una colisión inminente. Una era

161

razonable, serena en sus decisiones, dulce en sus gestos, con los objetivos y las ideas claras. Una madre protectora que velaba por su familia, lo más importante que tenía, el árbol que regaba cuidadosa. Mientras que mi tía era una bohemia sin rumbo fijo, una nómada sonriente que se arriesgaba hasta el final de los finales. Hacía malabares con los días y canciones con las noches. Era inquieta, inconformista y tan pronto quería ser peluquera como astronauta. A nosotras nos hacía reír muchísimo, tenía un sentido del humor rápido e irónico. Era excéntrica, bella hasta causar la admiración e inteligente como una leona hambrienta. Pero cuando perdía de vista los límites y se perdía entre unos asuntos que no solo la incumbían a ella, mi madre y mi abuela padecían su forma de ser y su carácter. Sufrían con sus ataques de valentía. Sus disparates jamás encajarían en la rutina de una familia normal. Por eso mi tía Lluvia no tenía familia, nos tenía a nosotras. Y no parecía angustiada o preocupada. No era una mujer con aspiraciones tradicionales. En alguna ocasión nos presentó a caballeros con los que tuvo romances pasionales y novelescos, pero nunca a una pareja formal con la que escribir un futuro. Vivía de aquí para allá, haciendo escala en casa de mi abuela. Era su cobijo, un campamento base dominado por la mirada nerviosa de su madre cuando ella cruzaba la puerta para entrar o salir o extraviarse.

162

Seguro que mi madre descubrió lo de la Asociación y le cantó las cuarenta y las verdades. Seguro que a mi tía no le gustó el estribillo. Y seguro que siguió haciendo lo que le dio la gana porque es lo que mejor sabía hacer. Me veía reflejada en ella. No nos gustaban las ataduras, sentíamos una inercia inexplicable hacia la libertad. Nos gustaba volar porque creíamos que teníamos las alas para alzar el vuelo y no confiábamos en que tuviéramos otra vida. Sí, gastábamos sin miramientos el aire que teníamos en los pulmones. Las cartas. Jugábamos y la mayoría de veces perdíamos, pero cuando ganábamos no olvidaba la jugada ni el más borracho de la sala. Nos apasionaba soñar porque si no soñábamos éramos incapaces de levantarnos de la cama. No solo compartíamos nombre, también un carácter fuerte y una vehemencia difícil de frenar.

Así éramos nosotras, pura Lluvia. Igual que tú.

Υ

—Me hago pis.

Olivia me enfocó con los ojos entreabiertos, con gesto somnoliento. Elegante y delicada como una azalea japónica.

—¿Otra vez?

—Sí. Tengo la vejiga del tamaño de una canica.

—No pararemos hasta dentro de media hora. ¿Aguantarás?

—Qué remedio. No me lo voy a hacer aquí encima.

—Tal y como está el patio, que te mearas en mi coche sería el menor de los problemas.

Olivia se recostó de medio lado. Me miró en posición fetal, de una manera astuta y analítica que la hacía única.

—¿Estás preocupada?

—Preocupada y sobre todo desconcertada. Esperaba encontrar a Máximo Ferreyra en su casa, no que fuera un maldito piso de alquiler. Joder, jamás lo hubiera imaginado.

—No había fotos. Te lo dije cuando salimos.

163

—No había fotos, no. Lo sé. Pero no entraba en mis planes lo que ha pasado esta mañana. Y la mujer que me ha atendido era… misteriosa.

—¿Acaso entraba en tus planes recibir una invitación de una Asociación? ¿O la muerte de Luca? ¿O que Geraldine desapareciera?

—No. ¿Y qué me quieres decir?

—Que no esperes que nada de lo que suceda entre en tus planes.

Respiré hondo. Me sentía afligida, a la defensiva, como cuando sabes que te van a dar un golpe pero desconoces por dónde te va a venir y cuánto va a doler. El golpe iba a llegar y mis cinco sentidos estaban tan en alerta que se me tensaban los músculos y los pensamientos. Desde hacía cinco días ni un movimiento entraba en mis planes. Había perdido el control de mis pasos, los mismos que la Asociación dirigían hacía un nuevo destino.

—Ojalá fuera una broma que está llegando demasiado lejos. Rezo para que aparezca alguien y me diga: Lluvia, se acabó. Queríamos darte una lección para que no te quejes y aprendas que se puede ir a peor. ¿A que te has asustado? Tranquila, era una inocentada. Sigue con tu vida.

Olivia arqueó las cejas.

—No tiene pinta de ser una broma. Ese alguien no va a aparecer —dijo e hizo una pausa—. Me ha dicho mi padre que este verano vendrá a verme. Sé que es mentira, pero me gusta creer que es verdad. ¿Por qué nos gusta creer algunas mentiras?

—Por la esperanza. Porque nos mantienen despiertos y nos dan esperanzas y ganas de seguir. Y porque es más sencillo creer una mentira que una verdad. La verdad duele y no nos gusta el dolor. No sabemos gestionarlo. Engañamos al cerebro con ilusiones y sueños.

—Sueños. «¿Qué es la vida? Un frenesí. ¿Qué es la vida? Una ilusión, una sombra, una ficción; y el mayor bien es pequeño; que toda la vida es sueño, y los sueños, sueños son.»

Me giré hacia ella. Lo había recitado con énfasis, como si estuviera sobre un escenario.

—Calderón de la Barca. Siglo de Oro de la literatura española.

—Literatura y sueños. Sí.

—¿Te has dado cuenta de que es nuestro primer viaje juntas?

—Espero que no sea el último.

—¡Lluvia, que me asustas!

—Que no, tonta, ha sido un comentario macabro con muy poca gracia. No nos va a pasar nada. Lo malo es que tampoco encontremos nada. Entonces sí que me voy a mosquear. No me gusta conducir horas y horas para volver a casa igual que me fui. Maldigo a mi tía, la maldigo hasta el infinito —afirmé con rencor e inquina.

Olivia abrió su mochila y sacó una libreta. Con un bolígrafo dio unos ligeros golpecitos sobre sus labios.

—Si no encontramos nada es que lo estamos haciendo muy mal o que nos están confundiendo muy bien. No vamos a volver igual que nos fuimos. Los viajes te cambian y te hacen crecer como persona. A nivel mental experimentas vivencias únicas. Yo no es que haya hecho muchos viajes, solo a Madrid y al norte, y excursiones por Valencia. No puedo

164

opinar con propiedad. Pero si a la gente le gusta tanto viajar... A ver —continuó—, Geraldine esconde *no sabemos qué* y como ella sí sabía que iban a ir a por *no sabemos qué,* la que se ha escondido es ella.

—¿Y?

Se calló, pensativa. Con la vista clavada en la guantera.

—Conozco a Geraldine desde que soy un bebé. Me quiere y hablamos mucho. Nunca, jamás, me ha dicho que tuviera un hermano. ¿Por qué una persona ocultaría a un miembro de su familia con tanto énfasis?

—No sé. A lo mejor discutieron y lo ha borrado de su memoria.

—Qué radical. Podría haberlo nombrado y decirme que no tienen relación. Mi madre discutió con su padre y sabemos que existe. Incluso sabemos que lo que quiere es que no exista y se muera —afirmó con tono irónico.

—Tu madre es tu madre. Geraldine es Geraldine. Y encima los dos estaban metidos en la mierda de Asociación. A lo mejor deben negar los vínculos fraternales porque lo pone en un código secreto.

Olivia rio.

—Seguro. Por eso le dijo a Pilar, la vecina más chismosa del edificio, que su hermano iba a pasar una temporadita en su casa. Ahí el código secreto hubiera saltado por los aires.

—Tienes razón.

—Lo descubriré —expresó, convencida—. Descubriré por qué jamás nos ha dicho que tiene un hermano.

—Ojalá lo descubras pronto y un enigma menos, que con *El camino del enigma* tenemos bastante.

—«La verdad suena en Mónaco» —afirmó de forma pausada, y volvió a golpear el bolígrafo contra sus labios—. ¿Por qué no vamos a Mónaco? Geraldine te ha dicho que la verdad suena allí, deberíamos ir a escucharla.

—Geraldine, no. No es su letra.

—¿Cómo lo sabes?

—La comparé con la letra de los versículos de Isaías que le dio a mi abuela en el funeral. Son letras distintas. Vale, vamos a Mónaco ¿y qué? ¿Damos vueltas por las tiendas de lujo y el paseo marítimo a ver si nos cae una verdad del cielo? No entiendo la frase. La persona que lo escribió podría haber sido más concisa.

—Mejor eso que nada.

«Mejor eso que nada», repetí para mis adentros. Hubiera preferido la nada antes que la confusión que me provocaban cinco palabras. Me acaricié el collar. Quité el aire acondicionado y bajé las ventanas.

—¿Para qué has sacado una libreta y un bolígrafo si no apuntas ni una letra?

—¡Yo qué sé, Lluvia! Tener un bolígrafo en la mano da seguridad, te ayuda a reflexionar. Lo leí en una revista. Como que lo de pintarse los labios de rojo te sube el ánimo.

Al escucharla, sonreí.

—Se está nublando, a lo mejor llueve —continuó, atisbando las nubes que nos daban la bienvenida a la provincia de Barcelona.

—Si llueve, nos mojaremos.

—Sí —contestó.

Olivia era mi bolígrafo, mi libreta, mis labios pintados de rojo y mis ruedas de apoyo. Aquella niña, lista y veloz, era confianza y ánimo. Lo que necesitaba. Sus comentarios se perfilaban sólidos como una roca y sabía decir exactamente lo que me hacía dudar. Me recordaba a mi hermana, le daba la vuelta a cada idea hasta marearme. En el fondo, me alegraba tenerla cerca en una situación incómoda y surrealista. Cuatro ojos ven más que dos y el viaje con un confidente al lado era el doble de confortable, aunque a mí se me estaban indigestando los kilómetros.

Cuando aparqué en el área de servicio Porta de Barcelona, en Castellbisbal, Olivia movía la pierna como si tuviera un tic. Estaba nublado. El cielo plomizo y opaco iba a desatar su cólera de un momento a otro.

—Venga, sal, ¡que me hago pis! —gritó fuera del coche con un baile nervioso.

Cogí el bolso y me colgué la mochila donde llevaba los documentos imprescindibles: un enigma sin descifrar, mi hoja de ruta y las pistas que me conducían a un tesoro que ni siquiera atisbaba.

Entramos y nos dirigimos hacia los aseos. No me detuve a mirar, pero vi que la estación de servicio era amplia y diáfana, parecía reformada y no estaba saturada. El ambiente era tranquilo.

—Soy una persona nueva, ahora sí pensaré con claridad —afirmó con gesto de alivio.

Se lavó las manos y nos miramos al espejo. Ella una mulata exótica, yo una rubia con tatuajes, con más pinta de nórdica rebelde que de española responsable.

—Qué guapas somos, eh —dijo, y rio frente al espejo—. En otra vida quiero ser rubia como tú.

Puse los ojos en blanco.

—Anda, tira, vamos a comer y no bebas mucho que no voy a volver a parar.

Después de mirar las posibles opciones, acabamos con dos bocadillos vegetales y un plato de patatas fritas.

—Me encanta el diseño de esta estación de servicio —anunció con la boca llena. Estudió el techo—. Tiene un diseño peculiar. Es la primera vez que veo una estación de servicio con un diseño circular. Cuando sea arquitecta, diseñaré edificios circulares. Y mira —señaló las decenas de lámparas naranjas que colgaban sobre nosotras—, son también circulares, así no rompen el equilibrio que han querido crear. Los elementos fluyen en una dirección. Fluir, qué bonito verbo.

Un trueno nos sobresaltó. Ambas miramos al exterior a través de los grandes ventanales. Caían gotas. Teníamos la tormenta encima.

—A saber dónde estaré yo cuando tú seas arquitecta —pensé en voz alta.

—Estarás conmigo, en las inauguraciones de mis edificios. Aplaudiendo en primera fila. Y a lo mejor tienes hijos y estás casada. O a lo mejor estás metida en la Asociación y…

—No —la corté—. No estaré en la Asociación, hagan lo que hagan no quiero pertenecer a una asociación rara, misteriosa y perversa.

—Tal y como lo dices nadie querría pertenecer a la Asociación. Yo sí. Porque se cuecen acontecimientos extraños a nuestro alrededor y no tenemos ni pajolera idea. Somos unos engañados. Aislados de la realidad creyendo como catetos que lo que vemos y escuchamos es real. El discurso de Máximo Ferreyra me pareció intrigante. ¿A ti no?

—Sí, pero prefiero ser feliz en la ignorancia.

—Lluvia, no te contradigas. Si estás haciendo este viaje es porque quieres salir de la ignorancia.

Me concentré en las nubes. Sí. Quería saber, de mi familia, pero descubrir la historia que escondía mi familia implicaba conocer la cara B del resto del mundo. La segunda parte del contrato no me convencía. No me interesaba. Y era una consecuencia directa de querer saber. No se puede tirar un poquito del hilo, parar y dar media vuelta obviando lo que hay detrás. Sigues y sigues hasta que la verdad te encuentra tiritando a las puertas del frío. Escudos y espadas. Las dos caras de una moneda. Eso era la verdad. Eso era y es querer saberlo todo y salir de la ignorancia. Jugártela hasta que el hilo se acaba.

—Mándale un mensaje a tu madre. Dile que estamos bien, que hemos parado a comer en Barcelona. Voy a por un café.

—Vale. ¿Puedo tomar uno?

—No.

Cuando a Olivia le contestabas con una negativa, no replicaba. Hacía gestos graciosos, involuntarios. Era muy expresiva. No controlaba sus muecas, emociones y sentimientos. Se leían en su rostro. Te gustara o no, Olivia era autenticidad.

—Toma —dejé una chocolatina sobre la mesa—. A falta de café, bueno es el chocolate. Cuando seas mayor tendrás tiempo de tomar café.

—Dice mi madre que si estás muy enfadada. No me ha dicho que te lo pregunte, me lo ha preguntado a mí, pero te lo cuento. Lo que sí quiere saber es en qué hotel nos quedamos a dormir.

—Bien, tema importante. Vamos a dormir en un sitio que se llama Roses. Está a una hora y media de Girona. Y a una hora de Besalú, que es donde tenemos que ir.

—¿Y por qué no nos quedamos en un hotel de Besalú?

—Porque no quiero registrarme en un hotel de allí, donde vamos a preguntar a diestro y siniestro sobre cuestiones poco habituales.

—Lluvia, en cuanto preguntemos rarezas se fijarán en nosotras. Además, no pasamos desapercibidas. Pero vale, si prefieres dormir en otro sitio, por mí perfecto. Tampoco es una mala idea. Roses será nuestro campamento base.

—Campamento base —repetí. Daba la sensación de que ella estaba viviendo una película de ciencia ficción y yo una de terror.

—Sí. Los agentes secretos tienen un campamento base. Donde vuelven y se refugian cuando han terminado de investigar. O cuando han finalizado la misión.

—Olivia, nosotras no somos agentes secretos. Tú eres una niña superdotada de once años y yo una futura diseñadora de tocados que vende casas. Somos eso —susurré con un punto de cabreo.

—Lo que tú digas.

Un segundo trueno causó un estruendo abrumador. La chocolatina le tembló en la mano. Mi cuerpo vibró. Parecía que había caído una bomba en la estación de servicio. El cielo se cubrió de negro y en menos de un minuto un aguacero violento hizo acto de presencia. Lluvias de verano. Vehementes e hipnóticas. Inesperadas como un día de calor agobiante en pleno enero.

—Tenemos que buscar un hotel que está frente a un camping. Es lo único que recuerdo. Estuve con mi madre allí cuando era muy pequeña, una noche. Al día siguiente, recogimos a mi tía y volvimos a Valencia.

—¿En serio?

—Sí. Reservaremos la habitación a mi nombre pero desde tu móvil.

Olivia asintió. No nos costó encontrar el hotel. Se llamaba Goya Park. Tal y como decía la web de reservas, estaba ubicado en un entorno relajante, de fácil acceso y rodeado de canales. A menos de doscientos metros de la playa de Santa Margarita y a unos pasos del centro de Roses por el paseo marítimo. Y estaba frente a un camping. Era nuestro hotel. Hicimos una reserva de dos noches en una habitación doble. No tuvimos problema. Era junio y el boom vacacional no había explotado. El único problema era la lluvia. Diluviaba como si lo fueran a prohibir. No quería conducir con Olivia

169

bajo un aguacero imprevisto. No estaba acostumbrada a conducir bajo la lluvia.

Nos dio tiempo a ver la tienda de comestibles y *souvenirs*. A pensar teorías posibles e imposibles. A analizar al detalle a los presentes en la sala. A tomarme otros dos cafés con leche y ella a comerse dos bollos. Carla me hubiera matado. Nos dio tiempo a cerrar los ojos y a fantasear en silencio mientras oíamos caer la lluvia.

Dos horas después, el manto de agua se convirtió en una fina cortina de gotas intermitentes. Al fin, salimos del recinto y nos subimos en el coche.

—Qué asco de tiempo. Para una vez que me voy de viaje y llueve. A lo mejor es una señal.

—Una señal ¿de qué?

—No sé. De algo.

Arranqué y cogí de nuevo la carretera. Al rato, Olivia estaba durmiendo y yo pensando con el sonido del limpiaparabrisas de fondo. En mi tía, en cómo era posible que existiera una Asociación clandestina y que ella hubiera formado parte de un entramado del que me había hablado Máximo Ferreyra. Pensé en mi madre. Desconocía si ella era consciente de la historia de mi tía Lluvia. Solo sabía que la necesitaba. Que la echaba de menos. Que años después seguía preguntándome el porqué de su pérdida. Pensé en señales. Quizá no era buena interpretándolas y el destino me estaba indicando con una flecha grande y luminosa el camino a seguir y yo había cogido otra dirección. Una dirección con el cielo plomizo y la lluvia desatando su ira. El camino complicado. Mi especialidad.

—¿Hemos llegado?

Olivia se encogió en el asiento. Miró de izquierda a derecha el limpiaparabrisas. Bostezó. De Valencia habíamos salido con un maravilloso tiempo veraniego y en Barcelona habíamos dado un salto al otoño.

—No. Has dormido media hora. Aún queda.

—Tengo frío.

—En el asiento de detrás hay una chaqueta vaquera. Cógela y échatela por encima.

—¿Por qué Isaías?

—Qué.

—¿Por qué Geraldine le dio a tu abuela versículos de Isaías y no de otro? ¿Qué tiene de especial Isaías? ¿Y por qué en el entierro? Geraldine es educada y tiene tacto. Es frío e inapropiado que le diera un escrito extraño el día que enterraba a su segunda hija. Se lo podría haber dado después. Vivían en el mismo edificio. ¿Qué necesidad de entregarle el folio ahí?

Olivia seguía concentrada en los parabrisas, en las gotas de agua. En una historia que había hecho suya.

—Ni idea. Isaías significa salvación, pero no sé qué tiene de especial. No entiendo de religión ni me interesa. Y no sé por qué se le ocurrió la magnífica idea de darle el papel con los versículos en el entierro. Metió el folio en el bolsillo de su chaqueta. Mi abuela me dijo que no volvieron a hablar. A lo mejor Geraldine lo intuía y pensó que mejor ese momento, en que mi abuela estaba más en otro mundo que en este, para aprovechar y darle... no sé, el mensaje o lo que sea que signifiquen los versículos.

—No me cuadra. Geraldine es inteligente. Aunque no se hablaran, se lo podía haber dejado en el buzón o pasar el folio por debajo de la puerta. ¿Puedo leerlos?

—Sí. Están en la caja, dentro de mi mochila.

Mientras ella cogía la mochila y cotilleaba en su interior, yo aminoré la marcha hasta que me detuve detrás de un coche blanco.

—No me fastidies, y ¿ahora qué?

Bajé la ventanilla y me asomé. Mi rostro se cubrió de gotas.

—¡Hay cola! Venga ya. ¡Si es un jueves normal!

—No te indignes.

Era tarde para no indignarme. Cogí el volante y expulsé un gruñido desde el fondo de mi alma. Olivia me miró como si estuviera de psiquiátrico.

Llevábamos quince minutos paradas, sin movernos ni un centímetro, cuando Olivia recitó, estudió y buscó en Internet los versículos de Isaías. Y leyó, leyó decenas de artículos de páginas católicas, periódicos cristianos y la Biblia en verso. Le tuve que suplicar que se callara.

—Voy a llamar a mi hermana con el manos libres. No

hables. Si se entera de que te has venido conmigo y que a ella la he mandado con mi padre, me odiará con más fuerza si cabe.

—Tu hermana no te odia.

—Sí me odia.

El teléfono dio al menos ocho tonos hasta que contestó.

—¿Sí?

—¿Por qué no me cogías el teléfono?

—¿Por qué me llamas desde un número de Saturno? ¡Tú sabes las estafas que hay a través del móvil! Escribí un reportaje y me ha quedado un trauma. No contesto a números extraños.

Apreté los dientes.

—Desde ahora te llamaré con este móvil. ¿Has llegado?

—Sí, he llegado hace un rato. Menudo coñazo, no quiero estar aquí, así que haz lo que tengas que hacer rápido, por favor. Y el taxi me ha costado una pasta.

—¿Has cogido un taxi? ¿No sabes que existe el transporte público?

—Ah, claro. ¿Qué te crees? Que papá vive al lado de Atocha. Vive en Aravaca, lista. Tenía que coger dos metros, un cercanías y andar un montón. Voy con una maleta enorme y estoy cansada. Me he levantado tempranísimo.

—Vale, vale. ¿Has visto a papá?

—Sí. Tiene ojeras y se ha dejado barba, lo veo envejecido. Óscar está muy grande, lo primero que me ha contado es que le han apuntado a clases de alemán. Pobre, al final no va a saber en qué idioma habla. Y Claudia tan pija y falsa como de costumbre. Le he dicho que ha engordado, que está más guapa. Me ha mirado con una cara que no sé ni describirte, Lluvia. Ha sido muy bueno.

—Tú, haciendo amigas.

—No la quiero ni de amiga ni de enemiga. Qué florero de persona. Los estoy viendo desde la terraza, en la piscina comunitaria. Parecen una familia feliz.

—A lo mejor lo son.

—Sí, seguro. Qué tonta eres. Cuanta más felicidad quieren demostrar, más infelices son.

Olivia asintió.

—¿Te ha preguntado papá por mí?

—Sí. Y cuando pregunta por ti pone un gesto extraño, como de amargor. Me enerva muchísimo. Le he dicho que estás metida en un lío increíble y que vas de agente secreto por la vida.

—¡Victoria!

—Es broma. Le he dicho que estás bien, ocupada con el trabajo y los tocados. Y tú ¿dónde estás?

Miré mis brazos sobre el volante, la fila de automóviles, las gotas de lluvia estrellándose contra el cristal.

—En el coche. Parada. Ha caído el diluvio del año, y creo que ha habido un accidente porque esto no es lógico. Me quedan sesenta kilómetros para llegar a Girona y otros tantos para llegar a Roses.

—¿No ibas a Besalú?

—Sí, pero haré noche en Roses. Escucha, te voy a pedir que me hagas un favor muy importante. ¿Recuerdas dónde murió la tía?

Mi hermana calló, extrañada.

—Barrio de Malasaña, calle Velarde. ¿Por?

—Quiero que mañana vayas al edificio y preguntes a los vecinos. Alguno quedará de cuando ocurrió el accidente.

—Que les pregunte el qué.

Me restregué los ojos con las manos y me aclaré la voz.

—Victoria, la tía Lluvia no murió por casualidades fatales. Estoy segura de que alguien la mató, que estaba preparado. Querían que desapareciera y utilizaron la bombona de gas como excusa. Nadie más en el edificio sufrió daños, ningún herido. Ni un vecino estaba en casa esa tarde. Solo ella, la única víctima mortal.

Olivia se quedó perpleja al escucharme. Mi hermana también.

—¿Estás trastornada? Pero ¿tú sabes lo que estás diciendo, Lluvia? ¿Por qué querrían matar a la tía?

Me hubiera gustado responderle, pero era largo de explicar y ni siquiera yo conocía la respuesta certera.

—Sé lo que digo. Ve mañana por la mañana y descubre lo que puedas. Vas a ser la mejor periodista de España ¿no? Te viene de lujo practicar. Alguien tendría que ver a la tía en el

173

edificio. Y si es así quiero saberlo. No le digas nada a papá ni a la otra. Si te preguntan, te inventas que has quedado con una amiga en el centro. ¡Y ve en transporte público!

—¿Y qué más? Estás desquiciada. Tu teoría es de locos, no tiene ni pies ni cabeza. Nadie quería matar a la tía. Nadie. Fue un accidente horrible, pero ¡ocurren accidentes a diario, Lluvia!

—¿Vas a ir o no?

—Sí, voy a ir. No tengo nada mejor que hacer en una ciudad como Madrid...

—Ni se te ocurra decir que eres la sobrina de la mujer que murió allí. Di que eres periodista y que estás haciendo un reportaje de lo que te dé la gana.

—Vale.

—Llámame cuando termines. Y ve con cuidado.

—¿Le digo algo a papá de tu parte?

—No.

No estaba con ánimos de intercambiar mensajes con mi padre a través de mi hermana. Acabarían discutiendo. Victoria no se callaba. Saldría mi nombre y su ausencia. Y mi hermana le diría que no éramos hijas de segunda pero que así nos trataba. El mismo cuento con idéntico final. Discutirían, se reconciliarían y hasta el próximo encuentro. Donde representarían la misma función.

Olivia, que había escuchado la conversación, seguía escudriñando la caja metálica de galletas. Cogía la hoja con el mensaje: «La verdad suena en Mónaco». Lo observaba, pensaba, lo guardaba. Sostenía la foto de mi tía, le daba la vuelta, leía: «No te arriesgues a querer saberlo todo. Nadie es quien parece ser».

—Tiene que ser más sencillo de lo que imaginamos. ¿Y si los mensajes están relacionados, aunque los tres tipos de letra sean distintos? —dijo, concentrada.

—¿Qué piensas de mi teoría?

Olivia relajó los hombros y miró al frente. La lluvia volvía a la carga con fuerza.

—Sorprende, mucho. Pero no es una idea kafkiana como piensa tu hermana. Dentro de este rompecabezas tiene sentido que tu tía se hiciera con algunos documentos trascendentales o que hubiera recabado información confidencial y que fueran a por ella. La información es poder y la gente mata por tener el poder.

—No creo que tengan ningún tipo de relación —señalé con un gesto la caja metálica.

—¿Por qué?

—No lo sé. Simplemente lo creo. Los versículos de Isaías son un mensaje directo a mi abuela, un asunto entre Geraldine y ella. Una especie de código que, por supuesto, mi abuela ni ha nombrado. El mensaje de Máximo en la foto me deja claro que él va por delante de mí en el juego, cuando hablamos afirmó que las piezas volvían al tablero. Me pone en alerta. Pretende confundirme. ¿Cómo sabía que iba a salir de viaje? ¿Micrófonos? Lo que se me escapa es la frase que encontré en el cuadro: «La verdad suena en Mónaco» —tamborileé los dedos sobre el volante—, ¿qué narices significa?

175

14

*D*os horas. Dos largas y densas horas estuvimos paradas, contemplando la llovizna constante. Aquello se estaba convirtiendo en el viaje interminable. Un viaje eterno a lo desconocido. Tenía ganas de llegar y de que lo inverosímil me recibiera con los brazos abiertos.

Estar quieta me estresaba. Tanto que cuando llevaba un rato maldiciendo la inclemencia temporal y mi mala suerte, bajé del vehículo. La fila de coches era larga, se perdía en la lejanía ante mis ojos. Un conductor cincuentón, asqueado como yo, daba paseos arriba y abajo murmurando improperios. Cuando llegó hasta mí, me ofreció un cigarrillo que no acepté.

—La lluvia siempre es un inconveniente —afirmó con voz áspera y cansada.

Me confirmó que había un accidente aparatoso con dos heridos y tres víctimas mortales. Me mostró una expresión compungida, como diciendo: qué pena. El hombre lo sabía porque había llamado a la Dirección General de Tráfico y lo había oído en la radio.

—Si no tienes paraguas, mejor que te metas dentro. Estaremos parados otra media hora y esta lluvia es un calabobos que te empapa los huesos.

Ya estaba empapada por dentro. Mi tormenta interior era una ventisca. Las gotas resbalaban por mi frente, por mi escote. Percibí un silencio lleno de ruido. Me pregunté con cierto abatimiento qué hacía allí, con mi vecina, en mitad de una hilera de coches parados, de camino a Roses. Sentí frío.

Hice caso al caballero y entré en el coche. Olivia estaba igual de inquieta que yo, pero lo disimulaba mejor.

—Un accidente. Tres muertos —anuncié.

Había un punto siniestro en la casualidad. No le quise dar importancia. Si hubiera estado con Victoria, hubiera dicho que a diario se producían accidentes horribles y que moría gente en la carretera. Pero a mi lado no estaba mi hermana, estaba Olivia, y no dijo eso.

—Tres muertos —repitió—. Conducir bajo la lluvia no es fácil. No puedes creerte más listo que la tormenta porque la tormenta tiene el control. Le tengo mucho respeto a los fenómenos atmosféricos.

—Por qué.

—Porque son crueles e inflexibles. Empieza a diluviar, en un despiste no controlas el coche y hasta luego. Tres muertos.

—¿Qué quieres decirme, Olivia?

—Que vivir es aprender a conducir bajo la lluvia —afirmó—. Y que vaya putada.

—Esa boca.

Sonrió mi corrección y se recostó en el asiento.

Vivir es aprender a conducir bajo la lluvia. No sé cuántas veces he rememorado la frase que un día de tormenta me regaló Olivia. Sobre todo cuando he estado a punto de colisionar, tanto real como emocionalmente. Conducir bajo la lluvia es un arte, igual que vivir.

A última hora de la tarde llegamos al hotel. Al ver la fachada y el nombre en letras azules, sentí un alivio inesperado. Un: no sé qué hago aquí, pero he llegado. Y llegar era el premio. Las dos estábamos emocionadas.

La suerte me sonrió y encontré un sitio libre en el pequeño parking que disponía el hotel frente a la puerta principal, en el que no cabían más de veinte vehículos. Olivia salió y se desperezó como si hubiera hibernado durante dos años. Mientras ella hacía ejercicios de estiramientos, estudié el entorno. Yo había estado ahí. De pie entre un camping y el hotel Goya Park con sus seis banderas ondeando al viento. No rememoraba los detalles. Me llegaban imágenes que desaparecían al instante; mi madre sonriendo, su mano en mi mano, un breve paseo por la playa. Sí. La playa estaba cerca. Podía oler el mar y el ambiente descongestionado. El aire me trajo olor a nostalgia, a recuerdos, a lo conocido.

—Vamos ¿o qué?

Entramos en la recepción tirando de nuestras maletas. Veníamos de una guerra que apenas había comenzado. Nuestras caras gritaban que querían una cama y que el amanecer nos trajera un nuevo día.

El *hall* era amplio y luminoso. El mostrador estaba frente a la puerta, detrás de unos sillones de diseño: unos módulos azules y amarillos con formas curvas y sinuosas. Había una pareja de ancianos, con pinta de alemanes, comentándole a la recepcionista lo variado que era el buffet libre, que quedaba a la izquierda y tenía el nombre de Salón Picasso. A unos metros, estaba el Salón Dalí y el Salón Miró. Estábamos rodeadas de arte, y Dalí, de una forma u otra, me perseguía.

Cuando nos tocó a nosotras, la mujer nos saludó con un acento andaluz inequívoco y nos enseñó su mejor sonrisa. Dejé la documentación sobre el mostrador y le dije que teníamos una reserva para dos noches. Lo corroboró al fijar la vista en la pantalla del ordenador. Mientras, Olivia observaba el buzón de Correos amarillo que quedaba a la izquierda de la recepción y las vitrinas con regalos y *souvenirs* que estaban a la derecha. Su mente estaba en funcionamiento.

—Qué niña más linda —afirmó—. A ver si mañana sale el sol y podéis bañaros en la piscina. Habrás traído el bañador.

—Sí —contestó, a sabiendas que no íbamos a tener tiempo para baños relajantes ni chapuzones veraniegos.

—Perdone, si necesitamos quedarnos otra noche, ¿habrá algún problema?

—Ninguno —dijo con mi DNI en la mano—. No estamos en temporada alta, hay habitaciones libres.

—Genial —murmuré.

La recepcionista me extendió la llave, una tarjeta. Dijo que nuestra habitación estaba en la tercera planta. Saliendo del ascensor, pasillo de la derecha. Nos explicó que podíamos cenar en el restaurante o que podíamos pedir lo que quisiéramos por teléfono. Que encontraríamos una carta en la habitación con los horarios y servicios. Si queríamos minibar debíamos pagar un extra y el personal nos instalaría la nevera en las próximas horas. Enumeró todo lo que debía enumerar de forma mecánica y clara. Nos mencionó que existía la posibilidad de que nos subieran el desayuno a la habitación, junto a unas zapatillas y un albornoz. El alquiler de la caja fuerte era de tres euros por día más un depósito. Y nos comunicó que podían prepararnos un pícnic si íbamos a salir de excursión, pero debíamos avisar antes de las tres de la tarde. Nosotras solo queríamos una cama, una ducha en condiciones y dormir. Desconectar. Asentimos el monólogo. Cuando terminó, dimos media vuelta y nos dirigimos a uno de los ascensores.

—¡Lluvia! —gritó la recepcionista.

Me giré sorprendida por la familiaridad con la que pronunció mi nombre, como si me conociera. Me hizo un gesto para que volviera al mostrador. Olivia me siguió con su maleta.

—Se me olvidaba —continuó—. Han dejado algo para ti. Me ha explicado mi compañera que era para una clienta llamada Lluvia y que entraría por la tarde. Tienes que ser tú.

Se agachó y rebuscó en un cajón. Al incorporarse y retirarse la larga melena de la cara, dejó un sobre en el mostrador.

—Aquí lo tienes.

Me quedé estupefacta. Sin habla, sin respiración, sin parpadear. Con una expresión difusa que escondía mi conmoción y caos emocional. Noté cómo un escalofrío recorrió mi cuerpo desde los pies hasta el cuello. Lo noté. Mis pensamientos empezaron a dar vueltas en círculos. Solo miraba el sobre. Un maldito sobre con mi nombre en una caligrafía preciosa. El maldito sobre que había visto antes y me había cambiado los planes. Lo miré, pero no fui capaz de articular palabra ni de alargar el brazo para cogerlo. No sé cuánto duró mi ataque de pánico, pero recuerdo que negué.

—No. No puede ser.

—Muchas gracias —dijo Olivia.

Metió el sobre en su mochila y tiró de mí para dirigirnos hacia el ascensor. A mitad de camino, me paré y volví al mostrador.

179

—¿A qué hora lo han traído?

—No lo sé —contestó atónita ante mi cara blanca y desencajada—. Me ha dejado el aviso mi compañera. Ella termina su turno a las cuatro y entro yo.

—Le voy a pedir un favor. Es importante. Llame a su compañera y pregúntele de mi parte, de parte de la destinataria, a qué hora han dejado el sobre y quién lo ha traído.

—Lo siento, pero no puedo llamarla. Estoy trabajando y, además, ella tiene clases hasta las diez de la noche. No me lo va a coger.

Me aproximé al mostrador y me incliné hacia ella.

—Rocío —leí en una chapa que llevaba en la camisa—, estoy cansada. He conducido todo el santo día bajo una lluvia horrible y me duele mucho la cabeza. Muchísimo. Así que, por favor, no me lo ponga difícil. Necesito saber quién y a qué hora han dejado el sobre para mí. Llame a su compañera. Lo va a coger, porque no vamos a parar hasta que lo coja.

Los ojos de Rocío eran dos puñales y me los clavó. Retrocedió y entró a un cuartito que quedaba a su derecha. Salió con el móvil en la mano. Lo manipuló y descolgó el teléfono de la recepción.

—No —dije—. Llame desde su móvil, por favor.

Colgó el auricular y llamó desde su teléfono.

—No contesta.

—Vuelva a llamar.

Rocío me hizo caso.

—Marta, tesoro, soy yo. Perdona que te moleste, chiquilla, pero es que tengo aquí a una clienta que se llama Lluvia. En tu turno han dejado un sobre para ella. Quiere saber a qué hora lo han traído y quién.

Olivia y yo la mirábamos en silencio. Mi corazón alcanzó una velocidad poco recomendable. Intenté dejar la mente en blanco. Me dio pánico pensar cómo podía haber llegado el sobre hasta la recepción de un hotel de Roses, mi hotel.

—Lo ha traído un chico joven, moreno y delgado. De unos dieciocho o veinte años. Lo ha dejado a las cuatro menos cuarto. Le ha dicho que se lo entregara a Lluvia cuando llegara.

—Muchas gracias, Rocío.

Nos dirigimos al ascensor. Olivia marcó nuestro piso.

—He hecho la reserva desde tu móvil a las tres de la tarde. A las cuatro menos cuarto el sobre estaba aquí. Esto me supera. La puerta del ascensor se abrió. El recibidor de nuestra planta era un gran espejo, un aparador antiguo de madera y dos sillas vetustas de estilo isabelino, tapizadas con un estampado floral. Una a cada lado del aparador. En la pared había un extintor de incendios y un letrero de cristal. Indicaba con una flecha que las habitaciones comprendidas entre la 301-314 estaban en el pasillo de la derecha. Y las habitaciones comprendidas entre la 315-329, en el pasillo de la izquierda.

Me recordó al pasillo de *El resplandor*, no se oía ni un ruido. Anduvimos por la moqueta azul hasta la habitación.

Al entrar estaba el baño, grande y limpio. Olivia se tiró en la primera cama, de noventa, y yo me dejé caer, desinflada, en la cama de cuerpo y medio. Ambas separadas por una mesita. El mobiliario era escaso y antiguo. Dos camas, una mesita, un escritorio apoyado contra la pared, una tele que tendría veinte años y un mueble pequeño para el minibar. También un par de cuadros y un ventilador de aspas en el techo. Suficiente.

Me levanté y descorrí la cortina, era una tela pesada, con motivos florales. Observé con alegría que disponíamos de una terraza con una mesa redonda, metálica, y dos sillas de bar. Las vistas eran placenteras. Vistas a un camping con decenas de árboles y a las montañas inmutables. Necesitaba respirar. Necesitaba el cielo infinito y montañas. La calma que me transmitió el paisaje era lo mejor que me había pasado la última semana.

—Dame el sobre, Olivia —abrí la puerta de la terraza y me senté en una silla. Si me asomaba podía ver mi coche.

Era el mismo sobre de papel grueso y satinado, de color sepia. Con el lacre granate y la flor de loto en relieve. Lo abrí sin mucha dilación.

—Nada. Solo pone: La Asociación.

Estaba harta de la maldita Asociación, de su rapidez, de su control exhaustivo, de su omnipresencia descarada. Sí, eran Dios.

Acaricié la tarjeta y la posible tragedia que escondía.

—Quieren que sepas que ellos saben que estás aquí. Ay, qué trabalenguas.

—Haga lo que haga van a saberlo.

—Han tardado menos de una hora en dejarlo. O tienen pinchado mi teléfono o no sé cómo lo han adivinado.

La reserva la había realizado desde el móvil de Olivia. Solo Olivia, su madre y yo sabíamos que nos hospedaríamos en el Goya Park. Hicimos la reserva en una estación de servicio. Ni siquiera en el coche. Ni se lo había comentado a mi hermana. No dijimos en voz alta el nombre del hotel. ¿Qué se me escapaba? No quería ni podía creer que tuvieran pinchado el teléfono de una niña. No quería.

—Mira.

Olivia señaló un numeroso grupo de gaviotas que danzaban frente a nosotras. Su vuelo era estudiado, una coreografía orquestada. Unos animales grandes y bellos ofreciéndonos una función única.

—Hablan entre ellas —continuó—. ¿Cómo se llama el sonido que hacen?

—Graznido.

Se levantó y se apoyó en la barandilla blanca. Seguimos el baile de las gaviotas de izquierda a derecha, volaban en círculos. Pasamos minutos contemplándolas. Respirando. Su vuelo era hipnótico, como darle el biberón a un gato recién nacido.

—Nunca había visto tantas gaviotas juntas y tan de cerca. Hay muchísimas. El vuelo es perfecto. ¿Cómo puede ser que ninguna se estrelle?

—No lo sé —contesté, mirando al cielo.

Por qué un grupo de aves, de gaviotas, vuelan a la perfección sin estrellarse. Jamás me lo había planteado. Quizá porque había perdido la curiosidad innata de los niños; quizá había dejado la etapa infantil muy pronto; o quizá dejé de hacerme preguntas porque entendí que las preguntas sin respuesta te acababan volviendo loca.

Sin lugar a duda, las gaviotas eran más inteligentes que los humanos, que chocábamos sin descanso y con un furor desconcertante. Sin mantener la distancia prudencial, las líneas invisibles y transparentes. Metiéndonos y desorientando el vuelo del de al lado. Alterando su ruta de entrada o de salida.

Olivia se fue al baño. En la terraza, entre respiración y respiración, entre graznidos y un anochecer que pude tocar, pensé en Geraldine. Dónde estaría metida. *A veces, cariño, para ser recordado tienes que irte.* Intuía que ella se había ido para tenerla presente. Y lo estaba consiguiendo.

Entré en la habitación y me tumbé en la cama. Aún no había abierto la maleta. La ropa de Olivia yacía desparramada encima de la colcha. Clavé la vista en el ventilador del techo. Oí el agua de la ducha.

Estiré el brazo y cogí el móvil.

—Hola.

El señor Collingwood se aclaró la garganta.

—¿Cómo estás, Lluvia? No sé nada de ti desde ayer por la noche. Me tenías preocupado.

—Acabo de llegar al hotel. Le he dicho que no se tiene que preocupar, estoy bien. El viaje ha sido más largo de lo que esperaba, pero estoy bien.

—Tu voz no suena a que estés bien.

Me encogí de hombros aunque él no pudiera verme.

—¿Y a qué suena?

—A mar revuelto y a ganas de huir.

—¿Ganas de huir de algo o hacia algo?

—Qué lista eres. Lo supe desde que te escuché hablando con mi hijo. Lo supe antes que tú.

—¿Qué supo?

—Que eres rápida como una flecha disparada a conciencia.

—No me ha contestado a la segunda pregunta.

—A la pregunta tienes que responder tú, porque eres la dueña de la respuesta.

—Ya —contesté—. Me gustaría contarle los últimos acontecimientos. Quiero saber su opinión. ¿Puedo?

—Adelante.

Su voz me llenó de sosiego. Abrió sus puertas y me ofreció seguridad y confianza. No tardé en ponerle al día. Le relaté mi jornada. Desde el mensaje que había encontrado detrás de *El camino del enigma*, pasando por la visita frustrada a Máximo Ferreyra, la foto con dedicatoria que había abandonado en un cajón y el sobre que me esperaba en la recepción del hotel.

—¿Qué piensa?

Exhaló profundo.

—Que tienes que pensar, Lluvia. Reflexiona. No te agobies.

No ataques si no tienes la presa localizada. Que no te hagan saltar con sus provocaciones. Es lo que yo hacía antes de una gran firma, en mis negocios. Piensa y observa. Observa y analiza. No te adelantes a los acontecimientos. Y no te preocupes por lo que crees que va a ocurrir. Si te han metido dentro del juego es porque puedes ganar.

El señor Collingwood era puro oro. Un bálsamo intrigante.

—No soy buena jugando. Mi tía formaba parte de este juego y ni me di cuenta. He vivido ajena a mi entorno mientras «ellos» tiraban los dados. Qué quiere que le diga. Esto dejó de ser un juego cuando un chico murió atropellado y cuando descubrí, hace unas horas, que es probable que a mi tía la asesinaran. No es un juego si muere gente. ¿Entiende? Y estoy segura de que Luca se dirigía a mi casa, a buscarme, para comunicarme un mensaje. ¡Lo atropellaron al lado de mi calle! Pienso en él y en su familia y me siento un ser humano detestable.

Hubo un silencio. Imagino que cayó en la cuenta de que tenía razón y que el juego del que hablaba era un laberinto martirizante en el que no estaba disfrutando aunque ganara puntos, porque tenía la sensación de que iba a perder, pasara lo que pasara.

—Sí eres buena. Serás buena si no abandonas y no vas a abandonar.

—No me van a dejar abandonar. Dios, yo tendría que estar vendiendo casas a multimillonarios y no en este hotel.

—Estás donde tienes que estar.

—Estoy aquí porque no tenía ni idea de adónde ir. Y porque quedarme quieta no era una opción.

Para el señor Collingwood, la vida fluía y nos ponía donde debíamos estar en el preciso momento. Ni un minuto antes ni un minuto después. Era una especie de gurú zen disfrazado de anciano rico con agorafobia. Lo que lo hacía más atrayente.

—¿Ha hablado con su hijo? —pregunté como quien no quiere la cosa, desviando la conversación. Me mordí el labio. No podía colgar sin nombrar a Pablo. Evocarle fue una necesidad.

—Esta mañana me ha mandado un mensaje. Me ha dicho que se había despedido de ti y que iba al aeropuerto. Le he llamado y tiene el móvil apagado. Estará dentro del avión.

Olivia salió del baño enrollada en una toalla. Bostezó y se sentó en la cama con los hombros alicaídos.

—Tengo que dejarle. Le llamaré pronto.

—Un abrazo, Lluvia.

Colgué con un sabor agridulce en la garganta.

—«No temas, porque yo estoy contigo; te sostendré con mi diestra victoriosa.» Isaías significa Yahvéh y Yahvéh significa «salvación» —afirmó—. Victoriosa viene de Victoria. Tu hermana se llama Victoria.

Fruncí el ceño.

—¿Y?

—Se me ha ocurrido mientras me duchaba. Intento establecer conexiones.

—Sigue estableciendo conexiones poniéndote el pijama y habla con tu madre. Cuando salga de la ducha pediremos la cena y a dormir. Si llaman a la puerta, no abras. Sea quien sea, no abras.

Le di un beso en la frente. Siempre fui más cariñosa con Olivia que con mi hermana.

Entré al baño y dejé caer el vestido al suelo. Me solté el moño. Apoyé las manos sobre el lavabo y me miré desnuda en el espejo. La melena me caía por debajo del pecho. Y la desolación por encima de los hombros como un manto pesado y transparente. Sentía que me habían metido en la jaula de los leones y habían cerrado la puerta. Examiné el techo, las luces, el menaje. Pensé en cámaras y micrófonos.

—Mírame ahora que puedes —dije al aire—. Porque como descubra quién eres y confirme que me has estado viendo, desnuda, te juro que te arrancaré los ojos y se los daré al primer perro que encuentre.

Entré en la bañera. Me sentí ridícula al pronunciar la frase. Probablemente no había nadie espiándome y la paranoia formaba parte de mi imaginación. Pero si alguien, en algún lugar, observaba mi cuerpo desnudo y el de Olivia, quería que fuera consciente de que mi instinto oscuro podía despertar con ganas de guerra.

El agua tibia que resbalaba por mi cuello y entre mis muslos me relajó tanto que me hubiera quedado dormida en la bañera. Pero no dejaba de pensar. Un chico de unos veinte

185

años, moreno y delgado, se había presentado en el hotel cuarenta minutos después de hacer la reserva.

Cientos de hipótesis desfilaban por mi mente. Si la Asociación se había puesto en contacto conmigo era porque necesitaba mi ayuda. A lo mejor para resolver asuntos relacionados con mi tía. ¿Habría dejado pendiente un conflicto de gran envergadura antes de morir? Lo que ellos desconocían es que yo no les podía ayudar, porque no sabía nada. O puede que lo supieran y no les importara. Jugar conmigo les resultaba factible. Había mordido el anzuelo. No había llamado a la policía. Me pregunto qué hubiera pasado si hubiera levantado un teléfono o me hubiera acercado a una comisaría a denunciar lo sucedido. Ahora no estaría contándote esta historia.

Al salir del aseo, me encontré a Olivia durmiendo con la boca abierta. En una mano tenía los versículos de Isaías y en la otra, cerca del pecho, el móvil. Había puesto la tele muy bajita. Si no oía el runrún no podía conciliar el sueño. Era su particular y efectivo somnífero. Cuando se quedaba en mi casa, se dormía en el sofá del salón porque en las habitaciones no teníamos televisor. Y luego, la llevaba en brazos hasta mi cama o al estudio. Me acerqué y le quité el folio, el móvil y la tapé con la sábana. Apagué la tele y salí a la terraza. Respiré aire puro. Respiré. Me fijé en las luces encendidas del camping. Olía a lluvia y a tierra mojada. Las tormentas habían removido el ambiente y el aire se había convertido en una brisa húmeda. La luna se dejaba ver intermitentemente entre las nubes, que danzaban desde el mar hacia el interior. Ya no había sonido de gaviotas ni vuelos hipnóticos. Recordé la pregunta de Olivia. «¿Por qué no se estrellan entre ellas?»

Me asomé a la barandilla para constatar que mi coche seguía aparcado. No había vehículos circulando por la carretera, solo uno estacionando frente al hotel. Iba a entrar en la habitación, cuando me quedé mirando el coche que acababa de llegar. Apunté con la cabeza y abrí bien los ojos.

—La madre que me parió.

Entré en la habitación como un trueno que responde al rayo. Me puse las chanclas y cogí el móvil. Observé el sueño plácido de Olivia. No sabía si despertarla o no. No la desperté. Salí de la habitación con el corazón bombeando a mil. Cerré despacio y corrí por el pasillo hasta que llegué al ascensor. Estaba ocupado. Bajé por las escaleras y aparecí en la recepción con el pelo mojado y en pijama de verano.

—Pero ¿tú qué haces aquí?

Pablo, que estaba en el mostrador, sonrió mi gesto de escepticismo que acompañé con aspavientos. Me había dejado el aliento y la cordura en la habitación, casi sufro un infarto al reencontrarme con su rostro.

La recepcionista, arqueó las cejas, miró a uno y a otro. Sí, Rocío pensaba que estaba desequilibrada.

—Yo también me alegro de verte —afirmó como si fuera verdad—, ¿en qué piso estáis?

—En el tercero.

—Por favor, la habitación que esté en el tercer piso —le dijo, ella asintió su petición.

—Pero ¿eres tonto o qué te pasa? ¡Que no quiero que te quedes!

—Y yo no quiero un numerito —contestó sin girarse, en tono neutro.

187

Un par de matrimonios que pasaban por el *hall* me escanearon. Me mordí la lengua hasta que me dolió. Rocío le devolvió la documentación y le entregó una tarjeta. No sé si por falta de ganas o porque quería que desapareciéramos lo antes posible, pero a Pablo no le soltó el rollo de los extras y servicios de los que disponía el hotel.

Puso su mano en mi hombro, indicándome que fuéramos hacia el ascensor.

—No te vas a quedar —dije entre dientes.

—Me voy a quedar.

Una flecha roja indicaba que el ascensor bajaba.

—¿Cómo sabías que estábamos en este hotel?

—Deberías secarte el pelo —afirmó con un mechón de mi melena entre sus dedos—. Te pones muy sexy cuando te enfadas, pero no me mires como si quisieras aniquilarme, Lluvia, que no es para tanto. En el desayuno le he dado mi número a Livi, le he dicho que me escribiera cuando supierais dónde os alojaríais. No iba a venir, te lo juro. Quería saberlo solo por... no sé, por saberlo. Pero he llegado al aeropuerto y había huelga de controladores. Un desastre. Una de las chicas de la compañía me ha comentado que con suerte podría viajar mañana por la mañana. Aún no había devuelto el coche de alquiler. Me he ido a la playa de la Malvarrosa y he dado un largo paseo. Después de comer en un chiringuito, he recibido el mensaje de la niña. He venido porque si os pasa algo tendría remordimiento de conciencia. No me lo perdonaría. Mi padre seguro que avala mi decisión. Se alegrará.

Quise matar a Olivia.

El ascensor se abrió y entramos. Marcó el tres.

—A ver si me entero. ¿Has venido por tu padre, para calmar tu remordimiento o por miedo?

—¿Por miedo a qué?

—A no verme más.

Alargué el brazo y pulsé el botón de parada. El ascensor se frenó en el segundo piso. Me acerqué a él. Nos separaban treinta centímetros. Analicé su expresión. Su aparente tranquilidad no desaparecía.

—¿Quién eres?

Pablo frunció el ceño.

—¿A qué viene esa pregunta?

—Solo Olivia, su madre, tú y yo, sabíamos que nos hospedaríamos en este hotel. Cuando he llegado había un sobre de la Asociación esperándome en la recepción. Qué extraño ¿no?

—¿Tú consumes drogas?

—¿Tú eres imbécil?

Pablo se echó a reír.

—Estoy aquí. Un poco imbécil sí soy. No le voy a dar importancia a tu comentario porque la Asociación te está desequilibrando. Pero ha sonado ridículo. Cuando se lo cuente a mi padre entenderá por qué no puedo contigo. Por una parte me alegro, pero maldigo la hora que llamaste a mi casa. No sé por qué he venido. Si sigues desafiándome y diciendo estupideces me iré. —Pulsó el botón—. Que tampoco eres tan guapa.

Sonreí. Era realmente atractivo y tenía unas pestañas larguísimas.

En el tercer piso, se abrió la puerta. Me adelanté y me siguió con la maleta arrastras por la moqueta azul. Le habían dado la habitación que quedaba frente a la nuestra. Él tenía vistas a la piscina.

—No te irás —metí la tarjeta en la ranura—. Mañana a las ocho aquí. Desayunamos y nos vamos a Besalú. Buenas noches.

—Buenas noches.

Estaba excitada y nerviosa. Sabía que era Pablo Collingwood porque lo había buscado en redes sociales y lo había investigado. Me había metido en la web de su trabajo. Salía su foto, iba vestido con traje de chaqueta. Había leído su currículum y lo había visto en imágenes de eventos y congresos. Había llamado a su empresa y me habían confirmado que estaba de vacaciones, que podía localizarlo en el móvil. Le llamé con número privado y me contestó.

Lo siento, cariño, pero al principio te convertirás en una paranoica que duda hasta de su propia sombra.

Me tumbé y agarré la almohada con fuerza. Olivia seguía en la misma posición que la había dejado. Había cierto encanto en Pablo que me hacía saltar y que alteraba mis sentidos. Su mirada penetrante, su temple ante mi locura pasajera.

¿Te preguntas si me estaba enamorando? Sí.

189

15

*P*ájaros. Me despertó el sonido de los pájaros. Andaban revolucionados, pero me gustó la banda sonora. En Valencia oía el despertador y el tráfico rutinario de una jornada laboral. No pensaba en pájaros ni en naturaleza cuando despertaba. Descorrí la cortina. Había amanecido nublado. Algún rayo despistado se colaba con dificultad entre la manta de nubes que cubría Roses. Salí a la terraza. Inspiré calma. Era una sensación olvidada. Miré las montañas. Los árboles del camping. Estiré los brazos como si fuera una gimnasta que cae en la colchoneta al finalizar su ejercicio.

—Qué te crees, ¿la de *Titanic*?

—Gracias por joder mi momento de paz.

Olivia remoloneaba entre las sábanas. Bostezó y se sentó en el borde de la cama.

—Tengo hambre.

—Estoy enfadada contigo. Muy enfadada.

—Por qué —preguntó sin inmutarse.

Le dije que me había defraudado y casi se pone a llorar. Era una niña muy dura, pero también muy sentida si decepcionaba a quien quería. Me pidió mil perdones. Aseguró que no abriría la boca y que no le mandaría mensajes a nadie. Argumentó que lo había hecho por mí. Para que nos volviéramos a ver. «¿Te he pedido yo que le mandaras un mensaje?». Olivia negó, seria. Y minutos después, obviando mi rapapolvo, aseguró que estaba feliz porque Pablo se había presentado, por la noche, como un valedor de cuento. Era complicado discutir con ella.

Salimos al pasillo y ahí estaba él, con las manos metidas en los bolsillos de los pantalones, con gorra y una mochila a la espalda. En cuanto Olivia le vio, se acercó sonriente y le dio dos besos. Pablo respondió con un abrazo. No entendía la complicidad que había nacido entre ambos, como si se conocieran de toda la vida. Ellos parecían entenderse. Yo no.

—Vamos.

Desayunamos en el bufé del hotel. Olivia hacía viajes y analizaba las bandejas con dulces. Pablo y yo nos mirábamos mucho pero hablábamos poco. Disputábamos una lucha visual, intermitente pero directa. Dábamos la imagen de una pareja que ha discutido por la noche y se ha acostado sin hacer el amor y, por supuesto, se ha levantado con un punto de orgullo desafiante. No nos molestaba el silencio que envolvía nuestra mesa, pero él lo rompió en cuanto Olivia se levantó a por un vaso de zumo.

—¿Qué tal has dormido?

—Bien, ¿y tú?

—Regular.

—Si quieres puedes quedarte. No hace falta que nos acompañes.

—No he venido para quedarme en la habitación.

—Es verdad —asentí—, tu remordimiento de conciencia. Los que no te dejarían vivir si nos pasara algo.

—Exacto. Y el miedo a no verte más.

Gesticuló de forma sugerente. No me moví, pero me tambaleé en la silla como si estuviera ebria. Olivia volvió con zumo y un plato lleno de bollos de chocolate. Para los tres. Me resultaba tan extraño eso de «los tres» que no quería ni parar a pensarlo.

A las nueve estábamos fuera. Las banderas ondeaban al viento. Pablo y yo tuvimos la primera discusión de la mañana ante la estupefacción de Olivia, que lo estaba pasando en grande. Se empeñó en que debíamos coger su coche en vez del mío. Cinco minutos con la pelea de manual: «En mi coche. No, en el mío. Vale, pero conduzco yo. No, conduzco yo. Eres insufrible. Si no te gusta lo que hay, te vas…». Y así hasta que me dejó por imposible y me lanzó al vuelo las llaves del coche de alquiler.

—Cómo te gusta empezar una discusión.

—Me gusta más terminarla.

Del trayecto a Besalú, recuerdo los bosques frondosos que quedaban a un lado y otro de la carretera. Había pasado tanto tiempo colgada de un teléfono que se me había olvidado cómo era un bosque. Redescubrirlo fue reconfortante. Un acto sencillo. Mirar el verde de los árboles me regaló años de vida. Volví al origen real de la existencia.

Cuando llegamos, estacionamos en un pequeño parking junto a un bar cafetería. Había autobuses llenos de turistas con sus cámaras preparadas.

—¡Qué pasada!

Sí, era una pasada. Lo que veíamos desde el coche era espectacular. Teníamos una postal frente a nosotros. Una ciudad medieval conservada de manera exquisita, con cinco kilómetros de extensión. Antes de cruzar el puente fortificado que nos daba la bienvenida a Besalú, entramos en la oficina de turismo, a unos metros de donde nos encontrábamos. Cogimos folletos, un mapa y un tríptico del Museo de Miniaturas, que tal y como me había dicho Victoria, estaba en la plaza de Sant Pere, a la izquierda del monasterio.

Al salir, mientras Olivia y Pablo hacían fotos, analicé el entorno. Dos restaurantes, un hotel y varias tiendas de *souvenirs* y productos típicos de la zona. Estudié el mapa, los números pintados en rosa con su respectiva leyenda. La sinagoga, el Miqvé; descubierto en los años sesenta durante unas excavaciones, los restos arqueológicos, el antiguo molino de harina y una decena de puntos marcados que me hubiera encantado visitar.

—Venga, vamos.

Cruzamos el puente, sobre el río Fluvià, y saltamos a otra dimensión, a otra época. Una guía rodeada de turistas explicaba que las primeras referencias históricas databan del siglo XI, que estaba formado por siete arcadas y tenía más de cien metros de largo. Olivia se quedó parada, a escuchar, como si fuera del grupo. La torre medía treinta metros y en la época medieval se instaló en ella el pagus condal.

Me acerqué y saqué disimuladamente a Olivia del círculo.

—Jo, estaba diciendo lo importante. Que volaron el puente en la Guerra Civil.

—Cuando seas mayor, vienes y haces una ruta.

Olivia refunfuñó. Solo a una niña como ella podía interesarle la historia y la Guerra Civil.

Al llegar a la otra parte, me frené en la calle Pont Vell y desplegué el mapa bajo la analítica mirada de Pablo y Olivia.

—A ver —dije— vamos a la plaza de Sant Pere. Tenemos que atravesar la plaza Llibertat, la calle Canó y estamos.

Por suerte, las distancias eran cortas.

—¿Para qué? —preguntó Pablo.

—Porque ahí está el museo, donde antiguamente se ubicaba parte de la fábrica donde trabajó Magnusson. Quiero ver la plaza.

—¿No deberíamos ir al ayuntamiento y preguntar allí por Abel Magnusson?

—En el ayuntamiento no nos darán información —callé y reflexioné—. Si quisierais enteraros de un cotilleo o una historia, ¿adónde acudiríais?

—A Internet o a una hemeroteca —contestó Pablo.

Olivia me observó, pensativa.

—A un bar —dijo.

Sonreí.

—Esa es mi chica. —Me acerqué y le di un beso en la frente.

De camino a la plaza, paré a varias mujeres y hombres de cierta edad, que me parecían vecinos de Besalú y no visitantes de paso. Ninguno supo contestarme. No les sonaba el nombre de Abel Magnusson. Me ofrecían expresiones de desconocimiento absoluto. Yo agradecía la nula información.

Entre paradas, preguntas y fotos, tardamos diez minutos en llegar a la plaza. Era preciosa y grande, estaba reformada, pero la esencia del pasado vibraba en ella. La presidía el majestuoso monasterio de Sant Pere. Del monasterio benedictino original se conservaba la iglesia. Había turistas haciéndole fotos y una guía señalaba la ventana más alta. Una ventana con cuatro arquivoltas labradas con motivos geométricos y vegetales. A ambos lados había dos leones con cara diablesca. Uno pisaba una serpiente. El otro, un mono.

Estudié el edificio que albergaba el museo. Era precioso, un edificio de tres pisos pintado en color salmón. En la fachada había numerosas ventanas y balconcitos con plantas y palmeras. Eran las ventanas originales, pero pintadas de azul turque-

193

sa. El colorido le daba vida a la plaza, sobre todo en días nublados como el de aquella jornada próxima al verano.

Observé junto al Museo de Miniaturas, otro edificio antiguo, con solera y encanto. En la planta baja había una tienda y un taller de artesanía y vidrio. Al lado, haciendo esquina, vi un bar con una terraza. Conté cerca de diez mesas bajo un toldo color crema. No era el único bar. Había dos o tres terrazas frente a edificios bajos y árboles plantados en forma semicircular.

—Voy a entrar en ese. Vosotros quedaos aquí. No os vayáis de la plaza. Y tú —me dirigí a Pablo— no la pierdas de vista.

Los dos asintieron sin prestarme atención. Señalaban un edificio y otro. Buscaban datos en los trípticos. Intercambiaban ideas.

Entré en el bar. No había mucha gente. Pero los presentes, incluido el camarero, me miraron como si fuera de otro planeta. Me senté en un taburete. Dejé el mapa, la libreta y el bolígrafo en la barra.

—Buenos días, ¿qué te pongo?

—Un café con leche, por favor.

A mis espaldas, hablaban de fútbol, injusticias y fichajes de verano.

—¿Turismo? —dijo el camarero, de mediana edad, al dejar el café.

—Y trabajo. Soy periodista —mentí—, estoy haciendo un reportaje sobre Besalú.

Advertí cómo los hombres bajaban el tono para escucharme.

—Lo tienes fácil. Cientos de periodistas y turistas han escrito sobre Besalú. Tienes información para escribir un libro.

—Lo sé. Pero estoy buscando información… especial. No lo que suelen contar las webs o los periódicos.

—¿Qué tipo de información?

—Enfocada a la vertiente artística de la zona. Esta tierra es cuna de genios.

—Genios y aspirantes sin lámpara.

—¿A usted le suena un artista llamado Abel Magnusson? Vivió en Besalú durante una temporada.

194

Se acarició la barbilla.

—Ni idea. Y no me llames de usted, mujer. ¿A vosotros os suena un tipo llamado Abel Magnusson? —preguntó a los habituales en catalán. Ellos negaron—. A lo mejor mi padre lo conoce. —Miró un reloj colgado en la pared—. Vendrá en un par de horas.

—Gracias.

Bebí un sorbo del café. El maldito Magnusson solo existía sobre un papel. No podía irme sin descubrir nada. Los minutos pasaban y el agobio empezaba a bloquearme.

Llamé al camarero con un gesto y se acercó. Me incliné hacia él.

—Te voy a hacer una pregunta que va a sonar extraña, pero te aseguro que tiene un porqué.

—Dispara.

—También busco a otra persona. Un hombre mayor, un anciano con problemas con el alcohol. Por lo menos hace años.

El camarero arqueó las cejas.

—Buscas a un borracho —susurró.

—Eh… sí. Busco a un borracho de Besalú.

—Un anciano borracho.

—A ver, desconozco si ahora es un alcohólico, pero en algún momento lo fue. Ni siquiera sé si está vivo.

—No sé si voy a poder ayudarte.

—Va. Este lugar tampoco es tan grande. Aquí os conocéis todos, ¿no? Si hay un borracho, un ladrón o una puta, seguro que es vox pópuli. —Hice una pausa—. Por favor.

—Espera.

Salió de la barra y se dirigió al fondo del bar hasta que lo perdí de vista. Esperé y me terminé el café con leche, bajo la mirada escrutadora de los parroquianos. Intuí que nunca habían visto a una chica con los brazos tatuados. Una chica sola y joven, con un vestido corto, en la barra de un bar.

El camarero volvió con un trozo de papel que dejó junto a la taza.

—El primero murió hace años. Su mujer y su hijo viven aquí. —Señaló la dirección—. El segundo no se deja ver por los bares. Abandonó el vicio y se convirtió en un ermitaño. El tercero es más joven, tendrá sesenta y pico. Lo encontrarás en

195

cualquier bar del pueblo. A mi padre no le suena Abel Magnusson, pero él de artistas sabe poco.

Cogí el papel, me levanté y dejé tres euros en la barra.

—Mil gracias.

—De nada. Suerte con tu reportaje.

Me puse las gafas de sol, seguía nublado, y salí del local. A lo lejos, vi a Pablo y a Olivia leyendo una placa grabada en una pared. Atravesé la plaza.

—Qué.

—No saben quién es Abel Magnusson. Pero me ha dado unos nombres y unas direcciones de los más borrachos del lugar.

—Guay —dijo Olivia—. Jordi Pujol inauguró las obras de la remodelación de la plaza. —Señaló la placa—. ¿Sabes qué? En el Museo de Miniaturas hay una Torre Eiffel construida sobre una semilla de amapola y un elefante bailando sobre la punta de una aguja. Pablo me ha prometido que luego podemos entrar a verlo.

Acribillé al inglés con la mirada.

—Solo si nos sobra tiempo.

—Vale. ¿Siguiente parada?

—La calle Mayor.

Olivia desplegó el mapa y echó a andar delante de nosotros.

—Te encanta ser el bueno de la película.

—Según qué película.

—Pues que te quede claro que esta película la dirijo yo. Tú eres un espectador. Así que no le hagas promesas que no vas a cumplir, eso ya lo hace su padre.

Pablo me enervaba y me atraía a partes iguales.

Al llegar a la calle Mayor, paramos a los pies de un edificio color beige. Tenía un balconcito en el segundo piso decorado con maceteros sin plantas. Las ventanas eran de madera, antiguas. Ningún edificio superaba las tres alturas y muchos eran de piedra. La imagen era homogénea, equilibrada, perfecta.

—Es aquí. A ver quién nos abre.

Toqué al timbre. Esperé. Volví a tocar. Al minuto, abrió la

puerta un anciano con bermudas que dejaban a la vista sus piernas huesudas. Llevaba una camisa de manga corta. Lo sujetaba un bastón y no parecía borracho.

—Buenos días, soy Lluvia. ¿Es usted el señor Bosco?

No contestó. Se mantuvo en silencio, ausente, bailando entre pensamientos que no podía intuir. Se aproximó, despacio. Me analizó minuciosamente. Me observó como si estuviera viendo una especie en extinción a través de una lupa. Igual que los del bar, pero con una mirada distinta. Cómplice. Significativa. Una mirada llena de dudas.

—Que me parta un rayo en dos si eres tú.

El anciano se mostró desubicado.

—Te conozco, pero... no. Es imposible —añadió.

—No me conoce. Se está confundiendo.

Alargó el brazo y sostuvo mi collar con delicadeza.

—Tú viniste a esta casa hace muchos años. Estuviste tres o cuatro días visitando a mi hermana.

—¿Cómo?

—Lluvia. Estoy seguro.

Abrí la mochila que llevaba a la espalda y saqué la fotografía de mi tía. La que Máximo había dejado olvidada para mí.

La puse delante de sus ojos.

—¿Usted conoció a esta mujer?

Miró la instantánea. Me miró.

—Sois... iguales.

—Parecidas. ¿¡Mi tía Lluvia ha estado aquí!?

El diálogo iba deprisa y no me daba tiempo a sorprenderme. Pero estaba impresionada, perpleja. El anciano asintió y nos invitó a entrar. A mi espalda, Pablo y Olivia seguían el intento de conversación. Pude adivinar sus caras.

Entramos y anduvimos por un largo pasillo que nos condujo a un salón amplio y vetusto, con mobiliario rococó y cuadros de antaño, entre los que destacaba un bodegón.

—Esto no me lo esperaba por nada del mundo. Pensaba que era Vicent con el correo. Lluvia. Lluvia. Qué sorpresa. No me digas que has venido a Besalú para verme.

—En parte. Venía a preguntarle por una persona —reflexioné, desvié la mirada—, pero ahora sospecho que estoy aquí por otro motivo.

—¿A preguntarme por quién?

No dejaba de pensar que mi tía había estado allí.

—He venido porque necesito su ayuda. Para preguntarle por un señor que se llama, o se llamaba, Magnusson, Abel Magnusson. Vivió en Besalú a finales de los años treinta. Trabajaba en la antigua fábrica de Cal Coro. Agradecería cualquier tipo de información sobre él. Me han dicho que usted podría ayudarme.

—Abel Magnusson. Madre del amor hermoso.

El anciano se dejó caer sobre el respaldo de la silla. Esbozó una sonrisa. Pensó. Se levantó y se dirigió a un mueble. Empezó a sacar cajas. No se pronunciaba. Abría y cerraba cajas que amontonaba en una torre. Nosotros tampoco hablábamos. Después de un rato de búsqueda, se aproximó y dejó una fotografía en la mesa. Una fotografía de gran tamaño en blanco y negro. Antigua, raída por el tiempo y con una nitidez mejorable. En la instantánea había medio centenar de personas posando. Era como las que nos hacían en el colegio cuando éramos pequeños con la clase al completo. Estaban dispuestos en filas de diez o doce personas. La mayoría eran mujeres. Algunas aparecían con semblante serio. Otras sonreían. Había pocos hombres, ocho o nueve. Cuatro de ellos estaban sentados en el suelo, bajo la marabunta de féminas ataviadas con camisas similares.

—Trabajadores y trabajadoras de la fábrica de los Hermanos Corominas. Fotografía del año 1936 – 1937 —afirmó por encima de mi hombro. Su dedo índice señaló una chica en la segunda fila empezando por arriba.

—¿Quién es? —pregunté.

—Magnusson —contestó—. La señorita Geraldine Magnusson. Ella trabajaba en la fábrica. Su marido, Abel Magnusson, nunca trabajó en Besalú.

—¿Geraldine?

—Sí, Geraldine, una francesa muy pizpireta aunque en la foto no lo parezca.

—¿Su marido Abel Magnusson?

—Su marido.

Me recogí la melena en un moño.

—¿Podría traerme un vaso de agua?

—Por supuesto.

Aún con la vista clavada en la fotografía, Olivia en la otra parte de la mesa llamó mi atención.

—¡Ves! ¡Ves! —susurró con cara de loca y me miró como si yo fuera imbécil—. Geraldine no nos habló de su hermano, ¡porque no tiene hermanos! ¡Te lo dije! La conozco.

La mandé callar con un gesto. El señor Bosco irrumpió con una jarra de agua y tres vasos. Era mayor pero no le temblaba el pulso.

—Abel Magnusson. Lo había visto un par de veces en El Café. Me parecía un tonto de solemnidad. Un crío con aires de grandeza y debilidades, con muchos sueños y expectativas. Venía de Francia como un pincel, contaba que había conocido a Dalí en la «Exposition Surréaliste d'objets» en la Galerie Charles Ratton, de París. Quería instalarse por la zona porque mantenía contacto con el maestro y con artistas que residían en Collioure. Decía que quería seguir los pasos de Matisse y André Derain. Hablaba de movimientos vanguardistas, estilos y tontadas que los habituales asentían como si supieran. Su discurso daba a entender que se codeaba en círculos elitistas. Tenía don de gentes —afirmó, pensativo—, era un joven afable que sabía engatusar al personal. Hizo amistad con hombres de Besalú que empezaron a tenerlo en estima. Algún parroquiano le dijo que mi hermana trabajaba en la fábrica y una tarde se acercó y entabló conversación conmigo. Me pidió ayuda. Magnusson hacía el ganso de aquí para allá y quería tener entretenida a Geraldine. Era una niña, tenía catorce o quince años. Cuando se hicieron amigas, le confesó a mi hermana que lo suyo fue un matrimonio concertado. La madre era íntima de los padres de él, buena familia. Imagino que vio una oportunidad de oro para asegurar el futuro de su hija. Se habían casado tres meses antes en París.

Estábamos anonadados. No formulamos preguntas y el señor Bosco siguió relatando sus recuerdos como si se estuviera viendo en ellos.

—El Café estaba bajo las bóvedas, ahí en la plaza Llibertat, donde ahora está la tienda de electrodomésticos. Abría los domingos y la gente iba después de comer hasta la hora de ir al cine. Desde El Café, y a través de un pasillo, se accedía a

199

una sala de baile, la llevaba el Joan. Su gramola era la más famosa de la comarca. A El Café venía gente importante; artistas, capitanes... Se hacían reuniones clandestinas. Durante la guerra, el mariscal Tito se convirtió en un habitual del lugar. Un hombre educado y formal. Dicen que nunca estuvo en España, pero es mentira. Sin ir más lejos, mi amigo Tonet tenía una foto con él, nos la enseñó hasta que murió. El mariscal Tito venía por aquí en el año treinta y seis. Cierto es que en aquel tiempo se encontraba en París, colaborando con la oficina de reclutamiento para las Brigadas Internacionales que apoyaron la Segunda República durante la guerra. El caso es que viajaba de París a Besalú, no sé por qué, siempre lo acompañaba el mismo brigadista, un tal Latinovic. Decían que se veía con una joven del pueblo que le había robado la razón. Chismes.

—Así que usted habló con su hermana y metió a Geraldine en la fábrica.

—Sí. Mi hermana trabajaba en la sección de acabados y preparación de encargos, junto a cuatro mujeres mayores que ella. Tenía una relación estrecha con la chica que trabajaba en el despacho. Era jovencita pero muy avispada. Estuvo hasta el final de los días de Cal Coro. El caso es que habló con uno de los jefes, le contó la historia de Magnusson y a la semana, Geraldine empezó a trabajar en el almacén de los Corominas. Con eso de que hacían pedidos de Francia y ella era francesa, les venía bien tenerla en plantilla. Encontró habitación donde la Mercè y el Pere, que trabajaba en el Ferrocarril, en la compañía MZA (Madrid – Zaragoza – Alicante). La Mercè tenía cuatro varones que había criado en una gran casa, ahí en la calle Ganganell. Se le había muerto la única hembra con veinte años de una meningitis fulminante. Cómo sentimos su muerte. Ella no derramó ni una lágrima, ni una. Pasábamos a darle el pésame y ni se inmutaba. Que Dios me perdone, pero jamás he visto a una amortajada más guapa que ella. Era un ángel. Y muy simpática. Tenía un ojo de cada color y estudiaba piano con la madre Asunción, que era organista en la iglesia. La religiosa tenía un genio de mil demonios, pero un oído de alabanza. La Mercè. No ha enterrado gente... Hace unos años murió su nieto, el del mayor, que vive en Madrid. Un soldado caído por España —negó— que dio su vida en acto de servicio. Una corona de laureles, eso le ponen cada año los que mandan. Una mierda de corona.

Me dio la sensación de que el señor Bosco llevaba una eternidad sin hablar con alguien y le estaba sacando partido a mi visita.

—¿Trabajaba mucha gente en la fábrica? —pregunté con la fotografía entre mis manos. Analizando a Geraldine.

—Y tanto que sí, fue una de las primeras fábricas de Besalú. Al principio eran más de cien trabajadores. Todas mujeres excepto una decena de hombres que trabajaban de mecánicos reparando y fabricando máquinas. Cuando se cerró en 1981, solo quedaban siete trabajadores. Fue decayendo hasta que no pudieron superar la crisis. Qué lástima, cómo se fue al garete. Pero los cambios mandan y las modas van deprisa. No pudieron adaptarse a los nuevos tiempos.

—¿A qué se dedicaban exactamente?

—Fabricación de género de punto, sobre todo calcetines, más tarde se animaron con la producción de jerséis y otras piezas de vestir. Tenían clientela en España y en el extranjero. También trabajaban para la intendencia del ejército. En el año 1940, como resultado de una inundación, cambió de ubicación. Pasó de la calle Molí, donde estaban los tintes, a los claustros del monasterio de Sant Pere, donde estaba el taller mecánico y la mayor parte de la industria. El edificio que ahora es el museo era una parte pequeña de la fábrica. No me hagas mucho caso, pero creo recordar que ahí estaban las oficinas y las viviendas.

—¿Cuánto tiempo trabajó Geraldine en la fábrica?

—Poco. Tres o cuatro meses. Se hizo íntima de mi hermana y venía mucho a casa. Luego, ella y su marido se fueron de Besalú. Sé que Geraldine se carteó con mi hermana una larga temporada.

—¿Y usted no supo nada más de Abel Magnusson?

—Aparecía de vez en cuando y nos ponía al día de sus logros y sus travesías. No paraba quieto. Tan pronto vivía en Cadaqués como en Collioure o en Barcelona. Recuerdo que allá por 1938 se inauguró en la Galerie Beaux-Arts de París la «Exposition Internationale du Surréalisme». Una exposición rara, organizada por André Breton y Paul Éluard. Nos dijo que había acompañado a Dalí con otros jóvenes. Trajo un periódico y fotografías. Allí expuso el famoso *Taxi lluvioso*, el Cadillac que está en el patio central del Teatro–Museo Dalí, en Figueres. Madre del amor hermoso, cuántos años que no piso el museo.

Olivia abrió los ojos como si se le fueran a salir de las órbitas. Ella me había hablado del Taxi Lluvioso. Geraldine le había hablado de él antes de desaparecer.

—¿Cuándo fue la última vez que vio a Abel Magnusson?

—Hace una eternidad que no veo a Magnusson. No lo sé. No sé qué fue de él.

—Lo vio en 2007 —afirmé.

—¿Sí?

—Sí. El veinticinco de agosto de 2007. En la inauguración de Micromundi.

—Sabes más que yo, entonces —contestó con semblante serio.

—¿No lo recuerda?

—No. Recuerdo que el día de la inauguración había un gentío horrible en la plaza y además se celebraba una boda. Pero ¿que yo vi a Abel Magnusson? Lo dudo. No pondría la mano en el fuego porque en 2007 era un alcohólico, un despojo humano, pero lo dudo, y mucho. No sé ni qué aspecto tiene. No lo reconocería.

—Y su hermana, ¿podría hablar con su hermana?

—Murió hace cinco años. Los mismos que llevo sin probar una gota de alcohol. Se lo prometí en el lecho de muerte.

Me quedé despagada. Las personas que podían ayudarme estaban muertas o desaparecidas.

—¿Usted no trabajaba en la fábrica?

El anciano enfocó a la niña con sorpresa. Había estado tan callada que su presencia simulaba un espejismo.

—No. He trabajado en el campo, en una empresa de metalurgia, en hostelería… Aprendiz de todo, maestro de nada.

—Hábleme de mi tía, por favor. ¿Cuándo estuvo aquí y por qué?

Se acarició la sien. Deslizó su mano hasta la nuca. Analizó los tatuajes de mis brazos antes de responder.

—Pufff —negó—, puede que haga catorce o quince años. Tal vez más. Lo siento, el tiempo lo tengo difuso, me cuesta concretar. Estuvo aquí en primavera. Le dijo a mi hermana que estaba de vacaciones, haciendo turismo por la comarca. Su amiga Geraldine le había recomendado que visitara Besalú, le había convencido de que era una maravilla de lugar y la animó a que se acercara a esta casa, por si seguía viviendo su antigua compañera de trabajo. Mi hermana se puso contentísima. Hacía muchos años que no sabía de Geraldine, aunque siempre la llevaba en la mente y en el corazón. Tu tía Lluvia era encantadora y preciosa. Pasó unos días con nosotros. Según nos contó, no tenía un itinerario marcado. Mi hermana se ofreció para visitar pueblos cercanos con ella; Camprodon, Figueres...

El señor Bosco paró en seco su relato.

—¿Y?

—Cuando se fue, sucedió un acto repugnante que nunca entendí.

—¿Qué pasó?

Pablo, Olivia y yo lo miramos con incertidumbre. Se me puso la piel de gallina.

—Tu tía no quiso que la acercáramos a ningún lugar. Prefirió irse sola. Nos despedimos de ella en la puerta. Y al rato. No sé, a la hora o a las dos horas. Tocaron al timbre. Cuando abrí se me cayó el mundo al suelo. Ni siquiera sé cómo pudo volver en ese estado. Le habían dado una paliza de órdago.

—¿Le dieron una paliza a mi tía?

—Sí. Tenía la cara ensangrentada. Al verla, mi hermana gritó. La cogimos justo cuando se desvaneció en la entrada —señaló con la mirada el pasillo que conducía a la puerta.

—Pero ¿quién? ¿Por qué?

—No lo sé. No quiso denunciar ni acudir a la policía. Nos dijo que un hombre la había asaltado y se había ensañado con ella.

—¿La violaron?

—No, solo era un ladronzuelo que quería robarle, pero ante su negativa enloqueció como un animal.

—Joder —murmuré, y bebí un sorbo de agua.

—Estuvo dos días en cama, magullada. Recuperándose. No quiso ir al médico. La curábamos y le dábamos sedantes y

203

antiinflamatorios. Tenía el cuerpo cubierto de moratones. Cuando mejoró, apuntó un número de teléfono. Nos pidió que llamásemos para que vinieran a por ella y es lo que hicimos. Mi hermana la llevó en coche a Roses y allí la recogió una mujer.

Asentí.

—Mi madre vino a por ella.

—Se llevaría un susto tremendo.

—Sí.

—Después no volvimos a saber nada de Lluvia. ¿Cómo está tu tía?

—Muerta.

El señor Bosco se revolvió en la silla.

—Lo siento.

—Falleció en 2007, tres meses antes de que inauguraran el museo y de que usted viera, aunque no lo recuerde, a Abel Magnusson en la plaza.

Me levanté y me colgué la mochila. Iba a discutirme que él no había visto al artista, pero se calló. Cuando vas borracho no puedes poner la mano en el fuego, porque te quemas.

—Has venido desde…

—Valencia.

—Valencia —repitió—. ¿Por qué buscas a Abel Magnusson?

—Necesito que me conteste algunas preguntas.

—¿Y si está muerto?

—Entonces no me contestará. Muchas gracias por atendernos, señor Bosco —le estreché la mano—. Ha sido un placer.

—Lo mismo digo.

Salimos. Turistas y vecinos caminaban por la calle Mayor. Los rayos de sol se colaban entre las nubes. Me deshice el moño y le di la mano a Olivia. Los tres éramos un cuadro.

—Lluvia —pronunció el señor Bosco cuando nos marchábamos.

—Sí.

—¿Conociste o conoces a Geraldine Magnusson?

—No. Nunca he visto a esa mujer. Solo en la fotografía que usted me ha enseñado.

Mi hermana tenía razón, mentir no era complicado. Había

que actuar como si creyeses la mentira, no titubear y no desviar la mirada. Además, si mi familia había mentido de forma natural y excelente durante tanto tiempo… a mí no me costaría demasiado. Era cuestión de práctica.

De nuevo, la conversación con el señor Bosco me había desordenado las coordenadas. A mi tía le habían dado una paliza, casi la matan. El pensamiento danzaba en bucle dentro de mi cuerpo. Y de repente, me sentí mal. Me estaba mareando y me faltaba el aire. La sensación de ahogo era espantosa. Me paré y me llevé la mano al pecho. A los segundos, Pablo se giró y vio mi angustia, mi rostro blanco, mi dificultad para respirar. Se acercó y me cogió entre sus brazos.

—Livi, corre, ve a por una botella de agua. Le está dando un ataque de ansiedad.

Me sentó en unos escalones.

—Mírame —dijo con sus manos sujetando mis hombros—, no te va a pasar nada. En un rato estarás bien. ¿Me oyes?

Asentí. La realidad me daba vueltas.

—Cierra los ojos. Olvida lo que estás pensando y visualiza una imagen bonita y relajante.

Le hice caso. No recuerdo qué visualicé. Seguramente una playa con olas cálidas y lentas, que era lo más bonito y relajante que había encontrado en mi vida.

Había perdido el control, pero sentía sus manos y su aliento cerca de mi cara.

—Lluvia, respira. Inspira por la nariz y espira por la boca.

Inspiré profundo.

—Muy bien, así.

Tenía sudores fríos. Estaba empapada. Pablo pasó un pañuelo de papel por mi frente.

—Lo estás haciendo genial. Sigue hasta que yo te diga, Lluvia.

Me agarré a él como si fuera un clavo ardiendo. Un salvavidas en mitad de una tormenta en alta mar.

Oí la voz de la niña.

—¿Está mejor? ¿Llamo a alguien?

—No llames a nadie. Dale un sorbito de agua y mójale el cuello.

205

Un hilo de agua recorrió mi espalda y a continuación, ráfagas de aire.

Después de diez minutos pensando que iba a morir, abrí los ojos. Olivia me daba aire con los folletos que había cogido en la oficina de turismo. Pablo estaba de rodillas, con sus manos sosteniendo las mías.

—¿Me vas a pedir matrimonio? —susurré.

Los dos sonrieron.

—¿Qué me contestarías?

—Que no.

Olivia se echó a reír. Se sentó a mi lado y me dio un beso en la mejilla.

$\mathcal{M}$e senté en una mesa del jardín. Le pedí a la camarera una bebida muy fría. Respiré, tal y como me había explicado Pablo. Relajé los hombros. La brisa era perfecta. El momento era perfecto, pero la música del móvil no tardó en sacarme del trance que disfrutaba.

—Hola, ¿dónde estás?

—Acabo de cruzar un puente medieval y estoy en una terraza con árboles, a la entrada de Besalú. Desde el jardín de este restaurante tengo una panorámica espectacular. ¿Y tú?

—Qué idílico. Yo deshidratada, muriendo de calor por culpa de mi hermana —resopló—. También estoy en una terraza con un árbol.

—¿Has ido donde te dije?

—Sí, Lluvia, sí. He ido a la calle Velarde a hacer lo que tenía que hacer y cuando he salido del edificio he echado a andar sin rumbo. He caminado un rato hasta que me he topado con un sitio muy curioso. Fuera había una pizarra que ponía: «En este local ni se fía ni se hacen promesas que no se puedan cumplir».

—Buena frase.

—Se llama El desmayo de la bailarina. La fachada es como la de una taberna irlandesa. Cuando he entrado, he flipado. Del techo cuelgan jaulas blancas llenas de flores. Y en las paredes hay pinturas y fotografías de bailarinas. Me he acordado de ti y de mamá. Te llevaba a *ballet* porque le encantaba verte con las zapatillas, le hacía gracia ver a una niña pequeña con un tutú y el moño en la cabeza.

—Sí.

207

Me apoyé sobre la mesa. Me concentré en el jardín, en el movimiento de los árboles. Mi madre adoraba la danza. Llevarme a clases era su pasatiempo favorito.

—¿Cómo te acuerdas?

—Me lo has dicho tú mil veces y he visto vídeos.

Nos quedamos en silencio.

—Cuando mamá murió no hubo más *ballet*.

—Te hiciste mayor.

—Sí —dije.

—Al final de la cafetería hay un pasillo, lo atraviesas y sales a un jardín cuadrado con mesas y un árbol en el medio. Es un sauce llorón, se le conoce como «desmayo». La dueña fue bailarina. Me lo ha explicado el camarero.

—Victoria, ¿me estás contando lo de la cafetería porque evitas decirme lo importante?

—No es que lo evite, es que no sé cómo contártelo.

—¿Qué ha pasado?

Mi hermana suspiró. La conocía. Su tono, sus pausas y su nostalgia, me decían más de lo que ella creía.

—He ido al edificio. Ningún vecino me abría y me estaba poniendo cardiaca. Porque una cosa tengo clara, no voy a volver, ya lo sabes. Después de media hora me ha abierto el del tercero. Le he contado el rollo de que era periodista, que estaba haciendo un reportaje sobre los peligros de los escapes de gas, los descuidos, explosiones... Le he recordado la explosión del edificio. El hombre se ha mostrado compungido por la muerte de la chica y no sé cómo ha empezado a hablarme del destino. ¿Y sabes por qué?

—Por qué.

—Porque casualmente el día anterior le llamaron del hospital para adelantarle la cita de la resonancia. Ese día a esa hora no estaba en el edificio, se estaba haciendo una resonancia que tenía programada para la semana siguiente.

Me llevé la mano a la boca.

—Continúa.

—Le he enseñado una foto de la tía. Dice que no la recuerda. Que el piso era de alquiler y que han pasado decenas de personas por allí. Le he dado las gracias y he bajado al segundo y al primer piso. No me abría ni Dios. Me he ido al bar de la esquina a tomarme un café. Lo que me ha dicho el del tercero me ha dejado un poco mosca. He dado una vuelta y a la hora he regresado. A todo esto, el enano me ha llamado tres veces para ver cuándo volvía. Le he prometido que me bañaría con él en la piscina.

—Llegas tarde al baño.

—Sí, pero no importa

Victoria hizo una pausa.

—Qué pasa.

—Nada. He llamado a las puertas del segundo piso. He soltado el mismo rollo. Era una señora de mediana edad, se ha explayado bastante. Me ha dicho que lo recuerda porque cuando volvió a casa estaba aquí la policía y la prensa y no le dejaron entrar al edificio. La habían llamado del colegio de su hijo diciéndole que tenía fiebre y que fuera a recogerle. Y se fue a por él. Me ha comentado que se extrañó porque cuando llegó al colegio el niño no estaba tan malo como le habían dicho por teléfono. Ha terminado su discurso con la frase: «Las cosas de la vida, no me tocaba».

—Lo sabía. —Me mordí el pulgar.

—Aún no sabes nada. He bajado al primero. Me ha abierto la puerta una anciana entrañable, más lista que el hambre. Es la única que ha puesto en duda si era periodista. He vuelto a explicarlo todo. Ha sonado creíble porque me he aprendido la historia de memoria. Le he dado confianza, tanta que me ha invitado a pasar a su casa.

—¿Y has entrado?

—No. No seas alarmista, Lluvia, que era una anciana no un violador.

—Me da igual. No quiero que entres en casa de desconocidos.

—Vale, bien. La señora Montserrat, que nació en Tarragona pero a los tres años se fue a vivir a Madrid, ha sido muy amable y me ha contado su vida con puntos y comas. También me ha explicado que el día del accidente se fue de excursión con sus compañeros del Hogar del Jubilado a El Escorial y no sé dónde más. Ella no iba a ir a la excursión porque cuando se enteró no quedaban plazas en el autobús, pero el día anterior la llamaron del Hogar del Jubilado y le dijeron que dos per-

209

sonas se habían dado de baja. Se apuntaron ella y su amiga
Tina. Casi me da un infarto. Pero ahí no ha terminado la historia. ¿Sigues sentada?

—Sí.

—Le he enseñado la foto de la tía. La ha visto y se ha persignado. «Pobre mujer, con lo guapa que era, Señor.» Ha dicho. Y ha añadido que la tarde anterior al día X, se la encontró en el portal.

Un escalofrío me recorrió el alma.

—Que era la segunda o la tercera vez que la veía —continuó—, que se había fijado en sus tatuajes y en su collar, el que llevas tú ahora. Pero se dio cuenta de que estaba como mareada. Le preguntó que si se encontraba bien. La tía asintió. Pero la vecina me ha contado que decía frases inconexas y que parecía drogada. Y que antes de subir por las escaleras, susurró: «Esto lo hago por mi hija».

—¿Qué?

—Le dijo: «Esto lo hago por mi hija». La señora Montserrat, como buena y curiosa vecina, le preguntó que dónde estaba su hija. La tía le contestó que no vivía con ella. Y desapareció por las escaleras dando tumbos. Al día siguiente, fue la explosión y murió.

Me quedé sin habla. Muda.

—Dime algo, Lluvia.

—Tengo que asimilarlo.

—¿Asimilar que la tía tiene una hija? ¿Asimilar que se inmoló con alevosía y premeditación, organizando la agenda del resto de vecinos para que ella fuera la única víctima? Yo llevo una hora intentando asimilarlo. Y oye, nada.

—La tía nunca hubiera organizado su propia muerte sabiendo nuestra situación y la de la abuela.

—Por una hija, sí, Lluvia. Cualquier madre moriría por su hija si es necesario.

Cerré los ojos.

—Tengo que dejarte.

Vi cómo Olivia y Pablo salían de las tiendas de *souvenirs* con bolsas. Ya que no íbamos al Museo de Miniaturas, le había dejado a Olivia ir de tiendas para olvidar el mal rato que había pasado con mi ataque de ansiedad.

—No, no, espera. ¿Y ahora qué?

—Ahora te vas a casa de papá y te bañas en la piscina con tu hermano pequeño. Y no le digas nada a nadie, ni siquiera a la yaya. Ni se te ocurra.

—Que no, pesada. ¿Has encontrado al Abel Magnusson ese?

—No, pero he encontrado a alguien que lo conoce.

—No tardes mucho en dar con él, porque no pienso irme más tarde del lunes. Ah, y tienes cuatro pedidos en la web, quieren los tocados para ayer. Y si tú no estás en Valencia y yo tampoco, nadie enviará los tocados y vas a quedar como el culo con tus clientas. Paso el fin de semana en Madrid y me voy, me da igual si estás en casa o no.

—Vale. Mañana te llamo. Ten cuidado.

—Y tú.

Cuando colgué, Olivia y Pablo se acomodaban en las sillas. Aunque no lo había digerido, acababa de enterarme de que mi tía tenía una hija y de que quizás era consciente de que iba a morir el diez de mayo a las cuatro de la tarde. Y eso lo cambiaba todo, porque no la habían matado, había elegido morir. El pensamiento se me clavó como una daga envenenada. Me encontraba en la fase de negación. No lo iba a asimilar porque me resultaba imposible creerlo. ¿Una hija? ¿Tenía una prima? ¿Sabía ella que nosotras existíamos? ¿Mi abuela era consciente? Debía serlo, un embarazo no puede esconderse fácilmente. Y mi tía no había pasado nueve meses fuera de casa. Me entró una rabia que quise gritar, coger el coche, volver a Valencia y mandar el mundo a la mierda. La respuesta evidente es la correcta, pero yo no tenía ninguna respuesta. Por Dios, ¿mi propia familia estaba jugando conmigo? Es lo que parecía y si era así, si mi familia, que me quería y me protegía estaba tomándome el pelo con secretos y mentiras, no me extrañaba que una Asociación enigmática me estuviera mareando con sobres sin sentido y encuentros que no llegaban a su fin.

—Sigues blanca, Lluvia.

Afirmó Olivia, sacándome de una espiral de cuestiones que agotaban mi paciencia y mis ganas.

—Estoy mejor, no te preocupes.

Dejó en la mesa una bolsa de plástico.

211

—Mira —dijo—. Pablo ha comprado muchas cositas.

Le iba a reprochar al guiri que por qué le compraba cosas a la niña, pero no tenía fuerzas para discutir con él. Se dio cuenta. Se lo dije con la mirada. Olivia me enseñó tabletas de chocolates artesanas, una pequeña caja vintage con bombones, un gatito de vidrio, un velero de adorno con el nombre del municipio en la vela y unas botellitas con un líquido color rojizo oscuro.

—Se llama ratafía —me explicó—. Es un licor que está hecho con frutos, hierbas y especias: como nuez moscada y canela. Es típico de aquí y se bebe muy frío como aperitivo o para hacer la digestión.

—Habrá que probarlo —sonreí.

—¿Estás bien? —preguntó Pablo.

—Sí.

Olivia miró a uno y a otro como si se tratara de un partido de tenis. Se recostó sobre la silla y echó la cabeza para atrás, observó el cielo.

—¿Con quién hablabas? De lejos he visto que hablabas por teléfono.

—Con Victoria.

—¿Y qué te ha dicho? ¿Ha ido donde le dijiste? —Dejó de mirar las nubes para clavar sus ojos negros en mí.

Olivia me conocía muy bien. Su sexto sentido y observación milimétrica desarmaban a cualquiera.

¿Qué debía responderle? Ellos dos, junto al señor Collingwood, eran los únicos que conocían la historia desde el principio. Lo hice mal, muy mal. Haber hablado más de la cuenta me convertía en una irresponsable con honores, poniendo en un peligro real a tres personas que no tenían nada que ver con los últimos acontecimientos. Pero las palabras ya habían salido de mi boca y habían sido escuchadas por ellos. No había marcha atrás. Los había tirado por un acantilado para que me hicieran compañía, por egoísmo puro y duro. De nada servía mentirles a esas alturas. Simplemente los iba a hundir unos metros más en el agua, porque dentro ya estaban.

Cuando terminé de relatar el periplo de mi hermana y la información que había obtenido en el edificio de la calle Velarde, los dos enmudecieron.

212

—No me lo esperaba —pronunció al fin.

—Ni yo —contestó Pablo.

Olivia sacó el bolígrafo y la libreta, no escribía ni una frase, pero tenerla entre las manos agudizaba su ingenio.

—Tu tía viajó a Afganistán porque espiaba a un hombre, del que se supone que estaba enamorada. Después no volvió a casa. Se quedó en Madrid. Y hemos descubierto que ella sabía que iba a morir y que provocó su muerte para proteger a su hija. Una hija que nadie sabía que existía. Si voló por los aires de manera premeditada, y es lo que parece porque alguien se encargó de que a esa hora no hubiera vecinos en el edificio, lo tendría planeado antes de viajar a Afganistán.

—Sí —dije.

—Y necesitó ayuda para llevar a cabo sus planes. Una persona, por muy lista que sea, no se embarca en algo de tal calibre sin colaboración —añadió Pablo.

—La ayudaría la Asociación. Tal vez Abel Magnusson, si eran tan amigos —afirmó Olivia.

—Seguramente.

«Seguramente. Abel Magnusson o alguien de la Asociación.» Repetí para mis adentros. Cualquiera podría haberle ayudado. Sí, puede que fuera Magnusson. Un hombre que había desaparecido de la faz de la tierra.

—No fue un accidente, fue un acto preparado. ¿Qué te dijo cuando te despediste de ella? La frase de las habitaciones. Si era consciente de que no te volvería a ver, mediría sus palabras antes de irse —preguntó Pablo.

Olivia frunció el ceño.

—Que no estuviera deprimida más de diez minutos, que tenía los ojos del color del valor, que en las últimas habitaciones siempre se esconden secretos y que me quería.

—¿Qué encontraste en la última habitación?

—Nada. La he desvalijado cientos de veces. He sacado las cajas del altillo, he abierto cada libreta, leído cada documento. He comprobado si había trampillas. He golpeado los azulejos del suelo por si alguno estaba suelto. He mirado en los sitios más surrealistas que puedas imaginar. No he encontrado nada especial o extraño. Llevo años intentando descifrar la frase. Porque sé que es la clave. Lo sé.

213

Me mordí el labio y me levanté.

—Voy a pagar y al aseo. Olivia, mira en Internet si en el Teatro–Museo Dalí está expuesto el cuadro *El camino del enigma*. O a ver dónde narices está.

Todas sus palabras retumbaban en mi interior. Su sonrisa. Su entonación. Su mirada dulce y consciente del último día. Ahora que empezaba a conocer su historia, la verdadera. Ahora que me veía envuelta en un galimatías, su frase cobraba sentido, aunque me pareciera un sinsentido desesperante. ¿Qué había en la última habitación de mi casa? ¿Murió por nosotras? ¿Por su familia? ¿Por una hija? ¿Qué verdad sonaba en Mónaco? Y ¿por qué Geraldine había dejado el cuadro *El camino del enigma* en la última habitación? ¿Y dónde se había metido? ¿Qué buscaban en su casa? La vida me daba vueltas. Me decía que me preparara para el impacto. Quería gritar.

A veces, cariño, solo querrás gritar. Comprobar que aún te queda un chorro de voz en el interior, un hilo de rabia del que hay que tirar. Yo tenía voz y rabia. Y ganas de encontrarme cara a cara con certezas absolutas. Por mucho que Máximo Ferreyra me hubiera aconsejado que no me arriesgara a querer saberlo todo, el deseo de saber se había intensificado y elevado al infinito.

Saqué el móvil y llamé a mi abuela.

—La tía estuvo aquí, en Besalú. He hablado con un señor que la conoció.

—Estuvo ahí haciendo qué.

—¿Tú lo sabes?

—No.

—Yo tampoco. Lo que sé es que la Asociación me está siguiendo. Me dejaron un sobre de bienvenida en el hotel.

—¿Y qué esperabas?

—Nada.

—¿Estás en Besalú?

—Sí, en el baño de un restaurante.

—¿Y estás bien?

—Sí. Dejan migas de pan y yo las cojo. Están jugando. Quieren llevarme al límite.

—¿Y lo están consiguiendo?

—Sí. Necesito ayuda, yaya. Voy a hacerte una pregunta y quiero que me digas la verdad. ¿La tía estuvo embarazada? ¿Tiene una hija?

—¿De dónde has sacado tal locura? No digas tonterías. Tu tía nunca ha estado embarazada. Pero ¿cómo se te ocurre? Lluvia, déjalo. Coge el coche y vuelve a Valencia. Tengo un sufrimiento en el pecho que va a acabar conmigo.

Golpearon la puerta del baño.

—Mi hermana y yo volveremos el domingo, el lunes como muy tarde. Iré a verte. No salgas de la residencia. No recibas visitas y tómate la medicación. Tengo que dejarte.

Después de una exhalación que sonó a: lo que tú digas. Me mandó un beso. Deseé que estuviera ahí para dármelo en persona.

Cuando salí del baño, había una chica esperando. Anduve por el pasillo del restaurante, pagué y volví al jardín. Olivia me recibió con una mueca de satisfacción.

—El cuadro está en Figueres —afirmó—. En la sala cinco, Sala de las Pescaderías. Figueres está a veinticinco kilómetros. Tardamos muy poco en llegar. ¿Vamos?

Apoyé la mano en el respaldo de la silla. Miré a mis espaldas, pensativa.

—Lluvia, ¿vamos a ir? —repitió.

—¡Joder!

Di media vuelta, entré de nuevo al restaurante, corrí y llegué hasta el baño. No había nadie. Lo examiné a toda prisa. Levanté la tapa del váter, quité la cisterna. Descolgué el espejo. Inspeccioné la pequeña ventana que había arriba a la izquierda. La puerta. La abrí. La cerré. Comprobé si había algo escrito. Di vueltas sobre mí misma en un cuarto de baño blanco. Salí del aseo. Pablo y Olivia estaban a la altura de la barra, viniendo hacia mí. Me observaron como se observa un ciclón que te va a alcanzar.

—La chica —le dije a la camarera—. Ha entrado una chica al aseo; morena, delgada, con tez blanca y cara angelical. ¿Dónde está?

—Ha pagado una botella de agua y se ha ido.

—¿No ha dejado nada?

—No.

215

Salí del restaurante. Hice una panorámica con las manos entrecruzadas sobre la cabeza. Contemplé el puente. Observé las tiendas de productos artesanos y *souvenirs*. Veía mucha gente. Con mochilas. Con cámaras.

—Lluvia —pronunció Pablo, y me cogió del brazo—, ¿qué pasa?

—La chica que ha entrado en el baño. ¡Es la chica que estaba en la reunión! En el Museo de la Seda de la calle Hospital. Donde la Asociación me citó por primera vez.

17

*P*ablo decidió conducir y Olivia se sentó de copiloto con el mapa entre las manos. No discutí, quería irme de Besalú. Había descubierto a una persona de la Asociación y estaba abrumada. Era ella. Vi unos minutos a los miembros de la Asociación en el Salón de la Fama. Pero estaba segura de que era la chica que hablaba de pie con el anciano que se acercó a mí, con gesto incrédulo, para invitarme a salir de la sala y proclamar que mi presencia era un error.

¿Qué hacía allí? Seguirme, sí, pero ¿para qué? ¿Me seguía sin más? No me había dejado ningún mensaje en el restaurante. Apoyé la cabeza en el cristal, viendo cómo el paisaje desaparecía.

Cuando me voy de un sitio me pregunto: ¿Volveré a este lugar? Lo cierto es que siempre volvemos a los lugares que hemos visitado, aunque no sea físicamente. Yo estoy volviendo ahora.

No tardamos en llegar a Figueres. El cielo seguía nublado y el día desapacible. A esos días mi hermana los llamaba: raros. Días raros. Poco definidos. Días que no se deciden. Por el camino habían caído gotas y había salido el sol. No hablé durante el trayecto. Estaba fatigada. Aún sentía que mi corazón y mi respiración no funcionaban al ritmo que debían.

—Vamos a entrar contigo, ¿verdad?

Preguntó Olivia al dejar atrás la calle Montgó y coger la avenida Marignane.

—Sí, pero no vamos de visita. Buscamos la sala cinco y el cuadro.

—¿Pagamos y no visitamos el museo? Venga, Lluvia, es un sacrilegio. Pecado mortal.

—Pecaremos. Ya vendremos más relajadas y lo visitaremos entero. Pero hoy no.

—Vale —refunfuñó.

Divisé a la izquierda un aparcamiento lleno de autobuses. Intuí que íbamos a hacer cola. El Teatro–Museo Dalí era y es uno de los más concurridos y de los más peculiares que he visitado. Giramos por una esquina y contemplamos la fachada decorada con panes y huevos enormes en la parte superior. Empezaba la locura y Olivia se emocionó tanto que casi se sale por la ventanilla.

—¿Para qué quieres ver el cuadro? —preguntó Pablo.

—No lo sé. Porque Geraldine le habló a la niña de Dalí antes de desaparecer y porque me dejó un mensaje en una réplica del cuadro antes de evaporarse. Ella no, quien fuera, porque no es su letra, pero estaba en su casa.

—Un mensaje que no entendemos —añadió Olivia.

—No lo entendemos, no. Quiero ver el cuadro porque el señor Bosco ha nombrado el museo y porque Abel Magnusson fue una persona deslumbrada por Dalí.

—Como muchos. A mi madre le apasionaba Dalí.

—Pero son demasiadas casualidades. Incluso en el hotel hay un salón que se llama Dalí. No sé. Muchas casualidades y un oportunismo impecable que estuviéramos a veinte minutos de aquí. Entramos y lo vemos. Total, cuando no tienes nada, no tienes nada que perder.

Entrar al maldito museo nos costó hora y media, dos botellas de agua y controlar a Olivia. Parecía una gacela, no paraba quieta en la plaza Gala-Salvador Dalí.

La fachada era increíble con las figuras y monumentos surrealistas. Olivia se iba. Hacía fotos. Volvía. Nos las enseñaba. Y nos explicaba: «Esto es un átomo de hidrógeno, un motivo iconográfico de Dalí. Mira, ese es un buzo con escafandra, símbolos de la inmersión en el subconsciente. Mira, las figuras llevan barras de pan».

El reloj dio la una cuando avanzamos en la cola y nos situamos frente a una creación tras un vidrio/escaparate. Era la cabeza de cartón de un señor con bigote y barba, llevaba un televisor incorporado en la frente, las niñas de sus ojos eran dos muñecas y su soporte eran huevos. Olivia sacó el móvil y leyó.

—«La cabeza se la regaló el pintor Rafael Durán. La instalación está situada junto a la puerta de acceso al pabellón utilizado antiguamente como lonja de pescado, que conecta con la ahora llamada, por este motivo, Sala de las Pescaderías.»

—Vaya, nuestra sala.

Entre la taquilla y la puerta, observé que obligaban a algunas señoras a dejar sus pertenencias en un habitáculo que quedaba a la izquierda. Una chica guardaba los bolsos y las mochilas. No iba a tocar mi mochila. En ella estaban los secretos de mi familia dentro de una caja. La puse rápidamente en la espalda de la niña y la cubrí con la chaqueta vaquera. Pablo se dio cuenta y colocó a Olivia entre los dos. Ella estaba fascinada por lo que veía, sus ojos no sabían dónde dirigirse y no nos prestó atención.

Dejamos atrás el vestíbulo y entramos a un impresionante patio central, a cielo abierto, con un jardín y maniquíes dorados en las paredes.

—Es el antiguo patio de butacas del Teatro Municipal —dijo Pablo.

—¡El *Taxi lluvioso*!

Si la hubiera llevado a Disney no se hubiera emocionado como en el museo de Dalí. Olivia corrió hacia el Cadillac negro. Lo bordeó, lo analizó, lo tocó.

—Hay maniquíes dentro. Y plantas. ¡Y está lloviendo!

Dentro del coche llovía. Intenté contagiarme de su ilusión, pero estaba mirando el acceso a la sala número cinco. Cuando conseguí despegarla del taxi y de lo que había a su alrededor, nos dirigimos hacia una rampa que daba acceso al escenario del teatro. Era alucinante. Los tres nos quedamos deslumbrados al mirar hacia arriba y admirar la imponente cúpula transparente. Era una maravilla.

Mientras Pablo y Olivia conversaban sobre un cuadro de la sala: *Gala desnuda mirando el mar que a 18 metros aparece Lincoln*, yo me concentré en las escaleras. A mi izquierda había una escalera que conducía a la sala número cuatro. Y desde el primer piso podías acceder a las salas dieciocho y diecinueve. A mí derecha, al otro extremo, una escalera de hierro te dirigía directamente a la sala once. Debajo se encontraba la Sala de las Pescaderías.

—¡Es por ahí!

Bajamos unos escalones. Al final de la escalera, el chico de seguridad o responsable de la sala número cinco, nos saludó. Entramos a un salón grande. El techo era una arcada blanca. En el centro, tres muros formaban un rectángulo abierto, dejando un pasillo a la izquierda y otro a la derecha. De las paredes colgaban cuadros de Dalí que observamos sin detenernos. Anduvimos por el pasillo de la izquierda, en silencio, no había demasiados turistas en la sala. Cuando llegamos al final, lo vimos. En el fondo de la sala estaba *El camino del enigma*, fechado en 1981. «Óleo sobre tela (140 x 94 cm).» Leí en la placa explicativa.

Los tres retrocedimos unos metros para verlo con mayor perspectiva.

—Ahí lo tienes —dijo Pablo.

Sí. El maldito cuadro estaba ahí, latiendo, intentando hablarme. La verdad suena en Mónaco, era el mensaje escrito tras la lámina. Me acerqué. Di unos golpecitos sobre el cristal. Miré hacia arriba, dos largos cables sostenían el cuadro. La parte superior estaba más separada de la pared que la parte inferior. Tenía una inclinación, leve, pero la tenía. Introduje la palma de la mano detrás del cuadro y recorrí la parte trasera del marco, entero.

—Para. Te van a llamar la atención —ordenó el guiri con cierto nerviosismo—. ¿Te crees que esto es *El Código Da Vinci*?

Seguí palpando el interior del cuadro. De esquina a esquina.

—¿Por? ¿Qué pasa en *El Código Da Vinci*?

—¿No lo has leído? —preguntó Olivia, como si fuera un despropósito no haber leído la novela.

—No.

—La protagonista examina un cuadro en el Louvre, por si su abuelo le ha dejado un mensaje.

—¿Y se lo deja?

—Sí —contestaron al unísono.

Terminé sin encontrar ningún objeto o nota adheridos a la parte trasera del marco de madera.

—Aquí no hay nada.

—Ella separa el cuadro de la pared para inspeccionarlo mejor —añadió Olivia.

—Saca el móvil y pon la linterna.

Pablo nos regaló una cara que fue digna de enmarcar y colgar en el museo. Olivia se asomó a los dos pasillos y levantó el pulgar. No venían turistas. Por suerte, no era una de las salas más famosas y visitadas en tropel, como la sala número once. Separé el cuadro. Pesaba una barbaridad. Metí la cabeza como pude y enfoqué con la linterna. Sabía que de un momento a otro vendrían a llamarme la atención. Seguro que había cámaras en las salas. Pero me dio exactamente igual.

—¡Date prisa, Lluvia! —dijo Pablo, que se subía por las paredes.

Enfoqué la parte trasera de arriba abajo. Fruncí el ceño. Saqué la cabeza. Dejé caer con suavidad la parte inferior del cuadro.

Me incorporé y exhalé como si hubiera terminado una maratón.

—No hay nada.

Estaba enfadada. Desilusionada. Ellos me miraron aliviados porque no habían venido a condenar mi actitud impropia frente a un cuadro de Dalí. Me alejé y me recogí el pelo en un moño.

—No hay nada porque no eres la protagonista de una novela —afirmó Pablo con tonito de: Dios, qué absurda eres.

Olivia y yo observamos de nuevo los sacos, el camino, la luna. Ella concentrada con los brazos cruzados. Yo con una rabia que me brotaba por los poros de la piel.

—Vámonos.

—Espera —respondió Olivia—, falta un saquito. Falta un saco. Arriba a la derecha. En la lámina de Geraldine hay un saco más. En su lámina hay cincuenta y dos. En este cuadro hay cincuenta y uno.

—¿Cómo puede ser?

—A lo mejor la lámina de Geraldine no es totalmente fiel al original. Puede suceder. Se hacen miles de copias.

Pablo no me convenció. Antes de que se lo dijera, Olivia estaba con el móvil en la mano, buscando en imágenes *El camino del enigma*. Enarcó las cejas, en señal de sorpresa y escepticismo. Sonrió.

221

—La lámina está bien. El cuadro que tenemos delante es falso.

El corazón me dio un vuelco. Miramos la pantalla del móvil y luego el cuadro. Seguimos el mismo procedimiento con una docena de fotografías que encontramos en Internet. Faltaba un saco y a mí me faltaba un camino.

—Voy a hablar con el chico de la puerta.

Aún perpleja, fui hasta la entrada de la sala. El joven, de no más de treinta años, con uniforme oscuro y un *walkie* en el cinturón, miraba cómo entraba y salía el personal con menos garbo que ganas.

—Perdona.

—Dime.

—Necesito con urgencia que llames al director del museo o a la directora o al subdirector o a la responsable. A quien sea que tenga autoridad aquí.

—¿Por?

—Porque tenemos un pequeño problema con un cuadro.

—¿Qué pequeño problema?

Me acerqué y le susurré:

—Es falso.

El joven sonrió.

—No tengo tiempo para tonterías, rubita.

—No me llamo rubita. Y sí, se ve que estás ocupado de cojones. Por favor, avisa a un superior y que venga.

—No voy a avisar a nadie. ¿Se te ha olvidado tomarte la pastilla? Porque muy bien de aquí —señaló su frente—, no estás.

—Qué maravilla. Además, gracioso. Mira, esto lo podemos hacer por las buenas o por las malas. Y por las malas la vamos a liar mucho.

Salió de la sala, observó cómo estaba el ambiente y volvió.

—A ver, dime cuál es el cuadro falso.

Me siguió por el pasillo. Olivia y Pablo seguían mirando el móvil.

—Este.

El guardia de seguridad se acarició la nuca.

—¿Van contigo? —señaló a mis acompañantes.

—Sí.

—Os pido que abandonéis la sala.

—¡No vamos a abandonar la sala! Llama al responsable del puto museo.

—O si no ¿qué?

Que me desafíen, que me amenacen y que me griten, los tres vértices de un triángulo que me hacían saltar por los aires. Apreté la mandíbula. Abrí mi mochila, que seguía en la espalda de Olivia. Saqué la navaja que me trajo Andrea de Toledo. El cuadro. Mi cuadro falso con cincuenta y un sacos estaba protegido por un cristal pero el de al lado, no. Di unos pasos bajo la atenta mirada de los tres. Me sitúe en la esquina del cuadro contiguo y clavé la navaja en el lienzo.

—Se acabó el cachondeo. Si no, lo rajo. De forma vertical hasta abajo. Sin pensar.

Olivia se llevó las manos a la boca. Pablo la abrió. Y el chico que me había vacilado se quedó blanco. Más blanco que el techo.

—Shhh. —Levantó el brazo intentando tranquilizarme. La situación le sobrepasaba. Yo me vi entre rejas. Había clavado una navaja en un lienzo de Dalí. Lo había rajado. Ya estaba roto. Y yo jodida como nunca lo había estado.

—Desaloja la sala y llama a un superior. Te lo he dicho. Que la íbamos a liar —me encogí de hombros.

El chico retrocedió y obedeció. Desalojó la sala número cinco. El *show* había comenzado.

Pablo se apoyó en la pared y con la mirada me dijo que se me había ido la cabeza. Sus miradas. Leía tan bien sus miradas y me gustaba tanto leer.

—Si esto no sale como espero, llama a mi hermana y le dices que vuelva a Valencia, y tú te llevas a Olivia a casa.

A Pablo no le dio tiempo a responder. El joven volvió, alterado.

—No hay nadie en la sala. Solo nosotros cuatro.

—Perfecto. Llama. Porque en breve se me va a dormir el brazo y el daño va a ser irreversible.

Cogió el *walkie*. Contestó una mujer.

—Tenemos un B12 en la sala cinco. Está desalojada. Necesito refuerzos.

—No —dije—. No necesitas refuerzos. ¡Necesitas al director! ¡Dilo!

223

Con la mano temblorosa, se acercó el aparato a la boca.

—La visitante se muestra alterada. Requiere la presencia del director o subdirector. Un responsable con autoridad.

—Ves. Si no era tan difícil.

—Está bien —contestó la mujer.

Suspiré, aliviada.

—¿Cómo te llamas?

—Antonio.

—Con lo que bien que nos podíamos haber llevado, Antonio. Aléjate tres o cuatro metros, anda. Lo suficientemente lejos como para que me dé tiempo a rajar el cuadro entero si te acercas. Pero te recomiendo que no lo hagas. Porque estoy de muy mala leche.

Antonio retrocedió.

—Olivia, coge el móvil y graba. Enfoca el cuadro. Que quede bonito, que aquí nuestro amigo Antonio va a explicar qué ha sucedido.

—Qué... Qué explico.

—Que te he pedido ayuda de forma educada, que he solicitado la presencia de un superior y me has ignorado, que te he dicho que el cuadro era falso y me has llamado loca. Ah, y empieza el relato con la hora que es, día, mes y año. Adelante.

Le hice un gesto a Olivia para que grabara y Antonio comenzó la explicación. Cuando terminó, salió una voz del aparatito.

—Estamos en la puerta. Entramos.

—Recibido.

Aparecieron un hombre y una mujer de mediana edad. A paso lento.

—No se muevan. Quédense ahí, junto a nuestro amigo Antonio.

—Dios mío —exclamó ella.

—Dios mío —repetí—, ¿a que nunca habían presenciado una escena tan Daliniana? Al genio le hubiera encantado ver esto. Vamos a presentarnos y que sea rápido, por favor, porque el brazo me tiembla. Quiénes son.

—Secretario general del patronato.

—Directora del Centro de Estudios Dalinianos.

—Un placer. Gracias por venir. No quería llegar a este

punto, pero Antonio no me ha dejado otra opción. Dejen sus móviles y lo que lleven en los bolsillos en el suelo. Y no se les ocurra hacer una tontería, porque entonces sí que la vamos a liar y no vamos a poder desenredar el nudo.

—¿Qué quieres? —El caballero abandonó sus pertenencias en el suelo—. Tenemos cámaras en el recinto. Te estamos grabando.

—Espero salir guapa. Yo también les estoy grabando —señalé a Olivia—, y por las caras que ponen no creo que estén saliendo muy favorecidos. Les explico. Tenemos un problema. Miren el cuadro de los saquitos. ¿Ven algo raro?

—¿Puedo acercarme? —preguntó la mujer de cabello castaño y ropa impecable.

—No. Hasta un ciego lo vería. Observen, observen.

Ninguno se pronunció.

—¿Nada? Qué espesitos estamos, señores. Bien, no jugaremos a las adivinanzas por cuestiones de tiempo. Falta un saco, arriba a la derecha. ¿Y qué quiere decir eso? Que estamos ante un cuadro falso de Dalí en el mismísimo museo de Dalí. ¿No les da vergüenza?

El secretario general del patronato frunció el ceño.

—Es imposible —dijo.

—Nada es imposible.

—Tiene razón —afirmó la mujer—. Falta un saco.

El caballero enfocó a su compañera con escepticismo.

—Tengo razón. Por desgracia, mentir se me da fatal. ¿Cuánto vale el cuadro que acabo de agujerear un poquito?

—No tiene precio.

—¿Cuánto? —repetí.

—Unos cuatro millones de euros.

—Madre… mía. Espero que tengan un buen departamento de Conservación y Restauración. Puede que aún tenga arreglo.

El hombre evidenció sus nervios.

—Voy a ser muy clara. A mí no me beneficia en absoluto que llamen a la policía, que me metan en la cárcel y me jodan la vida en dos minutos. Y a ustedes no les beneficia que todos los medios de comunicación del mundo se hagan eco de que cuelgan en las paredes del museo cuadros falsos. Saben cómo son los periodistas ¿no? Van a agarrarse a la noticia como una

225

bomba que explotarán hasta dejarlos temblando. No es lo que quieren. Así que vamos a hacer lo siguiente. Van a descolgar *El camino del enigma*, el falso, claro. Porque el original a saber dónde está. Lo descuelgan y lo destripan. Me gustaría ver qué hay detrás del camino, en su interior. No es que se me antoje, saben. Es una necesidad vital.

Me observaron atónitos. Me dio la sensación de que dejaban de respirar.

—No podemos bajarlo y abrirlo nosotros.

—Señor…

—Roig —contestó él.

—Señor Roig, llevo un día agotador, he recibido noticias que no esperaba y usted está siendo muy negativo. No me ayuda. Y quiero que me ayuden. ¿Sabe lo que decía Dalí? «Soy muy mal pintor porque soy demasiado inteligente.» Venga, piense, seguro que usted también es inteligente.

—Podríamos llamar a Secretaría General para que venga personal de instalaciones —afirmó ella.

—Podríamos, sí. Pero mire, ya somos seis personas aquí, ¿es necesario llamar a alguien más, perder tiempo y que se despierte una alerta innecesaria? No. Antonio, ayuda al señor Roig a bajar el cuadro y a abrirlo. ¡Ahora! Es falso, que no les dé pena romperlo.

El señor Roig y Antonio dieron un paso.

—Y no hagan estupideces. Lo digo en serio.

Suspiré. Con el brazo en alto. Con la navaja incrustada en el lienzo. Estaba muerta de miedo y a la vez estaba disfrutando como en mi vida.

Se pusieron manos a la obra. Nunca mejor dicho.

—¿Dónde está el presidente de la Fundación? El mandamás. ¿No le apetecía venir al espectáculo?

La mujer, que había sido muy prudente hasta el momento, me lanzó una mirada fulminante.

—Está reunido.

—¿Dónde?

—En Cadaqués.

—Tengo ganas de ir a Cadaqués, debe ser precioso.

Olivia seguía grabando. Pablo continuaba absorto y los dos hombres se afanaban en cumplir mi orden. Cuando vi el cuadro en el suelo quise aplaudir, pero no pude. Les pedí que siguieran mis indicaciones, que retiraran el lienzo, el cristal. Pasaron cerca de diez minutos analizando *El camino del enigma*, cada uno de los elementos que lo formaban. No había ningún sobre, ninguna frase, ninguna señal. Había montado un circo para nada. Los nervios se me concentraron en la boca del estómago. Tragué saliva. Golpeé la pared con la pierna. Grité en silencio. Contemplé el destrozo del cuadro en el suelo. Me temblaba la mano con la que sostenía la navaja. Y después, simplemente pensé: «Estoy loca».

Uno de los móviles que estaban tirados en el suelo, sonó. El señor Roig, con un trozo del marco en la mano, me miró.

—¿Es el suyo?

—Sí.

—Acérquese al móvil y sin cogerlo dígame quién es.

—Número privado.

—Cójalo. Y conteste normal.

El señor Roig se agachó con dificultad y contestó con un «diga». Su expresión cambió de inmediato.

—Es el director, el presidente de la Fundación. Quiere que ponga el manos libres.

—Hágale caso. No estaría bien desobedecer al presidente de la Fundación Dalí.

Se despegó el móvil de la oreja, pulsó un botón y estiró el brazo con el móvil en la mano. Una voz firme, que me inspiró una calma tensa, preguntó:

—¿Lluvia?

—Estoy aquí.

—Me has sorprendido, pero confieso que otra actitud me hubiera defraudado. He gozado observándote, Lluvia, sintiendo tu nerviosismo, viviendo tu arrojo. Me has recordado a ella. —Hizo una pausa—. Habéis presenciado una escena inaudita, pero saldréis de la Sala de las Pescaderías como si nada hubiera ocurrido. Os habéis comportado de forma ejemplar. Manteniendo la calma. Actuando como esperaba. Os felicito. Lo seguiréis haciendo, porque lo que habéis presenciado jamás ha ocurrido. Ha sido un sueño. Un paréntesis. Una escena divertida. Una prueba de fuego.

Olivia llamó mi atención.

227

—Lo está leyendo —dijo en un susurro, vocalizando de forma exagerada.

—El ritmo del museo —continuó— seguirá su curso de una manera plácida y rutinaria. Los cuadros que estáis viendo en la Sala de las Pescaderías no son los originales de Dalí. Todos se cambiaron a las tres y cinco minutos de la pasada madrugada por réplicas. Los originales se encuentran en perfecto estado, en el segundo sótano del ala oeste. La sala número cinco permanecerá cerrada por obras hasta que, hoy, a las ocho de la tarde, cierre el museo. Será cuando dos empleados cambiarán de nuevo las obras. Las falsificaciones, precintadas correctamente, serán cargadas en un camión. No debéis preocuparos. No debéis hacer preguntas. Cuando corte la comunicación, Lluvia y sus dos acompañantes saldrán de la sala y del museo. El resto abandonareis la sala cinco minutos después, dirección al patio central. Hay unas personas que quieren hablar con vosotros. Como director y responsable tengo la situación bajo control.

Hizo una pausa.

—Lluvia.

—Sí.

—Baja la mano y aléjate del cuadro que tienes delante. Da unos pasos hacia atrás.

Lo agradecí. Tenía el brazo entumecido.

—Qué ves.

—Una mujer de pie en el centro de una habitación. Leyendo una carta.

—Sabes cómo se llama el cuadro.

—No.

—Dígaselo, señorita Ponts.

—La obra se llama: *La imagen desaparece*. Es de 1938. Óleo sobre tela.

—Mira de nuevo la obra, Lluvia. Qué ves.

La observé con mayor atención. Me quedé anonadada.

—El rostro de un caballero —afirmé. La imagen desaparecía dando paso a otra totalmente distinta.

—Un caballero llamado Velázquez. Es una de las más famosas dobles imágenes que creó Dalí —explicó la mujer.

—La percepción, Lluvia, la percepción. Ahora haz que desaparezca la imagen —ordenó la voz que salía del teléfono.

—¿Qué?

—¡Haz que desaparezca la imagen!

—¿Cómo? —grité.

—¡Hazlo!

Me abalancé sobre el cuadro y lo rajé. La imagen había desaparecido. La navaja cayó al suelo. Taquicardia. Sentí taquicardia. Había un sobre pegado en el bastidor. Un sobre de la Asociación. Con el inconfundible lacre. Al despegar el sobre, la comunicación se cortó. Oímos un largo tono. No había nadie al otro lado del teléfono. Miré a Pablo y a Olivia.

—Vámonos. Y vosotros no salgáis hasta que no pasen cinco minutos.

Echamos a andar. Cuando llegamos a la entrada de la Sala de las Pescaderías, vimos que había otro chico de seguridad. Era alto y fuerte. Retiró un bolardo del que colgaba una cuerda roja. Inclinó la cabeza y volvió a situarlo donde estaba, impidiendo el paso de los visitantes.

Nosotros no lo sabíamos, pero en ese mismo momento, una joven morena de tez blanca y cara angelical doblaba un folio, le daba unas palmaditas en el hombro a un caballero sexagenario y tras pronunciar la frase: «Lo ha hecho usted muy bien», salía de la habitación de un hotel de Cadaqués.

229

18

Cariño, mentiría si te digo que rajar un cuadro en el Teatro–Museo Dalí es lo más asombroso y extravagante que he hecho en mi vida. Pero sí fue el punto de partida a la locura. En el museo tomé consciencia, de forma real y poco serena, de dónde me habían metido. Poco serena porque me temblaron las manos y sentí vértigo, un vértigo atroz y delirante. De forma real porque descubrí que era capaz de llevar a cabo actos insensatos, habían destapado la cara B de Lluvia. Y eso, me asustó.

Las dudas y el estrés me despertaron a la una de la madrugada. Olivia dormía. Había pasado la tarde diciéndome que la escena había sido increíble. Veía el vídeo en bucle. Lo analizaba con detenimiento. Y dado que pensaba que el hombre que estaba al otro lado del teléfono era un mandado, se preguntaba quién le había ordenado pronunciar el discurso. Yo también me lo preguntaba.

A oscuras, fui al baño y me lavé la cara. Dejé caer el agua por mi cuello. Mi cabeza era una montaña rusa con caídas al vacío y un número de *loopings* incontables. Tapé a Olivia con la sábana. Cogí la tarjeta de la habitación y salí. En el pasillo no se oía ni un ruido. Me aproximé a la habitación de Pablo. Mi mano se quedó a unos milímetros de la puerta. La subí. La bajé. Di media vuelta y fui a llamar al ascensor. Necesitaba respirar. Salir del tercer piso. En el *hall* no había ningún huésped. Solo la recepcionista. A la izquierda, en un salón que hacía de discoteca y punto de encuentro para los espectáculos, quedaban un par de parejas de avanzada edad. Lo atravesé y salí al jardín. Me paré. Me atusé el pelo y sonreí.

—¿Nervioso?

Pablo estaba sentado en una silla de la terraza, al borde de la piscina. Una copa de vino reposaba en la mesa y fumaba un cigarro. La terraza estaba desierta. Ni un alma. La luna y los árboles se reflejaban en la quietud del agua.

—¿Cómo sabías que estaba aquí?

—No lo sabía. Mi habitación tiene vistas al camping no a la piscina.

Tomé asiento sin que me invitara.

—Has estado serio desde que hemos salido del museo —continué.

—¿Y cómo quieres que esté? He alucinado con el numerito del cuadro. No estoy acostumbrado a actitudes imprudentes e ilegales.

—Si te sirve de consuelo, estoy tan desconcertada como tú. ¿Piensas que entraba en mis planes rajar un cuadro de Dalí? Ni siquiera sé por qué lo he hecho. Ha sido un acto involuntario, como si una fuerza externa me hubiera empujado hacia el lienzo.

—No me sirve.

Cogí su copa y bebí un sorbo de vino.

—Te estás preguntando qué haces aquí ¿no? Con una niña y una desconocida que se mete en líos que empiezan a superarte. Tarde o temprano te lo ibas a preguntar. Ocurre cuando entras en una historia que no se ha escrito para ti. Te dije que no vinieras. Puedes irte si quieres.

—Me estoy preguntando quién eres.

Miré el cielo estrellado. En Valencia no se veían estrellas, las luces de la ciudad las eclipsaban.

—Soy Lluvia. Agente inmobiliaria y diseñadora de tocados. Cuido de mi hermana porque perdimos a mi madre y a mi tía. Y para colmo mi abuela decidió irse a un asilo que pago cada mes sin que ella lo sepa. Por eso vendo residencias de lujo a familias ricas como la tuya. Soy una chica normal a la que le están pasando cosas que se escapan a la razón.

—Esa es quien crees que eres. Dudo que seas una simple agente inmobiliaria y diseñadora de tocados.

Negó.

—Quiero que esto se acabe.

—¿Y si esto acaba de empezar?

Fijé la vista en el agua de la piscina.

231

—Entonces pido que dure poco y que las respuestas no duelan mucho.

—¿No estás preparada para escuchar respuestas?

—Nadie está preparado para escuchar la verdad. No estamos preparados para las hostias que te da la vida. Sabes que llegarán, pero por mucho que intuyas e imagines nunca sabes cuánto van a doler. ¿Acaso estabas tú preparado para la muerte de tu madre?

—No.

—No —repetí, y le estreché la copa de vino—. Aunque sepas que va a suceder, duele igual, puede que incluso más. Alguna vez te has preguntado: ¿Por qué me ha pasado a mí? ¿Por qué todas las desgracias del planeta se cruzan en mi camino?

—Sí.

—Tú y el noventa por ciento de los seres humanos se hacen esa pregunta. Solo hace falta mirar alrededor para darte cuenta de que no tienes la exclusividad del sufrimiento. Se lo dije a tu padre en una conversación. Madres que pierden hijos, hijos con enfermedades inhumanas, la quiebra de un negocio que te daba de comer, desahucios, traiciones. ¿Estás peor que ellos? Mira, no somos menos fuertes que las personas que traspasan, quieran o no quieran, la línea roja de la comodidad. Lo que para ti es un drama insalvable, para otro es un obstáculo que acabará saltando. El secreto está en la actitud. Aceptar el dolor es el primer paso para aceptar la vida. Vivir es aprender a conducir bajo la lluvia, no solo sacarte el carné. Y más nos vale hacernos amigos de la lluvia.

—¿Por qué?

—Porque la tormenta aparece cuando menos te lo esperas.

Me miró fijamente.

—¿Este es el tipo de conversación que tienes con mi padre?

—Sí. Me gustaría tenerlas con el mío, pero con él ya no sé ni de qué hablar. Nos hemos convertido en dos extraños llenos de rencor. Miento, lo suyo no es rencor, es miedo.

—¿A qué?

—A actuar como un padre que dejó de serlo hace quince años. La falta de costumbre hace mella. No es como ir en bicicleta, por muchos años que pasen, la coges y sabes llevarla. Si dejas de comportarte como un padre, se te olvida, para siempre.

—¿Por qué se fue tu abuela a una residencia?

—Porque le dio la gana. Pensaba que era una carga para nosotras. Elegí una residencia magnífica. No me hace sentir menos culpable, pero sé que está bien. Sara, la recepcionista, es genial. El director es un buen hombre. Y en general, el equipo es muy humano, empatizan con los ancianos. Y no es fácil. Lo sé porque durante el primer año la visité a diario. Les preparan días temáticos, sabes. Hace unas semanas celebraron el día de los países. Cada anciano era un país. Mi abuela era Francia. Manda huevos, llegar a viejo para convertirte en Francia. ¿Tienes abuelos?

—Sí. Por parte de madre. Viven en Málaga.

—¿Y los quieres?

—Sí.

—Eso está muy bien.

El camarero, a nuestras espaldas, carraspeó para llamar la atención. Era un hombre de mediana edad, bajito y rechoncho. Nos comunicó que iba a cerrar el salón, que si queríamos pedir algo. Pablo pidió dos copas de vino y le dijo que lo cargara a la cuenta de su habitación.

—Gracias por la invitación. Pero no te confundas, que esto no es una primera cita, eh.

—¿Y quién ha dicho que quiera una cita contigo?

—¿No la quieres?

—No.

Dijo con desgana y soberbia, estudiándome, como si tener una cita conmigo fuera lo último que haría. Me hizo reír.

—¿Por qué?

—Porque tu nombre va unido a la palabra peligro. Livi sabía de qué hablaba.

—Olivia es una niña especial.

—Me he dado cuenta.

El camarero se acercó y dejó las copas de vino en la mesa.

—¿Qué había en el sobre que te han dejado en el cuadro?

—Una tarjeta con una dirección de Carcassonne, Patrimonio Mundial de la Unesco. Ciudad ubicada al sur de Francia. Me fascinó cuando la estudié en la carrera. Y mira por donde ahora voy a ir. Tenemos un par de horas desde aquí.

—Conduciré yo. ¿Has buscado la dirección?

—Sí. Es un restaurante.

—¿Y para qué querrán que vayas a un restaurante?

—A lo mejor quieren invitarme a comer.

Me encogí de hombros.

—Me pregunto qué tiene que ver el cuadro de Dalí con la Asociación —dijo.

—¿En serio es lo que te preguntas?

—¿Tú no?

—No. Me importa una mierda Dalí y su museo. Me pregunto qué quieren de mí y por qué han matado a un chico al lado de mi casa. Me pregunto por qué mi tía se inmoló como si fuera un fanático religioso en un bazar de Siria. Y si tenía una hija, por qué nos lo ocultó. Por qué. Me pregunto qué hacía en Afganistán. ¡Afganistán! Pero ¿qué se le perdió allí? ¿No había otro sitio más… idílico? Me pregunto qué secreto suena en Mónaco. Y por supuesto, me pregunto dónde cojones está mi vecina anciana y su perro de orejas largas y por qué entraron a robar a su casa. Podría seguir —le miré y asentí—, pero me agoto. Como ves, Dalí no está en mi lista de prioridades. ¿Tendrá un significado *El camino del enigma*? Seguro, pero me da igual.

Me bebí de un trago la mitad de la copa de vino.

—No te da igual.

—Vale, no me da igual. Pero no es lo más importante. ¿Eres feliz con tu vida?

—¿A qué viene esa pregunta?

—¿Eres feliz o no?

—A veces.

—La felicidad es lo único importante.

Pablo levantó la vista y estudió los árboles.

—¿Por qué lo dejaste con tu novio?

Enarqué las cejas. Me sorprendió. No le veía haciendo preguntas personales de índole amorosa. No a mí.

—¿Leíste la tarjeta del ramo?

—Sí.

—Está muy feo leer la correspondencia ajena.

—Te necesita. Es bonito.

—No me necesita a mí. Le sirve cualquiera, solo que conmigo tiene confianza porque en algún momento me quiso. Necesita a cualquiera que sepa guiarle cuando esté perdido y tenga problemas. Le dejé por egoísta y porque ya no nos queríamos. No es mal tío, es buena gente, pero no veía un presente con Raúl, así que imagínate un futuro. Y sigue sin saber que mis flores favoritas son los tulipanes. Continúa con las malditas rosas. ¿Y tú? ¿Te has enamorado alguna vez?

—Creo que sí.

—Si solo lo crees es que no has estado enamorado.

Sonrió. Mostrando su dentadura perfecta. Su lado más sincero.

—Eres guapo, estás bueno, eres rico. Tienes un buen trabajo, un piso de lujo en Leeds, una casa a orillas del Sena... Y estás soltero. ¿Qué defecto escondes? ¿La tienes pequeña?

Pablo puso los ojos en blanco y se tapó el rostro con la mano. Negó. No tuve más remedio que reírme a carcajadas.

—Pero ¿por qué eres tan insolente?

—Aún no me habías llamado insolente. Lo sumaremos a borde e insufrible. Venga ya, no soy insolente, soy directa. ¿La tienes pequeña o no? Porque esto no cuadra.

—No me lo puedo creer ¿y sigues?   235

—¿No me vas a contestar? Si te callas me estás dando la razón.

—La tengo enana.

De nuevo estallé en una carcajada. Hacía tiempo que no me reía así.

—La quiero ver.

—¿Qué?

—Que me la enseñes.

Me dedicó una expresión escéptica y cómica.

—Estás de atar. No te la voy a enseñar.

—Tendrías que haberte visto la cara. Es lo mejor que me ha pasado en mucho tiempo. Ha superado con creces a la que has puesto en el museo. Así que el guiri tiene una facilidad abrumadora para criticarme, pero luego es pudoroso para enseñar sus... cositas.

Me dolía el estómago de lo que había reído.

—No haces gracia.

Sonrió.

—No soy nada graciosa.

Pablo me había hecho desconectar de la realidad que me

envolvía como una camisa de fuerza. Me había desatado. Me había llenado los pulmones de aire. Y me encantó.

—Hoy hace calor —pasó la mano por su frente—, más que ayer. Va a llover. ¿Por qué te pusieron Lluvia de nombre?

—Mi tía le dijo a mi madre que si el día que yo naciera llovía, tendría que ponerme Lluvia, como ella. Mi madre aceptó, en mayo es poco probable que llueva en Valencia. Mi madre quería llamarme Ingrid, como la actriz Ingrid Bergman. Pero la noche que nací, diluvió. Diluvió como hacía años no diluviaba. Rayos, truenos, cortes eléctricos. Se inundaron túneles, se hundieron coches. No paró durante dos días. La gran tormenta del año, así, de repente. Y me llamé Lluvia. Las promesas hay que cumplirlas.

Recordé a mi tía contándome la historia. Me gustaba escucharla de su boca, con su risa de ganadora y el dramatismo de una tormenta inesperada.

—¿Qué haces cuándo llueve? —le pregunté.

—¿Que qué hago? Lo que hace todo el mundo, coger un paraguas.

Pegué el último sorbo de vino y me levanté de la silla bajo su atenta mirada. De espaldas me bajé la cremallera del vestido y dejé que cayera al suelo, a sus pies. Anduve por el borde de piedra de la piscina. Cuando llegué al extremo derecho, me tiré de cabeza. No era demasiado grande, la atravesé entera buceando. Esa sensación de bañarse por la noche en una piscina vacía de gritos y llena de silencio. Esa sensación.

Al llegar a la parte izquierda, me impulsé con los brazos y salí. Caminé hacia Pablo. Sostenía mi vestido entre sus manos. También me sostenía la mirada.

—En esta vida hay dos tipos de personas. Los que tienen calor y simplemente lo verbalizan y los que tienen calor y se tiran a la piscina. —Cogí el vestido de su regazo—. Si algún día te dejas el paraguas en casa, avísame, te enseñaré a mojarte. Nos vemos a las ocho.

Di media vuelta y me fui. Pero ya me había quedado con él.

19

*T*úneles de luz. Entre las nubes opacas se colaban estrechos túneles infinitos. Salimos a primera hora de la mañana con una brisa que te refrescaba el pensamiento. Olivia observó cómo ondeaban las banderas que había frente a la puerta del hotel. Estudió, concentrada, el grupo de aves que danzaba sobre nosotros.

—Mira, Pablo. El sonido que hacen las gaviotas se llama graznido.

Los tres contemplamos los pájaros.

—¿Tú sabes por qué no se estrellan entre ellas? Vuelan a la perfección sin estrellarse.

—No tengo ni idea —contestó con la mirada puesta en el cielo.

Entramos al coche. Tenía un sueño espantoso y no podía parar de reproducir la escena de la noche anterior en la piscina. Imagino que él tampoco, pero no se pronunció al respecto en el desayuno. Lo agradecí, porque por la mañana, con la luz del día… la perspectiva había cambiado. A pleno sol no me hubiera tirado a la piscina. Qué irónico.

Carcassonne era nuestro destino. Un restaurante ubicado en la *Cité Médiévale*, en la *rue* St. Louis. Tenía dos horas por delante para martirizarme, para que mi cabeza imaginara sin descanso qué iba a encontrarme más allá de la frontera, en una calle y en un establecimiento que no había escuchado jamás: Le Brasserie le donjon.

Pistas, enigmas y migas de pan que iba guardando en la mochila.

Cariño, te aseguro que mi mochila estaba a reventar.

—¿Queréis que os cuente por qué Carcassonne se llama así?

237

Olivia, desde la parte trasera, rompió el silencio nada incómodo que inundaba el coche.

—Resulta —prosiguió sin esperar respuesta— que hace muchos, muchísimos años, por el siglo VIII, Carlomagno se dedicaba a conquistar parte de Europa y un día llegó a una ciudad del sur de Francia que estaba en manos de los sarracenos. Empezó una guerra con ellos y en uno de los combates acabó con el rey de la ciudad, que se llamaba Ballak. Vamos, que lo mató. Una situación muy trágica para la ciudad. ¿Y quién tomó el mando?

—Carlomagno —afirmó Pablo.

—La mujer del rey —dije yo mientras miraba los molinos de viento que había en la montaña.

—¿Te sabes la historia, Lluvia?

—No. Pero de una forma u otra, las mujeres siempre son capaces de tomar las riendas y tirar para adelante. Las reinas nunca se rinden.

—Bueno —continuó—, su mujer, la dama Carcas se puso al frente y durante cinco años consiguió que Carlomagno no traspasara las murallas de la ciudad. Las cosas se pusieron muy mal, y casi toda la población había muerto por falta de alimentos y de agua. Pero ella no se rindió, colocó muñecos de paja en las murallas y lanzó flechas para que Carlomagno pensara que seguían luchando. Pasaron los días y en la ciudad solo quedaba un cerdo y un poco de trigo. A la dama Carcas se le ocurrió cebar al cerdo, le dio de comer el trigo y cuando estaba llenísimo, lo tiró a la otra parte de la muralla. Al estamparse, el animal reventó y el ejército vio cómo el trigo se esparcía por el suelo. Y de esta forma es como Carlomagno intuyó que la ciudad que intentaba conquistar tenía tantos medios y recursos que incluso cebaban a sus animales. Y se retiró porque pensó que no podría ganar. Y ahora viene el final. Antes de que se retirara el ejército, Carcas quiso firmar la paz con Carlomagno e hizo tocar las trompetas por toda la ciudad. Y alguien dijo: «Carcas sonne», «Carcas suena», y por eso se llama Carcassonne.

—Me encanta —afirmó Pablo.

—A mí también. He leído que las murallas miden tres kilómetros, tiene cincuenta y dos torres y veintidós pozos que abastecían a la ciudad. Y el plato típico, que es superfamoso, se llama *cassoulet*. Un guiso con alubias y carne. ¿Y sabes qué, Lluvia?

—Qué.

—Que en Carcassonne hay una tienda única y exclusivamente dedicada a *El principito*. ¡Te lo puedes creer! ¡Es mi libro favorito! ¿Podemos ir? Está en la *rue* Cros Mayrevieille.

Le dije que sí para que se callara, pero no sabía adónde íbamos a ir ni qué me esperaba dentro de las murallas de una ciudad medieval llamada Carcassonne gracias a una reina incombustible al desaliento.

Era la primera vez que Olivia estaba en Francia. Se mostró emocionada. «*Merci et à bientot*», leyó en el cartel azul que nos dio la bienvenida al país vecino.

Cuando cogimos la autopista de Dos Mares, a sesenta kilómetros de Carcassonne, Pablo me preguntó:

—¿Estás nerviosa?

—No, expectante.

—¿Estás cansada? —dijo Olivia.

—Desorientada. Sé quién leía el texto, ayer en el museo, pero no quién lo ha escrito. Quién estaba disfrutando con el numerito daliniano. No sé quién dejó el sobre en el bastidor. Y no sé por qué acabo de cruzar una frontera. Quiero ver a Victoria y a mi abuela.

—Pero ¿no estabas harta de tu rutina?

—Estaba menos harta de lo que pensaba.

—¿Sabes por qué estás expectante y desorientada? Porque estás saliendo de tu zona de confort —afirmó ella, y Pablo sonrió—, es normal que te estreses. Cuando las personas no tienen la situación bajo control, se agobian porque no saben cuál va a ser el próximo paso. Pero a largo plazo, salir de la zona de confort es un acto instructivo y reconfortante, implica valentía. Lo leí en una revista. Y te hace crecer como ser humano y superar barreras mentales. Confías más en ti.

—Olivia, cielo, yo nunca he salido de la zona de confort porque nunca he entrado.

Paramos frente a la puerta de Narbona, a la entrada de la *Citè Médiévale*, y contemplamos el rostro de la famosa dama

Carcas esculpida en piedra. Era espectacular. Estábamos fascinados. Las murallas, las torres, las montañas. Acabábamos de entrar en un cuento, nos habíamos teletransportado a otra época en un parpadeo. Pura fantasía en mitad de la realidad. Había una gran afluencia de turistas, carros de caballos pasaban junto a nosotros, caballeros con ropajes de antaño portaban espadas y escudos.

Dejamos atrás un cementerio y nos mezclamos entre el gentío. Al entrar, hicimos una parada en la oficina de turismo. Olivia se proclamó la guía oficial. Me preguntó cuál era la dirección.

—Rue St. Louis.

Observó el mapa y trazó con el dedo el recorrido.

—Atravesamos la Place du Château y seguimos por la Rue du Vicomte, así vemos la basílica, aunque sea por fuera, que dicen que es increíble. Y a quinientos metros está nuestra calle. Cuando terminemos, podemos ir a ver el castillo y la tienda de *El principito*.

Echamos a andar por las callejuelas atestadas de tiendas y restaurantes. El trazado era desordenado pero la ciudad era bella. Se respiraba historia y pasado y magia. Cruzamos la pequeña Place du Château. Le dije a Olivia que me diera la mano porque la marabunta de turistas que iban y venían como olas era cada vez mayor. Nos detuvimos en la iglesia de San Nazario. Ellos comenzaron a hablar de estilos arquitectónicos y vidrieras. Yo me concentré en una guía turística. Explicaba a su grupo que la *suite* de La Cité, el hotel que teníamos al lado, costaba mil euros la noche. Todos rieron e hicieron aspavientos de sorpresa. Pernoctar en otra época es lo que tiene. Que sale caro.

Llamé la atención de Pablo y Olivia y nos dirigimos hacia la calle que indicaba la tarjeta de la Asociación. Dejamos atrás una tienda de chocolates artesanos, de escudos, de jabones y de frutas. Llegamos a la Rue St. Louis. Una emoción que no sé explicar se me removió por dentro. La expectación, supongo. Era una calle muy corta. Desde el principio veías el final. Y en el final estaba la entrada del restaurante, pero al principio vimos una reja gris, sobre ella había una cristalera con seis hojas de la carta. Detrás de la verja había un jardín, una terraza con una veintena de mesas y un olivo centenario, de más de cuatro metros. En la mesa pegada al olivo había un periódico y una copa de vino tinto, pero nadie ocupaba la silla. Era un lugar bonito. Inspiraba tranquilidad. El verde de los arbustos y el rosa de las flores le daban el punto de color a un sombrío día cubierto de nubes.

—Es la terraza del restaurante —dijo Olivia, agarrada a la verja que permanecía cerrada.

Un camarero limpiaba las mesas y barría.

—Buenos días. Si queréis entrar, por la puerta principal, por favor —explicó en francés un chico jovencito, y señaló el edificio de piedra contiguo.

Anduvimos hasta la puerta, un farol negro colgaba en la fachada. Entramos. El lugar era un híbrido entre taberna y restaurante rústico. A la izquierda había unos bancos de tapicería acolchada de color beige anaranjado y a la derecha, cuatro o cinco mesas con vistas a la calle. Olía que alimentaba. Al final del restaurante se abrían dos puertas que daban acceso a la terraza que habíamos visto desde fuera. Los camareros se movían arriba y abajo. Una chica se dirigió hacia nosotros, hacia un mostrador de madera ubicado en la entrada. Iba uniformada y era tan joven como el camarero que nos había indicado por donde debíamos entrar.

—*Bonjour*, ¿tenéis una reserva? —Nos analizó con disimulo.

—Ehhh, no.

Olivia y Pablo me miraron para ver qué decía. La tarjeta me indicaba la dirección y el nombre del restaurante, pero no si tenía que preguntar por alguien o esperar o comer.

Abrí la mochila y le mostré el sobre.

—¿Alguien ha dejado un sobre como este aquí? ¿O un mensaje para Lluvia?

—No —dijo—, pero voy a preguntar a mis compañeros.

Salió del mostrador. Me sentí ridícula.

—¿Qué? —les pregunté—. ¿Tenéis una idea mejor?

Los dos negaron.

—Qué bien hablas francés —advirtió Pablo—. ¿Sabes más idiomas?

—Latín.

Olivia se echó a reír. La chica regresó. Sin sobre.

—Lo siento. Nadie ha dejado un sobre ni un mensaje.

—Genial.

—Si quieres puedes volver en una hora. Mi jefe ya estará aquí. A lo mejor él puede ayudarte.

—Claro. Volveré en un rato. Muchas gracias.

Salimos a la calle. Mi cara era de hastío.

—Volveremos luego —afirmó Pablo.

—Sí.

—¿Podemos ir a la tienda de chocolates por la que hemos pasado?

—Venga, vamos —le contesté a Olivia.

Echamos a andar por donde habíamos venido. Cuando pasamos ante la reja de la terraza, alguien llamó mi atención con un tshhh.

Me paré y me acerqué.

—¿No me estarás buscando a mí?

Agarré con las dos manos la verja gris sin saber a qué lado quedaba la libertad.

—¿Usted? ¿Usted?

—Sí, señor. ¡Bendito destino! —afirmó, poniéndose en pie.

No daba crédito a lo que veía.

—¡Es el hombre del ginkgo! —exclamó Olivia.

—¡Maldito hijo de…! —Le di una patada a la verja, estaba furiosa—. ¿Se lo ha pasado bien espiándome y mandándome tarjetitas? ¡Será…! Argggg

Pablo posó su mano sobre mi hombro para que me tranquilizara. El gesto me enfureció el doble. Seguí gritando improperios en español hasta que el caballero, igual de elegante que cuando lo conocí en el jardín de Monforte, le dijo al camarero que abriera la verja antes de que la tirara abajo.

El chico sacó un manojo de llaves y se acercó a abrir. No podía separar la vista de él, del señor que me contemplaba con astucia. Entré en la terraza como un toro bravo. Lo alcancé y le miré a los ojos, verdes e impenetrables.

—¿Contento? ¡Ya me tiene aquí!

—Contento de verte, sí. Y vienes muy bien acompañada. Hola, Livi.

Olivia le contestó, entre contenta y sorprendida. Pablo le estrechó la mano.

—Un placer, Abel Magnusson.

Los tres nos quedamos perplejos. Se me paró el corazón al oír su voz pronunciando ese nombre. Su nombre.

—¿Abel Magnusson? ¿No me lo podía haber dicho el primer día? ¿Sabe lo que me ha costado encontrarle? ¿En serio? ¿Abel Magnusson es usted?

—¿Decepcionada?

—¡Enfadada! ¡Y harta de estos sobres!

Saqué el sobre de la mochila y lo lancé en la mesa. Él lo cogió y acarició el lacre con la flor de loto impresa.

—Hacía años que no veía un sobre de la Asociación. ¿Cómo me has encontrado? ¿Te lo han dicho ellos?

—¿Ellos? Pero ¿está de coña? ¡Usted me los ha mandado!

—Yo no.

—¡No le creo! ¿Y entonces qué hacía en Valencia? ¿Seguirme y espiarme por aburrimiento?

—Siéntate y mantendremos una breve conversación.

—De breve, nada. La he liado mucho para llegar hasta aquí —arrastré la silla y me senté—. No voy a levantarme hasta que no esté satisfecha con las respuestas y tengo un carro a rebosar de preguntas.

Abel Magnusson tomó asiento.

—Ellos no pueden quedarse.

—Ellos se quedan.

—No —afirmó.

Su negativa estaba llena de seguridad. Me dio la sensación de que me sería imposible negociar su determinante «no».

—No te preocupes —dijo Pablo—. Vamos a dar una vuelta al castillo y a la tienda de *El principito* y volvemos.

Nos dedicamos una mirada de complicidad.

—Está bien. No la pierdas de vista.

Salieron de la terraza y yo me quedé en silencio. Analicé al señor Magnusson y los tres troncos ramificados del espectacular olivo.

—¿Quieres beber algo?

—No.

—El vino de esta región es fantástico.

No contesté.

—Guillaume —llamó al camarero—, una botella de agua para la señorita.

—¿Qué hace en Carcassonne? ¿Por qué me seguía? Y ¿dónde está Geraldine?

Dio un sorbo a la copa de vino.

—Paso algunas temporadas en Carcassonne. Tengo buenos amigos por aquí. El dueño del restaurante, por ejemplo. Te observaba porque recibí una llamada de la Asociación. Me comunicaron que la sobrina de Lluvia había hecho acto de presencia. Tenía una relación especial con tu tía, quería asegurarme de que estabas bien. Seguía a los que te seguían. En el jardín de Monforte había un fotógrafo, te hacía fotos a ti no a los árboles.

Guillaume, el camarero, como si le hubiera leído la mente, dejó en la mesa una botella de agua, un vaso y un sobre blanco. Abel Magnusson lo abrió y dejó a la vista una docena de fotos en las que salíamos Olivia, Luca y yo. Tragué saliva.

—¿Por qué? ¿Por qué me siguen a mí? ¡Soy una chica normal!

—Llegaremos a ese punto.

—¿Cómo ha conseguido las fotos y cómo sabía que me seguían?

—Experiencia. Muchos años en el negocio del espionaje. Intercambié unas palabras con el fotógrafo y *voilà*, ahí las tienes.

Sostuve en la mano una de las fotografías. Me puse enferma al ver a Luca.

—Ha dicho que recibió una llamada de la Asociación. Tenía entendido que cuando se sale de la Asociación, no existe contacto entre los miembros.

Sonrió.

—¿Con quién has hablado?

—Qué más da.

—Sí, qué más da —repitió e hizo una pausa—. Es cierto, cuando nos desconectamos, cuando terminamos nuestra colaboración, cortamos cualquier tipo de comunicación. Se cierra una etapa. Pero en algunas ocasiones, en muy pocas, se descuelga un teléfono. Como cuando murió tu tía. Desde aquel fatídico diez de mayo no había vuelto a tener noticias de la Asociación. Hace unos días me llamaron y me dijeron que habías aparecido en una reunión a la que nadie te había invitado.

—Las buenas noticias vuelan.

—No tenías que haber estado allí.

—Alguien quería que estuviese allí. ¿Está seguro de que no fue usted?

—Muy seguro. No sé qué has descubierto ni por qué, pero debes grabar a fuego en tu cabeza, como los tatuajes que llevas, que la Asociación no existe. Es lo primero que tienes que aprender. Memorízalo y no lo olvides. No existe.

—Pues para no existir me están dando mucho por el culo. Geraldine. ¿Dónde está? No me ha contestado.

—No sé dónde está. No tengo noticias de ella. Pero conociéndola, me apuesto mi mano derecha a que está mejor que yo.

—¿No tiene noticias? Qué mal acabó el matrimonio, ¿no?

—Hay matrimonios que mueren antes de nacer. Pero no fue nuestro caso porque nunca nos casamos. Solo hicimos creer que estábamos casados.

—¿Por qué?

—¿Te suena la mina Kollur, en India?

—No.

—En 1650, se encontró en la mina Kollur un diamante. Una gema mítica, impresionante, de una belleza jamás vista. Lo llamaron el Gran Mogol, el diamante más grande encontrado en la India y uno de los más grandes del mundo. Lo llamaron así porque cayó en las manos del emperador Mogol, Shah Jahan, el constructor del Taj Majal. Si buscas información sobre el diamante, comprobarás que su paradero es desconocido. Diamante extraviado. Se perdió su pista en la caída del imperio mogol, después de la conquista a Delhi. Expertos afirman que lo robaron y lo cortaron en gemas más pequeñas. Otros afirman que el Gran Mogol es el diamante Orloff, un diamante engarzado en el cetro imperial ruso. Incluso hay quien está convencido de que se encontró en el tesoro iraní que abrieron en 1960. Leyendas que, por supuesto, no son ciertas.

Me recosté con las manos cruzadas sobre el regazo. Arqueé las cejas. Incrédula.

—¿Todo esto es por una mierda de diamante?

—*Mon dieu* —afirmó—. Si algunos te oyeran decir tal barbaridad sobre el Gran Mogol, te matarían.

Seguí con la misma expresión.

—Esto es porque los diamantes han sido, junto al oro, fuente de poder y codicia. ¿Quieres que continúe o no?

—Adelante.

—Con el paso de los años, mis padres y los padres de Geraldine se hicieron íntimos amigos. Mi familia se trasladó a París cuando nosotros éramos unos niños. Así conocí a Geraldine. Ella era... diferente. Desde niña mostró una sensibilidad especial. Pasaba horas meditando, entraba en otra dimensión. Su madre afirmaba que podía ver la bondad y la maldad de las personas solo con mirarlas. Y que cuando se concentraba, le venían a la mente visiones, imágenes futuras. También decía que su hija era un milagro porque ella no podía quedarse en cinta, pero Geraldine llegó, como si fuera obra del Espíritu Santo.

Se mantuvo en silencio. Recordando.

—Ella me ayudó en mi primera misión en la Asociación —añadió.

—¿Cómo entró en la Asociación?

Sonrió.

—En la Asociación no se entra, te meten.

—Creo que he escuchado esa frase antes.

—Mi profesor, Ronald Grey. Fue por él. Mi padre trabajaba jornadas enteras y Ronald se convirtió en un tutor, en un referente. Él formaba parte de la Asociación. Me introdujo en un mundo desconocido que pronto se convertiría en mi modo de vida. Un mundo fascinante al margen de la ley y de la realidad. Empecé como observador e informador. Espiaba. Me utilizaban para ir de un sitio a otro y recababa información sobre lo que ellos consideraban importante. Primero, hay que observar hasta que te duelan los ojos. Y luego, cuando conoces las escenas y los protagonistas de memoria, actuar y hacer el mejor papel hasta conseguir que te aplaudan. ¿Y sabes qué sucede con los aplausos, Lluvia?

A esas alturas su voz y sus gestos me habían embelesado.

—Qué.

—Que crean adicción.

—Ya. ¿Por qué Besalú?

—Por dos razones. Nos llegó una información exclusiva. Iban a comprar el Gran Mogol y el intercambio se efectuaría en Besalú. La Asociación había pasado siglos tras su pista. No por su valor, sino porque lo habían reclamado desde la India. Debíamos descubrir quién iba a comprarlo, cómo harían la entrega y lo esencial, comprobar minuciosamente si era el verdadero diamante, el de 1650. Una misión sencilla, era mi periodo de prueba. No se corrían grandes riesgos pero se evidenciaría mi valía. Da igual si eres arquitecto, misionero, banquero o cajero de supermercado. No importa nada qué eres ni quién eres para formar parte de la Asociación. Cuenta lo que vales. Si eres capaz de llegar hasta el final y dar lo mejor de ti, entras y descubres, si no... Que seas muy feliz en la vida que te han diseñado tus padres, tus amigos, las obligaciones o la sociedad.

—Intuyo que llegó hasta el final.

—Geraldine y yo nos trasladamos a Besalú como matrimonio en busca de trabajo. Éramos jóvenes, felices, inmigrantes. Una pareja ideal con ansias de encontrar un futuro prometedor. La infiltramos de forma sutil en la fábrica de Cal Coro. Harían el envío desde Francia. Devolverían uno de los pedidos. Decenas de jerséis para el ejército, con taras, empaquetados en veinte fardos. No podía ser de otra manera. Escondido entre la ropa. Camuflado. Un diamante de tal calibre brillaba demasiado en una España en blanco y negro. Geraldine debía entrar en la fábrica de los Hermanos Corominas, pasar desapercibida y ser una más junto a las cuatro mujeres que trabajaban en la sección de acabados y preparación de encargos. Y así fue. Durante meses trabajó con ellas mientras yo me dedicaba a mis asuntos.

—¿Lo enviaron?

—Sí. Reconozco que sin Geraldine hubiera sido imposible. El trabajo sucio lo hizo ella.

—¿Y a quién se lo enviaban?

—A Josip Broz, conocido como mariscal Tito. Jefe de Estado de Yugoslavia desde el final de la Segunda Guerra Mundial hasta que falleció a los ochenta y siete años. En el treinta y seis, colaboraba desde París con la oficina de reclutamiento para las Brigadas Internacionales, estas apoyaron a la Segunda República Española durante la Guerra Civil. De vez en cuando, el mariscal Tito viajaba a nuestro país, hacía noche en Besalú y mantenía reuniones secretas y encuentros con su amante al otro lado de la frontera, aunque decían que estaba casado y que tenía un hijo. En alguna ocasión hablé y fumé con él. Un tipo interesante e inteligente, acostumbrado a huir, un erudito en la batalla, preparado para perder pero sobre todo para ganar. A Stalin lo llevaba de cabeza, le envió sicarios para asesinarlo y sabes qué le dijo: «Deje de enviar personas para matarme, ya hemos capturado a cinco… Si no deja de enviarme asesinos, enviaré uno a Moscú y no tendré que enviar un segundo». Así era el mariscal Tito, su biografía no tiene desperdicio y él tenía unos cuantos diamantes que habrá dejado en herencia. Le encantaban las joyas y el lujo. Siempre llevaba un anillo con un diamante. Pero no era el Gran Mogol. Geraldine lo interceptó. Teníamos a un equipo de cuatro especialistas que habían venido de distintas partes del mundo, estaban preparados para analizarlo. Si era el verdadero, Tito nunca lo tendría. Si era una réplica perfecta, se haría creer a Tito que era el poseedor del diamante más grande de la India. Al final, fue la segunda opción, porque aunque era bello y perfecto, no era el verdadero. El verdadero tenía, tiene, una imperfección, y eso lo hace único.

248

El señor Magnusson bebió un sorbo de vino y yo de agua.

—Después, Geraldine volvió a Francia y yo seguí colaborando con la Asociación.

—¿Y ella no?

—Ella también, pero de una forma en la que nadie podía colaborar. Como te he dicho, Geraldine es especial. Posee un don.

—No hace falta que lo jure. ¿Y qué tiene que ver mi tía con Besalú y con el anillo? ¿Y qué tengo que ver yo? ¿Y qué es la Asociación?

Tras mi última pregunta, un relámpago nos sobresaltó. Miramos hacia el cielo. Segundos después, oímos el trueno.

—Tu tía era pura luz, un relámpago. Era rápida, se movía a una velocidad mayor que el sonido. Iluminaba.

—Pues yo no soy luz, soy puro ruido. El trueno que avisa de que la tormenta está sobre nosotros.

—Os hubierais complementado a la perfección.

—Oh, sí, si no hubiera salido volando en un piso de Madrid, nos hubiéramos complementado de puta madre. ¡Pero resulta que se inmoló! Como una loca, dejándonos solas. ¡Y no sé por qué!

Me revolví en la silla.

—Fue un fatal accidente.

—Y una mierda. Se quitó la vida por algo, o mejor dicho, por alguien. No me ha contestado.

—Tu tía no tiene nada que ver con Besalú y el diamante. Y tú tampoco.

—Y entonces por qué fue a Besalú, a casa de Bosco Barceló. Por qué le dieron una paliza y por qué mi madre y yo tuvimos que venir a por ella.

El señor Magnusson puso las palmas de las manos hacia arriba, en señal de desconocimiento.

—No lo sé. Pero no fue por el anillo. Nunca me dijo que fuera a Besalú.

—¿Y usted era su amigo? ¿Su protector? O me han informado mal o me está mintiendo, y como sea lo segundo, me voy a mosquear mucho. No quiera presenciar lo que soy capaz de hacer enfadada. La última vez que intentaron tomarme el pelo acabé desalojando una sala del Teatro–Museo Dalí y rajando uno de sus cuadros. Hágame un favor y no me ponga a prueba.

—Sí, señor. El mismo carácter incontrolable. Fui algo más que su amigo y su protector. La quería, la quería de verdad. Un amor pasional, único e imposible. He tenido dos grandes amores en mi vida: Elena Ivanovna y tu tía Lluvia. Dos mujeres irrepetibles. Dos líderes de la Asociación.

«Elena Ivanovna», repetí mentalmente. Magnusson le hizo un gesto al camarero para que le trajera otra copa de vino.

—Te sonará más el nombre de Gala. Una mujer desconocida, enigmática, intuitiva. Gala, esposa y musa de Salvador Dalí.

—No me joda. ¿Dalí formaba parte de la Asociación?

Se echó a reír.

—No. Él estaba ocupado con sus pinturas y su locura creciente. Él era el genio, pero ella tenía el genio. Gala era fría y calculadora. Debía conocer a Dalí y lo conoció. Debía quedarse con él y se quedó. Entró por la puerta grande y ya nunca salió. Se relacionaba con numerosos artistas e intelectuales y eso era bueno, muy bueno. Dalí no se oponía a sus relaciones extramatrimoniales, era consciente, le gustaba ver cómo practicaba sexo con otros hombres.

—¿Con otros hombres como usted?

No contestó.

—Hasta que Gala apareció, Dalí era un ser inseguro y atormentado. Estaba perdido. Gala fue el camino. Lo que ella hiciera y dijera estaba bien, le proporcionaba seguridad, apoyo, confianza. Le proporcionó lo que él necesitaba, la salvación. Ella se dedicaba a alimentar el ego y la extravagancia del artista, a hacerle creer que era único y talentoso. Gala se convirtió en mecenas de jóvenes artistas, hacía favores a quien le hacía… favores. Y como no, fue una gran líder de la Asociación, no fue la única, pero sí una de las lideresas más importantes del siglo xx. Estuvo al mando de operaciones importantes.

El relato del señor Magnusson me estaba creando el doble de expectación de la que tenía y más dudas de las que albergaba antes de sentarme en la silla.

—¿Qué son operaciones importantes? ¿Qué es la Asociación? ¿Una secta? ¿Una sociedad secreta? ¿Un grupo de majaras? ¿Qué hacen?

Se inclinó hacia delante. Apoyó los codos en la mesa y cruzó las manos.

—Los masones, los templarios, el priorato de Sión, los esenios, los misteriosos rosacruces, la sociedad del Anillo… ¿Qué tienen esas sociedades secretas en común?

—No lo sé.

—Que no son secretas —afirmó—. Se conocen, se estudian, se hacen tesis y documentales sobre ellas, sobre sus ceremonias iniciáticas, lenguajes y simbología. No encontrarás información de la Asociación en Wikipedia. Voy a darte una pequeña pincelada sobre la Asociación, como si fuera Dalí delante de un lienzo. Una pincelada muy muy pequeña en un lienzo muy grande.

Carraspeó.

—Un grupo de individuos que se asocian para lograr un objetivo específico. Sí, la Asociación es una sociedad. ¿Se comparte información entre los miembros del grupo y no con el resto de personas? También. ¿Sus socios se mantienen anónimos y trabajan en secreto? Sí. Como te he dicho, la Asociación no existe, por lo que su trabajo es invisible. La Asociación no está inscrita en registros, no tiene bienes, se desconocen sus integrantes y no se informa de las reuniones ni logros a todos los miembros. No es necesario. Como en muchas otras hermandades o asociaciones, dentro de la propia Asociación hay un Comité privilegiado y secreto formado por un reducido número de personas que ocultan sus fines a los miembros de rango inferior. Existe una jerarquía clara y marcada. Una estructura a prueba de bombas. El mecanismo perfecto de un reloj suizo. ¿Es la Asociación una Sociedad Secreta? Sí, lo es. Una de las más longevas e importantes de la historia. La Asociación está en otro nivel. ¿Esconde un secreto milenario? Sí. ¿Son una secta? No. ¿Son un grupo de majaras? Puede. Pero majaras inteligentes. Majaras que poseen información confidencial.

El señor Magnusson hizo una pausa y enmudeció. Miró mi expresión. Estudió mi reacción al milímetro.

—¿Formó usted parte del Comité privilegiado y secreto de la Asociación?

—No.

—¿Formó mi tía parte de ese comité?

—Sí.

Su afirmación sonó a condena.

—¿Y el precio que pagó por saber más que el resto fue la muerte?

—Puede ser. Quizá su destino era morir joven. La curiosidad mató al gato, pero murió sabiendo.

—Estamos hablando de mi tía, no de un gato imaginario. Así que no haga comparaciones absurdas porque hiere mi sensibilidad. ¿No hay un decálogo o estatutos escritos en la Asociación?

—No hay estatutos escritos ni cultos misteriosos, pero está perfectamente organizada.

—¿Y si alguien se va de la lengua? ¿Si un miembro de la Asociación destapa el perfecto entramado del que habla? ¿Qué pasa si quedan al descubierto? ¿O si alguien se infiltra?

Negó.

—Es muy difícil que ocurra. Pero tienes razón, puede que a un miembro se le vaya de las manos la situación y largue más de la cuenta a quien no debe. Si eso sucede, se toman medidas de forma rápida y contundente. Nunca, nadie, podrá destapar la Asociación. Nunca, nadie ajeno al núcleo central conocerá el secreto de la Asociación. Nunca, nadie con un mínimo de sentido común hablará de la Asociación con una persona ajena a ella. No imaginas el poder que albergan. Más que cualquier persona u organismo que te venga ahora mismo a la cabeza.

No me vino ningún organismo a la cabeza, pero se me hizo un nudo en el estómago. Yo le había hablado de la Asociación a media docena de personas. Quedaba claro que mi sentido común estaba de vacaciones.

—Usted se está saltando a la torera el código de silencio implícito. Está hablando de la Asociación con alguien que no forma parte de ella.

—Lluvia, por favor, tú siempre has formado parte de la Asociación.

—¿Yo? En serio, se están equivocando.

—La Asociación no se equivoca.

—¿Le llamaron para que me vigilara?

—No. Me llamaron para informarme de que habías aparecido por sorpresa y en la Asociación, las sorpresas y las visitas inesperadas no son bienvenidas. Se formó un revuelo inusual. Un desconcierto rotundo y angustioso. Me llamaron para preguntarme qué sabía. No me contactaron, después de años de silencio, para que concertara una cita contigo y te hablara de la Asociación. No. Yo estoy inactivo. Esa no es mi labor, es la de ellos.

—Se está extralimitando. Quizá tomen medidas contra usted. Quizá lo maten.

Asintió y me regaló un gesto de indiferencia.

—Me arriesgaré. Si lo consideran oportuno, que me maten. Con el tiempo pierdes el miedo a vivir y a morir, incluso a la forma de hacerlo.

Sonrió. Sí, el señor Magnusson se acarició la nuca y sonrió.

—Hace unos doce años, Jon Contreras, director de banco. Un hombre con extraordinarios contactos, una esposa y dos hijos, colaboraba con la Asociación. Manejaba información y documentación importante sobre la industria armamentística. Contactó con un periodista. Y ¿sabes dónde está el señor Contreras?

—¿Muerto?

—En la unidad de psiquiatría del Hospital La Paloma, en Uruguay. Ido y balbuceando estupideces sobre una asociación con otros renglones torcidos.

—¿Y le hace gracia?

—No. Me inspira lástima. Pero me hace gracia que alguien crea que es más listo que la Asociación. Esta valora la lealtad por encima de todo. La Asociación es discreta, hermética, eficiente, sutil. Pero puede convertirse en un animal salvaje si tiene que defenderse.

—¿Quién manda? ¿Cómo se organizan? ¿Cuándo nació la Asociación?

Un trueno nos sobresaltó. Cayeron las primeras gotas. El señor Magnusson llamó al camarero y le pidió que abriera una sombrilla estable y fuerte. Y ahí me vi, bajo una sombrilla enorme y blanca, sentada junto a un olivo centenario en una terraza de Carcassonne. Frente a Abel Magnusson, recibiendo una lección rápida para entrar en las fauces de la Asociación. Y de banda sonora, la lluvia.

—Quién manda… Manda el director de orquesta, el Gran Maestre. Existe el Comité privilegiado y secreto, está formado por cinco miembros. Solo el Gran Maestre sabe quiénes son. Ante el resto, pueden mostrarse como personas de un rango inferior, ocultando su verdadera posición. En otro escalón está el Gran consejo o Junta auxiliar, que se divide en secciones perfectamente jerarquizadas. Cada sección es un grupo de gente vinculada a una misión u objetivo de diversa índole. Unos recaban información, otros la transmiten, otros

253

encubren, otros se infiltran y otros... ejecutan. El entramado u organigrama es complejo pero la estructura está bien definida. En la Asociación no llevan túnicas ni máscaras ni capirotes. No hacen extraños ritos de iniciación ni organizan orgías.

—Vaya, con lo que me gustan las orgías.

Calló. Me clavó la vista con gesto serio. Y siguió.

—La Asociación ofrece ayuda y presta sus servicios y medios. Actúan en la sombra, pero juegan un papel fundamental en la cotidianidad de la población. Los elegidos para formar parte de la Asociación siguen un proceso de aprendizaje, se les pone a prueba. Si son útiles y tienen las capacidades necesarias para entrar, se quedan y descorren la cortina para averiguar la verdad.

—La verdad ¿de qué?

—La verdad sin más, Lluvia. La verdad. La gente vive entre mentiras y bulos, felices y contentos o amargados y estresados, pero dentro de una burbuja, una gran burbuja llamada sociedad. Fuera de la burbuja hay intereses, dinero y poder. Las personas que dominan el mundo no salen en la lista Forbes ni en la televisión ni en la prensa. La Asociación entra y sale de la burbuja cuando quiere porque sabe que la burbuja existe y que hay una puerta de entrada y de salida. Lo importante no se hace público, nunca. —Hizo una pausa—. ¿Te parece descabellado?

—No.

—Me alegro. Porque la Asociación no es una sociedad secreta más. Su existencia es vital y no por los siglos de historia que tiene, sino por el secreto que esconde.

El señor Magnusson cogió una servilleta y sacó un bolígrafo de la parte interior de su chaqueta. Dibujó una pirámide. Trazó unas líneas dentro haciendo separaciones.

—Los de aquí —señaló la parte alta de la pirámide—, no tienen por qué saber qué hacen los de aquí —señaló la parte baja del triángulo—, ni sus secretos ni sus misiones, ni siquiera su verdadera identidad. Todos tienen una vida dentro de la burbuja y pasan desapercibidos según el grado de notoriedad que alberguen en su día a día. En la Asociación hay economistas, historiadores, taxistas, politólogos, especialistas en Oriente

Próximo, artistas, ratas de biblioteca, señoras de la limpieza y coroneles expertos en geopolítica. La chica que se sienta a tu lado en el metro, leyendo una novela, ella puede pertenecer a la Asociación. Y cada uno juega su papel. Porque una vez dentro, o juegas o te la juegan. La Asociación es un precioso mosaico compuesto por infinidad de piezas.

Observé cómo caía la lluvia y me salpicaba las piernas.

—¿Un precioso mosaico de 2.117 piezas?

Aplaudió de forma lenta, orgullosa. Acompañó los aplausos con media sonrisa.

—Has estado rápida. ¿Te gustó?

—Un suelo muy elaborado el de la sala de la FAMA, sí. Me hubiera gustado ver el Museo de la Seda pero no me dio tiempo.

—¡La seda, Lluvia! De ahí nace la Asociación y su secreto.

—¿De la seda?

—Sí. Las primeras ordenanzas del gremio, el texto original data de 1477 y fue redactado por cincuenta y seis maestros sederos, una docena de ellos eran genoveses. Nació el gremio de los sederos en Valencia y en febrero de 1479 se aprobaron las primeras ordenanzas, que fueron ratificadas por el rey Fernando el Católico. Años más tarde, el gremio fue elevado a Colegio del Arte Mayor de la Seda, título otorgado por el rey Carlos II. El gremio de los sederos fue un referente mundial y el sustento económico de Valencia. Más de veinticinco mil personas trabajaban en la industria de la seda, más de cuatro mil telares dentro de los muros de la ciudad. Puedes hacerte una idea de la importancia que tuvo la seda y el momento de máximo esplendor que se vivió en Valencia, tanto que se convirtió en un centro comercial único. Todo ello tuvo consecuencias. En 1482 se construyó la Lonja de los Mercaderes que pasó a ser la Lonja de la Seda, ya que la seda movía el mundo y fue el material que más se comercializaba, la protagonista del cuento. En Valencia había trescientos maestros sederos y a la Lonja acudían mercaderes de todas partes de Europa para hacer negocios con el género. Pero no solo la Lonja tuvo una importancia vital que ha llegado hasta nuestros días. En 1494, los sederos valencianos compraron un solar y allí se edificó el Colegio del Arte Mayor de la Seda, sede del gremio. El edificio

255

que tú visitaste, restaurado y convertido en museo. El salón de la Fama es la estancia principal, allí se reunían los máximos dirigentes de la institución.

Magnusson hizo una pausa y siguió:

—Del antiguo gremio de sederos nació la Asociación.

—¿Por qué?

—Porque ellos fueron poseedores del mayor secreto de la historia. Si Valencia se ubica en el mapa como el final de la Ruta de la Seda que se inicia en Xian, China, no es casualidad. Comerciantes y mercaderes que habían recorrido la ruta, no solo trajeron mercancías y bienes de distintos reinos. Los elegidos, los que tuvieron suerte y no murieron helados en sus caravanas y no fueron asaltados por ladrones, llegaron con un secreto bajo el brazo. Un secreto que fue transmitido a un pequeño y selecto grupo de sederos. Ante la magnitud de la revelación se creó la Asociación. Primero, para guardar el secreto bajo llave. Segundo, para iniciar la búsqueda, unidos por un mismo objetivo.

—¿La búsqueda de qué?

—Solo el Gran Maestre y el Comité privilegiado conocen el secreto y qué buscan.

—¿Quién es el Gran Maestre?

—Ni tú ni yo lo sabremos nunca.

—¿Mi tía conocía el secreto?

—Sí. Y buscaba, a saber qué, en Afganistán. Viajó allí en tres o cuatro ocasiones. Como te he dicho, fue una líder. La Asociación nació con una misión clara y concreta, pero con el paso de los siglos, sus funciones se han ampliado, los asuntos que atienden se han diversificado. ¿Ves este olivo? —Señaló a su derecha—. Del tronco robusto nacen tres brazos y de los tres brazos, pequeñas ramas que culminan en cientos de hojas. La raíz de la Asociación es el secreto y el tronco lo sostiene absolutamente… todo.

Tomé aire. Pensé en mi tía. La maldije, y a la vez sentí una especie de orgullo difícil de explicar.

—¿Se supone que no finalizó la misión y la tengo que terminar yo?

—En la Asociación no se supone, Lluvia. Cuando llegue el momento descubrirás qué quieren de ti.

—Me cuesta creer que los maestros sederos no dejaran un legado escrito.

Magnusson se echó a reír.

—Dejaron innumerables documentos escritos. El archivo del Colegio del Arte Mayor de la Seda es el archivo gremial más antiguo, amplio e importante de Europa. Consta de volúmenes guardados a lo largo de los siglos, casi siete siglos de vida. Ordenanzas, historia, libros de actas, de aprendices, de maestros. Documentos que hablan de actividades económicas y producción. Setecientos libros y un centenar de cajas con archivos de distinta índole.

—¿Y ni un documento habla de la Asociación? ¿Ni una línea sobre el secreto y qué buscan? ¿Sobre lo que los mercaderes les transmitieron a los maestros sederos? ¿Nada? Es imposible.

—Lo imposible sucede.

—¿Por qué mi tía?

—¿Por qué crees que Geraldine se trasladó a Valencia, a tu edificio y se convirtió en tu vecina? ¿Casualidad? La buscaban a ella. A ella. Geraldine se encargó de introducirla en la Asociación. No sé por qué, pero tendrían una razón de peso. Tu tía era una pieza clave del mosaico del que hemos hablado.

—¿En serio no lo sabe?

—En serio.

No le creí.

—¿Tampoco sabe qué dijo mi tía antes de morir?

—No. ¿Qué dijo?

—«Esto lo hago por mi hija.»

El señor Magnusson cambió el gesto. Frunció el ceño. Vi un atisbo de sorpresa en su rostro.

—¿Cómo sabes que pronunció esa frase?

—Lo sé y punto. ¿Mi tía tenía una hija? ¿Se quitó la vida para protegerla?

Su cara era un poema.

—Que yo sepa, tu tía no tenía hijos. Y tu tía no se quitó la vida, sufrió un accidente.

—No diga estupideces. Mi tía voló por los aires de forma premeditada. No fue un accidente. Siempre hay alguien que sabe más que el resto. Lo ha afirmado hace un rato. Señor

Magnusson, usted no es el único que tiene información. ¿Por qué fue a Besalú un par de meses después de la muerte de mi tía?

—Voy a Besalú a menudo, gozo de buenas amistades allí.

—Pero ¿por qué fue ese día?

—Fui a una boda.

—Ya.

Miré el suelo de piedra mojado. La lluvia era débil pero constante. Cogí el sobre de la Asociación y le di da la vuelta. El lacre quedó frente a él. Levanté el brazo y le mostré mi flor de loto tatuada.

—Son iguales —afirmé—. Mi tía llevaba este tatuaje.

—La flor de loto es el símbolo de la Asociación. ¿Te dijo ella que te lo tatuaras?

—No. Es el primer tatuaje que me hice. Sentí que debía hacérmelo.

—¿Y qué dijo ella cuando vio que te la habías tatuado?

—Me abrazó.

—Una reacción muy lógica que una tía abrace con emoción a su sobrina cuando se hace un tatuaje.

—¿Qué significa para la Asociación la flor de loto?

—Desconozco por qué la Asociación adoptó el símbolo como emblema. Hay datos que solo conocen el Gran Maestre y la cúpula.

Callé y respiré el olor a lluvia.

—¿Se acabaron las preguntas?

—Señor Magnusson, exactamente, ¿qué relación tenía con mi tía?

—Éramos buenos amigos. La quería. Seguir sus pasos era una tarea ardua, aun así, intenté aconsejarla y ser su bastón en momentos de flaqueza. No te confundas, éramos amigos, pero ella sabía diferenciar la línea que nos separaba. Su trabajo en la Asociación no le permitía revelarme actividades y asuntos que no eran de mi incumbencia. Llevó a rajatabla el hermetismo y la lealtad que le profesaba a su entorno cercano.

—¿Se acostaban?

—A veces.

—¿Se acostaba con Gala?

—¿Te interesa mucho mi vida sexual?

—Muchísimo.

—Sí, me acostaba con Gala. Yo era un joven artista y ella una experta en todas las artes. Era atrayente, sabía que era una líder de la Asociación y ella sabía que yo acababa de iniciarme. Pasar tiempo con Gala era recibir un máster acelerado. Nunca dejaba de aprender.

—¿Dalí sabía que Gala pertenecía a la Asociación?

—Nunca lo supo. Pero ella se lo reveló un año antes de morir.

—¿Y Dalí qué hizo?

—Lo que mejor sabía hacer. Ponerse delante de un lienzo y crear.

—¿Dibujó un cuadro?

—Sí, *El camino del enigma*. Lo pintó en 1981, al año siguiente murió Gala y donó el cuadro a su Teatro–Museo. Un largo camino y sacos con informaciones. Una gran representación. El camino es la Ruta de la Seda y los sacos las informaciones que fueron dejando los mercaderes, la información que tiene la Asociación. Un camino que llega hasta nosotros. Es mi interpretación. Cualquiera puede ver el cuadro en Figueres.

—Lo he visto de cerca.

—Lo sé.

—¿Le han contado lo del museo?

—Sí. Cuando nos retiramos, o cuando nos retiran, perdemos privilegios y la comunicación con los miembros de la Asociación. Pero aun así, siempre quedan contactos con ganas de hablar. Aunque estés fuera, nunca te vas del todo —afirmó con nostalgia, o cierto pesar.

—¿Y qué pensó cuando se lo contaron?

—¿Por qué no me preguntas quién me lo ha contado?

—Porque no me va a contestar.

Bebió un sorbo de vino.

—Pensé que eres como ella. Impulsiva y pasional. Atrevida y decidida. Me hizo gracia. Ojalá lo hubiera visto.

—¿Fue usted el que organizó el *show* del museo?

—No —dijo de forma contundente.

—Es curioso, quiso a Gala y a mi tía, pero no acabó con ninguna de ellas. Sin embargo, se casó y tiene una nieta. Me lo dijo en el jardín de Monforte.

—Buena memoria. Una cosa es de quién te enamoras y otra muy distinta es con quién te casas. Tengo dos hijos y una nieta. Confieso que soy mejor abuelo que padre.

—Suele pasar —contesté, y mi padre sobrevoló mis pensamientos—. ¿Por qué en el jardín de Monforte? La Asociación se reunió meses antes allí. Y en el jardín me encontré con usted porque un joven, al que han matado, me citó en ese lugar.

—Juan Bautista Romero, marqués de San Juan, el verdadero propietario del jardín… fue un destacado mercader sedero y mantuvo su actividad hasta que murió. En 1870 fundó una fábrica de hilos, ocupó cargos políticos en Madrid y fue senador en 1866.

—Y perteneció a la Asociación.

—Sí.

—Todo tiene un porqué.

—Todo —repitió—, lo difícil es encontrarlo.

—Y en la Asociación, ¿es difícil entrar?

—Es lo más difícil. La Asociación observa, investiga, analiza y selecciona. En ocasiones, estudia a los elegidos durante semanas, otras veces durante meses e incluso años. No importa el tiempo, lo fundamental es no equivocarse.

Abel Magnusson desvió la mirada hacia la reja gris, que permanecía abierta.

—¿El chico es tu novio?

Me giré. Vi a Pablo y a Olivia bajo un paraguas de *Le petit prince*. Olivia levantó la mano. Fue una escena muy tierna.

—No. Es un chico que me he encontrado por el camino.

—Los novios se encuentran por el camino.

—Sí, pero él no es mi novio.

—Está bien —sonrió—. Hasta aquí la pincelada que te he prometido sobre la Asociación, debes irte.

—El cuadro entero debe ser la hostia.

Guardé el sobre en la mochila y me levanté. Él me imitó. Se acercó y, sin previo aviso, me abrazó. Me sentí ruborizada. Tuve la percepción de que no me abrazaba a mí, sino a mi tía y al pasado.

—Si vuelvo a buscarle, ¿le encontraré aquí?

—No. Soy de espíritu nómada.

Se quedó en pie, bajo la sombrilla. Yo salí a la lluvia.

260

—La verdad suena en Mónaco. ¿Le dice algo la frase?

Magnusson negó.

—¿Algún consejo? —le pregunté, con las gotas corriendo por mi frente, por las mejillas, por mis piernas.

—En la Asociación no hay consejos que valgan, vale la experiencia. Que el silencio sea tu aliado. Y Lluvia, no apuntes si no estás preparada para disparar —afirmó. Yo asentí. Antes de echar a andar, me preguntó—: ¿Cómo está el viejo Máximo?

Permanecí callada. Me invadió la inquietud, como si me hubieran pillado copiando en un examen. Su expresión no cambió.

—Está en silla de ruedas.

No le pregunté cómo sabía que había visto a Máximo Ferreyra. No pregunté. Di media vuelta y corrí hasta alcanzar a Pablo y a Olivia bajo el paraguas. Sentí que estaba en casa.

261

20

*N*adie me había preparado para pistolas y disparos ni para secretos y asociaciones. De camino al coche, la constante y débil lluvia se convirtió en un aguacero salvaje. Pablo quiso darme el paraguas para que Olivia y yo fuéramos juntas. Me negué. Rememoraba mi conversación con Abel Magnusson. Su relato, sus silencios, sus expresiones. Su última pregunta formulada a conciencia y disfrazada de casualidad, me había desubicado y confundido.

Me adelanté a ellos unos metros. Corrí por las calles de Carcassonne bajo la tormenta, empapada de agua e información. Con rabia contenida y el corazón acelerado. Andando deprisa por las callejuelas estrechas llenas de historia, advertí que mi vida jamás iba a ser como alguna vez había soñado. Otros habían decidido cuál iba a ser mi destino antes de que yo descubriera qué significaba esa palabra.

Al llegar al coche, me escurrí el pelo. Miré la ciudad, de lejos. Memoricé la fotografía que mis ojos estaban retratando.

—¡Vamos, Lluvia, sube!

Entré al coche. Pablo abrió su mochila y sacó una sudadera.

—Vas a pillar una pulmonía. Póntela.

Me quité la camiseta, quedándome en sujetador, y me puse la sudadera. Olía a él.

—Conduce despacio.

—Sí —dijo, y arrancó—. He hablado con mi padre, me ha dicho que te ha llamado y que no se lo has cogido. Que le tienes preocupado y quiere hablar contigo.

Dejé caer la cabeza sobre la ventanilla.

—¿Estás bien? —preguntó Olivia.

—Sí. ¿Te ha gustado la tienda?

—Es preciosa. Se llama La Boutique du Le Petit Prince. Hay de todo lo que puedas imaginar. Mira —cogió la bolsa—, Pablo me ha comprado una libreta, un bolígrafo, una taza para el desayuno y el libro en francés. Y el señor de la tienda nos ha regalado unas postales. Era muy simpático y sabía español.

—Ya me dirás cuánto te ha costado.

Pablo ni contestó.

—Ah, y el paraguas —continuó Olivia—. Te juro que no se lo he pedido, pero es que se ha puesto a llover cuando salíamos. ¿Cómo es Abel Magnusson? ¿Qué te ha contado? ¿Es el marido de Geraldine?

Esperaba las preguntas de Olivia, pero no había pensado en las respuestas. Sentía que la traicionaba si no le explicaba nuestra conversación y sabía que debía callarme y dejar de involucrarla.

—Olivia. —La miré con todo el amor que sentía hacia ella.

—No puedes contarlo.

—No puedo y no debo.

—¿No me lo cuentas porque me quieres?

—Exacto.

—Lo suponía.

—Pero puedo decirte que nunca estuvo casado con Geraldine, simplemente trabajaban juntos. Ahora no sabe dónde se encuentra, pero está seguro de que está bien. Lo vimos en el jardín de Monforte porque me estaba espiando. Había un fotógrafo. Magnusson me ha enseñado las fotos que nos hizo, a los tres. Me ha contado que estuvo muy enamorado de mi tía y se ha sorprendido cuando le he dicho que su muerte no fue un accidente y que tenía una hija.

—¿Qué cara ha puesto? Dices que se ha sorprendido. Ha puesto cara en plan: Es imposible. O en plan: No puede ser, ¿por qué yo no lo sabía?

—La segunda. Ha fruncido el ceño. ¿Por?

—Desconocía el dato. Lo has descuadrado. Eso o es muy buen actor. ¿Qué más?

—Sabía lo del museo de Dalí.

—Obvio. Lo sabía porque es él el que te ha mandado los

263

sobres, el que te ha mareado y el que te ha dejado pistas para que llegaras hasta la terraza de Carcassonne. ¿Por qué? Ni idea. Tú sabrás lo que te ha contado, pero ha sido Abel Magnusson.

—He pensado lo mismo cuando lo he visto, pero he ido cambiando de opinión. Él lo niega. Dice que no tiene nada que ver con los sobres. Que le llamaron de la Asociación explicándole que la sobrina de Lluvia había aparecido en la reunión, le preguntaron si él sabía algo. Y a partir de ahí empezó a investigar por su cuenta.

—¿Y tú te lo crees?

—Sí. Hay otras cosas que no me creo, pero eso sí.

Olivia suspiró.

—Ojalá algún día puedas contármelo todo, Lluvia, me muero de curiosidad.

—Ojalá —contesté.

264

Los protagonistas del viaje de vuelta a Roses fueron la lluvia y las cientos de preguntas que merodeaban a mi alrededor, los interrogantes mermaban mi paciencia. Quería ver a mi abuela y a mi hermana. Necesitaba abrazarlas. Constatar que parte de mi vida seguía ahí, donde la había dejado.

El sonido del limpiaparabrisas se convirtió en la banda sonora del coche de alquiler. Metí las manos dentro de la sudadera e incliné el asiento hacia atrás. Pablo me observó. Fue una mirada de preocupación, protectora. Me inquietaba que se estuviera creando una complicidad abrumadora entre nosotros. Aunque nos lanzábamos flechas en llamas y nos desafiábamos cada dos minutos con palabras y gestos, existía un entendimiento encubierto que no había experimentado en veinticinco años.

Cerré los ojos y pensé en Victoria y en mi tía. En cómo se abrazaban, en cómo nos besaba.

Cuando estábamos las tres juntas, mi hermana inventaba momentos con mi madre. Nos preguntaba: «¿Os acordáis de cuando mamá me llevó a la pista de hielo? ¿Y cuando vino al festival del colegio y yo iba disfrazada de gnomo?». A mí me recorría un escalofrío por su convencimiento, y sobre todo, porque era mentira. Mi madre jamás la llevó a la pista de hielo y nunca la vio disfrazada. Pero ella lo contaba de forma natural y nostálgica. Cuando mi tía y yo nos quedábamos solas, me decía que no me preocupara por su actitud, que aún era pequeña, con mucha imaginación y ganas de querer y ser querida por una madre que no estaba. Me cogía de las manos, las envolvía con las suyas, y susurraba como si fuera un secreto: «No te preocupes. Un recuerdo inventado es mejor que no tener ningún recuerdo». Con el tiempo, lo entendí. No somos nada sin recuerdos. Una hoja en blanco, vacía e inerte. Y los folios en blanco, a veces, dan miedo.

Pablo posó su mano sobre mi pierna y me despertó del duermevela que me había arropado. Estábamos parados en un semáforo, a cinco minutos del hotel.

—¿Es real? —pregunté a media voz.

—Es real. ¿Qué quieres hacer?

—Irme a Valencia, pero no quiero conducir bajo la lluvia. Hoy no.

—Descansa. Habla con tu familia y con mi padre. Te vendrá bien. Si quieres mañana a primera hora nos vamos. Iré detrás de ti todo el trayecto.

Asentí. Era la primera vez que sentía eso. «Eso.» El ambiente era eléctrico y estaba dentro de la tormenta, pero cuando él hablaba, cuando Pablo posaba la mano sobre mi pierna, me transmitía seguridad. Una seguridad en mayúsculas que se había colado en una guerra, en mi propia guerra sentimental. Una extraña protección ajena a la que me estaba enganchando sin remediarlo, de forma irracional, sin pensar y sin control. Casi sin querer.

Ha pasado una vida desde aquello, cariño, una vida. Y todavía sigo recordando la envolvente y cálida sensación.

Sentada en la cama, llamé a mi hermana. Me preguntó más que Olivia. Pero mi pincelada sobre la Asociación y los asuntos surrealistas de mi tía fue pequeña, discreta y menos colorida que la que me había regalado Abel Magnusson. Sé que en mi voz advirtió un punto de incredulidad y desconcierto palpable a través de las ondas.

—Quiero que mañana vuelvas a Valencia. Yo llegaré a casa a las cuatro o las cinco de la tarde. Coge el AVE sobre esa hora.

—No va a poder ser.

—¿Por qué?

—Porque se han alineado los planetas y me he enterado de que mañana por la noche da un concierto un grupo que me encanta. Actúan en una sala del centro. Y ya que estoy aquí, me voy a quedar. Volveré el lunes, no pienses que quiero quedarme más días en Madrid. Tú no sabes lo petarda que es la mujer de papá. No te haces ni una ligera idea.

—Quiero que vuelvas mañana por la tarde —afirmé, seria.

—Y yo quiero un chalé con piscina y un curro donde gane cinco mil euros al mes, pero no puede ser. Si quieres que discutamos, Lluvia, discutimos. Pero me has fastidiado mandándome a Madrid con papá y su florero, no he ido a un examen por tu culpa y estoy perdiendo días de prácticas en el periódico. Así que mañana por la noche voy a ir al concierto y el lunes me iré a Valencia.

Respiré hondo.

—No tengo ganas de discutir. Como el lunes no estés en casa, iré yo misma a por ti.

—¿El lunes tampoco vas a trabajar?

—Empiezo el martes, le he mandado un mensaje a mi jefe diciéndole que estaba mejor y que el martes iría a la oficina. Hazme un favor, Victoria.

—¿Otro? Pero ¿qué te he hecho yo?

—Busca información sobre Leopold Brown, es austriaco y estaba en Afganistán. La tía lo investigaba. Seguramente no sea su nombre real, pero dime qué encuentras.

—A sus órdenes. ¿Dónde estás ahora?

—Acabo de llegar al hotel. Voy a dormir un rato.

—Vale. Mañana cuando llegues a casa prepara los pedidos de los tocados y el lunes envíalos. Madre mía, así es imposible hacer crecer una empresa. Te dejo, que me está llamando el enano. Cuando busque eso, hablamos.

Olivia salió del aseo y se sentó a mi lado. Dejó caer la cabeza sobre mi hombro.

—Yo lo busqué y no encontré nada.

—¿Qué buscaste?

—A Leopold Brown. Lo busqué en Internet después de hablar con Máximo Ferreyra. No había información sobre él. Pero a lo mejor Victoria lo encuentra, ella siempre encuentra algo —afirmó con voz somnolienta y terminó la frase con un bostezo.

—Sí —la besé en la frente—, ella siempre encuentra. Es su trabajo. Duerme un rato, cuando te despiertes bajaremos al restaurante.

—¿Y Pablo?

—Avisaremos a Pablo.

La metí dentro de la cama y la tapé con la sábana. Cogí el móvil y salí a la terraza, aún llevaba la sudadera de Pablo. Me llevé la manga a la nariz.

Llovía, llovía muchísimo. El camping estaba plagado de charcos embarrados. Las banderas del hotel ondeaban empapadas, pesadas. No había nadie por la calle. Parte de la mesa estaba mojada. La arrastré hasta llevarla a la puerta del balcón, hice lo mismo con la silla. Me senté y observé la lluvia constante. Necesaria. Inesperada.

Saqué el teléfono del bolsillo y marqué su número.

—¿Qué hace cuando no sabe qué hacer?

—Cómo me alegra escucharte.

—Lo siento, tenía que haberle llamado antes.

—Descuida. Sé que estás bien. ¿Cuándo vuelves a casa?

—Mañana. Su hijo tiene el vuelo el lunes a primera hora y yo empiezo a trabajar el martes.

El señor Collingwood hizo una pausa.

—Espero alguna señal. Cuando no sé qué hacer, espero una señal.

—¿Y si no llega?

—Las señales llegan, Lluvia, pero nos empeñamos en ignorarlas. El ser humano es especialista en ignorar según le convenga. En creer únicamente lo que le viene bien creer.

—Hoy me han dicho que vivimos en una mentira, dentro de una burbuja que nos han diseñado. Por lo visto, también somos especialistas en mentir y nos hemos acostumbrado a que nos mientan.

—Adoptamos la mentira como estrategia de defensa. Con quince años ya trabajaba. Tanto en mi vida personal como profesional he tratado con todo tipo de individuos, con perdidos y

267

buscavidas que mentían por necesidad y con empresarios ricos de renombre que mentían por codicia y vicio. Mentimos en un grado u otro, por algo o por alguien.

—En este juego la mentira gana.

—A corto plazo. Pero a la larga, no, porque la verdad libera y la libertad es el mejor premio que vas a recibir en cualquier juego —afirmó en un tono pacífico y relajado al que me había acostumbrado.

Estudié el paisaje. Los árboles. Las nubes. Los picos de las montañas. Se asemejaban al triángulo que Abel Magnusson había dibujado en una servilleta. «Los de aquí —señaló la parte alta de la pirámide—, no tienen que saber qué hacen los de aquí —apuntó la parte baja— ni sus secretos ni sus misiones ni siquiera su verdadera identidad.»

—Me siento engañada por una persona de mi familia a la que adoraba. ¿Sabe qué significa eso?

—¿Qué significa?

—Un golpe devastador. Traición y dolor.

—¿Y qué vas a hacer con el dolor y la traición? ¿Lo correcto o lo fácil?

—¿Usted hizo lo fácil?

—Sí. Dejé que me alcanzara, que me llevara al abismo y dominara mis actos. Tú harás lo correcto, plantarle cara y utilizarlo en tu beneficio. Transforma el dolor, tiéndele una emboscada. Tienes la capacidad de hacerlo. Lo contrario sería una irresponsabilidad y un comportamiento infantil por tu parte.

—Me pregunto si algún día olvidaré esta traición.

El señor Collingwood suspiró.

—No olvidamos, Lluvia, con suerte dejamos de atormentarnos y seguimos el camino. Con suerte y valor.

21

Olivia viajó conmigo de vuelta a Valencia. Pablo nos seguía de cerca con su coche. No llovía, chispeaba, y pude conducir con más seguridad. Sentía que había dejado parte de mí en cada lugar que había pisado. Besalú, Figueres, Roses, Carcassonne... En ellos me vaciaba para llenarme de intrigas y misterios sin resolver. Me llenaba de pasado, de silencios feroces que me mordían las dudas, de mi tía y sus secretos. Y aunque no entendía puntos de la historia, la seguía porque sabía que yo era parte de ella y que mi tía había empezado a escribirla. ¿Qué buscaba en Afganistán? ¿Por qué se quitó la vida? ¿Tan importante era? ¿Más que su propia familia? ¿Tan confidencial que había sido capaz de ocultar su maternidad? Ninguna respuesta me satisfacía ni encajaba en el puzle mental que me había diseñado. Las piezas me temblaban en las manos.

—¿Cuánto queda?

—Menos de dos horas. ¿Por?

—Mi madre me ha escrito. Ha llegado a casa.

Me mordí la lengua.

—Hoy no, pero esta semana cuando pille a tu madre se va a enterar.

—¿De qué se va a enterar?

—De lo irresponsable que es.

—Tampoco es tan irresponsable. Me ha dejado contigo que eres como de la familia. Yo le voy a decir que me lo he pasado genial y que hemos visto casas muy bonitas, que las vas a vender todas.

Ojalá hubiéramos ido para ver casas. Pero la realidad era diferente. Me asustaba verbalizarla.

—Y hemos ido las dos solas.

269

—Sí, las dos solas.

Olivia miró por el retrovisor. Pablo nos seguía a dos o tres coches de distancia.

—¿No te gusta ni un poquito?

—¿Quién?

—¿Quién va a ser? Es guapo, tiene la dentadura perfecta, huele bien, es educado y es rico. A ver, que eso no es lo importante, pero mejor si es rico, las cosas como son. Te has ganado a su padre y el chico sabe que estás metida en un lío de narices. Tú imagínate tener que contarle esta historia a un desconocido. Te dejaría por loca. No, no empezaría contigo por loca. Además, como no lo puedes contar, porque ni tú misma sabes qué pasa y es máximo secreto y peligroso, pensaría que se la estás pegando con otro. Es lo obvio. Sería muy enrevesado. Pablo sabe que estás metida en la mierda y sigue aquí. Es perfecto.

—Si es demasiado perfecto para serlo, es que no lo es. Y se va mañana, seguramente no lo vuelva a ver.

—Seguramente, porque no le has dado ni un motivo para quedarse.

—Es que no quiero que se quede.

—Pero ¿por qué mientes? No te entiendo, Lluvia. Las mujeres sois muy complicadas —afirmó como si ella fuera una planta—. Queréis a un hombre inteligente, cariñoso, gracioso... guapo. Y cuando lo encontráis, no os creéis que sea verdad. Así es imposible.

—Lo excepcional es muy difícil de creer, Olivia, lo entenderás cuando crezcas.

—No me hace falta crecer para entender que enamorarse asusta. Y que te dé miedo que te pase algo muy bueno por si luego pasa algo muy malo. Porque es difícil creer que sucedan cosas geniales, como enamorarse de la persona correcta. A mí no me engañas. El chico te gusta, te hace sentir y estás asustada.

—No me digas que has leído todo eso en una revista.

—Lo he leído en tus ojos.

Al bajar del coche, me sentí feliz y aliviada. Estaba en mi ciudad, en mi territorio, acercándome a la realidad que conocía y que me estaban arrebatando.

El ascensor, con los tres dentro, paró en el segundo. Olivia tenía las llaves preparadas en la mano. Iba cargada con dos bolsas y su maleta, parecía que había pasado dos semanas fuera. Aparcó el equipaje en el rellano y miró a Pablo con tristeza.

—¿Te vas mañana temprano?

—Sí, a las ocho cojo el avión.

—Me despido.

Pablo salió y se fundieron en un abrazo. ¿Cómo en tan poco tiempo se pueden crear lazos tan fuertes? No es lo que me pregunté al ver a la niña entre sus brazos. En ese instante, me invadió la pena y el cariño de ella y la dulzura de él.

—Muchas gracias por los regalos y por pasar tiempo conmigo. Ha sido superdivertido.

—Ha sido genial conocerte, Livi.

—¿Nos volveremos a ver?

—Por supuesto que sí.

—Vale —sonrió—. ¿Qué le digo a mi madre si quiere subir a hablar contigo? —me preguntó.

—Dile que estoy cansada y que hablaremos esta semana con calma.

—Ok.

—Ah, y ni una palabra a nadie —murmuré, y ella puso los ojos en blanco—. Cualquier cosa me llamas, a cualquier hora.

Asintió y cerró la puerta del ascensor.

—Muy convencido has dicho que nos volveremos a ver.

—Porque lo estoy. ¿Tú no?

—No.

—¿Por qué?

—Porque la gente miente, Pablo. Ayer lo hablaba con tu padre. La gente miente a todas horas. A sus jefes, a sus familiares, a amigos, conocidos y desconocidos. En el trabajo, tomando una copa, en un ascensor, en la cama. Mentimos. Incluso a nosotros mismos y, por desgracia, en ese tipo de mentira somos expertos, crueles y constantes. Es la peor que hay.

Al entrar en casa, vi el ramo de rosas marchito, apagado. El olor ya no era fresco, era pesado, danzaba en el aire con ritmo denso. Dejé la maleta, abrí las ventanas del salón, saqué el ramo del jarrón y lo llevé al cubo de la basura.

—Mierda —dije al ver el comedero.

—Qué.

—Tengo que ir a por el gato a casa de la vecina.

—¿Quieres que vaya yo?

—Sí, por favor. Primer piso, puerta dos. No le des conversación o no te irás nunca de allí. Si te pregunta, que te va a preguntar porque es una cotilla, le dices que eres un amigo que ha venido de vacaciones.

—Es lo que soy ¿no?

Asentí sin pronunciar palabra. ¿Pablo era mi amigo? ¿Te haces amigo de una persona en tres días? ¿Te enamoras en tres días? ¿Era un deseo fugaz? ¿Una moneda en una fuente? ¿Éramos algo? Las etiquetas y los interrogantes, ladrones de guante blanco que nos roban la espontaneidad y las esperanzas.

Me quedé sola en el comedor. Las cortinas se movían al son del viento. Cogí la maleta, pero antes de dirigirme a mi habitación, vi que Pablo había dejado su mochila sobre la mesa. Me quedé inmóvil a mitad de pasillo, me mordí el labio, miré la mochila con expectación, con temor. Como si la hubiera encontrado en la calle y barajara la opción de abrirla o pasar de largo.

Y el problema, cariño, es que nunca he pasado de largo, nunca. Siempre me he parado, he observado, he tocado y he seguido. Y eso tiene sus inconvenientes. Parar, a veces, te complica y altera el camino.

Me acerqué y abrí la mochila. El sentimiento de culpabilidad me pesaba como tres losas de hierro sobre mi conciencia. Estaba mal, muy mal, registrar las pertenencias ajenas. Pero ahí estaba, metiendo la mano y la vista en el fondo de su macuto. No encontré el móvil, lo llevaría en los vaqueros, pero sí el pasaporte y su cartera negra de piel. Y sí, abrí la cartera y escudriñé lo que había dentro. Su documento de identidad, su *driving licence*, una Internacional Student Identify Card, en la foto estaba más joven que en el resto de documentos. Vi el carné de un gimnasio: The gym Leeds Headrow, *open 24 hours a day, 7 days a week*. Una entrada de cine de hacía un mes, del *Cottage Road Cinema* ubicado en Leeds. Tiques de compra, un par de tarjetas de crédito, treinta libras, cincuenta euros y nada raro. Dejé la cartera en su sitio. Fui a mi habitación y me tumbé. ¿Qué pensaba encontrar en su cartera? ¿Qué quería encontrar? ¿Documentación falsa y vanagloriarme de que el mundo era malo e imperfecto?

Las cosas buenas no hace falta entenderlas. Lo escuché en una película. Ahora que estoy viviendo mi último suspiro, me doy cuenta de que es una frase totalmente cierta. No hay que entenderlas, hay que disfrutarlas y sentirlas. Porque las cosas malas llegan solas, sin ser invitadas, y esas, esas sí se clavan en el alma y necesitan ser entendidas para continuar.

El timbre sonó. Corrí por el pasillo. Me cercioré de que la mochila estaba igual que él la había dejado.

—¿Qué te ha dicho?

—Que se ha portado muy bien, pero que la ha despertado por las noches porque quería comer. Me ha preguntado que quién soy y de dónde vengo. Me ha dicho que eres buena chica. «Pero un poco suya.» ¿Qué significa?

Dios, no quise pensar qué le había dicho la vecina sobre mí.

—Que no airee mis problemas y que no le cuento lo que ella quiere saber. Eso significa.

Hizo un gesto afirmando que le había quedado claro y echó a andar por el pasillo.

—No. Quédate esta noche en la habitación de mi hermana. Voy a necesitar el estudio y te voy a molestar. Tengo que preparar pedidos.

Giró y entró en la habitación de Victoria.

—Si quieres salir a dar una vuelta o lo que sea.

—No, me quedaré aquí. Tengo que contestar mails de trabajo y ver horarios de reuniones de la semana que viene. Pero antes me ducharé, ¿puedo?

—Claro.

Los dos solos en casa, él en la ducha y luego, en el salón con su *tablet*. Yo en mi habitación deshaciendo la maleta y luego, en el estudio haciendo mi trabajo. Y entre nosotros una corriente de energías extrañas que iban y venían y me sobrepasaban. Si él estaba cerca me costaba permanecer serena y tranquila, me encontraba en tensión, como aguantando la respiración porque te están haciendo una foto y quieres salir estilizada. Y a la vez,

273

podía ser yo, podía ser irónica o borde, incluso un poco obtusa, porque él ya sabía que lo era y aunque me lo recriminaba, no parecía importarle.

Había perdido la noción del tiempo cuando golpeó la puerta con los nudillos. Abrió y me vio tirada en el suelo, con el portátil a un lado y media docena de cajitas amontonadas a la derecha. Cajas preciosas rematadas con un lazo. Dentro iban los tocados, acomodados y acompañados de una tarjeta en la que escribía frases profundas que sacaban una sonrisa. Las clientas hacían fotos y las subían a las redes sociales. Yo lo veía una pérdida de tiempo, mi hermana lo llamaba marketing y buen gusto. Funcionaba.

—¿Te queda mucho?

—No. ¿Qué hora es?

—Las once.

—¿Ya? Se me ha ido la pinza. ¿Has cenado?

—Sí. He hecho la cena, la tienes en la cocina. Me voy a dormir.

Pensé que aquel hombre musculado, guapo, educado y que hacía la cena y me miraba desde las alturas era un ser parecido a Dios. Y Dios se iba a ir y sabía que su recuerdo se iba a quedar.

—Siento no haber cenado contigo. Estaba concentrada en los tocados y los pedidos. ¿A qué hora te levantarás?

—Cinco y media.

—Perfecto, yo también, así me despido y haré los envíos y…

—No hace falta, Lluvia. Duerme. Estás cansada.

Se sentó en la silla. Yo seguía en el suelo y te juro, cariño, que se movió.

—Ha sido un viaje intenso, pero me ha gustado conocerte. Mucho. Eres una chica distinta. Encontrarás las respuestas que necesitas porque también eres muy testaruda e incansable, estoy convencido. Estaremos en contacto y en cuanto pueda vendré a haceros una visita. Cuídate, Lluvia. Si nos necesitas, sabes dónde encontrarnos. No dudes en llamar o en venir a Leeds. Y por favor, no le vendas una casa carísima a mi padre. Nos vas a arruinar.

Los dos sonreímos. Me tendió la mano. Se la estreché.

—Ha sido un placer —dijo, mirándome, yo estaba al borde del incendio.

—Gracias por venir, Pablo de Leeds.

«Gracias por todo, por revolucionar mis sentidos y los minutos del reloj. Por darle la vuelta a mis certezas absolutas. Ah, y no me sueltes nunca», gritó mi mente y calló mi boca y mis latidos sonaron por bulerías. Soltó mi mano y salió de la habitación.

Me sentí ebria y mareada. Sentí que se alejaba un tren al que no me había subido. Una sensación de desesperanza que te invade cuando lo bueno se acaba. O cuando despiertas de un sueño perfecto y quieres volver a dormir para que continúe la historia en otra dimensión, pero ya es imposible porque has abierto los ojos y se ha esfumado. Sí. Me invadió una inquietud desconocida. Habían ocupado mi espacio de seguridad y cuando eso ocurre, sucede una cosa: descubres que el espacio es muy grande.

Al pasar la medianoche, me metí en la cama. El gato dormía a mis pies. Miré el techo. Pensé en Abel Magnusson, en sus palabras. En la ausencia de Geraldine, en lo especial que debía ser. Reflexioné sobre la Asociación, qué misterio protegían, cómo era de poderosa y por qué mi tía era tan importante. ¿Qué querían de mí? Afganistán. ¿Qué había en Afganistán? Observé el altillo y el armario. ¿Qué escondía la habitación de mi tía? Estaba entre las cuatro paredes que me observaban y yo no lo veía.

Iba de una parte a otra de la cama. Me dormía. Me despertaba. Me sentaba y dejaba caer mi espalda en el cabezal. «Del antiguo gremio de sederos nació la Asociación», me había dicho Magnusson. La seda. La Ruta de la Seda.

Me abracé al almohadón y advertí que la puerta de mi habitación se abría lentamente. En la penumbra de la madrugada, encuadrado bajo el marco de la puerta apareció Pablo, con pantalón corto y el torso desnudo. Mi corazón se disparó. Me senté con las piernas cruzadas. No sé cuánto tiempo estuvo ahí, en la puerta, clavándome los ojos. Avanzó y se sentó junto a mí. Podía oír su respiración. La mía se había detenido. Echó hacia atrás mi melena con delicadeza. Noté sus dedos en mi cuello. Apoyó su frente en mi frente. Nos respiramos de cerca el silencio y los gritos ahogados que nos recorrían. Ninguno de los dos hablaba. La escena era tan erótica que sentí que el colchón quemaba. Con una mano me desabrochó el primer botón de la camisa blanca.

—En esta vida hay dos tipos de personas —murmuró a un palmo de mi boca—. Los que tienen calor —me desabrochó el segundo botón— y simplemente lo verbalizan. Y los que tienen calor —hizo lo propio con el tercer y último botón— y se tiran a la piscina.

Taquicardia. Rubor. Ganas. Con una suave caricia retiró la camisa de mis hombros, y mi pecho y mi cuerpo quedaron al descubierto.

Tocó mi collar con un par de dedos. Me miró como nadie me ha mirado en este mundo. Fue bajando, deslizó su mano desde mi cuello hasta el ombligo. Mi vello se había erizado.

—¿Soy la piscina? —pregunté en un susurro entrecortado.

—Eres la tormenta.

Nos besamos con rabia, fuerza y urgencia. Y nos mojamos, vaya que sí. ¡Oh, Dios! Hicimos el amor una y otra vez con una pasión que desbordaba los segundos. Fue bonito, fue sucio, fue especial. Fue sexo y amor. Nos mordimos las dudas, nos clavamos las uñas, nos sacudimos los porqués. Me arqueó el cuerpo. Me invadió el éxtasis. Su barba y su lengua me recorrieron de arriba abajo. Jamás, nadie, me había hecho sentir lo que sentí aquella madrugada. Los dos sentados en el centro de la cama. Yo encima de él, mis piernas rodeando su cintura y su miembro dentro de mí, descubriendo a horcajadas el significado del verbo «encajar» y la plenitud que regala la palabra «unión».

No te ruborices, cariño, yo también he sido joven. Y aquella noche fui eterna.

22

Y se fue, como se van los barcos del puerto. A la hora indicada y sin retrasos. Entre la bruma y el aire frío de las primeras luces del alba. Se fue, no sin volver a besarme con ansias, no sin prometerme que volvería. Una despedida sin una promesa no es una despedida, es un simulacro de la palabra «adiós». Un capítulo acabado, el final. Sí. Se fue. Y yo lloré, que es lo hacen las tontas que han descubierto el amor, la atracción y el sexo juntos. Lloré porque lo bueno había durado muy poco. Porque desconocía cuándo se repetiría. Porque me había quedado sola y porque una vez más, me dolía la ausencia.

Volví a la cama y concilié el sueño un par de horas. Estaba agotada. Las sábanas olían a él. A nosotros. A un pasado que se había presentado por casualidad. A un desafío que no sabía si podría soportar.

Me desperté con una resaca emocional intensa. Vagué por la casa. Desayuné. Me vestí con desgana. Le mandé un mensaje a mi hermana, a mi jefe, al señor Collingwood, a mi compañera de trabajo. Puse al día mi rutina, cargué con las cajas de los tocados y me fui a Correos. Minutos después cogí el coche y me dirigí a la residencia. Necesitaba ver a mi abuela. Era una necesidad urgente, como dormir cuando tienes muchísimo sueño o comer cuando llevas días en ayunas. Necesitaba su calor y su alimento.

Al abrir la puerta de la residencia San Felipe Neri, vi a Sara pasando las hojas de una libreta.

—Benditos los ojos. ¿Dónde te has metido, rubia?

—Trabajando. —Me apoyé en el mostrador y cogí un bombón del cuenco.

—Me lo dijo tu abuela. Que te habías ido a ver casas para ricos.

—Casas para ricos que no necesitan más casas.

—¿Y qué tal? ¿Cómo eran?

—Chalés y áticos grandes con techos altos y vistas de postal.

—Qué putada no ser rica. Mi vista es esa. —Señaló la pared, en la que había un corcho con papeles y dibujos colgados. Un cartel decía que iban a celebrar el día de los medios de comunicación.

—¿Esta semana tocan medios de comunicación?

—Sí, la semana pasada tocaron países y esta, medios de comunicación. Desde el telégrafo hasta el móvil. Va a venir un chico a enseñarles cómo funciona un ordenador. Será divertido. Están más emocionados que con los países. —Hizo una mueca graciosa—. Y no sabes la que me está dando la señora Aurora con el temita, cada dos por tres se acerca por aquí y me dice que lo mejor de la radio era *El consultorio de Elena Francis* y me cuenta la historia del programa. ¿Sabes cuánto duró el dichoso programa? ¡Cuarenta años, Lluvia! ¡Cuarenta! Me lleva loca.

—Así estás entretenida.

—Demasiado…

—¿Por dónde anda mi chica?

—Ha desayunado y se ha ido al jardín de las palmeras. Está sentada donde el limonero.

—Qué novedad. Voy a verla, luego hablamos.

Emprendí mi camino al jardín. El camino podía hacerlo con los ojos cerrados. Cuando llegué y la vi, se me vidrió la mirada de emoción. Ella era mi casa, mi espejo, mi pilar, mis manos.

—¡Yaya!

Alzó la vista y me regaló una gran sonrisa. Se iluminó como un árbol de Navidad. Corrí y la abracé.

—Cuidado, corazón. Que vas a romperme.

—Si te rompo juntaré los pedazos —susurré—. Qué ganas tenía de verte. Muchas ganas. ¿Cómo estás?

—Ahora bien. Y cuando tu hermana llegue, estaré mejor. No vuelvas a irte, Lluvia.

—Vale. Te lo prometo.

Cogí una silla.

—¿Quieres que te cuente qué ha ocurrido estos días y qué he descubierto?

Negó.

—¿Por qué? ¿Porque ya lo sabes?

—¿Y cómo lo iba a saber, Lluvia? Si no salgo de aquí y no hablo con nadie.

—Entonces, ¿por qué no quieres saber la verdadera historia de tu hija?

—La verdadera historia —repitió—. Tú tampoco la sabes y yo ya no quiero saber. No tengo fuerzas para saber ni curiosidad para preguntar. Lo único que quiero es que tú y tu hermana estéis bien y cerca. La una con la otra.

Inspiró una bocanada de aire, con fuerza.

—Y que no suceda una desgracia.

Abel Magnusson me había dicho que no dijera ni una palabra y mi abuela no quería escuchar ni una palabra de la historia de mi tía, de mis descubrimientos en Besalú, en Figueres, en Carcassonne. Había rajado un cuadro de Dalí. Me moría por hablar, por contar. Y ella actuaba como si de verdad me hubiera ido a un viaje de trabajo a examinar casas de ricos. No me cuadraba. 279

—¿Por qué no quieres escucharme? —pregunté con rabia.

—¡Porque no quiero pensar ni martirizarme, Lluvia!

—Arggg.

Me enfadé y me recosté sobre la silla. Me puse las gafas de sol. Mi abuela era tan tan… cabezona y desesperante. Pero la quería y no podía hacer mucho al respecto. Le di la mano.

—¿Cómo has pasado estos días?

—Un poco alterada. Preocupada.

—Lo siento.

—Lo sentirás cuando seas madre y abuela, y te duela la memoria y la espera.

Le apreté la mano.

—Estoy aquí y vendré mañana, pasado y al otro. Victoria coge el tren en un par de horas. Mañana vendremos las dos. Así te ríes con sus historias de papá y su mujer. Yaya, voy a intentar no revolucionar tu rutina y la mía. De verdad.

Ella sonrió. Una sonrisa que decía: no lo vas a conseguir, corazón. No lo vas a conseguir aunque quieras.

—Me encantará veros a los dos juntas. Siempre vais por libre. ¡Ah! Tienes que hacerme un favor, Lluvia —afirmó ilusionada, contenta de haberse acordado—. Mañana cuando vengas tráeme la radio antigua que hay en casa. Esta semana van a celebrar la evolución de los medios de comunicación. El jueves hablaremos de la radio y pondrán programas antiguos. Tráela, me gustaría enseñársela a mis compañeras. Es preciosa. Una reliquia de más de cuarenta años. Se la compré a una vecina de Finestrat que la estaba pagando a plazos. Pobre Mari, su marido se fue a Francia, a la mina y la dejó sola. Llegó un día que no pudo pagarla. Me suplicó que me la quedara yo. La mujer tenía cuatro criaturas que alimentar, cómo le iba a decir que no. Qué tiempos aquellos, los de la radio.

—He visto esa radio. Victoria la estuvo toqueteando y le hizo fotos con el móvil. Quiso ver si funcionaba, pero tenía un cable cortado. La dejamos donde estaba, en el altillo de la habitación. Cuando llegue a casa la busco.

—Parece que la estoy viendo y escuchando. Con dos diales que giraban, uno en cada extremo inferior. En el medio tiene tres botones, como los de *play* o *stop* de un radiocasete. Y debajo de los botones, entre las dos ruedecitas, pone la marca: Marfil. En letras muy bonitas, inclinadas. Radio Marfil. En la parte trasera está escrito el modelo. Radio Marfil, modelo «Mónaco». Qué tiempos aquellos.

Me quité las gafas de sol.

—¿Qué has dicho?

—Que qué tiempos aquellos.

—No, el modelo de la radio.

—Mónaco. Mónaco B-3 creo. Había varios modelos.

Cogí el bolso del suelo. Me levanté y salí corriendo del jardín y de la residencia. Sin despedirme. Sin preguntas. Sin respuestas. Cegada. Con una verdad latiendo a máxima velocidad.

La verdad... suena... en Mónaco.

Cuando llegué a casa, cerré la puerta con llave y eché el pestillo. Sentía que estaba en lo alto de una atracción de caída libre. Quieta en las alturas, sujetada por un arnés, en los segundos previos al descenso que te dejan sin respiración y con el estómago repleto de muelles campando a sus anchas.

Cogí la escalera de mi estudio y la llevé a la habitación. Miré el altillo. Sabía de memoria qué había allí arriba porque lo había vaciado docenas de veces. Maletas con ropa, cajas precintadas con libros de mi tía y de mi madre. Ropa de bebé. Juegos de mesa. Una estufa. El árbol de Navidad con sus adornos. Y entre todo el bazar, en una bolsa de deporte negra, estaba la radio de mi abuela. Como sabía que estaba ahí ni siquiera la abría. Pero había llegado el momento de descorrer la cremallera.

Me subí al último escalón. Tiré maletas y el árbol al suelo. Me tambaleé. Hice hueco. Alargué el brazo y cogí la bolsa de deporte. Ahí estaba la radio, intacta, marrón, tal y como la había descrito. Marfil radio y un dibujo pequeñito de un elefante. Me senté en la cama y la examiné. Pesaba. En la tapa trasera, donde estaba el logotipo y el modelo: Mónaco B-3, había una plaquita verde con el número de permiso y de factura. La tapa estaba sujeta con cuatro tornillos, no muy bien anclada porque de un tirón la quité y vi las tripas de una radio antigua. En un hueco de la parte izquierda había folios doblados unas veinte veces porque apenas medían cinco por cinco centímetros. Los sujetaba un celo y estaban atados por un hilo rojo. ¿Cuánto tiempo llevaban esos folios ahí? Los despegué y dejé la radio a un lado. Los desdoblé por las líneas ya marcadas. Y envuelta por el silencio de una radio y de mi habitación, leí:

281

20 de abril de 2007

Lo siento, Lluvia, solo puedo empezar esta carta diciéndote que siento mucho por lo que vas a pasar sin mi ayuda. Lo siento de corazón, con dolor y preocupación, pero te confieso que a mí la vida tampoco me preguntó qué quería. Nuestro destino estaba escrito antes de existir, antes de mil guerras y revoluciones, de imperios y caídas. Nuestro nombre imborrable, escrito en cuevas y libros sagrados. Nuestro, el de las dos, el de las tres.

Cuando conocí a Geraldine, me fascinó. Entrar en su casa era saltar a un mundo desconocido. Me enseñaba fotos de países que no había escuchado nunca, documentos sin forma ni formato, l ibros de otra época. Me contaba historias antiguas, leyendas, vivencias surrealistas que provocaban mi estupefacción. A veces no la creía y pensaba que estaba totalmente ida, pero me enamoraba su forma de narrar, de contar, de revivir. Su acento mezclado de pasado y presente. Sus amoríos de antaño. Su risa. Su evidente videncia. Rara, Geraldine era de una rareza extraordinaria. En su cuerpo diminuto y sus ojos vivos descubrí que había algo más y ella advirtió que me había dado cuenta. Con los años, Geraldine se convirtió en mi confidente, en mi amiga, en un enigma que quería resolver.

Un día en su casa, tomando un café, me preguntó: «¿Por qué llevas tatuada una flor de loto?». Le expliqué que eran flores sagradas, que salían de la oscuridad a la superficie para florecer. Miré mi tatuaje y le dije que era uno de los símbolos más antiguos de nuestro planeta. Y que me sentía identificada con la flor, que era símbolo de esperanza y cambio, que representaba la pureza del cuerpo y del alma. El despertar. Después de escuchar mi explicación con mirada felina y alma cazadora, Geraldine repitió: «El despertar», y emitió una risa discreta y calmada. Tomó aire. Se inclinó hacia mí. Puso su mano en mi rodilla y dijo:

—Ha llegado el momento.

—¿El momento de qué?

Se dirigió a un mueble antiquísimo. Abrió una de las puertas del aparador. Cogió un libro y extrajo de él un sobre. Se acercó y lo dejó en mis piernas.

—Simplemente el momento —afirmó.

Así fue como empezó todo y con «todo» quiero decir mi nueva vida, los secretos, los viajes y el silencio. Así fue como empecé a descubrir la verdad.

Analicé el sobre y el lacre, con mi flor de loto tatuada.

—Llama al teatro, Lluvia, di que estás enferma y que no puedes ir a trabajar. Tú y yo tenemos cuarenta y ocho horas para ponernos al día de quince siglos de historia.

Le hice caso. Decidí quedarme porque no tenía otra opción. Pasé el fin de semana con ella, escuchando una historia que se me escapaba de las manos, que no podía ni quería creer. Un fin de semana hablando de una Asociación secreta que, por supuesto, desconocía pero que había medido mis pasos desde mi nacimiento. Me había estudiado. La Asociación sabía qué hacía, qué me gustaba, qué odiaba.

Conocían mis amistades, mis amantes, mi familia. Una Asociación que no existía a los ojos de la sociedad pero que gozaba de un poder infinito, se había convertido en mi sombra incluso cuando estaba nublado.

Pero ¿por qué tanta dedicación hacia una sola persona? ¿Por qué tantos medios a mi disposición? ¿Por qué tantos años de complejo estudio sobre mi rutina? ¿Por qué fui elegida por ellos?

¿Alguna vez has oído hablar de un lugar llamado Bamiyán? Yo no sabía que existía. Se encuentra en Afganistán. El valle de Bamiyán está ubicado en la región de Hazarajat, entre la cadena montañosa de Hindu Kush y Koh-i-Baba. Las montañas cubren el noventa por ciento de la provincia y los duros inviernos perduran seis meses. La ciudad de Bamiyán está situada a doscientos kilómetros del noroeste de Kabul. En avión se tarda apenas media hora en llegar. Dicen que por tierra es imposible acceder a la región, la travesía es demasiado peligrosa. No es imposible. Mi primer viaje lo hice en una camioneta destartalada con un hazara de mirada rota, ojos rasgados y nariz chata. Un lugareño que se vestía de incredulidad al observar a la turista occidental que llevaba al lado. Tardamos once horas en llegar. Sus manos agrietadas no me tocaron ni una vez. Pero cuando paró la camioneta, las alzó como un cura levanta la hostia sagrada ante sus fieles y señaló el acantilado de Bamiyán. Bajé del automóvil, absorta, deslumbrada. Observé el impresionante acantilado, la luz del sol acariciaba las cuevas y sus paredes rocosas, donde ahora viven doscientas familias en la pobreza, sin electricidad, sin agua potable, sin gas. Te parecerá disparatado, pero en el centro geográfico de Afganistán sentí la paz. Fue una experiencia desbordante. Sentí como si alguien le hubiera dado a un interruptor y me hubiera convertido en otra persona. Sufrí una transformación. Una de tantas.

Por desgracia, no llegué a ver los Budas de Bamiyán, los que en el año 2001 volaron los talibanes en cinco mil pedazos. Sin embargo, en mis viajes a Afganistán he descubierto qué había detrás de ellos y te aseguro que lo que no se ve siempre es más importante que lo que se muestra al mundo.

Empezaré por el principio.

Bamiyán está situada en la antigua Ruta de la Seda. Una ruta comercial de caravanas que unía China con Asia Central y Europa. Puede que hoy sea difícil de creer, pero Afganistán central se con-

283

virtió en un lugar estratégico, de esplendor, de arte y de paso para miles de comerciantes y mercaderes.

Los monumentales Budas de Bamiyán fueron levantados entre los siglos v y vi d. C. Dos enormes estatuas de Buda que se construyeron en el valle, en el majestuoso acantilado, esculpidas sobre la roca de la montaña. Salsal o «buda masculino» era la más grande, medía cincuenta y cinco metros de altura. Y Shahmama o «buda femenino», treinta y ocho metros. Las mayores estatuas de Buda en pie del mundo. Una maravilla palpable, impresionante, indescriptible. Los documentos afirman que estaban pintadas de diferentes y llamativos colores y decoradas con oro y piedras preciosas, y que los ojos de Salsal eran dos enormes piedras azules que por la noche brillaban e iluminaban el valle. La pintura fue desapareciendo y el oro y las piedras preciosas fueron robadas, pero ambos contemplaron el valle de la Seda durante mil quinientos años. Sobrevivieron a siglos de guerras, observaron miles de caravanas, testigos de la historia, confidentes de los peregrinos. Viví la destrucción de los Budas gigantes de Bamiyán con nerviosismo, con pena, con ganas. Y por supuesto, no lo viví con sorpresa. El mundo occidental se estremeció cuando mostraron las imágenes. Por primera vez, algunas personas descubrían Bamiyán y sus Budas, y asistían atónitas a su demolición. A mí no me sorprendió en absoluto, pero me dolió. Un año antes, la Asociación ya sabía que los talibanes volarían los Budas en pedazos. Primero, lo intentarían con misiles antiaéreos. Luego, con dinamita durante varios días. Los Budas estaban pegados a la montaña, tallados en un acantilado, tenían doce y dos metros de fondo. No fue una misión sencilla acabar con ellos. Pero te estarás preguntando el porqué. ¿Por qué los destruyeron? ¿Por qué no intervenimos si conocíamos la operación?

Los hazaras siempre han sido un objetivo claro de los talibanes islamistas, un grupo étnico minoritario, perseguido y masacrado. Veneraban a sus Budas, amaban y aman su valle, sus cuevas, su historia. Para el gobierno islamista talibán, los Budas representaban «ídolos» no islámicos, estatuas contrarias al Corán. ¿Los destruyeron por eso? No. ¿Es lo que nos contaron? Sí. Los hazaras tampoco creyeron la versión que proclamaban telediarios y periódicos, pensaron que fueron demolidos para destruir una civilización, para empobrecerlos, para borrar su patrimonio cultural y milenario, su medio de vida. Tampoco estaban en lo cierto. Si los Budas volaron por los aires en marzo de 2001, simplemente fue por codicia y poder, que es lo único que destruye todo.

Hubo un peregrino budista chino, Xuanzang, que en el año 630 tuvo la suerte de contemplar Bamiyán, y no solo contempló el valle, también escribió sobre él. Se han recuperado algunos de sus documentos y describe la ciudad como un centro budista, «con más de diez monasterios y más de un millar de monjes». Esas son las líneas que han visto la luz, las que encontrarás a un clic, pero sus escritos van más allá de una descripción abrumadora de lo que vieron sus ojos. La Asociación encontró sus manuscritos. Sus ideas y pensamientos se centraban en los monjes. Hablaba de un misterio. Según Xuanzang, la creación de las estatuas budistas más grandes del mundo en esa región y que los monjes habitaran las cuevas de los acantilados de Bamiyán, en el corazón de la Ruta de la Seda... no era un hecho casual. Escondían un misterio colosal. «He observado que algunos de los monjes poseen un poder mental sobrenatural. Son extremadamente discretos. Llevan una vida de meditación y calma. Sus cuevas guardan secretos.» Rezaban sus versículos y muchos de ellos finalizaban con la palabra *Lokaksema,* que en sánscrito significa: Bienestar del mundo.

Estaba en lo cierto. Los monjes vivían como ermitaños en las cuevas. De las cuevas hicieron su hogar, pintaban sus paredes rocosas, oraban y, sobre todo, esperaban visita. Visitas que se quedaban años y escribían el pasado y el futuro de la Humanidad, tu presente, el mío. Se hacían llamar los KIU, los elegidos, y cuando sentían la llamada, lo dejaban todo y viajaban desde cualquier punto del planeta hasta Bamiyán. Hasta las cuevas de los monjes para llevar a cabo su misión: dejar un legado de un poder infinito a generaciones futuras. Eran los únicos que podían entrar en una dimensión de conocimiento pleno sobre siglos que aún estaban por llegar. Y escribían, escribían sobre lo que vivían y sentían en esa dimensión paralela. Escribían sobre personajes claves, acontecimientos de vital importancia, situaciones que cambiarían el rumbo de la historia de los mortales. Levitaban, dormían durante días cuando escribían durante semanas. Podían dejar de alimentarse. La primera KIU llegó a Bamiyán en el siglo VI. Era una concubina de la corte de la dinastía Tang. Viajó durante meses en una ruta de caravanas, disfrazada de varón, como si fuera un comerciante que hacía escala en el valle. Fue la primera de veintiocho. Los veintiocho KIU. Ellos escribieron tres libros de ochocientas páginas cada uno, con tapas forradas en seda y oro. Textos escritos en sánscrito, chino, tibetano, mongol, en idiomas indescifrables... Vivieron en Bamiyán, junto a los monjes, desde el siglo VI hasta el siglo XIV. Cuando el último KIU finalizó el tercer libro, también redactó un texto de veinte líneas que le entregó a un peregrino que se dirigía a Occidente. Un viajero e historiador llamado Lucio Daline, sobrino de un importante sedero genovés. Así fue como el secreto entró en nuestras fronteras, gracias a la seda y a una ruta, gracias al último KIU. El final le daba la mano a un principio que rubricarían un grupo de sederos. Ellos crearon la Asociación, ellos fueron los elegidos que deberían encontrar los tres libros. Porque como los KIU dejaron escrito, se destruirían los Budas que habían contemplado con admiración mientras escribían, pero no los libros, no las cuevas, no el secreto.

Ellos, un grupo minoritario de sederos, juraron en el siglo XIV ser leales a la Asociación. Juraron silencio. Juraron mantener el secreto a salvo sin que el mundo supiera de él. Se comprometieron a arriesgar la vida si ello contribuía a salvaguardar el futuro de la Humanidad. Así nació la Asociación, que cuenta con siete siglos de historia, la misma que ha llegado hasta nuestros días.

La información es poder, Lluvia. Y el poder transforma a las personas. Me lo explicó Geraldine. Durante un fin de semana me contó historias que se escapaban a la razón. Me relató con todo tipo de detalles cómo nos controlan, cómo nos dirigen, cómo nos manipulan a su antojo. No, no la Asociación, sino gobiernos, instituciones, medios de comunicación. La Asociación simplemente está al servicio del ciudadano y de la verdad. No somos justicieros, pero llegamos hasta donde la justicia no llega. Vivimos en un mundo en el que los valores están corrompidos y las versiones oficiales están llenas de contradicciones y mentiras. La verdad es peligrosa, y aun así muchos son los que van tras de ella. A mí me la pusieron frente a los ojos y ya no pude cerrarlos.

Durante siete siglos, la Asociación se ha dedicado a buscar los tres libros más misteriosos de todos los tiempos. Volúmenes que ocultan el secreto de la vida eterna, que dan las claves de lo que no tiene explicación. Nuestro pasado y nuestro destino están escritos en ellos. Son de un valor incalculable. Son únicos.

Con el paso del tiempo, la sociedad ha evolucionado: nuevas tecnologías, técnicas avanzadas en cualquier disciplina, inventos revolucionarios y más codicia. Por ese motivo, la Asociación ha avanzado al ritmo de la sociedad, adaptándose a los cambios, y ha bifurcado sus misiones y objetivos, sin perder de vista, nunca, la *alma mater* de su existencia.

He pertenecido quince años a la Asociación, me he convertido en un pilar fundamental de este organismo omnipresente y poderoso. He trabajado para ellos y por ellos en distintas operaciones. Pero si entré en la Asociación, si desde que nací han seguido mis pasos, fue porque debía encontrar uno de los libros que durante siglos escribieron los KIU.

Te preguntarás «¿Por qué tú?». Muy sencillo. Porque formo parte de las líneas del segundo libro, porque aparezco en él, porque mi nombre está escrito en mayúsculas y el tuyo también. En sus líneas y en sus cuevas.

La Asociación no existe. No existen documentos que hablen de ella ni de su propósito ni de su jerarquía. Nada de nombres. El secretismo es absoluto y necesario. Pero como entenderás, cientos de leyendas sobre Bamiyán han pasado de comerciante a comerciante, de peregrino a peregrino, hasta hoy. Aunque no supieran de qué se trataba, muchos han intuido que los Budas y las cuevas de Bamiyán escondían un misterio milenario y excepcional. Equipos internacionales de científicos. Investigadores japoneses, americanos, alemanes... Historiadores. Servicios de inteligencia. Incluso agentes de la GPU, la policía secreta rusa, han realizado expediciones. También Hitler envió expediciones secretas a Bamiyán. No encontraron mucho, y lo que encontraron no supieron interpretarlo. Desde hace unos años, la CIA se ha dedicado a reclutar a expertos en antropología. ¿Para qué dedican tiempo y dinero en seleccionar a los mejores antropólogos del continente? Para enviarlos a Afganistán. Hace unos meses, el responsable de operaciones de la agencia americana declaraba en una televisión que la principal misión era conocer de primera mano las tribus locales. Investigar sus tradiciones. Sumergirse en su cultura, su historia, y comprender mejor sus movimientos. Investigar y comprender. Me hizo gracia. Lo decía con convencimiento, pero no se lo creía ni él. Si envían antropólogos y expertos en lenguas minoritarias, no es por otro motivo que los libros sagrados de los KIU.

La Asociación solo posee el segundo libro, lo encontré yo. Han trabajado en él durante años, con cientos de traducciones, descifrando pesquisas, analizando cada línea, cada letra. He trabajado con ellos, con lingüistas y criptógrafos. He acariciado la seda de sus tapas, las páginas, nuestro nombre. Me he dedicado en cuerpo y alma a la investigación y búsqueda del primer libro, he espiado a decenas de personas, he viajado a Afganistán, he vivido con los hazaras, he dormido en sus cuevas en la inmensidad de la noche respirando amaneceres únicos, compartiendo lo que no tienen. Los he comprendido. Ellos mantienen viva la memoria. Con su hospitalidad, lealtad y fortaleza, me han enseñado lo que no hubiera aprendido en ningún otro lugar. La inmensidad.

Pero todo se disparó, se aceleró, en 2001 cuando los Budas volaron por los aires y millones de miradas se clavaron ahí, en mi punto de partida, en el corazón de la ruta. Al destruirse los Budas, descubrieron cincuenta cuevas que no eran conocidas. Nuevas cuevas, nueva información. Como era de esperar, equipos de investigadores se trasladaron a Bamiyán fascinados por el asombroso descubrimiento de las cuevas construidas en el acantilado. Los medios se hicieron eco de lo que esos equipos encontraron. Pinturas. Después de meses de trabajo, lanzaron al mundo la buena nueva. Las paredes rocosas de las cuevas estaban decoradas con pinturas que databan de los siglos V al IX. Bellas pinturas que representan budas meditando entre hojas de palmera, animales mitológicos, árboles. Se encontraron pinturas en doce de las cincuenta cuevas descubiertas y los científicos comprobaron que se emplearon técnicas de pintura al óleo, que utilizaban resinas naturales, barnices, proteínas. Fue una revelación. Se creía que los primeros en utilizar la pintura al óleo fueron los europeos en el siglo XIII. En ese momento, se ponía de manifiesto que ochos siglos antes, la disciplina ya se empleaba en Bamiyán.

He viajado tantas veces a Afganistán, que el valle, sus cuevas y sus secretos, se han convertido en mi segunda piel. Me he presentado como una investigadora más. A veces integrada en proyectos de conservación de Patrimonio de la Humanidad en Bamiyán, otras como científica que trabajaba para organismos financiados con fondos privados. Debía cerciorarme de qué hacían allí los distintos grupos de investigadores, qué pretendían, qué buscaban. Así me infiltré. Pero yo contaba con mapas y ellos no. Muchas de las cuevas están interconectadas, se puede acceder a laberintos subterráneos, pasillos estrechos y angostos que conducen a salas secretas. Yo he estado ahí, Lluvia. En la profundidad absoluta, contemplando reliquias que nadie ha visto.

Los budas, los KIU y algunos comerciantes, diseñaron un complejo sistema de caminos internos, imperceptibles a la vista. Los he recorrido. Pero advertí que no era la única. Y eso ponía en peligro mi misión. Sabía que el primer libro de los KIU permanecía en las montañas de Bamiyán. Y no podía permitir que alguien lo encontrara antes que yo.

En 2006, un austriaco llamado Leopold Brown, descubrió en una de las cuevas más profundas un Sutra en sánscrito que hablaba sobre la mortalidad de todos los seres. Versículos escritos sobre la pared rocosa de la cueva que perfilaban el porqué de la construcción de los budas. El misterio que esconden las cuevas. Se creó una alarma excepcional en la Asociación. Un miembro del Comité secreto se reunió conmigo y me explicó: «El Gran Maestre me ha comunicado, con especial inquietud y desasosiego, que el joven está muy cerca de nuestro objetivo. Conviértete en su sombra. Encuentra el primer libro y finiquita la misión. Si tienes que matarlo, hazlo». Se me heló la sangre cuando le escuché pronunciar aquella sentencia. La Asociación, el Gran Maestre, nunca había sido tan afilada y letal. Sabía que podían pedírmelo, pero en mi trayectoria y en mis misiones jamás había tenido que matar a una persona. No contesté. Pero supe que no podía matar a Leopold Brown. No creo que pueda hacerlo. No puedo asesinar al hombre del que me he enamorado, aunque él me esté mintiendo. Aunque yo le esté mintiendo.

Hace un año, intercambiamos nuestras primeras palabras en el bazar de Bamiyán. Ahí empezamos a mentirnos con palabras, pero la piel nunca miente, Lluvia. Dice ser Leopold Brown, un importante arqueólogo que ha venido con una expedición alemana. Le han diseñado un currículum de alabanza. En Afganistán piensan que es una eminencia en su área. Le he espiado, le he investigado, conozco sus gestos, sé cuándo miente, sé cuándo dice la verdad, sé lo que siente cuando me hace el amor. He cometido el error de enamorarme. Se llama Thomas Christopher, trabaja para personas con un poder económico alto, muy alto. Tiene antecedentes penales y media decena de identidades. Sé mucho sobre él. He estudiado su niñez, se quedó huérfano con cinco años; he hablado con sus tíos. Conozco sus manchas de nacimiento, sus alergias, sus debilidades. Sé a ciencia cierta que busca lo mismo que yo. El primer libro de los KIU. Él no sabe nada del secreto, de lo que contiene el libro, de la historia que hay detrás, de la importancia real que tiene para la Humanidad cada uno de los libros milenarios, de poder hipnótico y gran belleza. Lo que no he conseguido averiguar es para quién trabaja. Por más que he indagado y he empleado las artes aprendidas en quince años, no lo he conseguido.

Este será mi último viaje a Afganistán, a una tierra árida y montañosa que he hecho mía, que me ha besado el alma. Me he enamorado como nunca, Lluvia. No tengo tiempo para explicarte esta historia de amor. Ojalá Geraldine lo haga. Ojalá algún día se siente contigo, igual que hizo conmigo, y te hable de la Asociación, de lo importante que somos para ella, y de lo que quiero a Leopold.

Te preguntarás qué pasó después. Qué sucedió el lunes siguiente a un fin de semana de encierro con nuestra vecina, una profesora de francés jubilada. Hice las maletas y salí de viaje. Geraldine me dio unas indicaciones muy claras. Mi destino era Besalú, a treinta kilómetros de Girona. La travesía fue más dura de lo que imaginé en un principio. Debía ir a casa de una amiga suya. Habían trabajado juntas cuando eran jóvenes, en la fábrica de los Hermanos Corominas. Habían mantenido el contacto y se habían carteado durante años. Primero, le mandaba las cartas a casa. Luego, se las empezó a enviar a la Casa de la Cultura. Ella, Carmen, tenía algo que pertenecía a Geraldine. Lo había guardado, de una manera fiel y constante, durante medio siglo. Geraldine supo desde que la conoció que podía confiar en ella. Y no se equivocó. Cuando llegué a Besalú y le dije que era amiga de Geraldine, se desvivió. Me ofreció su hogar, me acompañó a visitar pueblos cercanos. Me habló de los años treinta, de cómo conoció a Geraldine, de lo especial que era. Carmen, de mirada calmada y sonrisa pura, seguía soltera y sin hijos. Vivía con su hermano, un hombre enfermo, dominado por el alcohol. Ambos se portaron de manera excepcional conmigo. Pero ¿qué tenía Carmen que pertenecía a Geraldine? ¿Qué había guardado con discreción y astucia durante tantísimo tiempo? Me lo entregó la noche antes de irme. Un sobre y una pequeña llave dorada. Carmen me explicó que hicieron el envío desde Francia, junto a una devolución, una partida de jerséis con taras.

—Geraldine se quedó con una caja blanca, precintada dentro de otra de madera. A mí me dijo que guardara esto —señaló el sobre y la llave—, hasta que ella o alguien viniera a por ello. Y es lo que he hecho. Guardarlo.

No sabía qué abría la llave ni qué decía el folio manuscrito, pero supe que era de vital importancia. Descosí el forro de mi maleta, introduje el sobre en el fondo, y volví a coserlo. El día de mi partida, introduje la llave en mi vagina. Presentía que algo se iba a torcer y mi presentimiento se convirtió en realidad. Un hombre con la cara tapada me asaltó, me arrastró hacia una arboleda, sacó mis enseres de la maleta, sobó mis pechos. «¿Dónde está? ¿Qué escondes?» Yo respondía negativas y gritaba. En cuanto me golpeó, pensé que iba a morir. Cuando recuperé la conciencia estaba sola, tirada sobre la tierra. Alargué el brazo. No se había llevado la maleta. Como pude, la alcancé y palpé el forro, el sobre seguía dentro. Lloré de miedo, de dolor, de impotencia. Quería volver a Valencia, pero no podía en aquel estado decrépito. Ni siquiera sé cómo regresé a casa de Carmen y Bosco. Casi les da algo cuando me vieron. Me cuidaron durante días. No me moví. Solo dormí y pensé. Tomé consciencia. Lo que me había relatado Geraldine era cierto, la Asociación era real y saber más de la cuenta era peligroso. Por eso existían los secretos. Tenía que aprender a utilizar los silencios.

Tu madre y tú vinisteis a por mí. Tu madre estaba tan enfadada y preocupada, me cuesta recordarlo. Observaba mi rostro magullado, los moratones. Negaba, estupefacta. «¿En qué te has metido?», preguntaba una y otra vez. No le contesté.

Cuando Geraldine me vio delante de su puerta, me abrazó, me pidió disculpas, me dio las gracias, cogió mi mano y me llevó a su habitación. Hizo que me sentara en su cama, frente a un tocador espectacular y antiquísimo. Un tocador que no había visto antes.

—Míralo bien. —Sostuvo ante mis ojos el sobre, de papel grueso y satinado, color sepia. Con su nombre rubricado en el centro. Le dio la vuelta y me mostró el lacre. Me fijé en la flor de loto, la misma que llevamos tatuada—. Observa: en los detalles está la clave de la existencia, la respuesta a todas las preguntas. A lo largo de tu vida vas a ver muchos sobres exactamente igual que este. Fíjate en el lacre, solo serán sobres de la Asociación si llevan la flor de loto. Esta flor de loto única e irrepetible.

No había copiado el tatuaje de ninguna parte. Lo había diseñado yo. Y era la misma flor de loto que la del lacre que observaba.

—¿Qué hay dentro del sobre? Y ¿qué abre la llave?

Geraldine extrajo un folio.

Querida Geraldine:

Tu familia y yo te extrañamos. Sentimos la ausencia de nuestra niña. Espero y confío que recibas esta misiva junto a la llave. Lleva tu nombre porque es para ti. Solo para ti, Geraldine. Te envío una llave con alma, llena de historia, pintada de palabras y ecos del pasado. Las llaves son maravillosas porque todas abren algo. Guárdala como si fuera tu tesoro más preciado. En algún momento del camino que vas a recorrer, recibirás un espectacular tocador de 1890. Los espejos serán biselados y se abrirán en forma de tríptico. Contará con tres cajones. La llave que te mando abre el segundo cajón. Le regalo el tocador a tu abuela como señal de cariño, lealtad y amistad. Deposito mi esperanza y el futuro en vosotras, únicas como la flor de loto, auténticas como una mirada sincera. Cuando tus ojos azules contemplen el tocador, recuerda a este anticuario que te quiere, recupera la llave y salta al pasado. Sabes que solo tú puedes hacerlo.

Un abrazo sentido y eterno,
La Asociación

A Geraldine se le cayeron las lágrimas. Introdujo el folio en el sobre y lo dejó en la cama.

—Leí la carta de madrugada, en silencio, junto a Carmen. Ella me miraba sin comprender absolutamente nada. Releí las palabras de Monsieur Beaumont rodeada de jerséis, en una fábrica en la que llevaba trabajando unos meses. Yo también extrañaba a mi familia. Volví a lacrar el sobre y le hice jurar a Carmen que lo guardaría junto a la llave. Le hice jurar que jamás lo abriría. Sabía que cumpliría la promesa. Sabía que tú lo traerías de vuelta —afirmó.

Geraldine se arrodilló frente al tocador e introdujo la llave en la cerradura del segundo cajón. Tres vueltas. La pequeña llave dio tres vueltas y sonó un clic. Un clic que no suena cuando abres con llave el cajón de una mesilla. Extrajo el cajón con sumo cuidado. No había nada dentro. Solo era un cajón de madera. Lo analizó en silencio. Le dio la vuelta. Estudió su parte delantera y trasera. Comenzó a dar golpes rápidos con los nudillos. Créeme, Lluvia, estaba impresionada. Pero esos golpes solo fueron el principio.

Se ayudó de una navaja y rajó el fondo de la base. Cuando terminó, retiró una lámina de madera que ocultaba el fondo real.

Geraldine se llevó las manos a la cara y ocultó su boca en señal de asombro.

—¿Qué es?

—Ven —me dijo.

Me arrodillé junto a ella. Me asomé al cajón. Había un texto impreso en la madera. Palabras y símbolos incomprensibles e indescifrables en una tablilla. Veinte líneas. Una flor de loto grabada en la parte inferior a modo de firma. Acaricié las hendiduras. Un escalofrío me recorrió. Duró segundos. Como si un ligero viento gélido se apoderara de mí.

—¿Qué idioma es?

—Algún dialecto del chino o una lengua muerta. Qué idiotas hemos sido. Buscábamos un documento —afirmó—. Madera. ¡El último KIU escribió el texto en madera!

Geraldine rio, emocionada.

—¿Por qué?

—La impresión en madera fue el gran invento de la dinastía Tang, predecesora del periodo de las Cinco Dinastías y los Diez Reinos en China. Un invento adoptado también por estos imperios venideros. Entre el año 600 y 700, los karmas y los textos budistas fueron impresos en madera. Con esta nueva técnica, la educación y la literatura vivieron un auge sobresaliente. Así se difundieron las enseñanzas budistas en Asia, a través de la madera. Resistencia. Perdurabilidad.

Observamos el texto. ¿Por cuántas manos habría pasado esa madera, *a priori*, incomprensible? Geraldine exteriorizaba su sorpresa. Un cúmulo de distintas sensaciones en un pequeño cuerpo que nunca mostraba ansiedad ni estrés ni nerviosismo.

Se levantó y se dirigió al teléfono. Marcó un número.

—*Lokaksema* —dijo y colgó.

—¿Qué significa?

—Que hoy va a ser una noche muy importante para la Asociación. Vamos a dar un salto al pasado.

Geraldine introdujo el cajón en una bolsa de basura. Y la bolsa en una maleta. Cuando bajamos a la calle, un Mercedes de color negro nos esperaba. Al subir, no dio ninguna ·indicación. Parecía que estaba dentro de una película. Que no podía estar sucediendo de verdad. Lluvia, tendrás esta sensación en muchas ocasiones. No puede ser, pero es. Aprenderás que lo imposible sucede.

El trayecto no fue largo. A los pocos minutos, el coche frenó delante del palacio del jardín de Monforte. Las luces del palacio estaban encendidas. Un hombre de mediana edad, con gafas y traje de chaqueta, se apresuró en cuanto nos vio y corrió a abrir la verja.

—Estamos preparados —afirmó, dirigiéndose a Geraldine—. Lluvia —pronunció con entusiasmo, y me abrazó—. Tenía muchas ganas de conocerte en persona. Has hecho un buen trabajo.

Me dio unas palmaditas en la espalda. Me agarró con fuerza y con cariño los hombros. No contesté, pero de forma absurda me sentí orgullosa. Aún tenía magulladuras en el rostro. Aún me dolía el viaje a Besalú.

Entramos en el palacio. Cuatro hombres. Una mujer. Geraldine y yo. Éramos siete en el *hall*. Miraron con atención la bolsa de basura que Geraldine sostenía y me observaron a mí. No hubo presentaciones. Nada de formalidades. Se notaba la expectación en sus movimientos. Uno de los caballeros cogió una silla de estilo rococó y la dejó en el centro de la sala.

—¿Estás preparada?

Geraldine asintió. Tomó asiento. Cuando extrajo el cajón, las cinco personas se arremolinaron a su alrededor. Oía murmullos, se respiraba excitación. Uno de los hombres hacía aspavientos. El más anciano entró en una habitación que quedaba a la izquierda de la enorme puerta de entrada y salió con herramientas en las manos. Manipuló el cajón hasta que dejó solo la base, la madera impresa. Yo me mantenía al margen, en una esquina del salón, junto a unas escaleras. Nunca había estado allí.

La mujer, de unos cincuenta años, melena corta y porte elegante, hizo un gesto para que me acercara. Cuando me situé junto a ellos, la mujer y el anciano me tendieron la mano. En menos de un segundo, Geraldine quedó dentro de un círculo que habíamos creado cogiéndonos de la mano.

—No te sueltes, Lluvia —me dijo la mujer.

Un reloj, que no ubiqué, dio doce campanadas. Geraldine cerró los ojos. Respiró hondo. Acarició la madera como si fuera a leer en braille. Tocaba las líneas en orden. Y cuando terminaba, su mano volvía al principio del texto. Emitía un sonido con la boca cerrada, el sonido OM, característico de la meditación. El proceso duró minutos. Abrió los ojos. Me miró, pero ya no era ella, no era su mirada. Quise soltarme de las manos de mis acompañantes, pero no pude, me tenían cogida con fuerza. Geraldine empezó a hablar, traducía el texto a toda velocidad. Una avalancha de palabras salía de su boca mientras ella entraba en un trance difícil de explicar. La escena era sobrecogedora. Lo que decía era sorprendente. Sostenía la madera como si fuera un salvavidas. Abría y cerraba los ojos. Repetía el texto una y otra vez. Su voz subía de tono a medida que repetía el discurso. Entendí por qué nos habíamos cogido de la mano con firmeza. Si no lo hubiéramos hecho, nos hubiéramos caído. Geraldine emitía una fuerza invisible que hacía que nos tambaleáramos ligeramente adelante y atrás. Volvió a recitar el texto, casi gritaba. Giré la cabeza. Y de repente, Geraldine dejó de emitir sonidos. Levantó la madera con las dos manos y de ella salió una luz, finos hilos de luz que se estampaban en el techo y formaban una flor de loto. Observé deslumbrada y absorta la flor. El dibujo duró unos segundos. Cuando la luz volvió a la madera, como si la atrajera como un imán, como una caja que vuelve a cerrarse… nos soltamos de la mano. Y Geraldine cayó al suelo.

—Tranquila —afirmó el anciano—, pasará horas durmiendo. Ha sufrido un desgaste físico importante. Tiene que recuperarse.

Intuí que habían presenciado algo similar antes. Sabían el procedimiento que había que seguir. No estaban asustados, sí emocionados y contentos. Yo me encontraba en *shock*. Estuve en *shock* durante semanas. Aquella noche marcó el resto de mi existencia. A menudo la revivo pensando que si no hubiera estado ahí, si mis ojos no lo hubieran visto, no lo hubiera creído. Pero lo vi. Y la escuché. Y sentí la fuerza que emitía.

Después, vinieron años de aprendizaje, de conocimiento y descubrimiento. Mucha formación. Un nuevo estilo de vida. Me es imposible resumirte quince años en la Asociación en unas páginas. He intentado, antes de marcharme, escribirte unas líneas que te ayuden a entender, a entenderme. Imagino que estás más confundida que al principio. Lo siento, el resto tendrás que averiguarlo tú. Te doy el relevo.

295

En un par de horas me iré y te diré que en las últimas habitaciones siempre se esconden secretos. Encontrarás estos folios en el momento apropiado. No olvides que lo que voy a hacer, lo hago por ti. Cuida a la abuela y a tu hermana.

Te quiero,
tu tía Lluvia

23

Con la boca abierta, los folios en una mano y una pequeña llave en la otra, una llave que había estado en la vagina de mi tía y que abría el tocador de Geraldine, leí la carta tres veces. La escribió el día que se despidió de mí. Intentaba interiorizar conceptos, asimilar, poner en orden lo que ya sabía y lo que acababa de descubrir. Poner en orden el desorden que alguien había diseñado. Pero era un trabajo espinoso, cada párrafo que leía era una puerta abierta, una bomba que explotaba. Sobre todo cuando mi tía hablaba en plural y me metía en una historia que estaba tocando de cerca pero que veía lejana.

Bamiyán, la Ruta de la Seda, los veintiocho KIU, un texto rubricado en madera, una Asociación, tres libros milenarios únicos, secretos de vital importancia para el mundo que habían desatado el interés y la codicia de mandatarios, millonarios, dictadores, gobiernos. Mi tía Lluvia era la protagonista de un entramado que intimidaba e impresionaba. No sabía qué debía hacer, qué esperaban de mí, quién manejaba los hilos. Solo Geraldine podía ayudarme y se había esfumado en un chasqueo de dedos.

El móvil sonó.

—Dime.

—Hola, papá me va a llevar a la estación, se tiene que ir a una reunión. Voy a tener que esperar una hora a que salga el AVE, pero si cojo taxi te enfadas así que esperaré. Era para que lo supieras, que en tres horas o así llegaré a casa.

—Vale.

—Vale —repitió Victoria.

—Vale.

—¿Qué te pasa?

—Nada.

—¿Dónde estás?

—En casa, he ido a ver a la yaya y he vuelto. Es que estaba concentrada en un trabajo.

—Ah, hablando de trabajos. He buscado información del tío que me dijiste.

—¿Qué tío?

—Leopold Brown.

Dejé los folios a un lado y me mordí el pulgar.

—¿Qué has encontrado?

—Poco, muy poco. Ha sido más difícil que encontrar a Abel Magnusson y mira que me costó. He acabado en una página web especializada en descubrimientos, arqueología y cosas así. Una página en alemán. En un artículo lamentaban la muerte del arqueólogo Leopold Brown en Bamiyán, que está en Afganistán. El hombre estudiaba unas cuevas y encabezaba una expedición alemana de ocho personas. Ponía que era una gran pérdida bla bla bla. Lo típico que dicen cuando se muere alguien. ¿Estás ahí?

—Sí, ¿pone cómo murió?

—No.

—Y cuándo.

—El veintisiete de abril de 2007.

—Tengo que dejarte.

—No, no. Espera. ¿Qué pasa? ¿Quién es?

—¿Desde cuándo entiendes alemán? —le dije, ignorando sus preguntas.

—Yo no lo entiendo, tu hermano pequeño es quien lo entiende. Estaba pululando por la habitación y el chiquillo ha acabado ayudándome, pero tranquila que ni me ha preguntado para qué era. Estaba muy entretenido con el videojuego que le compré.

Negué, malhumorada.

—Si llegas a casa y no estoy, llámame.

—Vale. Lluvia, porfa, ve a mi habitación y mira si está mi pulsera del infinito, la que me regalaste el año pasado. No sé si la he dejado en casa o si la he perdido.

—Ahora lo miro.

Colgué y me miré a mí misma, sentada en la cama, pensando que el amor de mi tía, que no tenía nada de arqueólogo pero mucho de espía y mentiroso, había muerto una semana después de que ella fuera a su encuentro.

«¿Qué pasó en Afganistán?», me pregunté en un susurro.

Salí de mi habitación, aún con la llave en la mano, y me dirigí al cuarto de mi hermana. Pablo lo había dejado ordenado. Cuando entré, me invadieron su perfume y sus gestos. Sentí sus manos en mis manos y en mi cuello. Había sido tan increíble que al rememorarlo me entraron ganas de llorar. Me dolió. Qué manera de entregarnos. Solo hacía unas horas que nos habíamos despedido y ya me costaba digerir los recuerdos. Me pellizcaban las miradas que me había dedicado.

Busqué en su joyero de madera, que estaba en una de las repisas. No encontré la pulsera. Busqué en una pequeña cajita donde también guardaba joyas. Revolví su escritorio, retiré libros y abrí cajones. Nada. Miré al suelo, donde antes estaba la maleta de Pablo. Suspiré y me senté en la silla del escritorio. Su olor danzaba por la habitación y estaba desatando mi imaginación. Salí del cuarto sin pulsera y cuando había avanzado dos pasos, retrocedí para volver a entrar. En una esquina, a los pies de la cama brillaba algo. Me agaché y lo cogí. Observé lo que había encontrado. La palma de la mano me tembló. Quise hablar y no pude. Empecé a respirar con fuerza. Apreté las mandíbulas. Me estaba mareando. Me apoyé en el marco de la puerta y saqué el móvil de mis *shorts* vaqueros.

—Qué.

—¿Dónde estás? —pregunté a media voz.

—En el cole, en el patio. Vamos al salón de actos que nos van a poner una película.

—Olivia, he encontrado la medalla de San Cristóbal de Geraldine. En el suelo, en la habitación de Victoria. Pablo se quedó ayer en la habitación de mi hermana.

Guardó silencio.

—No puede ser, Lluvia. Él no…

—Olivia —la interrumpí—, voy a por ti al colegio, ya.

Con sensación de asfixia y un bloqueo mental que me robaba la capacidad para pensar, me dirigí hacia la puerta de casa. Cuando estaba fuera y le di la última vuelta a la llave, alguien me agarró por detrás, sentí una fuerza que me apresaba y me oprimía. Me tapó la boca y la nariz con un paño que no desprendía ningún olor. Sentí un pinchazo en la parte derecha del cuello. Dejé de moverme y todo fue oscuridad. Perdí el control total de mi cuerpo.

Abrí los ojos de forma lenta e intermitente. Tenía sueño y un cansancio devastador. Me pesaba la cabeza. Poco a poco fui recuperando el sentido. Una figura borrosa se dibujó frente a mí, a unos cinco metros. Yo estaba desnuda, solo llevaba las bragas y el sujetador, atada a una silla con una cuerda que me apretaba por debajo del pecho. Tenía los pies atados, las manos atadas a la espalda con unas bridas y cinta aislante en la boca. Cuando la fatiga me lo permitió, apunté y lo vi bien. Él me estudiaba de forma incisiva, ganadora, altiva. A Abel Magnusson, elegante y señorial como siempre, le brillaba la mirada.

Estábamos en casa de Geraldine, en la última habitación, donde Olivia hacía los deberes con ella rodeadas de cuadros, libros, una gran mesa y un chéster. Empecé a emitir sonidos que, en mi crítica situación, era lo único que podía hacer. Magnusson se levantó sin prisa, hasta ese momento había permanecido sentado de espaldas a la puerta de la habitación. Se acercó y me dio un par de palmaditas en el hombro.

—Lluvia, Lluvia. No me gusta esta… situación, pero no me ha quedado otra alternativa —afirmó con una falsa resignación que me llenó de rabia—. Vamos a hacer un trato, ¿si te quito la cinta aislante, prometes no gritar?

Asentí.

—Si gritas tendré que tomar medidas.

Asentí de nuevo. Y él, de un fuerte y fugaz tirón, me arrancó la cinta de la boca.

—Hijo de la gran puta.

Sonrió.

—Bien, hablar sin gritar. Lluvia, hacía un siglo que no me divertía tantísimo. Ha sido como quitarme veinte años de encima. Adrenalina —pronunció de forma lenta—, me has regalado adrenalina. La verdad suena en Mónaco. Ni Geraldine ni tu tía podían haber sido más ingeniosas. Le he dado muchas vueltas desde que me lo dijiste en Carcassonne. Jamás lo habría adivinado. Un cuadro de Dalí y una antigua radio. Bonito binomio.

Me dio la espalda y volvió a la silla. Se quitó la americana y la colgó en el respaldo.

—Tan bonito como esta medalla. —Alargó el brazo y la cogió de la mesa—. Y como esta llave y esta carta. Empiezo a entenderlo. Yo también la he leído varias veces —afirmó con los folios en la mano.

—Me da asco.

Se encogió de hombros.

—Qué le vamos a hacer. No se puede caer bien a todo el mundo.

—¿Dónde está el hijo del señor Collingwood?

—¡Salió el Gordo! ¿Dónde está Pablo Collingwood? El de verdad imagino que estará en su casa de Leeds, con su padre, o en el trabajo ejerciendo de abogado. El impostor que te follaste anoche no tengo ni la menor idea de dónde está. Y me encantaría saberlo.

No procesé su respuesta, pero se me clavó como una daga envenenada. ¿Cómo iba a estar con su padre si el señor Collingwood sabía que su hijo estaba conmigo? ¿Cómo Magnusson no iba a saberlo si Pablo trabajaba para él?

—¿Dónde tiene encerrado al verdadero Pablo?

—No tengo encerrado a nadie —negó y arqueó las cejas—. ¿Crees que a estas alturas voy a encerrar a gente en habitaciones oscuras? Mira —cogió mi móvil de la mesa—, vamos a hacer un experimento, para que te vayan quedando las cosas claras y hagas espacio en esa mente crítica e inteligente que posees.

Se acercó y delante de mis narices busco a Pablo Collingwood en mi agenda. Marcó. Puso el teléfono en mi oreja. «El número marcado no existe.» Colgó. Buscó en la agenda al señor Collingwood. Puso el teléfono en mi oreja. «El número marcado no existe.»

Se me cerraron los ojos. Me sentí traicionada. Agredida emocionalmente. Vacía y ahogada en una mentira. Hundida en la realidad.

—Jamás has hablado con el señor Collingwood, Lluvia. ¡Nunca! Y con su hijo solo hablaste aquel día en la oficina. Ellos han seguido sus vidas, tu llamada fue una anécdota, un golpe hiriente para él por tus desafortunadas palabras, pero una anécdota que llegó y se fue. Ni siquiera se acuerdan de ti.

Sentenció con su voz especial, sensual y característica. Se sentó en la silla y continuó.

—¿A quién le has revelado tus secretos más profundos? ¿Con quién has mantenido largas conversaciones telefónicas? ¿A quién le regalaste tu cuerpo anoche en tu cama? Qué misterio, Lluvia. Tendremos que averiguarlo.

—No se ponga poético. Por lo visto, me he acostado con un desgraciado que me ha engañado desde el minuto uno, que sigue sus indicaciones por dinero o porque simplemente es gilipollas. Estaba debajo de la cama de Geraldine cuando entraron a robar, cuando él cogió la medalla de San Cristóbal, la misma que he encontrado en la habitación de mi hermana. Usted los mandó. Había dos personas.

—Sí, yo les mandé, pero siento decirte, y lo siento mucho Lluvia, que Pablo o como se llame realmente, no trabaja para mí y que no le envié a casa de Geraldine, porque la primera vez que lo vi fue en Carcassonne, contigo y con Olivia. Desde que me estrechó la mano y me miró, esa mirada que he interpretado yo en tantas ocasiones, supe que no era quien decía ser.

—Miente. ¡He encontrado la medalla! ¡La que él cogió del suelo!

Él chasqueó la lengua.

—Hemos pactado que no íbamos a gritar. No te pongas nerviosa, porque lo que viene ahora va a doler.

Me dedicó media sonrisa difícil de olvidar y gritó:

—¡Ayudante!

Se oyeron unos pasos. Se abrió la puerta. Y apareció mi hermana. Mi hermana. Victoria con el cajón del tocador de Geraldine bajo el brazo. Sentí el peso del mundo sobre mí. El peso de la incredulidad como una losa golpeando cada rincón de mi ser. Se me secaron la boca y el alma. Y me entraron náuseas. Náuseas reales.

Abel Magnusson aplaudió de forma lenta.

—¡Ella! Ella entró en casa de Geraldine y te condujo hasta mí con sus búsquedas. ¡No me digas que no ha sido excelente! Una interpretación brillante. ¡Ella tendría que formar parte de la Asociación! Discreta, constante, una actriz y una mentirosa excepcional. No puedo estar más orgulloso de ti, Victoria, gracias por tu profesionalidad. No debías haber cogido la medalla, pero tranquila, un descuido lo tiene cualquiera. Y mira por donde, la tontería le ha causado una tremenda confusión a tu hermana. Un poquito de diversión no hace daño a nadie —afirmó, dirigiéndose a Victoria, que se mantenía inmóvil.

—Suéltala. Atarla no entraba en el plan.

—A su debido tiempo. Siéntate ahí, por favor. —Señaló una de las sillas.

Mi hermana dejó el cajón sobre la mesa y se sentó. La miré con pena, con ira, con incredulidad. Tenía el estómago revuelto.

—¿Cómo has podido?

—¿Cómo he podido? ¡Porque estoy harta! Harta de tus órdenes. Cansada de ser *la hermana de*. La segunda. Y tú la gran, perfecta y responsable Lluvia. La favorita de mamá, de la abuela, de la tía, incluso de tu padre. Volví ayer de Madrid, y ¿sabes qué me dijo? Que tenía muchas ganas de verte, que te hiciera entrar en razón, que te quería. ¡A ti! Que ni siquiera le hablas. ¡Y te quiere más a ti! Estoy harta de que te creas superior, de que me eches en cara que me mantienes y que tengo que hacer lo que tú me digas. Gracias a él me he sentido la protagonista, me he sentido importante. ¡Útil!

—¿Útil? ¡No digas estupideces! Te has dejado engatusar por este impresentable —afirmé, y una lágrima recorrió mi mejilla—. ¿No te das cuenta? Se ha aprovechado de ti, solo quería utilizarte para conseguir que yo estuviera en esta silla, desnuda y atada. ¡Victoria! ¡Soy tu hermana, él es un desconocido! Un vejestorio cautivador y mentiroso que te has encontrado en la calle. ¿Y te has fiado de él? —grité con la ínfima fuerza que me quedaba.

—Por supuesto que se ha fiado de mí —exclamó Magnusson con recelo—. ¿Te he mentido alguna vez, Victoria?

—No.

—¿Te ha mentido tu hermana?

—Sí.

—Te juro que te voy a matar, aunque sea lo último que haga —dije con los pulmones llenos de furia.

Él siguió sin alterarse.

—Es apasionante ver cómo discuten dos hermanas. Estoy experimentando un déjàvu. Tu madre y tu tía discutiendo en

303

mi presencia, hace años. Y ahora, vosotras. Esto es magnífico. Pero a lo que vamos.

—No vamos a nada —dije—, no pienso abrir la boca hasta que no sepa por qué murió mi tía. No contestaré ni una pregunta hasta que no sepa quiénes son el falso Pablo Collingwood y su supuesto padre. No hablaré hasta que no sepa quién dejó el sobre de la Asociación en mi buzón y quién organizó el numerito del cuadro. Puede torturarme hasta que me muera. A ella no sé qué le habrá contado ni cómo la ha convencido para que traicione a su propia hermana. Pero conmigo no va a poder.

—El genio de la señorita ha hecho acto de presencia. Victoria, ¿quién me llamó corriendo para avisarme de que la Asociación había dejado un sobre en el buzón?

—Yo —respondió mi hermana.

—Ella —afirmó—. Como buena periodista que es, tu hermana me ha ido informando de las novedades. Del sobre en el buzón, de que fuiste a la cita. De la información que le pedías buscar en Internet. De la aparición de un tal Pablo. Te lo he dicho, Lluvia. Yo no dejé ningún sobre. Y conocí al falso Pablo Collingwood en Carcassonne. ¿Por qué no me crees?

—¡Porque miente!

—Cría fama y échate a dormir.

—¿Y Luca?

Abel Magnusson cruzó las manos.

—Lo siento. No fue nada personal, no quería hacerlo. Pero el joven italiano complicó la situación de una forma inesperada. No me extraña, eres una chica atractiva y lo deslumbraste. Primero, quedando contigo y luego, yéndote a buscar a tu casa.

—¿Para qué me buscaba?

—Para decirte que nos había visto juntos, a tu hermana y a mí. Una coincidencia fatal del destino.

Me faltó el aire y mi hermana se llevó la mano a la boca. Ignoraba el dato.

—Es un puto monstruo.

—No exageres, mujer. Son gajes del oficio. Un pequeño imprevisto. Lo importante es que tenemos esto. —Cogió los folios y la llave—. La carta ha sido muy instructiva, sabía que Geraldine tenía la clave, pero desconocía dónde. Sabía que tu tía jugaba un papel imprescindible y vital dentro de la Asociación, y ahora sé el porqué. Tres libros misteriosos y únicos, escritos por los KIU bajo el mando de monjes budistas con unos poderes jamás vistos. Tres libros que nos dicen quiénes somos, quiénes fuimos y quiénes seremos. Qué pasó y qué pasará. El gremio de los sederos tras la historia de la Humanidad, guardando un secreto por el que matan y se matan. La recompensa es muy golosa. ¿Intuyes el poder infinito de la persona que consiga los libros? Un abanico de respuestas. La supremacía absoluta. ¿Quién no querría dominar el mundo? ¿Quién?

Magnusson miró un reloj que había en la estantería.

—¿Se le acaba el tiempo?

—Empieza la cuenta atrás.

—Para qué.

No contestó. Avanzó con aire conspirador y sostuvo la llave delante de mí.

—Abre el cajón del tocador, tal y como dice la carta. Pero tenemos un problema, no hay ninguna madera grabada con versos inentendibles. Ninguna tabla rubricada con un mensaje clave que descifrar.

Fue hacia la mesa, cogió el cajón y lo estrelló contra el suelo. A mis pies. Giré la cabeza. Algunos trozos golpearon mis piernas.

—Victoria, por favor, recógelo.

Mi hermana se aproximó. Sin mirarme. Se arrodilló a coger las partes más grandes del cajón y cuando se levantó, Abel Magnusson le clavó una aguja en el cuello.

Grité mucho. Muchísimo. De mi boca salieron socorros e insultos. Mi hermana yacía en el suelo. Se acercó y me dio un guantazo que hizo que se moviera la silla. El dolor fue tan grande que pensé que me había sacado un ojo, se me nubló la vista. Levantó a mi hermana y la lanzó en el sofá, a mis espaldas.

—Así estaremos más tranquilos. Hazte un favor y no vuelvas a gritar, ¿entendido?

Asentí.

—¿Qué quiere de mí?

—¡Quiero que me cuentes lo que sabes, Lluvia! ¿Dónde está la tabla de madera?

—¡No lo sé!

305

Me dio otro golpe en la cabeza. Se me cayeron las lágrimas. Por la situación, por el dolor, porque pensé que moriría en una silla incumpliendo la promesa que le hice a mi abuela. Me sangraba el labio. La saliva me sabía a sangre.

—¿Qué te dijo Máximo Ferreyra de los libros? —Su tono había cambiado, su voz no sonaba embaucadora. Sonaba ruda, a peligro.

—¡Nada! ¡No habló de los libros!

—¿Geraldine no ha dejado otra pista? ¿Tu tía no ha escrito más cartas?

—Yo…no…sé… ¡NADA!

Fue a por la silla, sacó una pistola de la chaqueta y me apuntó con ella. Miró de nuevo el reloj pero no parecía nervioso. No se le había acelerado el pulso ni temblaba. A mí me costaba respirar. Me dolía la cabeza. Un dolor punzante e incontrolable. Ni siquiera la mantenía recta, mi cabeza colgaba inclinada hacia mi pecho.

—Esto puede acabar mal o muy mal, Lluvia. Depende de ti. Si no me cuentas qué sabes y qué has descubierto, acabaré contigo y con tu hermana, con tu abuela y, por desgracia, acabaré con Olivia. Pobre niña.

Tosí y escupí sangre al suelo. Con el rabillo del ojo vi que miraba el reloj.

—Quise a tu tía. Pero mi amor por los libros es superior, infinito. Ella confiaba en mí y fue su gran error. Te lo expliqué en tu visita, dentro de la Asociación hay un Comité privilegiado y secreto formado por un reducido número de personas que ocultan sus fines a los miembros de rango inferior. Yo conocía a una de esas personas. Yo convencí a esa persona de confianza del Gran Maestre para que mandara a tu tía a Afganistán, una última vez. La definitiva. Yo contraté a Leopold Brown para que la matara y me trajera el libro. Yo tenía un plan ¡perfecto! —gritó, colérico y, de repente, carcajeó como un desequilibrado—. ¡Y se enamoran! Se enamoran como adolescentes destruyendo mi castillo. ¡Mi maravilloso castillo!

—Él murió —afirmé como pude. Me costaba seguir el relato.

—Él murió porque tu tía le metió tres tiros a sangre fría. Contacté con ella y me mostré alterado y preocupado. La avisé

306

de que el impostor y criminal Leopold Brown iba a acabar con ella. No hay que subestimar el poder de una mujer traicionada y a mí él ya no me servía para mi objetivo, mi propósito vital. Y luego, a los pocos días, ¡BUM! Sale volando en un piso de Madrid. ¡No debía morir hasta que yo tuviera el libro! ¡No! Menos mal que me quedas tú, Lluvia, menos mal. Mi comodín. Mi último disparo. Volvieron los días con Lluvia, ¡por fin! He sentido tal emoción al volver a jugar, al verte.

Estiró el brazo y retiró un mechón de pelo que me caía en la cara.

—¿Por qué me lo cuenta?

—Porque soy un hombre detallista. Reconozco que has ejecutado cada paso a la perfección. Hubieras sido un gran líder de la Asociación —se calló—. Quedan menos de dos minutos para que te meta una bala en la cabeza. Has visto demasiado pero no sabes lo primordial. No me sirves, *mon amour*. Te lo voy a preguntar por última vez: ¿Conoces la ubicación de los libros?

—No.

Colocó la pistola en el centro de mi frente. Me encañonó. Sentí el frío del arma. Miré mis piernas desnudas. El frío de la soledad.

—¿Unas últimas palabras?

—Sí. —Hice una pausa—. ¡Que le jodan!

No sé si sonrió o si se enfureció. Oí que quitaba el seguro de la pistola y cerré los ojos. Quería que acabara. Mi cuerpo no podía más.

—Baja el arma.

Ordenó una voz de mujer. Él, después de un elocuente silencio, rio sonoramente.

—Baja el arma —repitió ella.

Oía las voces difusas. Lejanas. Pero las oía. Levanté la vista sin mover ni un músculo. Vi, borrosa y difuminada, a una mujer esbelta con melena lisa, corta y morena. Llevaba tacones y una falda estrecha que le llegaba por las rodillas.

—¿Tía?

—Estoy aquí, Lluvia.

El corazón galopó hasta mi boca. Me estremecí. Tres palabras me sacudieron los recuerdos. No sabía si estaba soñando o si ya me habían matado. Si lo imposible estaba sucediendo. ¿Era cierto o era producto de mi imaginación? Me sentía borracha. En una pesadilla incomprensible de la que quería despertar.

—¡Estoy aquí, Lluvia! —exclamó él, imitando a mi tía, y apoyó el arma sobre su pierna—. ¡Lo sabía! ¡Lo sabía! Oh, Dios, te vi, te vi muerta en el ataúd. Y aun así, mi interior gritaba que no podía ser, que no podías haber salido volando en un piso de Madrid. Años confusos con una espina clavada, con una duda acribillándome día y noche, Lluvia. Un desconcierto infernal que únicamente podía resolver de una manera. ¿Y sabes qué? —dijo con tono chulesco—. ¡Que ha funcionado! ¡Que los muertos han resucitado! Ha ganado el sentido común. Lo hemos visto en documentales. La leona sale de su escondite si atacan a sus crías, a sus cachorros. A dos preciosas crías inexpertas y curiosas. Era mi última baza, convertirlas en un cebo perfecto. Si estabas viva, acudirías al rescate. Y *voilà*, has acudido puntual a la cita, como antaño. Estoy feliz, Lluvia. ¿No vas a dejar que te mire a los ojos?

Mi tía apuntaba el arma en la sien derecha de Abel Magnusson.

—Tus ojos no están hechos para mirarme.

—Cómo te he echado de menos.

—Basta de gilipolleces. Querías que me mataran, me regalaste un billete con destino a la muerte. Demasiada ambición por tu parte. Mediste mal los tiempos porque en el fondo no eres más que un quiero y no puedo con aspiraciones que te quedan grandes. Cuando me subí en aquel avión, sabía que me habías traicionado y que lo único que querías eran los manuscritos. Tenía preparada la operación de Madrid desde hacía meses. Por tu culpa tendría que desaparecer y dejar de ver a mi familia. ¿En serio pensabas que ibas a salirte con la tuya? ¿Que tendrías en tu poder los libros?

Mi tía, a la que oía con dificultad, esbozó una risa comedida.

—«Me hace gracia que alguien crea que es más listo que la Asociación.» Se lo dijiste a mi sobrina en Carcassone, con una copa de vino entre los dedos. A mí me hace una gracia indescriptible.

—También le dije a tu sobrina que no apuntara si no estaba preparada para disparar.

—Estuve preparada para morir y lo estoy para disparar. No subestimes a una difunta que preparó su propia muerte. He tenido mucho tiempo para pensar y reflexionar en el más allá.

Abel Magnusson levantó el arma y me apuntó.

—Voy a proponerte un trato, Lluvia. Me consta que la Asociación tiene un libro, un libro que venera, que ha traducido, que ha estudiado y que tú encontraste. Hagamos un intercambio. Me entregas el libro y la tabla de madera, y yo dejo que estas dos cachorrillas sigan vivas. Todos ganamos, es lo que queremos.

—¿Crees que he resucitado y he recorrido medio mundo para hacer tratos? Baja el arma, déjala en el suelo y levántate.

—¿Y qué gano yo?

—Que no te vuele los sesos. No va a haber ningún intercambio. Tendrías que volver a nacer cien veces para que uno de los libros estuviera en tus manos un mísero instante.

—Vamos, Lluvia. Me excedí, pero ¿quién no se excede un poquito en la Asociación? ¿Quién no avanza unos metros más de lo que le han ordenado?

—Baja… el arma. Y déjala en el suelo.

Abel Magnusson seguía apuntándome con el brazo recto, firme.

—¿Por qué no rememoras nuestros buenos tiempos? Cuando hacíamos el amor y confiabas en mí. Has resucitado con un odio excesivo entre los dientes. ¿No eres capaz de perdonar?

—Mi madre casi muere de pena. Eso jamás se perdona.

—Lluvia, *mon amour*, tú lo has querido.

Y sucedió. De forma rápida, incisiva y voraz. La conversación terminó. Una bala me atravesó el estómago y otra bala le atravesó la cabeza a Magnusson. Al embaucador, elegante y vil señor Magnusson. Un segundo de diferencia entre bala y bala. Él cayó al suelo. Es la última imagen que percibí al sentir que mi cuerpo se abría y ardía como una hoguera.

309

24

Silencio y una luz blanca. No veía bien. Tenía los labios ásperos, la boca seca y una sed horrible. Había un jarrón lleno de tulipanes en una mesita, junto a máquinas de hospital y dos goteros. Miré cómo caían las gotas, a gran velocidad. Una. Dos. Tres. Cuatro. No tenía ni frío ni calor, pero sí un dolor penetrante. Me llevé la mano a la barriga.

—No te toques.

Era Pablo. Estaba sentado en una butaca, a la derecha de la cama. Me observó con ternura, con alivio, con un halo de culpabilidad y alegría. Me dedicó un bonito ramo de sensaciones en una mirada. Cogió una gasa y la empapó de agua. Se levantó y la pasó sobre mis labios con delicadeza. Me besó en la frente, se sentó y me dio la mano.

—¿Estoy viva?

—Estás viva. Y es un milagro porque perdiste mucha sangre.

—No huele a hospital.

—Porque no es un hospital, es una clínica de la Asociación.

—¿Mi tía está viva?

—Tu tía está viva.

Una lágrima rodó por mi mejilla y me dolió. «Mi tía está viva», repetí en silencio, incrédula. Que alguien resucite es, cuanto menos, incomprensible. A parte de sentir dolor en el cuerpo, también notaba que me latía el corazón en la cara. Me acaricié el rostro. Tenía el ojo completamente cerrado. Hinchado.

—Recibiste golpes muy fuertes.

—Debo estar guapísima —susurré y respiré hondo—. ¿Cuánto tiempo llevo aquí?

—Tres días. ¿Recuerdas qué ocurrió?

—Sí. El final lo tengo borroso, casi había perdido la consciencia. —Hice una pausa. Escenas fugaces de lo acontecido se cruzaron en mi mente. Al recordarlo, me entró angustia—. Mientes muy bien, espectacularmente bien. Te odio, Pablo de Leeds.

—No todo fue mentira —afirmó, y soltó mi mano.

—¿Cómo te llamas?

—Ian. Ian Dogân. Tengo treinta y tres años. Nací en Suecia. Mi padre es originario de Turquía y mi madre es italiana. Los dos viven, pero los veo muy poco. Estudié Arquitectura en Roma y Florencia. Tengo distintas empresas. Y llevo ocho años trabajando para la Asociación.

—Buen resumen, Ian. A Olivia le va a encantar que seas arquitecto.

—Le ha encantado, sí.

—¿Has hablado con ella?

—La he visto. Hace una hora esta sala estaba llena de mujeres. Tu tía, tu abuela, tu hermana, Geraldine y Olivia. Se han marchado hace un rato. Todas menos tu tía, volverá en cinco minutos.

—¿Cómo está mi hermana?

—Afligida y desorientada. No para de llorar. Jamás pensó que ocurriría esto.

—Ni yo. Abel Magnusson, ¿está muerto?

—Sí.

El teléfono de la habitación sonó. Lo cogió. Escuchaba y asentía. Contestó un: «De acuerdo», y colgó. Ni le pregunté por la llamada. Le observé con nostalgia y desasosiego.

—Lo sabías todo desde el principio. Qué absurda he sido contándote mi vida y mis miedos y mis sueños. Te habrás reído como nunca.

—No me he reído, he aprendido. Eres Lluvia, aunque ni siquiera intuyas qué significa, y eres verdad. Pura y dura verdad. No lo sabía todo. Sabía que dudarías, que me investigarías y que registrarías mi cartera. Pero no sabía que ibas a rajar un cuadro de Dalí ni que te tirarías desnuda a una piscina. Tampoco sabía que me enamoraría de ti.

—¿Cómo sabes que estás enamorado?

—Porque no lo creo, lo sé. Y porque he sentido miedo al pensar que no te iba a ver más.

La puerta de la habitación se abrió. Él se levantó y me dio un beso en la boca.

—Luego volveré, tenéis una conversación pendiente —afirmó en mi oído.

Apareció mi tía, sin la peluca lisa y morena. Con su sonrisa y sus ojos del color del valor. Mi tía, a la que creía muerta, ¡porque la vi muerta! Estaba delante de mi figura delgada, magullada y atravesada por un tiro. Mi tía Lluvia. La estudié, la memoricé sin pronunciar palabra. Y lloré. Un llanto feliz y doloroso que salió de mis entrañas. Se sentó en la cama y me abrazó. Me rodeó. Y respiré la misma calma y la misma paz que estoy respirando al contártelo. Nos abrazamos tan fuerte y tanto tiempo que sentí que se me curaban las heridas del alma y que el destino, después de pegarme un tiro, me estaba pidiendo perdón.

—¿Eres tú? —pregunté entre hipidos.

—Soy yo.

Me despegué de ella y la miré.

—Pero te vi. ¡Te vi en el ataúd! Eras tú. ¡Estabas muerta!

—Shhh —me interrumpió y me agarró de los hombros—. No era yo, Lluvia, no era yo. Era una prostituta rumana, sin familia, con un cáncer terminal y una hija de tres años. Ella sería yo. Por eso tenía mi altura, mis tatuajes, mi pelo, mi cara desfigurada, mis joyas. No podía fallar porque invertimos tiempo y dinero en ella, operamos al milímetro, concienzudamente. Tanto para que ni siquiera una madre destrozada y en *shock* pudiera diferenciar la verdadera Lluvia de la réplica. Fue un trabajo excepcional y muy duro. Solo ella tenía que morir aquel día y a aquella hora. La Asociación firmó un contrato con Mihaela Anghel. Su hija tendría una perfecta familia de adopción y una renta fija de por vida. Y así ha sido. Nicol está a punto de cumplir doce años, es una niña feliz y sana que vive en una zona residencial, va a un colegio privado y estudia idiomas.

—¿Y tú dónde estabas?

—Sentada en un avión con una nueva imagen y una falsa identidad, rumbo a Puerto Pirámides, al norte de la provincia de Chubut, Argentina. Alejándome de mi mundo y acercándome a un nuevo mar. Máximo Ferreyra me ayudó a irme y él me ha ayudado a volver. Cuando fuiste a verle, llevabas un micro en el bolso. Lo puso Victoria.

Resoplé y negué.

—Nos mataste en vida.

—Lo sé —respondió—. No había otra opción. De una manera u otra iba a morir.

—Lloró sin descanso y estuvo metida en una cama durante años. No quería mirarse al espejo, ni comer, ni bañarse. No quería vivir. ¿No pensaste en tu madre?

—Lluvia, lo hice pensando en vosotras. No solo sufren los que se quedan.

—¿Dónde has estado este tiempo?

—Dentro de una tormenta.

Puso su mano en mi frente. La besó. Me acarició la cara. Observó los goteros. Arrimó una butaca hasta el filo de la cama.

—Los dos primeros años los pasé en Argentina. Luego me fui a Canadá, vivía cerca de Montreal. También residí una larga temporada en una pequeña localidad de Santa Catarina, en Brasil. Hasta que no aguanté y volví a casa durante un mes.

—¿A qué casa? —pregunté, extrañada.

—A nuestra casa. La abuela sabe que estoy viva, Lluvia. Lo sabe desde hace tres años. Después de verme y de hablar conmigo, se fue a la residencia.

Ni parpadeé. Me quedé en trance. Colapsada. Creo que dejé de respirar. Al ver que no reaccionaba, mi tía continuó.

—Geraldine me informaba con asiduidad. Me decía que la abuela no estaba bien. Yo, gracias a la Asociación, recibía sus informes médicos allí donde estuviera. Sencillamente no aguanté. Me sentía culpable y me daba miedo que se fuera antes de poder contarle la verdad. Que no superara la depresión y sus achaques. Me salté los protocolos, incumplí la premisa y la promesa de no aparecer nunca, pero no me importó. Valió la pena.

—¿Dónde os visteis?

—En el convento de la Puridad y San Jaime, en el centro de Valencia. Las religiosas de la orden contemplativa de las Franciscanas Clarisas me acogieron. Son monjas de clausura. Allí nos vimos, en el número cuatro de la calle Puridad. Me cercioré de que el teléfono de casa no estaba pinchado y la hermana Natividad llamó a la abuela. Le dijo que fuera al convento a las doce de la mañana.

—¿Para qué?

—¿Recuerdas a Fermín?

—¿El cura amigo de la yaya?

—Sí.

—Claro. Venía a casa a verla cuando pasaba meses sin salir.

—Fermín visitaba el convento. Confesaba a las religiosas. La abuela lo sabía. La hermana Tivi le pidió por favor que se acercara al convento, le comentó que había llegado un paquete para don Fermín y que como él estaba muy ocupado, a ver si podía ir ella a recogerlo y entregárselo. Una excusa tonta, pero la abuela fue. No respondería con una negativa. —Mi tía tragó saliva—. Se quedó extrañada cuando no le dieron el paquete a través del torno y una hermana la hizo pasar. Cuando me vio, se desmayó.

Se hizo el silencio.

—Después del ataque de ansiedad que sufrió, hablamos durante horas. Nos vimos cada uno de los días que pasé en el convento. Por eso la abuela se levantó de la cama y revivió, Lluvia. Porque me había visto y me había tocado y besado. Y simplemente, le di fuerza.

Intenté incorporarme sin éxito. Mi tía me cogió por las axilas y levantó mi cuerpo. Sentí que el estómago se me abría.

—Lo siento —dijo.

—Y yo. Tenías que haber vuelto antes. Victoria y yo pensábamos que iba a morir. Y hace unos días casi me matan a mí.

—Lo asimilarás, con el tiempo.

—¿Por qué Geraldine le dio los versículos de Isaías a la yaya el día de tu funeral? ¿Por qué se fue a una residencia?

Mi tía suspiró. Bebió un sorbo de agua de una botella. Y se recogió el pelo en una coleta.

—Son los favoritos de la abuela, los repetía, los subrayaba. Es algo que solo sabía yo. Yahvéh significa «salvación». No sé. No sé en qué instante pensé que si Geraldine le entregaba los versículos podría intuir que el puzle no cuadraba. Pensé que interpretaría las líneas, que le encontraría sentido. Que...

—¿Qué estabas viva? ¿Pensaste que la yaya intuiría que estabas viva en algún lugar del planeta? Tía, ¡te vimos muerta! ¡Muerta! ¡Fuimos a la playa, nos subimos a un barco y tiramos tus cenizas al mar!

Una máquina, que quedaba por encima de mi cabeza, pitó. Mi tía se levantó y observó las luces. Le dio a un botón y se sentó.

—No te alteres, Lluvia, estás débil.

—¿Que no me altere? He descubierto que estás viva, me han metido un tiro, una Asociación me ha vuelto loca, mi propia abuela me ha mentido, mi hermana me ha traicionado y me he enamorado de un chico que no es quien dice ser. Joder, me va a costar años de psicólogo asimilarlo.

Mi tía mostró media sonrisa compungida. Me dio la mano.

—Sabía que no ibas a morir.

—¿Por qué?

—Porque no era tu momento. No has encontrado el libro.

Me dio vértigo su afirmación.

—¿Leíste bien mi carta?

—Sí. No entiendo el primer párrafo. Nuestro nombre está escrito en cuevas y libros sagrados, el de las tres. ¿Por qué? ¿Qué tres?

—Somos las elegidas. Tú, yo... Y la próxima, Lluvia. Algún miembro de una generación futura. Somos los tres vértices de un triángulo poderoso. —Hizo una pausa. Respiró—. Me has dicho que has leído bien la carta que dejé en la radio. En ella escribí que debía encontrar el primer libro en Afganistán. Estaba equivocada. Lo descubrí meses después de «desaparecer». No tengo que encontrarlo yo, debes encontrarlo tú. Mi misión era encontrar el segundo libro y la llevé a cabo. No encontré el primero porque es tu objetivo. Así queda reflejado en las cuevas. En los símbolos y dibujos que hay grabados en ellas.

—No quiero encontrar nada.

—Querrás.

—No querré. Quiero ser diseñadora y llevar una vida normal. ¿Tan difícil es de entender?

—Serás diseñadora y tendrás tu vida. Y ese será tu papel en la sociedad, en tu entorno. Pero la realidad será muy distinta porque tú eres distinta y debes desempeñar un papel fundamental, obligatorio y necesario. El triángulo debe cerrarse. Hay que encontrar los tres libros. Tenemos que encontrarlos antes de que caigan en manos ajenas. ¿Eres consciente del poder de los libros? ¿De la gente que los persigue? ¿De lo que son capaces de hacer? El Santo Grial es una nimiedad si lo comparamos con sus líneas e ilustraciones. Los monjes y los KIU dejaron un gran legado. El gran legado. La historia de la Humanidad está escrita en ellos, Lluvia. Pasado, presente y futuro en tres libros sagrados que deben estar juntos, bajo la llave de la Asociación.

—Claro que no soy consciente. Acabo de aterrizar en un mundo que no es el mío.

—Es más tuyo que de nadie.

Permanecí callada.

—¿Dónde está el libro que encontraste?

—Lo tiene el Gran Maestre. Está protegido, escoltado las veinticuatro horas. Siguen estudiándolo. Hay un veinte por ciento del libro indescifrable. Son lenguas desconocidas. Ni siquiera Geraldine ha podido traducirlo.

—¿Quién es el Gran Maestre?

Negó.

—Nunca lo he visto. O tal vez sí, pero no me he dado cuenta. Su identidad permanece oculta. Tú lo conoces mejor que yo. Has hablado con él largo y tendido.

Se me hizo un nudo en el estómago.

—El señor Collingwood —dije.

—El ficticio señor Collingwood no era si no el Gran Maestre. Te ha controlado siempre. Estaba en contacto contigo, con Ian, que debía protegerte, y con otros miembros de la Asociación. Te puso a prueba. Te ha puesto a prueba cada minuto. Como era evidente, has aprobado con honores. Él no quería este desenlace. Nadie lo quería.

—¡Murió un chico inocente!

—Lo sabemos.

Observé la habitación con detenimiento. El espacio diáfano. Los techos. Las esquinas. El escaso mobiliario.

—¿Nos están viendo o escuchando?

—Ahora no. Desde otra habitación controlan tus constantes. Las máquinas. Pero no nos ven ni nos oyen.

Ese «ahora no» lo traduje como un «antes sí».

—Volviste hace tres años. Viste y hablaste con la yaya durante un mes. Un mes son muchos días. ¿Qué le contaste y qué hicisteis? ¿Por qué se fue a una residencia?

—Porque era la mejor opción, lo decidimos ambas. En el cajón del tocador de Geraldine había un texto impreso en madera. Símbolos y palabras de un idioma incomprensible. Veinte líneas labradas. Una flor de loto grabada en la parte inferior, a modo de firma. El último KIU escribió el texto. Un viajero e historiador llamado Lucio Daline, sobrino de un importante sedero genovés, lo introdujo en Occidente. Se protegió y pasó de mano en mano, personas seleccionadas, hasta que llegó a un viejo anticuario de París que pertenecía a la Asociación. A día de hoy, solo Geraldine sabe interpretarlo si entra en una especie de trance que dejaría anonadado a cualquiera. Tú lo presenciarás cuando estés física y emocionalmente preparada. Cuando Geraldine vuelve en sí, no recuerda qué ha sucedido. Aquella noche en el palacio de Monforte, seis personas asistimos a una escena sobrecogedora.

Mi tía se levantó, se alejó y sacó un cigarrillo del bolso.

—Cuando llegué a España, no vine sola. Me acompañó Thomas, conocido por ti como Leopold Brown, y la madera del último KIU. La misma que ha estado en mi poder desde que… fallecí. Había llegado la hora de desprenderme de ella, pero aun así debía tenerla cerca y controlada. No quería dejarla en el convento. La abuela se la llevó a la residencia. La madera está en el patio de las palmeras y el limonero, dentro de una bolsa plastificada y esa bolsa dentro de una caja enterrada tres metros bajo tierra —afirmó, y expulsó el humo del cigarro.

—¿Tengo que ir a por ella?

—Sí.

—¿Y tú? Cuando me recupere, ¿te irás?

—Sí. Volveré donde he estado los últimos años. Regresaré a Dubái. Tengo que solucionar unos asuntos allí. Luego, me iré a otro lugar. Vosotras no sabréis dónde estoy pero yo

317

sabré donde estáis vosotras. Mantendremos el contacto. Nos veremos en alguna ocasión.

Resoplé.

—¿Por qué has vuelto ahora?

—Sabía que Abel Magnusson no pararía. Aunque me vio muerta en el funeral, nunca estuvo totalmente convencido de mi muerte. Él quería matarme, contrató a Leopold para hacerlo. Pero la jugada no le salió bien. Sabía que alguien venía a por mí. Que deseaban acabar conmigo, pero por supuesto no sabía que era él. Sí alguien próximo y cercano, pero no pensé en Abel, teníamos una relación especial, ni se me pasó por la cabeza. Lo descubrimos tiempo después, cuando vivíamos en Argentina.

—¿Por qué preparaste tu muerte?

—Porque no te pueden matar dos veces, Lluvia. Máximo intuyó que Magnusson estaba detrás de la operación. Le hicimos creer que maté a Leopold disparándole tres veces. Y que yo salí volando de un piso de Madrid. Se había acabado. Pero la rabia de Magnusson era infinita, igual que sus dudas. Después de mi muerte acudió a Besalú para hablar con el antiguo dueño de la fábrica, con el nuevo propietario del museo y con Carmen. Magnusson sabía que aquella noche no solo enviaron el diamante para el mariscal Tito. Nunca se dio por vencido. Quería la llave. La madera. Los libros. Era un ser engatusador y encantador, pero también perverso e inhumano. Tenía el espíritu roto y eso es lo peor que le puede pasar a alguien. ¿Por qué he aparecido ahora? Porque hace unos meses él contactó con tu hermana. Mi mundo se derrumbó cuando me enviaron las fotos de Victoria y Magnusson en la biblioteca de la universidad y más tarde en una cafetería. Me daba escalofríos verlos juntos porque sabía de lo que era capaz. Abel había vuelto a sacar el tablero, había movido ficha. Un muerto solo resucita si le tocan a los suyos —dijo, y apagó el cigarro en un cenicero—. Es lo que pensó y acertó. Él movió ficha y nosotros continuamos el juego. Geraldine dejó la invitación de la Asociación en el buzón.

Mi tía me abrazó. Una mezcla de perfume, tabaco y tristeza me envolvió y me meció. Como hacía cuando vivíamos en casa de mi abuela.

—¿Dónde encontraste el segundo libro de los KIU?

—En otro punto de la Ruta de la Seda.

—¿El primer libro sigue en Afganistán?

—Sí. Tú lo encontrarás. Tarde o temprano lo tendrás entre tus manos y te invadirá una paz que jamás has experimentado.

Me separé de su cuerpo.

—¿Seré capaz? ¿Seré capaz de llevar una doble vida?

—Serás capaz de todo, Lluvia.

—Tengo miedo —le dije, con el corazón en la mano y una mirada llena de sinceridad.

—Me asustaría si no lo tuvieras. Aprenderás a controlarlo y a obviarlo. Este camino no lo vas a recorrer sola. Nunca estarás sola.

25

*H*an pasado cincuenta años desde que abracé a mi tía Lluvia en una clínica clandestina de la Asociación. Una vida. Ella se marchó a las dos semanas con Thomas, su gran amor, al que mató de mentira pero atravesó de verdad. Se fue, aunque de una forma u otra nos mantuvimos en contacto. La volví a ver en dos ocasiones. La primera, en una encrucijada que tardaría demasiado en explicarte. La segunda, cuando di a luz a tu madre en un hospital improvisado de una pequeña ciudad de Dinamarca. Apareció cuando la necesité.

Dos semanas dieron para mucho. Hablamos, nos perdonamos, nos confesamos y nos dimos los besos que nos debíamos. Durante quince días no salimos de casa. Ni podíamos ni queríamos. A mí ese tiempo me sirvió para pensar, reflexionar y recuperarme físicamente. Ella se preparó para una despedida real. De nosotras y de la Asociación. Me daba el relevo de una carrera larga y con obstáculos. Cogí el testigo. No fue una elección, fue una falta de opciones. Ahora me doy cuenta de que esa carrera solo podía correrla yo.

Le hice infinidad de preguntas. Algunas ni siquiera tenían respuesta. Lo que sí me explicó con detenimiento fue el trabajo que había desempeñado en la Asociación. Su misión principal, su prioridad única, era encontrar el segundo libro sagrado de los KIU. Pero el trabajo que desarrolló mi tía Lluvia fue amplio y diversificado.

Cariño, cualquier fantasía se queda corta con lo que pasa en realidad. Ella presenció conspiraciones, se infiltró en los servicios de inteligencia de la Unión Soviética. Leyó cientos de expedientes clasificados. Recorrió el desierto de Judea en busca de información. Desarticuló una red de fraudes fisca-

*les. Localizó a veinte de los cincuenta criminales más busca-
dos de la Europol. Trabajó en el Centro Criptológico Nacional. Y colaboró con los mejores detectives especializados en
obras de arte robadas. Uno de ellos pertenece a la Asociación. Museos, coleccionistas privados y galerías, requerían
sus servicios. Durante años, negoció con criminales, marchan-
tes, compradores. Se ganaba la confianza de personas en las
que no hay que confiar.*

*Su último trabajo antes de ir a Afganistán fue recuperar
un autorretrato de Rembrandt que fue robado en el Museo
Nacional de Estocolmo. Se hizo pasar por una compradora
potencial y formalizó una reunión con los ladrones en un hotel de Copenhague. Cuando iban a cerrar el trato, la policía
entró y detuvo a las cuatro personas que estaban en la habitación. El inspector jefe miró a mi tía. Ella se levantó, se abro-
chó la americana, se puso las gafas de sol y salió sobre sus
tacones. Me lo contaba de forma natural, sencilla, rutinaria.
Y cuanto más operaciones, anécdotas y misiones opacas me
relataba, yo más pensaba: «No quiero. No estoy preparada».* 321
*Porque una cosa es escucharlo, leerlo o imaginarlo, y otra
muy distinta es vivirlo. Pero ese fue su estilo de vida; estar en
primera línea de fuego. Quemarse. Entregarse en cuerpo y
alma a la Asociación con una discreción y una lealtad que no
me asombra, porque fue la mujer más inteligente que he conocido. Solo ella podía morir y resucitar cuando se le antoja-
ra. Fue su estilo de vida y el mío. Y también será el tuyo.*

*Jamás volví a trabajar en Wexler Luxury. Un par de días
después de la partida de mi tía, recibí un sobre de la Asociación. Durante meses participé en decenas de reuniones con
miembros del Comité privilegiado. Empezaba mi gran viaje.
Una travesía que no hubiera recorrido sin él, sin mi faro, sin
tu abuelo, sin mi compañero. Sin Ian Dogân, al que llamas-
teis Pablo hasta que murió. Cómo le quise.*

*Cariño, espero que te enamores como mi tía lo hizo de
Thomas y yo lo hice de tu abuelo. Espero y deseo que conoz-
cas el amor verdadero, el que te hace respirar y te da aliento.
Ese amor que da sentido a lo que no lo tiene.*

*Ahora que estoy a punto de marcharme, me atraviesan
recuerdos como fogonazos. De una vida intensa. Una vida*

vivida. Con caídas al vacío y cimas conquistadas. Con llantos sentidos y cantos de celebración. Una vida resumida en mis arrugas y en mis manos.

    Cuando nació tu madre, la cogí entre mis brazos. Era una madrugada gélida con un cielo estrellado magnífico. La miré y pensé: «Será mi pequeña, pero no es mi Lluvia». Años después di a luz a tu tío. El tiempo pasaba y pesaba y yo empezaba a inquietarme, a ponerme nerviosa. Tu madre creció entre mis diseños, mi cariño incondicional, mis ausencias justificadas y mis profundos secretos. Al final, fue ella la que se convirtió en madre. Llegó Julia, un día de sol inmaculado. Más tarde Pablo, una fría tarde de invierno. Y tú, la tercera. Tú naciste hace dieciocho años, una madrugada de rayos, truenos y lluvia intensa. Fue un parto largo y difícil. Te oí llorar y se me encogió el alma. Respiré tranquila. Cuando te vi y te acuné, cuando te pegué a mi piel, lo supe. Tú eras mi Lluvia. La esperada Lluvia. La última gran tormenta.

322

    Tu llegada se me hizo eterna, pero te he disfrutado como a ninguna. Me has mirado como yo miraba a mi abuela y esa ha sido mi valiosa recompensa. Me he mojado contigo y hemos saltado en los charcos. Qué pena que me tenga que ir. Tranquila, cariño, me despido llena de amor, orgullosa, liberada.

    Te preguntarás si volví a la residencia. Sí, lo hice, sola. Una madrugada cálida y apacible. Una chica que no conocía me abrió la puerta de la recepción.

    —*¿Lluvia?*

    Asentí.

    —*Dos personas te están esperando en el patio.*

    —*Perfecto. Mañana vendré a despedirme de Sara. Déjale un aviso, por favor.*

    —*No* —*dijo*—, *Sara ya no trabaja aquí. Desde hoy soy yo la recepcionista, pero me ha dejado una carta para ti.*

    La joven se inclinó y me extendió un sobre.

    —*Gracias.*

    Era un sobre de la Asociación. Con mi nombre. Con el lacre y la flor de loto grabada. De camino al patio, envuelta por el silencio y una liviana luz, abrí el sobre.

Gracias por estos años de complicidad. Ha sido un placer conocerte y cuidar de tu abuela. Me enorgullece haber colaborado en esta misión y proteger un legado tan valioso. Espero y confío en que volveremos a encontrarnos. Seguro.

La Asociación

Sostuve el sobre junto a mi corazón hasta llegar al patio, que estaba vacío y alumbrado por la luna. Vi a dos hombres de mediana edad ataviados con monos azules, llevaban material de jardinería y un maletín negro. No se oía ni un alma. Estaban a un lado del limonero, donde mi abuela había pasado noches y días de invierno y verano, largos letargos y horas sin fin. Me pareció verla allí sentada, leyendo un libro y callando la verdad. Por suerte, la tenía en casa.

Los dos caballeros me saludaron con un leve movimiento de cabeza. Sin preguntas. Sin explicaciones.

—Empecemos —dije.

323

Descendí tres metros, me llené de tierra y temblé al asomarme a la historia. La historia late, Lluvia, late. Fue una noche inolvidable. La primera de muchas.

También te preguntarás si encontré el primer libro sagrado de los KIU. Sonrío y asiento. Lo encontré. Tal y como me advirtió mi tía Lluvia, cuando lo tuve entre mis manos sentí una paz que solo volveré a experimentar cuando muera. Acaricié la seda que lo protegía, me deslumbré con sus ilustraciones, toqué sus páginas. Lo estudié junto a prodigiosos de la materia. Es una sensación tan poderosa y mágica que mis palabras jamás alcanzarán lo que vas a sentir cuando encuentres el tercer y último libro. Cuando traces la última línea del triángulo.

No olvides que la Asociación está por encima de personas, instituciones, política y religión. Por encima del poder. No hay nada ni nadie sobre la cúspide de la Asociación. Hacen un trabajo de campo excepcional, forman un engranaje de dimensiones abismales. Un engranaje que nunca para. Que no se detiene. Que no se estropea. Civiles con vidas normales con los que tomamos café, con los que nos cruzamos en el metro, en aero-

puertos. Personas que nos atienden en supermercados, hoteles, librerías o bancos. Y personajes públicos y notorios que conocemos por los medios, por su trayectoria, expertos en distintas artes con biografías publicadas. Cada uno de ellos elegidos a conciencia. Con intencionalidad. Sin arbitrariedad. Milimétricamente estudiados y seleccionados. Todos remando en un barco fantasma llamado Asociación. Una nave imposible de detectar por radares porque lo que no se ve, no existe.

Ahora que estás a punto de zarpar, te voy a decir una palabra que no debes olvidar: rema. Pase lo que pase y pese lo que pese. Cuando pienses que la tormenta te va a engullir, cuando estés anclada en un punto muerto, cuando sientas que no puedes más... rema. No pares y rema hacia donde tu corazón te lleve. Porque el resto será solo ruido, cariño, solo ruido.

Después de la tormenta

*L*levo diez minutos sentada en el suelo, con la espalda pegada a la pared y las piernas estiradas. Estoy abrazada a un manuscrito encuadernado en el que apoyo la barbilla. Tengo los ojos clavados en mis pies descalzos. No sé muy bien qué estoy pensando después de pasar siete horas oculta en este espacio cerrado y nuevo para mí. Y después de leer las palabras de mi abuela, que falleció hace dos meses de un cáncer que le dio tres años de tregua.

Yo estaba a su lado cuando murió. Tenía su mano cogida, nuestros dedos entrelazados. Ni hija ni hijo. Quería irse de este mundo conmigo cerca, sintiéndonos, intercambiando miradas cómplices y mudas. La echo tanto de menos que se me caen las lágrimas. No voy a saber estar sin ella. Y menos ahora, que he descubierto mi herencia: doscientos folios llenos de letras, una nube llena de lluvia y un collar con mi nombre. Estoy confusa. Miro mi flor de loto tatuada, me la hice al cumplir los dieciocho, hace nueve meses. Trago saliva. Me tiemblan las manos. Y de repente, cuando aún no he cogido todo el aire que cabe en mis pulmones, me sobresalto. Oigo ruidos, hay alguien fuera de este bunker extraño. Me levanto en un segundo. Dejo el manuscrito donde estaba. Me acerco a la puerta.

—¿Hay alguien ahí? —pregunto en un susurro.

No contestan pero oigo omo marcan la contraseña. Se oye un sonido después de cada número. Un «pi» sutil. Estoy al otro lado. Atenta, con cara de concentración y con la boca abierta, hasta que marcan el último dígito. Doy unos pasos hacia atrás. La puerta se abre lentamente y mi expectación llega de un salto a la luna.

—¡Tía Livi!

Corro hacia ella como si fuera el único ser humano que queda en el planeta Tierra. Como si hubiera estado un año aislada, sin ver a nadie y leyendo el mismo libro en bucle. Abrazo a mi tía Olivia y lloro como una niña a la que han encontrado después de un naufragio. La abrazo como si valorara mi vida más que nunca. Ella responde al abrazo. Posa su mano en mi cabeza. Hace dos meses que no la veo en persona, desde el funeral de mi abuela. Está claro que no es mi tía de sangre, pero es mi tía favorita, mi mano derecha, mi voz de la conciencia, la sabiduría personificada, mi impulso desde que tengo uso de razón. Y, además, es mi madrina.

—Shhh —susurra.

La contemplo. Es una señora guapísima y elegante. Aunque se refleje el cansancio en sus ojos, tiene un aura envolvente y adictiva. La adoro.

—¿No estabas en Nueva York?

—¿Lo has leído?

Preguntamos a la vez. Las dos asentimos. Marca un botón del panel y se cierra la puerta de la habitación secreta. Cruza la sala, se sube a la escalera y encaja el libro hasta que se oye un clic y la estantería se desplaza ocultando la puerta de acero. Mi tía Livi me agarra del brazo, atravesamos el salón y llegamos hasta la terraza. Se ha encargado de abrir los balcones y ha colocado las sillas y la mesa como ha querido. Con un gesto me indica que me siente.

La luz es perfecta. Atardece. Las vistas son inmejorables. No hay nubes cruzando el cielo.

—¿Cuánto tiempo llevas aquí?

—Aquí, en la casa, dos horas. He llegado a España de madrugada.

—Tía.

—Qué.

—¿Es verdad o esa historia forma parte de la imaginación de la abuela?

—La escritora de la familia era Victoria —afirma y hace una pausa—. Es tan verdad como que estamos aquí tú y yo. Lo viví en primera persona. Te he visto mientras leías. Hay una cámara en la habitación. Eres igual que ella de joven, haces los mismos gestos. La misma Lluvia. Ay, Señor.

Suspira, preocupada. Se limpia los ojos. La echa más de menos que yo. Para ella, mi abuela fue su segunda madre, su amiga, la hermana que no tuvo.

—¿Formas parte de la Asociación? —le pregunto sin pensar. Y me sorprendo a mí misma al formular la pregunta. Porque en este preciso instante le acabo de dar veracidad a cada palabra, coma y punto que he leído.

—No. Solo soy una arquitecta que diseña edificios grandes y circulares. Una arquitecta felizmente casada que disfruta de sus dos hijos y sus cuatro nietos.

Sonríe de una forma pícara que me encanta. Es una de las arquitectas más famosas del mundo. Reside en Nueva York y viaja y trabaja más que respira.

—Conseguiste tu sueño de niña.

—Sí, para conseguirlo primero hay que creer que va a suceder. No pertenezco a la Asociación pero conozco cómo trabajan, cómo actúan y, por supuesto, sé el porqué. Tu abuela y yo nos distanciamos físicamente por cuestiones laborales, pero hemos permanecido juntas hasta el final. Sé lo que ha hecho y lo que no.

—¿Y mi madre? —Me acabo de acordar de ella—. ¿Mi madre lo sabe?

—No. Sabe que tu abuela trabajaba para una Asociación con fines globales de vital importancia. Se lo explicó de una manera muy *light*. No sabe ni la cuarta parte, pero sabe lo suficiente como para llamarme totalmente alterada. Me hizo coger el primer avión a Madrid.

—Si esto es cierto que caiga un rayo y me fulmine.

Mi tía abre el bolso y saca un sobre. Lo deja en la mesa y lo desliza hasta que queda ante mí. Es un sobre de papel grueso y satinado, de color sepia. Con mi nombre escrito en una caligrafía inclinada y perfecta.

—Lo recibió hace dos días. Por eso he venido corriendo y por eso has estado durante horas leyendo la historia de tu abuela, la historia de su tía y tu historia, Lluvia.

—No. Me niego —acompaño la negación con movimientos de cabeza rápidos a un lado y a otro—. No, no, no —repito como un estribillo y deslizo el sobre hasta mi tía—. No lo quiero. Para ti. Paso. Paso de la Asociación, de los espías que la forman y de su misión. Me parece perfecto lo que he leído y

327.

me he quedado flipada. Fascinante, en serio. ¡Hemos llamado Pablo al abuelo toda la vida porque se hizo pasar por un Pablo cuando conoció a la yaya! Es que es increíble. Pero yo no pienso ir a Afganistán ni a países peligrosos ni me van a pegar un tiro. ¡Un tiro! ¡Dispararon a la yaya! Paso, pero mucho. Que encuentre el libro otra. ¡Que tengo dieciocho años! ¿Estamos locos? ¡Estoy en mi primer año de universidad y hoy ha sido la primera vez que he conducido sola! No van a meterme en un berenjenal de dimensiones astronómicas. No. No voy a abrirlo ¡eh! Te juro que no.

Miro el sobre de reojo y mi tía me mira de frente. Su rostro carece de expresión. Seguro que esperaba esta reacción porque me conoce tan bien como mi madre, con el plus añadido de que puede leerme la mente. No contesta. Pasamos unos minutos en silencio. El sobre sigue en el mismo lugar que lo he dejado. Cuando me dan ataques de este tipo, ella deja de hablar durante un corto lapso de tiempo. Una extraña táctica que apacigua mis nervios.

—La perdonó —digo.

—La perdonó porque la quería. Era su hermana. Y ella vivió para pedirle perdón.

—Yo no la hubiera perdonado.

—Tú no sabes qué hubieras hecho porque no te has visto en una situación de ese calado. Aunque creas lo contrario, las personas somos impredecibles, y para colmo nos encanta hacer predicciones.

—¿Cómo ha podido llevar una doble vida de una forma tan perfecta? ¿«Perfecta» es la palabra?

—Sí, es la palabra. No tenía alternativa. Se acostumbró a vivir así, con paciencia y tesón, y una buena dosis de inteligencia. Tu abuelo la ayudó, la acompañó, la cuidó. El amor entre ellos era incondicional. Donde no llegaba uno, llegaba el otro. Aunque cuando nacieron tu madre y tu tío las misiones se hicieron cuesta arriba. Con dos criaturas pequeñas el tiempo se reduce, la rutina se alborota y el miedo se multiplica.

—Imagino.

Alargo el brazo y cojo el sobre. Lo levanto y lo pongo a contraluz. Le doy la vuelta y analizo el lacre. Acaricio su relieve. Una sensación extraña se agita dentro de mí.

—¿La Asociación me espía?

—La Asociación te observa y te protege.

—¿Siempre?

—Sí.

—Qué bien, un servicio de guardaespaldas gratuito. Soy una afortunada. ¿Por qué ahora? Ha pasado mucho tiempo.

—Todo llega cuando tiene que llegar. Eres la elegida. Igual que lo fueron ellas. Lo dicen las cuevas, los libros y la historia. Están condenados a salvaguardar tu integridad porque eres un vértice del triángulo. El último vértice. Y tú tienes que trazar la última línea.

—¿Por qué no me lo contó en vida? ¿No podía haberse sentado conmigo?

—No, no podía. Ni siquiera podía dejarlo escrito. Se saltó las normas. Ha sido una imprudente. El manuscrito que has leído no debería existir porque la Asociación no existe en ningún documento. Tu abuela te ha puesto en peligro, era consciente de ello y aun así quiso hacerlo en contra de mi voluntad. Le rogué que no lo escribiera, pero nunca ha atendido a razones y no lo iba a hacer en su lecho de muerte. ¿Quieres un consejo, Lluvia? Quémalo. Léelo una, dos o tres veces. Léelo hasta que te lo aprendas de memoria. Y luego, quema el manuscrito. Por tu bien. Hay gente que mataría por leer lo que tú has leído.

Veo a mi tía Livi seria y contundente. Preocupada sin dobleces ni caretas. Su pesadumbre me tensa y me alarma, y eso que todavía no he asimilado qué está ocurriendo.

—¿Conoció al Gran Maestre?

—Sí —sonríe—, aquí. En la terraza. Lo conoció en esta casa.

—¿En serio?

—En serio. Y antes de morir, el Gran Maestre se la regaló.

—No jodas.

—¡Lluvia!

A mi tía Livi le estresa que diga tacos.

—Vaya, vaya. La casa de la playa de los abuelos es un regalito. Quizá muera en el intento pero veo que la Asociación hace buenos regalos.

Pone los ojos en blanco.

—El día que compruebes de qué va la historia, no harás tantas bromas.

—Hago bromas porque tengo miedo. Y no quiero abrir el sobre y sé que acabaré abriéndolo.

—Lo abrirás —afirma.

—¿Dónde está el tercer libro?

—No lo sé.

—¿Qué se supone que va a hacer la Asociación cuando tenga los tres libros?

—Lo correcto. Hará lo correcto.

No se oyen ni los pájaros. Sí el rumor de las olas. Y huele a sal. A playa. A Mediterráneo. A mis raíces. Porque he crecido jugando en esta casa con mis hermanos y mis primos, viendo como mi abuela leía o diseñaba tocados durante horas, viendo como lloraba cuando murió nuestro abuelo y cómo reía ante las estupideces de sus nietos.

—La madera del último KIU. ¿Dónde está?

—Las últimas habitaciones siempre esconden secretos. Siempre… esconden… secretos. Benditas habitaciones. Ven.

Me tiende la mano. Andamos hacia la barandilla de piedra. Estamos las dos de pie, cogidas, sosteniéndonos los recuerdos.

—¿Qué ves?

—El mar y el cielo —contesto.

—No. Vuelve a mirar. No olvides la percepción, Lluvia, la percepción. ¿Qué ves?

—Veo la inmensidad.

—La inmensidad.

Repite mi tía como si fuera un eco.

EPÍLOGO

$\mathcal{M}$ientras un joven uniformado buscaba mi nombre en la lista de invitados, pensé en lo que me había dicho mi abuela en la residencia unos meses antes: «Corazón, las personas con carisma y carácter pegan en cualquier parte». Esperaba que fuera cierto.

—Perfecto, pueden pasar. Disfruten de la fiesta —afirmó con una sonrisa.

Me quedé maravillada cuando vi la mansión de los Rosenberg. Era una casa preciosa, de tres alturas y unos jardines espectaculares. La señora Clarisse, que vivió en Australia hasta que se casó con un empresario londinense, daba su fiesta de inauguración. Una fiesta de ricos aparentemente felices, porque una vez entramos, vi una algarabía contagiosa que me deslumbró.

—Disfruten de la fiesta —repitió Pablo, imitando el acento del chico de la puerta.

—Qué tonto eres.

Me dio la mano. Un camarero se acercó con una bandeja repleta de copas de *champagne*. Eché un vistazo, les observé. ¿Quiénes serían esas personas? ¿A qué se dedicarían? ¿Cómo habían acabado en una fiesta de una multimillonaria australiana a orillas del Mediterráneo? Seguro que ninguna historia superaba la mía. Seguro que no les había atravesado ninguna bala.

—¡Lluvia! —gritó una vocecilla desde la otra parte del patio. La oí yo y todo el público asistente—. ¡Lluvia!

Era ella. Clarisse. Aunque no se hubiera presentado, habría sabido que era la anfitriona de la fiesta. Elegante pero sencilla, con clase, con una sonrisa dibujada en la boca, con los brazos abiertos y una melena castaña perfectamente peinada. Llegó hasta a mí y me abrazó.

—Qué ganas tenía de conocerte. Muchísimas gracias por venir, estoy tan emocionada. Deja que te vea.

Se separó y me analizó. No como analizan las invitadas a la novia en una boda. Me contempló con cariño y delicadeza.

—Preciosa. Eres como imaginaba, Lluvia. Preciosa.

—Gracias por invitarnos. Él es Pablo, mi novio —afirmé y se saludaron—. La villa es increíble, Clarisse, más bonita que en las fotos. Tiene un encanto especial.

—Sí, la mejor compra que he hecho en muchos años.

Clarisse llamó la atención de los presentes e hizo que se callaran. Todos me miraron y yo enrojecí. La anfitriona les comunicó entre alabanzas y cumplidos, que gracias a mí, ella y el señor Rosenberg habían comprado la casa y pidió un aplauso en mi honor. Me quise morir de la vergüenza. Cuando cesaron los aplausos y cada grupo volvió a sus asuntos, le susurré a Pablo:

—¿Me he puesto muy roja?

—Tanto como yo cuando te tiraste desnuda a la piscina.

—¡Calla! —murmuré entre dientes.

Clarisse empezó a enseñarnos la casa. No sabría decir qué estancia me gustaba más, hasta que llegamos a la biblioteca. Qué decoración. Qué techos. Me hubiera quedado a vivir allí, entre libros y letras.

—¿Dónde se habrá metido este hombre? Voy a buscar a mi marido, Lluvia, y os lo presento. Salid a la terraza. Las vistas son la maravilla de la casa.

Seguimos su recomendación. Pablo y yo salimos de la biblioteca, atravesamos un gran salón y salimos a la terraza del primer piso.

—Quiero una casa así —afirmé, abrumada por las vistas.

—La tendrás —dijo él y me besó —. Voy al aseo. ¿Cuántos aseos tiene esta casa?

—Siete. Hay dos en esta planta.

Sonrió y me dejó junto a la barandilla. Había amanecido un día perfecto y caluroso de septiembre. Respiré profundo. Las gaviotas danzaban de aquí para allá. Pensé en Olivia. Mi pequeña y fuerte Olivia.

—Una vez leí en una novela que se llama «efecto Bernoulli», es una ecuación que permite que las gaviotas vuelen. Si no

332

lo hacen por encima de la velocidad adecuada, entran en pérdida y se estrellan. A lo mejor es verdad.

Una voz pausada, grave, relajante y… conocida. Hacía exactamente dos meses que no oía esa voz. Mi corazón se aceleró. Me agarré a la barandilla con las dos manos. Me giré y observé al hombre que había frente a mí. De pelo blanco, con barba, porte distinguido y mirada transparente. Él. Me llevé la mano a la boca y se me cayeron las lágrimas. Se acercó y me abrazó como un padre abraza a su hija. Un abrazo lleno de espera, ternura y calor.

—He echado de menos nuestras conversaciones.

—Y yo, querida Lluvia. No imaginas cuánto.

—Señor Rosenberg ¿no?

—Desde hace treinta años —contestó y se encogió de hombros de forma graciosa—. Maldita sea, eres igual que ella.

—Pero no sé si sabré hacerlo como ella.

—Sabrás. Te sigo de cerca y el Comité me ha comunicado, después de cada reunión, que eres excepcional y que aprendes rápido. No me han revelado nada nuevo, pero me gusta que sean conscientes de tu valía y de tu autoridad dentro de la Asociación. Sabrás.

Se situó a mi lado. Contemplamos las vistas.

—Dime, ¿qué ves?

—El mar y el cielo —contesté.

—No. Vuelve a mirar. La percepción, Lluvia, la percepción. ¿Qué ves?

—La inmensidad.

—La inmensidad —repitió él.